Rosamunde Pilcher

Das blaue Zimmer

Erzählungen

Deutsch von
Margarete Längsfeld und
Ingrid Altrichter

Wunderlich

*Die Originalausgabe dieser Sammlung erschien
1985 unter dem Titel «The Blue Bedroom»
bei St. Martin's Press, New York
Die Erzählung «Lalla» ist der Anthologie «Love Stories»,
Michael O'Mara Books Ltd., London, entnommen*

*1.–130. Tausend August 1994
131.–210. Tausend September 1994
Copyright © 1994 by Rowohlt Verlag GmbH,
Reinbek bei Hamburg
«The Blue Bedroom» Copyright © 1985 by Rosamunde Pilcher
«Lalla» Copyright © 1982 by Rosamunde Pilcher
Die Erzählungen der Sammlung «The Blue Bedroom»
wurden von Margarete Längsfeld übersetzt,
die Erzählung «Lalla» übersetzte Ingrid Altrichter
Alle deutschen Rechte vorbehalten
Schutzumschlag und Einbandgestaltung Barbara Hanke
Satz aus der Sabon (Linotron 202)
Jung Satzcentrum GmbH, Lahnau
Druck und Bindung Clausen & Bosse, Leck
Printed in Germany
ISBN 3 8052 0538 4*

Das
blaue Zimmer

Inhalt

Toby

An einem kalten Frühlingstag kurz vor Ostern trat Jemmy Todd, der Briefträger, in die Küche der Hardings, legte ihnen die Morgenpost auf den Frühstückstisch und teilte ihnen mit, daß ihr Nachbar, Mr. Sawcombe, am frühen Morgen an einem Herzinfarkt gestorben war.

Vier Hardings saßen am Tisch. Toby, acht Jahre alt, aß seine Cornflakes. Als er nun von Mr. Sawcombes Tod hörte, konnte er den Mundvoll Cornflakes, teils durchweicht, teils knusprig, nicht herunterbringen, weil er das Kauen vergessen hatte und sich zudem ein Kloß in seiner Kehle bildete, der ihm das Schlucken unmöglich machte.

Nur gut, daß die übrige Familie sich ebenso erschüttert und sprachlos zeigte. Sein Vater, der fürs Büro angezogen war und gerade aufstehen und zur Arbeit gehen wollte, stellte seine Kaffeetasse hin, lehnte sich auf seinem Stuhl zurück und sah Jemmy an.

«Bill Sawcombe ist tot? Wann hast du es erfahren?»

«Der Pfarrer hat's mir gleich erzählt, gerade als ich mit meiner Runde anfing. Hab ihn getroffen, wie er aus der Kirche kam.»

Toby sah seine Mutter an, deren Augen von Tränen glänzten. «Ach herrje.» Er konnte es nicht ertragen, sie weinen zu sehen. Er hatte sie schon einmal weinen sehen, als ihr alter Hund eingeschläfert werden mußte, und da war er tagelang das Gefühl nicht losgeworden, daß seine Welt in Stücke brach. «Die arme Mrs. Sawcombe. Wie schrecklich für sie.»

«Er hatte vor ein paar Jahren schon mal einen Herzinfarkt, wie ihr wißt», sagte Jemmy.

«Aber er hat es überstanden. Und es ging ihm so gut; er hatte Freude an seinem Garten und genoß es, Zeit für sich zu haben, nachdem er all die Jahre auf dem Hof geschuftet hatte.»

Vicky, neunzehn Jahre alt, fand die Sprache wieder. «Ich halt's nicht aus. Ich glaub, ich halt's einfach nicht aus.»

Vicky war über die Ostertage nach Hause gekommen. Sie arbeitete in London, wo sie sich mit zwei anderen Mädchen eine Wohnung teilte. In den Ferien zog Vicky sich zum Frühstück nie an, sie kam im Bademantel herunter, aus weißem Frottierstoff mit blauen Streifen. Die Streifen waren von demselben Blau wie Vickys Augen; sie hatte lange helle Haare, und manchmal sah sie sehr hübsch aus und manchmal sehr häßlich. Jetzt sah sie häßlich aus. Kummer machte sie häßlich; dann zogen sich ihre Mundwinkel nach unten, als würde sie gleich in Tränen ausbrechen, was die spitzen Konturen ihres schmalen, knochigen Gesichts noch betonte. Der Vater sagte immer zu Vicky, sie sei viel zu dünn, aber da sie aß wie ein Scheunendrescher, konnte ihr niemand etwas vorwerfen, höchstens Gefräßigkeit.

«Er war so nett. Er wird uns fehlen.» Die Mutter sah Toby an, der immer noch mit vollem Mund dasaß. Sie wußte – alle wußten –, daß Mr. Sawcombe Tobys bester Freund gewesen war. Sie beugte sich über den Tisch und legte ihre Hand auf die seine. «Wir werden ihn alle vermissen, Toby.»

Toby antwortete nicht. Aber als er Mutters Hand auf seiner spürte, schaffte er es, die Cornflakes vollends herunterzuschlucken. Seine Mutter räumte voller Verständnis die halbleere Schale fort, die vor ihm auf dem Tisch stand.

«Nur gut», sagte Jemmy, «daß Tom den Hof übernimmt. So steht Mrs. Sawcombe jetzt wenigstens nicht allein da.»

Tom war Mr. Sawcombes Enkel, dreiundzwanzig Jahre alt. Toby und Vicky hatten ihn ihr Leben lang gekannt. Früher, als sie viel jünger waren, waren Vicky und Tom zusammen auf Feste gegangen, auf Bälle des Reitervereins und im Sommer ins Ghymkhana-Zeltlager. Aber dann besuchte Tom die Landwirtschaftsschule, und Vicky ließ sich zur Sekretärin ausbilden und ging nach London, und jetzt hatten sie sich anscheinend nicht mehr viel zu sagen.

Toby fand das schade. Vicky lernte eine Menge neue Freunde kennen, die sie manchmal mit nach Hause brachte. Aber keinen fand Toby so nett wie Tom Sawcombe. Einmal war einer, Philip hieß er, gekommen, um mit den Hardings Silvester zu feiern. Er war sehr groß und blond und fuhr einen Wagen, der wie ein glänzender schwarzer Torpedo aussah, doch irgendwie fügte Philip sich nicht recht in ein geordnetes Familienleben, und was noch irritierender war, in seiner Gegenwart fügte Vicky sich auch nicht. Sie sprach anders, sie lachte anders.

Am Silvesterabend veranstalteten sie eine kleine Party, und Tom war auch eingeladen, aber Vicky behandelte ihn von oben herab, und Tom war offenbar sehr gekränkt. Toby fand ihr Benehmen ekelhaft. Er hatte Tom sehr gern und konnte es nicht ertragen, ihn so bedrückt zu sehen, und als der gräßliche Abend um war, sagte er es seiner Mutter.

«Ich weiß genau, wie dir zumute ist», erwiderte seine Mutter, «aber wir müssen Vicky zugestehen, daß sie ihr eigenes Leben lebt und ihre eigenen Entscheidungen trifft. Sie ist jetzt erwachsen, sie kann sich ihre eigenen Freunde aussuchen, ihre eigenen Fehler machen, ihre eigenen Wege gehen. Das ist in einer Familie ganz normal.»

«Ich will keine Familie mit Vicky, wenn sie so gräßlich ist.»

«Das sagst du vielleicht jetzt bloß so, aber sie ist und bleibt deine Schwester.»

«Ich kann Philip nicht ausstehen.»

Der unausstehliche Philip verschwand jedoch zum Glück aus Vickys Leben. Sie lud ihn nicht wieder nach Hause ein, und allmählich wurde sein Name in ihren Erzählungen durch andere ersetzt. Vickys Familie stieß einen Seufzer der Erleichterung aus, und alles ging wieder seinen gewohnten Gang, nur nicht für Tom. Seit jenem Abend hatte seine Beziehung zu Vicky einen Knacks bekommen, und Tom kam nicht mehr ins Haus.

«Nein, Mrs. Sawcombe steht gottlob nicht allein da», sagte Mr. Harding. «Tom ist ein braver Kerl.» Er sah auf seine Uhr und stand auf. «Ich muß los. Danke, daß du's uns gesagt hast, Jemmy.»

«Tut mir leid, daß ich eine traurige Nachricht überbringen mußte», erwiderte Jemmy und stieg in seinen kleinen roten Postlieferwagen, um die Neuigkeit in der übrigen Gemeinde zu verbreiten. Tobys Vater fuhr mit dem Auto ins Büro. Vicky ging nach oben, sich anziehen. Toby und seine Mutter blieben allein am Tisch zurück.

Er sah sie an, und sie lächelte, und er sagte: «Ich hab noch nie einen Freund gehabt, der gestorben ist.»

«Früher oder später erlebt das jeder einmal.»

«Er war erst zweiundsechzig. Er hat's mir vorgestern gesagt. Das ist nicht alt.»

«Ein Herzanfall ist eine komische Sache. Wenigstens war er nicht krank oder gebrechlich. Er hätte es gehaßt, bettlägerig und auf seine Familie angewiesen zu sein – allen eine Last. Wenn jemand stirbt, Toby, mußt du an die guten Dinge denken, dich an die schönen Zeiten erinnern und dafür dankbar sein.»

«Ich bin nicht dankbar, daß Mr. Sawcombe tot ist.»

«Der Tod ist ein Teil des Lebens.»

«Er war erst zweiundsechzig.»

«Möchtest du Eier mit Speck?»

«Will ich nicht.»

«Was möchtest du denn?»

«Weiß ich nicht.»

«Magst du nicht ins Dorf gehen und David fragen, ob er mit dir spielen will?» David Harker war Tobys Ferienfreund. Sein Vater war der Wirt der Dorfkneipe, und manchmal bekam Toby eine Brause oder eine Packung Chips geschenkt.

Toby überlegte. Es war vielleicht besser als nichts. «Ist gut.» Er schob seinen Stuhl zurück und stand auf. Er hatte ein schrecklich beklemmendes Gefühl in der Brust, als hätte jemand sein Herz verwundet.

«...und sei nicht zu traurig wegen Mr. Sawcombe. Er würde nicht wollen, daß du traurig bist.»

Er ging aus dem Haus und den Feldweg entlang. Zwischen dem Weg und der Kuhweide, die zu Mr. Sawcombes Bauernhof gehörte, lag eine kleine Koppel, auf der Vicky früher ihr Pony gehalten hatte. Aber das Pony gab es längst nicht mehr, und Tobys Vater hatte Mr. Sawcombe das Weideland für Mrs. Sawcombes vier Jacob-Mutterschafe verpachtet. Sie waren ihre Lieblinge, gehörnt und gefleckt, und hatten altmodische Namen wie Daisy oder Emily. An einem kalten Morgen Ende Oktober war Toby hergekommen, um die Schafe zu sehen, und hatte mitten unter ihnen einen mächtigen gehörnten Widder angetroffen. Der Widder war eine Weile geblieben und dann von seinem Besitzer würdelos im Laderaum eines ramponierten Lieferwagens nach Hause verfrachtet worden.

Aber er hatte seine Pflicht getan. Schon waren drei Lämmerzwillingspaare geboren, und nur Daisy wartete noch auf ihre Niederkunft. Toby lehnte sich über den Zaun und rief nach ihr. Sie kam langsam, würdevoll, liebkoste mit ihrer edlen Nase seine Hand und gestattete ihm, ihr den wolligen Schädel zwischen den stolzen, gebogenen Hörnern zu kraulen.

Toby besah sie mit Kennerblick, so wie Tom sie zu begutachten pflegte. Sie war riesenhaft; das lange, weiche Vlies ließ den Leib noch massiger wirken.

«Kriegst du heute deine Zwillinge?» fragte er sie.

Wenn Daisy auch Zwillinge kriegt, hatte Mr. Sawcombe erst vorige Tage gesagt, bekommen wir eine Lammung von zweihundert Prozent, Toby. Zweihundert Prozent. Das ist das Beste, was ein Schafzüchter verlangen kann. Es würde mich freuen. Für Mrs. Sawcombe würde es mich freuen.

Es war unvorstellbar, daß er nie mehr mit Mr. Sawcombe sprechen würde. Unvorstellbar, daß er tot war, daß er einfach nicht da war. Viele Menschen waren gestorben, aber noch keiner, der Toby so nahestand wie Mr. Sawcombe. Tobys Großvater war gestorben, doch das war schon so lange her, daß Toby sich nicht mal mehr an ihn erinnern konnte. Er kannte nur die Fotografie am Bett der Großmutter und die Geschichten, die Granny ihm erzählt hatte. Nach dem Tod seines Großvaters war Granny in dem alten, leeren Haus wohnen geblieben, bis ihr die Arbeit zuviel wurde. Darauf hatte Tobys Vater den hinteren Flügel seines Hauses zu einer Wohnung für Granny umgebaut, und nun wohnte Granny bei den Hardings. Und doch nicht bei ihnen, denn es war eine separate Wohnung. Granny hatte ihre eigene Küche und ihr eigenes Bad, sie kochte sich ihr Essen selbst, und man mußte an die Tür klopfen, bevor man sie besuchen durfte. Tobys Mutter sagte, es sei wichtig, stets anzuklopfen, denn unangekündigt bei Granny hereinzuplatzen sei eine Verletzung ihrer Privatsphäre.

Toby verließ Daisy und ging tief in Gedanken versunken ins Dorf. Er kannte noch mehr Leute, die gestorben waren. Als Mrs. Fletcher starb, die den Dorfladen und das Postamt betrieb, hatte Tobys Mutter einen schwarzen Hut aufgesetzt und war zu Mrs. Fletchers Beerdigung gegangen. Aber Mrs. Fletcher war keine Freundin gewesen. Toby hatte sich vielmehr vor ihr gefürchtet. Sie war so alt, so häßlich; wie eine große schwarze Spinne hatte sie dagehockt und Briefmarken verkauft. Nach Mrs. Fletchers Tod hatte ihre Tochter Olive den Laden übernommen, doch bis an ihr Ende war Mrs. Fletcher dort gewesen, hatte finsteren Blicks mit ihrem Gebiß geschmatzt, Strümpfe gestrickt und mit den kleinen, glänzenden Augen alles beobachtet, was vorging. Nein, er hatte Mrs. Fletcher nicht geliebt. Aber Mr. Sawcombe vermißte er schon jetzt.

Er dachte an David. Geh doch mit David spielen, hatte seine Mutter vorgeschlagen, aber Toby war überhaupt nicht danach, Astronaut zu spielen oder in dem schlammigen Fluß, der am Ende des Gartens hinter der Kneipe floß, nach Fischen zu sehen. Er wollte lieber einen anderen Freund besuchen, Willie Harrell, den Dorftischler. Willie war ein sanfter Mensch, der gemächlich sprach und altmodische Latzhosen und eine unförmige Tweedmütze trug. Toby hatte sich mit ihm angefreundet, als Willie ins Haus kam, um neue Küchenschränke einzubauen, und seither gehörte es an müßigen Ferienvormittagen zu seinen Lieblingsbeschäftigungen, ins Dorf zu spazieren und in Willies Werkstatt ein paar Worte mit ihm zu wechseln.

Die Werkstatt war ein magischer Ort, der süßlich roch und mit Hobelspänen übersät war. Hier schreinerte Willie Hofgatter und Scheunentore, Fensterrahmen, Deckenträger und Balken. Und hier fertigte Willie von Zeit zu Zeit auch Särge, denn er war nicht nur der Tischler, sondern auch der Bestattungsunternehmer des Dorfes. In dieser Rolle wurde er ein vollkommen anderer Mensch, mit Melone und schwarzem Anzug, und dann nahm er eine gedämpfte, respektvolle Stimme und eine fromme, betrübte Miene an.

Die Tür seiner Werkstatt stand heute morgen offen. Sein kleiner Lieferwagen parkte in dem vollgestellten Hof. Toby ging zur Tür und steckte den Kopf hinein. Willie lehnte an seiner Werkbank und trank eine Tasse Tee aus einer Thermoskanne.

«Willie?»

Er sah auf. «Hallo, Toby.» Er lächelte. «Na, was gibt's?»

«Ich dachte, ich komm einfach mal vorbei.» Ob Willie von Mr. Sawcombe wußte? Er ging zu Willie hinüber, lehnte sich neben ihn an die Werkbank, nahm einen Schraubenzieher und fummelte damit herum.

«Nichts zu tun?»

«Nicht viel.»

«Vor einer Minute hab ich David auf seinem Fahrrad gesehen, mit 'nem Cowboyhut auf. Macht nicht viel Spaß, ganz allein Cowboy zu spielen.»

«Hab keine Lust zum Cowboyspielen.»

«Ich hab heute keine Zeit, mich mit dir zu unterhalten. Hab zu tun. Muß nach elf zu Sawcombes.»

Toby sagte nichts darauf. Er wußte, was das bedeutete. Willie und Mr. Sawcombe waren ihr Leben lang Freunde gewesen, sie waren Kegelbrüder und sonntags zusammen Kirchendiener gewesen. Jetzt mußte Willie ... Toby scheute sich zu Ende zu denken, was Willie tun würde.

«Willie?»

«Ja?»

«Mr. Sawcombe ist tot.»

«Hab mir gedacht, daß du es weißt», sagte Willie mitfühlend. «Hab's deinem Gesicht angesehen, gleich als du reingekommen bist.» Er stellte seine Teetasse hin und legte Toby seine Hand auf die Schulter. «Du darfst dich nicht grämen. Ich weiß, du wirst ihn vermissen, aber du darfst dich nicht grämen. Vermissen werden wir ihn alle», fügte er hinzu, und plötzlich hörte er sich unglücklich an.

«Er war mein bester Freund.»

«Ich weiß.» Willie schüttelte den Kopf. «Freundschaft ist was Komisches. Du, ein kleiner Knirps – wie alt bist du? Acht Jahre. Trotzdem seid ihr zwei prima miteinander ausgekommen. Wir dachten immer, das lag daran, daß du so viel dir selbst überlassen warst. Warst ja viel kleiner als Vicky. Kleiner Nachkömmling, haben Bill und ich dich immer genannt. Hardings kleiner Nachkömmling.»

«Willie ... machst du einen Sarg für Mr. Sawcombe?»

«Werd ich wohl.»

Toby stellte sich vor, wie Willie den Sarg machte, wie er das Holz auswählte, es glatthobelte, seinen alten Freund in das warme, duftende Innere bettete, ganz so, als ob er ihn ins Bett legte. Eine seltsam tröstliche Vorstellung war das.

«Willie?»

«Was gibt's?»

«Ich weiß, wenn einer stirbt, kommt er in einen Sarg und wird auf den Friedhof getragen. Und ich weiß, Leute, die tot sind, gehen zu Gott in den Himmel. Aber was passiert dazwischen?»

«Ah», sagte Willie. Er nahm noch einen Schluck Tee, trank seine Tasse leer. Dann legte er seine Hand auf Tobys Kopf und zauste ihm ein bißchen die Haare. «Vielleicht ist das ein Geheimnis zwischen Gott und mir.»

Toby hatte noch immer keine Lust, mit David zu spielen. Als Willie in seinem kleinen Lieferwagen zu Sawcombes gefahren war, machte sich Toby auf den Nachhauseweg, weil ihm nichts anderes einfiel. Er nahm die Abkürzung über die Schafweide. Die drei Mutterschafe, die schon gelammt hatten, grasten mitten auf der Weide, umgeben von ihren Kindern. Aber Daisy hatte sich in eine Ecke zurückgezogen, in den Schatten einer großen Waldkiefer, wo sie vor dem Wind und der blendenden Frühlingssonne geschützt war. Und neben ihr stand, winzig wie ein Hundejunges, auf unsicheren Beinen schwankend, ein einziges Lämmchen.

Toby wußte, daß er jetzt nicht in ihre Nähe durfte. Er beobachtete sie ein Weilchen, sah das Baby den riesigen wolligen Leib mit der Schnauze nach Milch absuchen, hörte Daisy sachte mit ihrem Baby sprechen. Er war hin und her gerissen zwischen Freude und Enttäuschung. Freude, weil das Lamm gesund auf die Welt gekommen war, und Enttäuschung, weil es keine Zwillinge waren und Mrs. Sawcombe jetzt nicht auf ihre zweihundertprozentige Lammung kam. Daisy legte sich nach einer Weile schwerfällig nieder. Das Lamm ließ sich neben sie fallen. Toby ging weiter, stieg über den Zaun und trat ins Haus, um es seiner Mutter zu erzählen. «Daisy hat ihr Lamm gekriegt. Das war das letzte.»

Seine Mutter stampfte gerade Kartoffeln fürs Mittagessen. Sie drehte sich am Herd zu Toby um. «Keine Zwillinge?»

«Nein, bloß eins. Es nuckelt und sieht ganz gesund aus. Vielleicht sollten wir es Tom sagen.»

«Warum rufst du ihn nicht an?»

Aber Toby mochte nicht bei Sawcombes anrufen. Vielleicht ging Mrs. Sawcombe an den Apparat, und dann wüßte er nicht, was er sagen sollte.

«Kannst du nicht anrufen?»

«Ach Liebling, im Moment geht es schlecht. Das Mittagessen ist fertig, aber nachher will ich zu Mrs. Sawcombe und ihr einen Blumenstrauß bringen. Dann kann ich es Tom ausrichten lassen.»

«Ich finde, er muß es gleich wissen. Mr. Sawcombe wollte es immer sofort wissen, wenn die Lämmer kamen. Bloß für alle Fälle, hat er gesagt.»

«Schön, wenn dir so viel daran liegt, laß Vicky Tom anrufen.»

«Vicky?»

«Fragen kannst du sie ja. Sie ist oben, bügeln. Und sag ihr, das Essen ist fertig.»

Er ging zu seiner Schwester hinauf. «Vicky, Essen ist fertig, und Daisy hat ihr Lamm gekriegt, und könntest du vielleicht bei Sawcombes anrufen und Tom Bescheid sagen. Er will's bestimmt gerne wissen.»

Vicky stellte das Bügeleisen mit einem Plumps hin. «Ich ruf Tom Sawcombe nicht an.»

«Warum nicht?»

«Weil ich nicht will, darum. Ruf du ihn doch an.»

Toby wußte, weshalb sie Tom nicht anrufen wollte. Weil sie Silvester so gräßlich zu ihm gewesen war und weil er seitdem nicht mehr mit ihr gesprochen hatte.

Toby rümpfte die Nase. «Was soll ich sagen, wenn Mrs. Sawcombe ans Telefon geht?»

«Schön, dann soll Mutter ihn anrufen.»

«Sie hat keine Zeit, weil sie nach dem Essen zu Mrs. Sawcombe geht.»

«Wieso läßt sie es Tom dann nicht ausrichten?»

«Tut sie ja, hat sie gesagt.»

«Ach Toby», sagte Vicky wütend, «wozu dann das ganze Theater?»

Er sagte störrisch: «Mr. Sawcombe wollte es immer am liebsten sofort wissen.»

Vicky zog die Stirne kraus. «Mit Daisy ist doch nichts schiefgegangen?» Sie hatte Daisy genauso gern wie Toby, und sie hörte sich jetzt nicht mehr mürrisch und schnippisch an, sondern sprach mit ihrer normalen, netten Stimme.

«Ich glaube nicht.»

«Dann ist ja alles gut.» Sie schaltete das Bügeleisen ab und stellte es zum Abkühlen aufrecht auf das Bügelbrett. «Gehen wir runter, essen. Ich bin am Verhungern.»

Die spärlichen Wolken vom Vormittag verdichteten sich und wurden dunkler, und nach dem Mittagessen begann es zu regnen. Tobys Mutter zog einen Regenmantel an und fuhr in ihrem Auto mit einem großen Strauß Narzissen Mrs. Sawcombe besuchen. Vicky sagte, sie ginge sich die Haare waschen. Toby, der nichts Rechtes anzufangen wußte, zockelte in sein Zimmer, legte sich aufs Bett und fing ein Buch zu lesen an, das er sich aus der Bücherei geholt hatte. Es handelte von Erforschern der Arktis, aber er hatte das erste Kapitel noch nicht zu Ende gelesen, als er vom Geräusch eines Autos unterbrochen wurde, das den Feldweg entlangkam und knirschend auf dem Kies vor der Haustür anhielt. Er legte sein Buch beiseite und ging zum Fenster. Draußen stand Tom Sawcombes alter Landrover, und dann sah er Tom aussteigen. Er öffnete das Fenster und lehnte sich hinaus. «Hallo.» Tom guckte nach oben. Toby sah seinen blonden, mit Regentropfen beperlten Lockenkopf, sein braunes Gesicht und die blauen Augen, seine breiten Rugby-Schultern unter der geflickten Khakijacke, die er immer zur Arbeit trug. Seine verblaßten Bluejeans steckten in grünen Gummistiefeln.

«Deine Mutter hat mir wegen Daisy Bescheid gesagt. Ich will mal nach ihr sehen. Ist Vicky da?»

Das war verwunderlich. «Sie wäscht sich die Haare.»

«Kannst du sie holen? Ich bin nicht sicher, ob nicht noch ein Lamm unterwegs ist, und dann brauche ich Hilfe.»

«Ich helf dir.»

«Ich weiß, Junge, aber du bist ein bißchen klein, um ein altes Schaf wie Daisy festzuhalten. Geh lieber Vicky holen.»

Toby zog sich vom Fenster zurück und tat wie geheißen.

Er fand Vicky im Badezimmer. Sie hielt den Kopf ins Waschbecken und spülte ihre Haare mit der Brause.

«Vicky, Tom ist da.»

Vicky drehte das Wasser ab und richtete sich auf. Ihre hellen Haare tropften auf ihr T-Shirt. Sie schob sie aus dem Gesicht und sah Toby an.

«Tom? Was will er?»

«Er meint, Daisy hat vielleicht noch ein Lamm im Bauch. Er sagt, er braucht Hilfe, und ich bin nicht groß genug, um sie festzuhalten.»

Sie griff sich ein Handtuch und wand es sich um den Kopf.

«Wo ist er?»

«Unten.»

Schon war sie aus dem Badezimmer und lief die Treppe hinunter. Tom wartete unten; er war einfach ins Haus gegangen, wie in alten Zeiten, bevor er und Vicky sich zerstritten hatten. «Wenn noch ein Lamm da ist», meinte Vicky, «ist es dann nicht längst tot?»

«Wir werden sehen. Hol einen Eimer Wasser, sei so lieb, und Seife. Bring alles auf die Weide. Komm, Toby, du gehst mit mir.»

Draußen goß es jetzt in Strömen. Sie gingen den Feldweg entlang, überquerten bei den Rhododendren das hohe, nasse Gras, dann kletterten sie über den Zaun. Durch den Regenschleier konnte Toby Daisy auf sie warten sehen. Sie war auf den Beinen, schützte das Lämmchen und streckte ihnen den Kopf entgegen. Als sie näher kamen, gab sie ein tief aus der Brust kommendes Geräusch von sich, das in keiner Weise an ihr übliches gesundes Blöken erinnerte.

«Ruhig, Mädchen, ruhig.» Tom sprach mit sanfter Stimme. «Ist ja gut.» Er ging geradewegs zu ihr und griff ohne Umschweife nach ihren Hörnern. Sie wehrte sich nicht wie sonst, wenn jemand das machte. Vielleicht wußte sie, daß sie Hilfe brauchte und daß Tom und Toby deswegen gekommen waren. «Ruhig, Mädchen, ganz ruhig.» Tom strich mit einer Hand über das dicke, regennasse Fell auf ihrem Rücken.

Toby sah zu. Er hatte Herzklopfen, nicht so sehr vor Sorge als vor Aufregung. Er hatte keine Angst, denn Tom war ja da, ebenso wie er nie vor etwas Angst gehabt hatte, wenn Mr. Sawcombe neben ihm stand.

«Aber Tom, wenn sie noch ein Lamm im Bauch hat, warum ist es dann nicht herausgekommen?»

«Vielleicht ist es ein großer Bursche. Vielleicht hat es sich nicht in die richtige Lage gebracht.» Tom sah zum Haus hinüber, und Toby folgte seinem Blick. Vicky kam mit ihren langen Storchenbeinen und ihren pitschnassen Haaren zu ihnen, ein überschwappender Eimer zog sie mit seinem Gewicht zur Seite. Als sie bei ihnen angelangt war und den Eimer abgestellt hatte, sagte Tom: «Gut gemacht, Mädchen. Jetzt hältst du sie, Vicky. Fest und doch sachte. Sie wird sich nicht wehren. Krall dich ruhig mit den Fingern in ihr Fell. Und Toby, du nimmst ihre Hörner und sprichst auf sie ein. Beruhigend. Dann weiß sie, daß sie in guten Händen ist.»

Vicky schien drauf und dran, in Tränen auszubrechen. Sie kniete sich in den Schlamm, legte die Arme um Daisy und drückte ihre Wange an Daisys weiche Wolle. «Oh, arme Daisy. Du mußt ganz tapfer sein. Alles wird gut.»

Tom zog sich aus. Jacke, Hemd, das weiße T-Shirt. Nackt bis zur Taille, seifte er sich Hände und Arme ein.

«So», sagte er. «Jetzt wollen wir mal sehen, was da los ist.»

Toby klammerte sich an Daisys Hörner und hätte am liebsten die Augen zugemacht. Aber er tat es nicht. Sprich auf sie ein, hatte Tom gesagt. Beruhigend. «Ruhig, ruhig», sagte Toby zu Daisy, weil er Tom das zu ihr hatte sagen hören und ihm nichts anderes einfiel. «Ruhig, ruhig, Daisy, Schätzchen.» Dies war eine Geburt. Das ewige Wunder, hatte Mr. Sawcombe es genannt. Dies war der Beginn des Lebens, und er, Toby, half dabei.

Er hörte Tom sprechen. «Weiter so. Weiter so ... keine Bange, altes Mädchen.»

Daisy gab aus Unbehagen und Unmut ein einziges Stöhnen von sich, und dann sagte Tom: «Da ist er! Ein Pfundskerl, und er lebt.»

Und da war es, das kleine Geschöpf, das die ganze Mühe verursacht hatte. Ein weißer Widder mit schwarzen Flecken. Blutbeschmiert lag er auf der Seite, aber es war ein kräftiges, gesundes Lamm. Toby ließ Daisys Hörner los, und Vicky lockerte ihren Griff. Erleichtert machte sich Daisy an die Begutachtung des Neuankömmlings. Sie stieß einen leisen, mütterlichen Laut aus und beugte sich, um das Neugeborene zu lecken. Nach einer kleinen Weile stupste sie es sachte mit ihrer Nase, und es dauerte nicht lange, da rührte es sich, hob den Kopf und kam erstaunlicherweise wackelnd auf seine langen, unsicheren Beine. Sie leckte es abermals, erkannte es als ihres und nahm es liebevoll und fürsorglich in ihre Obhut. Das Lämmchen machte ein, zwei torkelnde Schritte und fing alsbald, von seiner Mutter ein wenig ermuntert, zu saugen an.

Noch lange nachdem Tom sich mit seinem Hemd abgetrocknet und seine Sachen angezogen hatte, blieben sie da, ohne auf den Regen zu achten, und sahen Daisy und ihren Zwillingen zu, gefesselt von dem Wunder, zufrieden mit sich und ihrer vereint vollbrachten Leistung. Vicky und Toby saßen nebeneinander unter der alten Waldkiefer auf der Erde, und Vicky hatte ein Lächeln im Gesicht, wie Tom es seit einer Ewigkeit nicht gesehen hatte.

Sie sah Tom an. «Woher wußtest du, daß da noch ein Lamm war?»

«Sie war immer noch sehr unförmig, und sie schien sich nicht besonders wohl zu fühlen. Sie war unruhig.»

Toby sagte: «Mrs. Sawcombe hat eine zweihundertprozentige Lammung erzielt.»

Tom lächelte. «Das stimmt, Toby.»

«Aber warum ist das Lamm nicht von allein gekommen?»

«Schau es dir nur an! Ein großer Bursche mit einem großen Kopf. Aber jetzt geht es ihm gut.» Dann sah er auf Vicky hinunter. «Aber dir wird es nicht gutgehen, wenn du noch länger hier im Regen sitzen bleibst. Du holst dir einen Schnupfen, deine Haare sind ja ganz naß.» Er bückte sich nach dem Eimer, dann reichte er Vicky seine andere Hand. «Komm jetzt.»

Sie nahm seine Hand, und er zog sie auf die Beine. Da standen sie und lächelten sich an.

Er sagte: «Gut, daß wir miteinander reden.»

«Ja», sagte Vicky. «Verzeih.»

«Es war genauso meine Schuld.»

Vicky blickte schüchtern drein. Sie lächelte wieder, wehmütig, ein Lächeln, das die Mundwinkel nach unten bog. «Laß uns nicht wieder streiten, Tom.»

«Mein Großvater sagte immer, das Leben ist zu kurz zum Streiten.»

«Ich habe dir noch nicht gesagt, wie leid es mir tut... daß er... es ist für uns alle ein Verlust. Ich weiß nicht, wie ich es richtig sagen soll.»

«Ist schon gut», sagte Tom. «Manche Dinge muß man nicht aussprechen. Komm jetzt.»

Toby schienen sie vergessen zu haben. Sie schlenderten fort von ihm, über die Weide, Tom hatte den Arm um Vicky gelegt, und Vickys nasser Kopf lehnte an Toms Schulter.

Toby beobachtete die zwei zufrieden. Mr. Sawcombe hätte sich gefreut. Er hätte sich auch über Daisys Zwillinge gefreut. Das zweite Lamm war wirklich ein hübscher Bursche, nicht bloß ein Pfundskerl, wie Tom ihn genannt hatte, sondern mit schöner, ebenmäßiger Zeichnung und einem Paar Hörner, schon sichtbar wie Knospen, in weiche, lockige Wolle gebettet. Wie Mrs. Sawcombe das Lamm wohl nennen würde?

Vielleicht Bill. Tom blieb, bis es zu naß und zu kalt wurde, um noch länger herumzustehen. Er kehrte den Schafen den Rükken und machte sich auf den Heimweg.

Seine Mutter kam von ihrem Besuch bei Mrs. Sawcombe zurück und bereitete ihm zum Tee eine üppige Mahlzeit mit Fischstäbchen, Chips und Bohnen, Pflaumenkuchen und Schokoladenplätzchen. Während er kräftig futterte, berichtete er von dem großen Abenteuer mit Daisy. «...und Tom und Vicky sind wieder dicke Freunde», erzählte er ihr.

Nach dem Tee kam Tobys Vater vom Büro nach Hause, und sie sahen sich zusammen im Fernsehen ein Fußballspiel an. Danach ging Toby nach oben in die Badewanne. Er lag in dem heißen, dampfenden Wasser, das nach Fichtennadeln duftete, weil er ein wenig von der Essenz aus Vickys Flasche gemopst hatte, und befand, daß der Tag alles in allem doch nicht ganz so schlimm gewesen war. Und dann beschloß er, seiner Großmutter einen Besuch abzustatten, die er den ganzen Tag nicht gesehen hatte.

Er stieg aus der Wanne, zog seinen Schlafanzug und seinen Bademantel an und ging durch den Flur, der zu ihrer Wohnung führte. Er klopfte an die Tür, sie rief «Herein», und es war, als trete er in eine andere Welt, weil ihre Möbel und Vorhänge und alle ihre Sachen so anders waren. Niemand sonst hatte so viele Fotografien und Nippessachen, und ständig brannte im Kamin ein kleines Kohlenfeuer. Er fand seine Großmutter strickend in einem ausladenden Sessel, und auf ihren Knien hatte sie ein Buch liegen. Sie besaß zwar einen Fernsehapparat, aber ihr lag nicht viel daran. Sie las lieber, und immer wenn Toby an sie dachte, sah er sie in das eine oder andere Buch vertieft. Aber wenn er sie unterbrach, legte sie jedesmal ein ledernes Lesezeichen zwischen die Seiten und klappte das Buch zu, um Toby ihre ungeteilte Aufmerksamkeit zu widmen.

«Hallo, Toby.»

Sie war schrecklich alt. (Die Großmütter anderer Jungen waren oft recht jung, aber Tobys war sehr alt, weil Tobys Vater, wie Toby, ein Nachkömmling gewesen war.) Und dünn war sie. So dünn, daß es aussah, als könnte sie entzweibrechen, und ihre Hände waren fast durchsichtig, mit dicken Knöcheln, über die sie ihre Ringe nicht bekam, so daß sie sie immerzu trug. Und sie funkelten und sahen richtig flott aus.

«Was hast du heute gemacht?»

Er zog sich einen Hocker heran, setzte sich und berichtete. Er erzählte ihr von Mr. Sawcombe, aber das wußte sie schon. Er erzählte ihr, daß Willie einen Sarg für Mr. Sawcombe schreinerte. Er erzählte ihr, daß er nicht mit David Cowboy gespielt hatte, und er erzählte ihr von Daisys Lamm. Und dann erzählte er ihr von Vicky und Tom.

Granny wirkte hocherfreut. «Das ist das Beste. Sie haben den blöden Streit beigelegt.»

«Meinst du, sie verlieben sich und heiraten?»

«Kann sein, kann auch nicht sein.»

«Warst du verliebt, als du Großpapa geheiratet hast?»

«Ich glaube schon. Es ist so lange her, daß ich es manchmal vergesse.»

«Hast du ...» Er zögerte, aber er mußte es wissen, und Granny hatte sich noch nie durch eine peinliche Frage in Verlegenheit bringen lassen. «Als er starb ... hast du ihn da sehr vermißt?»

«Warum fragst du? Vermißt du Mr. Sawcombe?»

«Ja. Den ganzen Tag. Den ganzen Tag hab ich ihn vermißt.»

«Das gibt sich. Später ist das mit dem Vermissen nicht mehr so schlimm, und dann erinnerst du dich nur an die schönen Zeiten.»

«Ist es dir mit Großpapa so gegangen?»

27

«Ich glaube schon. Ja.»

«Hat man große Angst, wenn man stirbt?»

«Das weiß ich nicht.» Sie lächelte ihr vertrautes Lächeln, belustigt und spitzbübisch, das so erstaunlich in diesem alten, runzligen Gesicht war. «Ich bin noch nie gestorben.» «Aber...» Er sah ihr fest in die Augen. Kein Mensch konnte ewig leben. «Aber hast du denn keine Angst?» Die Großmutter nahm Tobys Hand. «Weißt du», sagte sie, «ich habe mir immer vorgestellt, daß das Leben eines jeden Menschen wie ein Berg ist. Und jeder muß allein auf diesen Berg steigen. Du beginnst im Tal, es ist warm und sonnig, ringsum sind Weiden und Bächlein, Butterblumen und sonst noch allerlei. Das ist deine Kindheit. Und dann fängst du an zu steigen. Allmählich wird der Berg etwas steiler, es geht sich nicht mehr so leicht, aber wenn du hin und wieder stehenbleibst und dich umschaust, ist die wunderbare Aussicht jede Anstrengung wert. Und ganz oben auf dem Berg, wo Schnee und Eis in der Sonne glitzern und alles unglaublich schön ist, das ist der Gipfel, die große Leistung, das Ende des langen Aufstiegs.»

Bei ihr hörte es sich wundervoll an. Voller Liebe zu ihr sagte er: «Ich will nicht, daß du stirbst.»

Die Großmutter lachte. «O mein Liebling, mach dir deswegen keine Sorgen. Ich werde euch allen noch lange zur Last fallen. So, und nun gibt's für jeden von uns eine Pfefferminzcreme, und dann legen wir zusammen eine Patience, was hältst du davon? Es ist so schön, daß du mich besuchst. Mir war allmählich ein bißchen langweilig, so mit mir allein...»

Später sagte er ihr gute Nacht und verließ sie, ging sich die Zähne putzen und dann in sein Zimmer. Er zog die Gardinen zurück. Es hatte zu regnen aufgehört, und im Osten ging der Mond auf. Im Halblicht sah er die Koppel und die Umrisse der Schafe und ihrer Lämmer unter den schützenden Ästen der alten Kiefer versammelt. Er zog seinen Bademantel aus und ging ins Bett. Seine Mutter hatte eine Wärmflasche hineingetan, das war ein Genuß. Er legte sie sich auf den Bauch, lag mit weit offenen Augen im sanften, warmen Dunkel und dachte nach.

Er fand, daß er heute eine Menge gelernt hatte. Über das Leben. Er hatte bei einer Geburt geholfen und, bei Vicky und Tom, den Beginn einer neuen Beziehung beobachtet. Vielleicht würden sie heiraten. Vielleicht auch nicht. Wenn sie heirateten, würden sie Babys bekommen. (Er wußte schon, wie die Babys entstanden, weil Mr. Sawcombe es ihm einmal im Verlauf eines männlichen Gespräches über Viehzucht erklärt hatte.) Und er, Toby, würde dann Onkel.

Und dann der Tod... Der Tod ist ein Teil des Lebens, hatte seine Mutter gesagt. Und Willie hatte gesagt, der Tod sei ein Geheimnis zwischen Gott und ihm. Aber Granny glaubte, der Tod sei der glitzernde, strahlende Gipfel des persönlichen Berges eines jeden Menschen, und das war vielleicht das Beste, das Tröstlichste von allem.

Mr. Sawcombe war auf seinen Berg gestiegen und hatte den Gipfel erreicht. Toby stellte ihn sich vor, wie er triumphierend dort stand. Er trug eine Sonnenbrille, weil der Himmel so hell war, und seinen besten Sonntagsanzug, und vielleicht hielt er eine Fahne in der Hand.

Toby war auf einmal sehr müde. Er schloß die Augen. Eine zweihundertprozentige Lammung. Mr. Sawcombe wäre sehr zufrieden gewesen. Wie schade, daß er Daisys Zwillinge nicht mehr erlebt hatte.

Aber als der Schlaf ihn langsam umfing, lächelte Toby in sich hinein, denn ohne besonderen Grund war er sich plötzlich ganz sicher, daß sein alter Freund, wo immer er jetzt sein mochte, es längst wußte.

Ein Tag
zu Hause

Nach einer Geschäftsreise, die fünf europäische Hauptstädte, sieben Mittagessen mit Direktoren und zahllose auf Flughäfen verbrachte Stunden umfaßte, flog James Harner an einem Mittwochnachmittag Anfang April aus Brüssel in Heathrow ein. Natürlich regnete es. Er war am Vorabend erst gegen zwei Uhr ins Bett gekommen, seine pralle Aktenmappe wog schwer wie Blei, und obendrein schien er sich erkältet zu haben.

Robert, der Fahrer der Werbeagentur, holte ihn am Flughafen ab, und Roberts glattrasiertes Gesicht war das erste Erfreuliche, das James an diesem Tag zu sehen bekam. Robert hatte seine Schirmmütze auf, nahm James seinen Koffer ab und sagte, er hoffe, er habe eine angenehme Reise gehabt.

Sie fuhren direkt zum Büro. Nachdem James einen flüchtigen Blick auf seinen Schreibtisch geworfen und seiner Sekretärin den kleinen Flakon zollfreies Parfüm überreicht hatte, der ihr zustand, ging er durch den Flur zu seinem Chef.

«James! Na großartig, komm rein, alter Junge. Wie ist es gelaufen?»

Sir Osborne Baske war nicht nur James' Vorgesetzter,

sondern auch sein alter, hochgeschätzter Freund. Deswegen erübrigten sich förmliche Artigkeiten oder höfliches Geplauder, und binnen einer halben Stunde hatte James ihn mehr oder weniger knapp informiert: welche Firma Interesse gezeigt, welche sich abwartend verhalten hatte. Das Beste hob er bis zuletzt auf – nämlich die zwei bedeutenden Abschlüsse, die er in der Tasche hatte: eine schwedische Firma, die vorfabrizierte zerlegbare Möbel herstellte, Qualitätsware, aber in der unteren Preisklasse, und ein etablierter dänischer Silberschmiedebetrieb, der vorsichtig in alle Märkte der EG expandierte.

Sir Osborne war mithin begeistert und konnte es nicht erwarten, den übrigen Direktoren die guten Nachrichten mitzuteilen. «Dienstag haben wir Vorstandssitzung. Kannst du bis dahin einen vollständigen Bericht fertig haben? Wenn möglich, bis Freitag. Allerspätestens Montag.»

«Wenn morgen nicht viel los ist, könnte ich ihn Freitag morgen tippen lassen, und Freitag nachmittag haben ihn alle auf dem Tisch.»

«Hervorragend. Dann können sie ihn sich übers Wochenende zu Gemüte führen, wenn sie nicht Golf spielen. Und...» Er hielt taktvoll inne, während James, den plötzlich ein quälendes Niesen überkam, nach seinem Taschentuch fummelte, geräuschvoll hineinnieste und sich die Nase putzte. «... Hast du dich erkältet, alter Knabe?»

Es hörte sich ängstlich an, so, als ob James ihn schon angesteckt haben könnte. Er hielt nichts von Erkältungen, ebenso wenig wie er Körperfülle, gehaltvolle Geschäftsessen oder Herzanfälle schätzte.

«Ich hab mir scheint's 'nen Schnupfen eingefangen», gab James zu.

«Hmm.» Der Chef überlegte. «Ich will dir was sagen, bleib

doch morgen zu Hause, ja? Du siehst ziemlich fertig aus, und du kannst den Bericht in Ruhe schreiben, ohne daß du dauernd unterbrochen wirst. So hast du auch mehr von Louisa, nachdem du so lange weg warst. Was meinst du?»

James antwortete, es sei eine glänzende Idee, und er meinte es ernst.

«Also abgemacht.» Sir Osborne stand auf und beendete das Gespräch abrupt, bevor noch mehr Bazillen in die sterile Luft seines erlesen ausgestatteten Büros entlassen werden konnten. «Wenn du jetzt losfährst, kannst du vor der schlimmsten Stoßzeit zu Hause sein. Wir sehen uns Freitag morgen. Und ich an deiner Stelle würde mich vor dem Schnupfen vorsehen. Whisky mit Zitrone, heiß getrunken, als letztes am Abend. Was Besseres gibt es nicht.»

Als James und Louisa vor vierzehn Jahren heirateten, hatten sie in London in einer Souterrainwohnung in South Kensington gewohnt, aber als Louisa mit dem ersten ihrer beiden Kinder schwanger wurde, hatten sie beschlossen, aufs Land zu ziehen. Mit ein wenig finanzieller Jonglierarbeit war ihnen das gelungen, und James hatte es keine Sekunde bereut. Die einstündige Fahrt täglich zur Arbeit und zurück schien ihm ein geringer Preis für das Refugium des alten roten Ziegelhauses mit dem großen Garten und für die schlichte allabendliche Freude des Nachhausekommens. Das Pendeln, selbst auf den vollgestopften Straßen, schreckte ihn nicht ab. Im Gegenteil, die Stunde im Auto, die er mit sich allein war, war seine Zeit des Abschaltens, wenn er die Probleme des Tages hinter sich ließ.

Wenn er im Winter bei Dunkelheit in seine Zufahrt einbog, sah er durch die Bäume das Licht über seiner Haustür brennen. Im Frühling war der Garten mit Narzissen übersät; im Sommer freute James sich auf den langen, trägen Abend. Duschen, ein Hemd mit offenem Kragen und Espadrilles anziehen,

Drinks auf der Terrasse unter den rauchblauen Blüten der Glyzine, dazu das Gurren der Ringeltauben aus dem Buchenhain am Ende des Gartens.

Die Kinder fuhren mit ihren Rädern über den Rasen und schwangen sich auf die Strickleiter, die von ihrem Baumhaus herunterhing, und am Wochenende war das Grundstück meistens von Freunden bevölkert, Nachbarn oder Flüchtlingen aus London, die ihre Familien und ihre Hunde mitbrachten; alles lümmelte sich mit der Sonntagszeitung in Sesseln oder erging sich in freundschaftlichen Puttingwettkämpfen auf dem Rasen.

Und der Mittelpunkt von alledem war Louisa. Louisa, die James immer wieder in Erstaunen setzte, denn als er sie heiratete, hatte er nicht im geringsten geahnt, als was für ein Mensch sie sich entpuppen würde. Sanft und anspruchslos, hatte sie im Laufe der Jahre einen nahezu unheimlichen Instinkt dafür an den Tag gelegt, was ein Haus behaglich machte. Hätte man ihn gebeten, dies genauer zu erläutern, James hätte passen müssen. Er wußte nur, daß das Haus, obwohl häufig die Spielsachen, Schuhe und Zeichnungen der Kinder herumlagen, ein friedliches, heimeliges Ambiente hatte. Immer waren Blumen da, Lachen erfüllte das Haus, und immer gab es genug zu essen für die unerwarteten Gäste, die beschlossen hatten, zum Abendessen zu bleiben.

Das wahre Wunder aber war, daß all dies so unaufdringlich passierte. James kannte Familien, wo die Frau des Hauses den ganzen Tag mit abgehärmtem Gesicht herumlief, ununterbrochen putzte und aufräumte, sich in die Küche zurückzog und erst zwei Minuten bevor das Essen aufgetragen wurde, wieder zum Vorschein kam, erschöpft und obendrein schlechtgelaunt. Nicht, daß Louisa nicht in ihre Küche ging, aber die Leute schlenderten hinterher, nahmen ihre Drinks oder ihr

Strickzeug mit und hatten nichts dagegen, wenn sie ihnen Bohnen zum Schnippeln oder Mayonnaise zum Rühren gab. Die Kinder zockelten zwischen Küche und Garten hin und her, und auch sie halfen Erbsen palen oder aus den Teigresten der Apfelpastete kleine Plätzchen formen.

Manchmal kam James der Gedanke, daß Louisas Leben, verglichen mit seinem, sehr fade sein mußte. «Was hast du heute gemacht?» fragte er, wenn er nach Hause kam, aber sie sagte jedesmal nur: «Nicht viel.»

Es regnete noch, an diesem Nachmittag würde es früh dunkel werden. Er hatte jetzt Henborough erreicht, die letzte Kleinstadt an der Hauptstraße vor der Abzweigung zu ihrem Dorf. Die Ampel zeigte Rot, und er kam vor einem Blumengeschäft zum Stehen. Drinnen sah er Vasen mit roten Tulpen, mit Freesien, Narzissen. Er dachte daran, Louisa Blumen zu kaufen, aber da sprang die Ampel auf Grün, er vergaß die Blumen und fuhr im Verkehrsstrom weiter.

Es war noch hell, als er zwischen den Rhododendronsträuchern die Zufahrt entlangkam. Er fuhr den Wagen in die Garage, stellte den Motor ab, nahm sein Gepäck aus dem Kofferraum und ging durch die Küchentür ins Haus. Rufus, ein Spaniel, der langsam in die Jahre kam, stieß in seinem Korb ein warnendes «Wuff» aus, und James' Frau blickte vom Küchentisch auf, wo sie eine Tasse Tee trank.

«Liebling!»

Wie schön, so freudig begrüßt zu werden. «Überraschung, Überraschung.» Er stellte seine Aktenmappe hin, Louisa stand auf, sie liefen sich entgegen und verloren sich in einer langen, innigen Umarmung. Er fühlte ihre zarten Rippenknochen durch ihren alten braunen Pullover. Sie duftete köstlich, es erinnerte entfernt an Feuer im Freien.

«Du bist früh dran.»

«Ich bin vor dem Stoßverkehr entwischt.»

«Wie war's auf dem Festland?»

«Europa existiert noch.» Er hielt sie von sich. «Hier stimmt was nicht.»

«Wieso?»

«Das mußt du mir sagen. Keine verlassenen Fahrräder mitten in der Garage, kein aufgeregtes Geplapper, keine Rasselbanden, die durch den Garten flitzen. Keine Kinder.» «Sie sind in Hamble bei Helen.» Helen war Louisas Schwester. «Das hast du doch gewußt.»

Er hatte es gewußt. Er hatte es schlicht und einfach vergessen.

«Ich dachte, du hättest sie womöglich ermordet und im Komposthaufen verscharrt.»

Sie runzelte die Stirn. «Hast du dich erkältet?»

«Ja. Irgendwo zwischen Oslo und Brüssel muß es mich erwischt haben.»

«Ach du Ärmster.»

«Gar nicht Ärmster. Deswegen muß ich morgen nämlich nicht nach London. Ich bleibe hier, bei meiner Frau, und schreibe meinen EG-Bericht am Eßzimmertisch.» Er küßte sie. «Du hast mir gefehlt. Weißt du das? Du hast mir wahrhaftig gefehlt. Unglaublich. Was gibt's zum Essen?»

«Steaks.»

«Das wird ja immer besser.» Er öffnete seine Aktenmappe und gab Louisa den Parfumflakon (größer als der für seine Sekretärin), empfing ihre Dankesumarmung, dann ging er nach oben, um auszupacken und ein heißes Bad zu nehmen.

Als James am nächsten Morgen aufwachte, schien blaß die Sonne, und es herrschte eine wunderbare, lediglich von leisem Vogelgezwitscher gebrochene Stille. Er schlug die Augen auf und sah, daß er allein im Bett war, nur die Mulde in dem anderen Kissen zeugte von Louisas Anwesenheit. Er stellte etwas erstaunt fest, daß er sich nicht erinnern konnte, wann er jemals während der Woche einen Tag frei genommen hatte. In Trägheit schwelgend, kam er sich vor wie ein Schuljunge an einem unerwarteten Ferientag. Er fummelte seine Uhr unter dem Kopfkissen hervor. Es war halb neun. Herrlich. Der heiße Whisky mit Zitrone, den er gestern abend zu sich genommen hatte, hatte seine Wirkung getan, und seine Erkältung war auf dem Rückzug. Er stand auf, rasierte sich, zog sich an, ging nach unten und fand seine Frau in der Küche, wo sie ihren Kaffee trank.

«Wie geht's dir?» fragte sie.

«Ich fühle mich wie neugeboren. Die Erkältung ist weg.» Sie ging zum Herd. «Eier mit Speck?»

«Wunderbar.» Er griff nach der Morgenzeitung. Gewöhnlich las er die Morgenzeitung, wenn er abends nach Hause kam. Es war ein nahezu obszöner Luxus, sie in Muße am Frühstückstisch zu lesen. Er überflog den Wirtschaftsteil, den Krikketbericht, schließlich die Schlagzeilen. Louisa räumte die Spülmaschine ein. James sah sie an.

«Räumt Mrs. Brick die Spülmaschine nicht ein?»

Mrs. Brick war die Frau des Installateurs aus dem Dorf, die Louisa bei der Hausarbeit half. Zu den angenehmen Dingen am Samstagmorgen gehörte es, daß Mrs. Brick kam, hinter dem Staubsauger hersauste, die Bodendielen polierte und im Haus den süßen Duft von Bienenwachs verbreitete.

«Mrs. Brick kommt donnerstags nicht. Mittwochs und montags kommt sie auch nicht.»

«Nie?»

«Nie.» Louisa servierte ihm Eier mit Speck und schenkte ihm eine große Tasse schwarzen Kaffee ein. «Ich drehe im Eßzimmer die Heizung an. Es ist eiskalt da drin.» Damit ging sie hinaus. Gleich darauf lärmte der Staubsauger durch die Morgenluft. *Arbeiten*, schien er zu sagen. *Arbeiten, arbeiten.* James verstand den Hinweis, er begab sich mit seiner Aktenmappe und seinem Taschenrechner ins Eßzimmer. Die Morgensonne strahlte durch die hohen Fenster. Er öffnete seine Aktenmappe und breitete den Inhalt um sich aus. Das, dachte er, während er seine Brille aufsetzte, ist das Leben. Keine Störungen, keine Anrufe.

Sogleich klingelte das Telefon. Er hob den Kopf und hörte Louisa drangehen. Nach langer Zeit, wie ihm schien, verkündete ein einzelnes Klingeln, daß das Gespräch beendet war. Der Staubsauger brummte aufs neue. James machte sich wieder an die Arbeit.

Ein neues Geräusch durchdrang die Morgenstille. Von irgendwo ertönte ein Surren und Schwirren, das James nach einigem Nachdenken als die Waschmaschine identifizierte. Er schrieb: *Nordengland. Absolut abgedeckt.*

Dann, in dichter Folge, zwei weitere Anrufe. Louisa nahm alle entgegen, aber als es das vierte Mal klingelte, ging sie nicht an den Apparat. James versuchte, das beharrliche Klingeln zu überhören, doch nach einer Weile schob er entnervt seinen Stuhl zurück und stürmte durch die Diele ins Wohnzimmer.

«Ja?»

Eine schüchterne Stimme sagte: «Oh, hallo.»

«Wer spricht da?» schnauzte James.

«Oh, ich glaube, ich muß mich verwählt haben. Ist das Henborough 384?»

«Ja. Hier spricht James Harner.»

«Ich wollte Mrs. Harner sprechen.»

«Ich weiß nicht, wo sie ist.»

«Hier spricht Miss Bell. Es geht um den Blumenschmuck in der Kirche für nächsten Sonntag. Mrs. Harner und ich machen das immer zusammen, und ich wollte sie fragen, ob sie etwas dagegen hat, wenn sie es diesen Sonntag mit Mrs. Sheepfold macht, dann könnte ich es nächste Woche mit der Frau des Pastors machen. Wissen Sie, die Tochter meiner Schwester hat nämlich...»

Es war an der Zeit, den Redeschwall zu bremsen. «Hören Sie, Miss Bell, wenn Sie einen Moment dranbleiben, sehe ich nach, ob ich Louisa finden kann. Legen Sie nicht auf. Bin gleich wieder da...»

Er legte den Hörer hin und ging in die Diele. «Louisa!» Keine Antwort. In die Küche. «Louisa!»

Ein schwacher Ruf drang durch die Hintertür zu ihm. Er ging hinaus und fand seine Frau auf dem Rasen, wo sie, wie ihm schien, die Wäsche eines ganzen Wäschereibetriebes aufhängte. «Was gibt's?»

«Miss Bell ist am Telefon.» Dann war er abgelenkt und fragte: «Sagen Sie, Mrs. Harner, wie bekommen Sie Ihre Wäsche so weiß?»

Louisa parierte aufs Stichwort: «Oh, ich nehme Persil», erwiderte sie mit der Stimme der Frau in der Fernsehwerbung. «Das wäscht sogar die Unterhosen meines Mannes strahlend rein, und alles duftet so frisch. Was will Miss Bell?»

«Sie sagt irgendwas von der Tochter ihrer Schwester und der Pfarrersfrau. Das Telefon hat den ganzen Morgen ununterbrochen geklingelt.»

«Tut mir leid.»

«Ach was. Aber ich bin verrückt vor Neugierde, warum du so beliebt bist.»

«Der erste Anruf war Helen, um zu sagen, daß die Kinder noch leben. Dann war es der Tierarzt, um Bescheid zu sagen, daß es Zeit für Rufus' nächste Impfung ist. Und dann hat Elizabeth Thomson gefragt, ob wir nächsten Dienstag mit ihnen essen gehen. Hast du Miss Bell gesagt, daß ich sie zurückrufe?»

«Nein, ich hab ihr gesagt, sie soll dranbleiben. Sie wartet.»

«O James.» Louisa trocknete sich die Hände an ihrer Schürze ab. «Warum hast du das nicht gleich gesagt?» Sie ging ins Haus. James versuchte, ein, zwei Socken aufzuhängen, aber das war eine knifflige Angelegenheit. Er ließ es bleiben und begab sich wieder an seinen provisorischen Schreibtisch.

Er schrieb eine neue Überschrift und unterstrich sie akkurat mit roter Tinte. Es war fast halb elf, und er fragte sich, ob Louisa wohl daran denken würde, ihm eine Tasse Kaffee zu bringen.

Gegen Mittag ließ sich das Bedürfnis nach einer Stärkung nicht mehr unterdrücken. Er legte seinen Stift hin, setzte seine Brille ab und lehnte sich zurück. Alles war still. Er stand auf, ging in die Diele, blieb mit gespitzten Ohren am Fuße der Treppe stehen wie ein Hund, der darauf wartet, daß man mit ihm spazierengeht. «Louisa!»

«Hier bin ich.»

«Wo ist hier?»

«Im Kinderbadezimmer.»

James stapfte die Treppe hinauf. Die Tür zum Kinderbadezimmer war zu, und als er sie aufmachte, warnte Louisas Stimme: «Vorsicht.» Also spähte er vorsichtig hinein. Auf dem Boden lagen Schutzplanen, eine Leiter war aufgestellt, und oben stand seine Frau und strich die hölzerne Vorhangleiste. Das Fenster war offen, trotzdem roch es stark nach Farbe. Und es war sehr kalt.

James schauderte. «Was machst du denn da, um Himmels willen?»

«Ich streiche die Vorhangleiste.»

«Das sehe ich. Aber warum? War sie nicht in Ordnung?»

«Du hast sie nie gesehen, weil sie immer mit Rüschen und Troddeln dran verdeckt war.»

Er erinnerte sich an die Rüschen. «Was ist damit passiert?»

«Als die Kinder weg waren, dachte ich, das ist eine gute Gelegenheit, die Badezimmervorhänge zu waschen, und da habe ich auch die Rüschen gewaschen, aber die hatten eine Versteifung, und alles wurde ganz klebrig, und die Troddeln sind abgegangen. Darauf hab ich alles in den Abfalleimer geworfen, und jetzt streiche ich die Vorhangleiste, damit sie zum übrigen Anstrich paßt und nicht auffällt.»

James dachte darüber nach und sagte dann: «Ich verstehe.»

«Wolltest du was?» Es drängte sie sichtlich, mit der Arbeit weiterzumachen.

«Nein, eigentlich nicht. Ich dachte nur, eine Tasse Kaffee wär ganz schön.»

«Oh, verzeih. Daran hab ich nicht gedacht. Ich koch mir nie welchen, wenn Mrs. Brick nicht da ist.»

«Oh. Macht nichts.» Und hoffnungsvoll fügte er hinzu: «Gibt ja sowieso bald Mittagessen.» Er bekam langsam Hunger. Er kehrte an seinen Bericht zurück, nahm sich einen Apfel aus der Schale auf dem Buffet. Während er sich abermals mit Rechenschieber und Taschenrechner befaßte, hoffte er, daß es zum Mittagessen etwas Warmes mit Fleisch geben würde.

Bald darauf hörte er Louisa die Treppe herunterkommen, vorsichtig, was bedeutete, daß sie die Leiter und den Farbeimer trug, was wiederum bedeutete, daß sie die Vorhangleiste fertiggestrichen hatte. Er hörte Küchenschubladen auf- und zugehen, Töpfe klappern, einen Mixer brummen. Bald darauf drang ein köstlicher Duft an James' Arbeitsplatz: Der Geruch nach gebratenen Zwiebeln und Paprikaschoten hätte jedem Mann das Wasser im Munde zusammenlaufen lassen.

Er schrieb seinen Absatz zu Ende, zog wieder einen sauberen Strich und befand, daß er sich einen Drink verdient habe.

In der Küche trat er hinter Louisa, die am Herd stand, legte ihr die Arme um die Taille und spähte über ihre Schulter auf das köstliche Schmorgericht, das sie rührte.

Er sagte: «Das sieht aber reichlich viel aus für zwei Personen.»

«Wer sagt, daß das für zwei Personen ist? Es ist für zwanzig Personen.»

«Du meinst, wir erwarten achtzehn Gäste zum Mittagessen?»

«Nein. Ich meine, daß wir übernächstes Wochenende Sonntag mittag zwanzig Leute sind.»

«Aber du kochst es jetzt.»

«Ja. Das ist Moussaka. Und wenn es fertig ist, friere ich es ein, und einen Tag bevor die vielen Leute kommen, hole ich es aus der Tiefkühltruhe, und Simsalabim.»

«Aber was essen wir heute mittag?»

«Was du willst. Suppe, Brot, Käse. Ein gekochtes Ei.»

«Ein gekochtes Ei?»

«Was hast du denn erwartet?»

«Lammbraten. Koteletts. Apfelkuchen.»

«James, so groß essen wir mittags nie.»

«Doch. Am Wochenende immer.»

«Die Wochenenden sind was anderes. Am Wochenende essen wir abends Rühreier. Am Wochenende ist es umgekehrt.»

«Warum?»

«Warum? Damit du abends, wenn du abgekämpft und fix und fertig aus dem Büro kommst, eine anständige Mahlzeit kriegst. Darum.» Das leuchtete ihm ein. Er seufzte und sah ihr beim Würzen der Moussaka zu. Salz, Pfeffer, eine Handvoll gemischte Kräuter. Wieder lief ihm das Wasser im Mund zusammen. Er sagte: «Kann ich heute mittag nicht ein bißchen davon haben?»

Louisa sagte: «Nein.» Er fand sie richtig gemein. Um sich aufzuheitern, holte er Eis aus dem Kühlschrank und machte sich einen belebenden Gin Tonic. Mit dem Drink in der Hand begab er sich ins Wohnzimmer, in der Absicht, sich ans Feuer zu setzen und die Morgenzeitung zu Ende zu lesen, bis sein Mittagessen fertig wäre.

Aber im Wohnzimmerkamin brannte kein Feuer, der Raum war kühl und freudlos.

«Louisa!»

«Ja?» Bildete er es sich ein, oder klang sie wirklich ein kleines bißchen ungeduldig?

«Soll ich den Kamin für dich anzünden?»

«Kannst du machen, wenn du willst, aber ist es nicht Verschwendung, wenn keiner von uns im Zimmer ist?»

«Wirst du dich denn heute nachmittag nicht etwas hinsetzen?»

«Glaub ich kaum», sagte Louisa.

«Um wieviel Uhr machst du sonst immer Feuer?»

«Meistens so gegen fünf.» Sie sagte wieder: «Du kannst es anzünden, wenn du willst», aber er ließ es störrisch bleiben

43

und machte sich ein nahezu masochistisches Vergnügen daraus, sich in einen Sessel zu setzen und stur den Leitartikel zu lesen.

Am Ende war das Mittagessen besser, als er zu hoffen gewagt hatte. Kräftige Gemüsesuppe, knuspriges Vollkornbrot, Landbutter, etwas Stiltonkäse, eine Tasse Kaffee. Um das Ganze abzurunden, zündete er sich ein Zigarillo an. «Wie läuft es?» fragte Louisa.

«Wie läuft was?»

«Mit deinem Bericht.»

«Ich hab ungefähr zwei Drittel.»

«Das ging ja schnell, mein Schlauer. Jetzt verlasse ich dich, und dann kannst du ganz ungestört weitermachen.»

«Du verläßt mich? Weswegen verläßt du mich? Sag mir den Namen deines Liebhabers.»

«Ich habe nicht gerade einen Liebhaber, aber ich muß mit Rufus raus, und da gehen wir gleich beim Metzger vorbei und holen das Lamm ab, das er mir versprochen hat.»

«Wann gibt's Lamm zu essen? Weihnachten?»

«Nein, heute abend. Aber wenn du weiter so sarkastisch bist, kann ich es ja einfrieren, bis du bessere Laune hast.»

«Wag es bloß nicht. Was gibt es sonst noch?»

«Neue Kartoffeln und Tiefkühlerbsen. Denkst du nie an was anderes als ans Essen?»

«Manchmal denke ich ans Trinken.»

«Du bist ein Vielfraß.»

«Ich bin ein Feinschmecker.» Er küßte sie. Dann sann er darüber nach. Er sagte: «Es ist komisch, dich beim Essen zu küssen. Ich küsse dich nicht oft am Tisch.»

«Das kommt, weil die Kinder nicht da sind», sagte Louisa.

«Laß uns das öfter machen. Die Kinder wegschicken, meine ich. Wenn deine Schwester sie nicht nehmen kann, stecken wir sie in einen Zwinger.»

Am Nachmittag war das Haus ohne Louisa, ohne den Hund, ohne Kinder, Gäste oder jegliche Art von Geschäftigkeit vollkommen tot. Die Stille war betäubend, beunruhigend wie ein ständiges, unerklärliches Geräusch. An seinem Arbeitsplatz konnte James nur das gedämpfte Ticken der Uhr in der Diele hören. Ihm kam der Gedanke, daß es für Louisa die meiste Zeit so sein mußte, wenn er in London und die Kinder in der Schule waren. Kein Wunder, daß sie mit dem Hund sprach.

Als sie endlich zurückkam, war seine Erleichterung so groß, daß er sich zurückhalten mußte, nicht gleich hinzugehen und sie zu begrüßen. Vielleicht spürte sie das, denn kurz darauf steckte sie den Kopf zur Tür herein und sprach seinen Namen. Er versuchte ein Gesicht zu machen, als habe sie ihn überrascht. «Was gibt's?»

«Wenn du mich brauchst, ich bin im Garten.»

James hatte gedacht, sie würde das Feuer anzünden, sich an den Kamin setzen, ihre Strickerei zur Hand nehmen und warten, daß er sich zu ihr setze. Er fühlte sich betrogen. «Was willst du im Garten?»

«Ich muß das Rosenbeet in Schuß bringen. Heute ist der erste Tag, wo ich Gelegenheit dazu habe. Wenn jemand mit einem Lieferwagen kommt und klingelt, könntest du aufmachen oder mir Bescheid sagen?»

«Erwartest du Gesellschaft?»

«Mrs. Bricks Schwager hat gesagt, wenn er kann, kommt er heute nachmittag vorbei.»

Mrs. Bricks Schwager war für James eine unbekannte Größe. «Was hast du mit ihm vor?» «Weißt du, er hat eine Kettensäge.» James sah sie völlig verständnislos an, und Louisa wurde ungeduldig. «O James, ich hab's dir doch gesagt. Im Wald ist eine Buche umgefallen, und der Bauer hat gemeint, ich kann die abgebrochenen Äste als Kaminholz haben, wenn sie mir jemand zersägt. Und da hat Mrs. Brick gesagt, ihr Schwager würde vorbeikommen. Das hab ich dir erzählt. Das Dumme ist, du hörst nie zu, wenn ich dir was erzähle, und wenn du zuhörst, merkst du's dir nicht.» «Du hörst dich an wie eine Ehefrau», erklärte James. «Was hast du denn erwartet? Also, halt die Ohren für mich offen. Es wäre peinlich, wenn er käme und wieder wegginge, weil er denkt, ich bin nicht da.»

James stimmte zu, daß es peinlich wäre. Louisa ging und machte die Tür hinter sich zu. Kurz darauf sah er sie in Gummistiefeln mit dem Rosenbeet beschäftigt. Rufus saß neben der Schubkarre und sah ihr zu. *Blöder Hund,* dachte James. *Er könnte ihr wenigstens helfen.*

Der Bericht nahm ihn wieder in Anspruch. Er konnte sich nicht erinnern, daß er jemals für etwas so lange gebraucht hatte. Aber schließlich langte er beim letzten Resümee an und bemühte sich gerade um eine besonders elegante Formulierung, als sein Friede von der knirschenden Ankunft eines uralten Vehikels erschüttert wurde. Es bog von der Straße in die Zufahrt ein und kam hinter dem Haus zum Stehen, wo es weiterknatterte, während der Fahrer, der offensichtlich nicht riskieren wollte, den Motor abzustellen, solange er nicht sicher war, ob er hierbleiben würde, am Hintereingang klingelte.

Die elegante Formulierung war für immer verloren. James stand auf und ging öffnen. Auf der Türschwelle sah er sich einem großen, gutaussehenden Mann gegenüber, weißhaarig und rotgesichtig, in Kordhose und Tweedjacke. Hinter ihm auf der Straße stand dröhnend und zitternd ein zerbeulter blauer Laster, über und über mit Schlamm bespritzt, der giftige Auspuffwolken ausstieß.

Der Mann hatte ungewöhnlich helle, unerschrockene blaue Augen. «Mrs. Harner?»

«Nein, ich bin nicht Mrs. Harner. Ich bin Mr. Harner.»

«Ich möchte aber zu Mrs. Harner.»

«Sind Sie Mrs. Bricks Schwager?»

«Der bin ich. Redmay ist mein Name. Josh Redmay.»

James war verwirrt. Der Mann sah nicht aus wie ein Verwandter von Mrs. Brick. Mit seinen blauen Augen und seinem Offiziersgehabe ähnelte er eher einem pensionierten Admiral, noch dazu einem, der es nicht gewohnt war, sich mit Schreiberlingen vom Unterdeck abzugeben.

«Mrs. Harner ist vorne im Garten. Wenn Sie ...»

«Ich hab die Kettensäge dabei.» Mr. Redmay hatte keine Zeit für Höflichkeiten. «Wo ist der Baum?»

Es wäre glänzend gewesen, ihm zu erwidern: *Zwei Strich Westsüdwest*. Aber James konnte nur sagen: «Ich weiß es nicht genau. Meine Frau wird es Ihnen zeigen.»

Mr. Redmay bedachte James mit einem langen, abschätzenden Blick, und indem James die Schultern straffte und das Kinn reckte, gelang es ihm, diesem Blick Auge in Auge standzuhalten. Dann machte Mr. Redmay auf dem Absatz kehrt, ging zu seinem schlammbespritzten Gefährt, langte ins Fahrerhaus und stellte die Zündung ab. Es wurde still, der Laster hörte zu zittern auf, aber der unleidliche Auspuffgestank war trotzdem noch deutlich wahrnehmbar. Mr. Redmay lud die Kettensäge und einen Kanister Benzin von der Ladepritsche. Beim Anblick des Blattes, einem Haifischmaul voller Zähne, bekam es James plötzlich mit der Angst; alptraumhafte Visionen von Louisa ohne jeglichen Finger plagten ihn.

«Mr. Redmay...»

Mrs. Bricks Schwager drehte sich um. James kam sich albern vor, aber das war ihm egal. «Lassen Sie meine Frau nicht zu nahe an das Ding heran, ja?»

Mr. Redmay verzog keine Miene. Aber er nickte James zu, lud sich die Kettensäge auf die Schulter und verschwand um die Hausecke. *Wenigstens*, dachte James, als er wieder ins Haus ging, *hat er mich nicht angespuckt.*

Um Viertel vor fünf war der Bericht fertig. Gelesen und wieder gelesen, korrigiert, geheftet. Zufrieden steckte James ihn in seine Aktenmappe und ließ das Schloß zuschnappen. Morgen vormittag würde seine Sekretärin ihn tippen. Am Nachmittag würde jeder Direktor der Firma eine Kopie erhalten haben.

Er war müde. Er streckte sich und gähnte. Am anderen Ende des Gartens kreischte die Kettensäge. Er stand auf, ging ins Wohnzimmer, nahm die Streichholzschachtel vom Kaminsims und machte Feuer, dann ging er in die Küche, ließ Wasser in den Kessel laufen und setzte ihn auf. Er sah den Korb mit Wäsche auf dem Tisch, Kleidungsstücke, die darauf warteten, gebügelt zu werden. Er sah die Schüssel mit geschälten Kartoffeln, und auf dem Herd köchelte etwas in einer Kasserolle; als er den Deckel hob, schlug ihm der Duft von Spargelsuppe entgegen. Seine Lieblingssuppe.

Das Wasser kochte. Er machte Tee, füllte ihn in eine Thermosflasche, dazu Tassen, eine Flasche Milch, ein Paket Würfelzucker. Er sah die Keksdosen durch und fand einen großen Früchtekuchen. Er schnitt drei dicke Scheiben ab, räumte alles in einen Korb, zog die alte Jacke an und verließ das Haus.

Der Spätnachmittag war still und blau, die feuchte Luft roch kühl und frisch, nach Erde und Wachstum. Er ging über den Rasen, durch die Koppel und über den Zaun in den Buchenhain. Das Kreischen der Säge wurde lauter, und er fand Louisa und Mr. Redmay ohne Mühe. Mr. Redmay hatte aus einem Baumstumpf einen provisorischen Sägebock gebaut, und die beiden arbeiteten zusammen; Mr. Redmay betätigte die Säge, und Louisa reichte ihm die Äste, die binnen Sekunden zu Haufen von Scheiten wurden. Die Luft war von Sägemehlgeruch erfüllt.

James fand, sie sahen beide geschäftig und kameradschaftlich aus, und er verspürte einen leisen Stich von Eifersucht. Wenn er sich aus der Hetzjagd der Werbewelt zurückzog, würden er und Louisa vielleicht ihren Lebensabend gemeinsam mit Holzsägen verbringen.

Louisa blickte auf und sah ihn kommen. Sie sagte etwas zu Mr. Redmay, und kurz darauf wurde die Säge abgeschaltet, das Kreischen des Blattes erstarb. Mr. Redmay richtete sich auf, drehte sich um und beobachtete James' Ankunft.

Er kam mit seinem Korb zu ihnen und fühlte sich wie eine Bauersfrau. Er sagte: «Ich dachte, es ist Zeit für eine Tasse Tee.»

Es war sehr kameradschaftlich, im dunkelnden Wald zu sitzen, Tee zu trinken, Früchtekuchen zu mampfen und den heranfliegenden Tauben zuzuhören. Louisa wirkte müde, aber sie lehnte sich an James' Schulter und sagte zufrieden: «Nun sieh dir das an. Ist das zu fassen, so viele Scheite, nur aus ein paar Ästen?»

«Wie wollen wir die alle ins Haus kriegen?» fragte James. «Hab ich schon mit Ihrer Frau besprochen», sagte Mr. Redmay und zog an seiner Zigarette. «Ich leih mir 'nen Traktor und 'n Anhänger vom Bauern und fahr's rüber. Vielleicht morgen. Es wird schon dunkel. Für heute lassen wir's lieber genug sein.»

Sie packten das Teegeschirr zusammen und machten sich auf den Heimweg. Louisa ging nach oben, um ein Bad zu nehmen, aber James lud Mr. Redmay zu einem Drink ins Haus ein, und Mr. Redmay nahm ohne Umschweife an. Sie setzten sich ins Wohnzimmer an den Kamin und kippten jeder ein paar Whiskys, und als Mr. Redmay sich verabschiedete, waren sie die besten Freunde.

«Wissen Sie», sagte Mr. Redmay, «Ihre kleine Frau, so was findet man einmal unter einer Million.» Er kletterte in die Fahrerkabine seines Lasters und schlug die Tür zu. «Wenn Sie die mal loswerden wollen, sagen Sie mir Bescheid. Für jemand, der hart arbeitet, find ich immer was zu tun.»

Aber James sagte, er wolle sie nicht loswerden. Jetzt noch nicht.

Als Mr. Redmay fort war, ging James ins Haus und nach oben. Louisa war aus der Wanne, sie hatte ihren blausamtenen Morgenrock an und den Gürtel eng um ihre schmale Taille geschlungen. Sie bürstete ihre Haare. «Ich habe dich gar nicht nach dem Bericht gefragt. Bist du fertig?» erkundigte sie sich.

«Ja. Das ist erledigt.» Er setzte sich auf die Bettkante und band seinen Schlips auf. Louisa besprengte sich mit etwas Parfum, kam zu ihm und küßte ihn auf den Kopf. «Du hast hart gearbeitet», sagte sie zu ihm, dann ging sie aus dem Zimmer und die Treppe hinunter. Er blieb ein Weilchen sitzen, dann zog er sich aus und nahm ein Bad. Als er hinunterkam, hatte sie den Wäschekorb weggeräumt, aber er konnte den Duft nach frischgebügelten Sachen noch riechen. Er ging am Eßzimmer vorüber und sah sie durch die offene Tür den Tisch decken. Er blieb stehen und sah ihr zu. Sie blickte auf, sah ihn und fragte: «Was gibt's?»

«Du mußt müde sein.»

«Nicht besonders.»

Er fragte wie jeden Abend: «Möchtest du was trinken?», und Louisa erwiderte wie jeden Abend: «Ein Glas Sherry bitte.» Sie waren wieder bei ihrem gewohnten täglichen Ablauf angelangt.

Nichts hatte sich geändert. Am nächsten Morgen fuhr James nach London, verbrachte den Tag im Büro, aß mit einem jungen Werbetexter im Club zu Mittag und kehrte – im üblichen dichten Stoßverkehr – am Abend aufs Land zurück. Aber er fuhr nicht direkt nach Hause. Er hielt in Henborough an, stieg aus, ging in das Blumengeschäft und kaufte Louisa einen Armvoll zartgelber Narzissen, hellrosa Tulpen, violettblauer Iris. Die Verkäuferin wickelte sie in Seidenpapier, James bezahlte, brachte die Blumen nach Hause und gab sie Louisa.

«James...» Sie machte ein erstauntes Gesicht, und das mit Recht. Es war nicht seine Gewohnheit, ihr Arme voll Blumen mit nach Hause zu bringen. «Oh, sind die schön.» Sie begrub ihr Gesicht darin, saugte den Duft der Narzissen in sich hinein. Dann sah sie auf. «Aber warum...?»

Weil du mein Leben bist. Die Mutter meiner Kinder, das Herz meines Hauses. Du bist der Früchtekuchen in der Dose, die sauberen Hemden in der Schublade, die Holzscheite im

Korb, die Rosen im Garten. Du bist die Blumen in der Kirche und der Farbgeruch im Badezimmer und Mr. Redmays Augapfel. Und ich liebe dich.

Er sagte: «Aus keinem besonderen Grund.»

Sie küßte ihn. «Wie war dein Tag?»

«In Ordnung», sagte James. «Und du? Was hast du gemacht?»

«Oh», sagte Louisa, «nicht viel.»

«Spanish Ladies»

A*n einem Mittwoch Anfang Juli starb der alte Admiral Colley. Er wurde am Samstag darauf beerdigt, der Trauergottesdienst fand in der Dorfkirche statt, und zwei Wochen später wurde seine Enkelin Jane in derselben kleinen Kirche mit Andrew Latham getraut. Das rief im Dorf einiges Stirnrunzeln sowie ein paar vorwurfsvolle Briefe von entfernten älteren Verwandten hervor, aber die Angehörigen sagten sich: «Er hätte es so gewollt», und sie trockneten ihre Tränen und fuhren mit den Vorbereitungen fort. «Er hätte es so gewollt.»*

Weil es Juli war und morgens um halb sieben, war das Schlafzimmer von Sonnenstrahlen durchflutet, als Laurie aufwachte. Sie lagen wie eine warme Decke auf ihrem Bett. Sie zauberten Bänder aus reflektiertem Licht von dem Dreifachspiegel ihres Toilettentisches, überfluteten den verblichenen rosa Teppich. Durch das offene Fenster konnte sie den blassen, wolkenlosen Himmel sehen, den Vorboten eines herrlichen Tages. Vom Meer her wehte eine Brise und bewegte die Vorhänge mit dem Gänseblümchenmuster. Die Vorhänge paßten zur Tapete und zu den Rüschen an der Steppdecke; Lauries Mutter hatte sie ausgesucht, als Laurie dreizehn und im Internat war. Sie erinnerte sich, wie sie nach Hause in das vollkommen neu dekorierte Zimmer kam und ihr Entsetzen verbergen mußte, weil sie sich insgeheim ein Zimmer wünschte, so schlicht und streng wie eine Schiffskabine, mit weißgetünchten Wänden und Platz für ihre vielen Bücher und einem Bett wie Großvaters, mit Schubladen darunter und einer kleinen Leiter, die man erklimmen mußte, wenn man ins Bett wollte. *Glücklich die Braut, von der Sonne beschienen.* Sie horchte. Tief unter ihr in dem alten Haus hörte sie eine Tür zugehen und einen Hund bellen. Sie wußte, daß ihre Mutter schon auf war. Vermutlich saß sie bei ihrer ersten Tasse Morgentee am Küchentisch und schrieb wieder eine ihrer endlosen Listen mit Dingen, die noch zu erledigen waren.

Tante Blanche am Bahnhof abholen.
Friseuse. Bleibt sie zum Mittagessen?
Robert zum Blumengeschäft wegen der Nelken.
Hundefutter. NICHT VERGESSEN.

Glücklich die Braut, von der Sonne beschienen. Auf der gegenüberliegenden Seite des Treppenhauses, in dem anderen Mansardenzimmer, lag Jane vermutlich im Schlummer. Jane war nie eine Frühaufsteherin gewesen, und der Umstand, daß dies der Morgen ihrer Hochzeit war, würde sie kaum dazu bewegen, mit der Gewohnheit von fünfundzwanzig Lebensjahren zu brechen. Laurie stellte sie sich vor, blond und rosig, mit wirren Haaren, den alten, augenlosen Teddybär unters Kinn geklemmt. Der Teddybär sorgte bei ihrer Mutter für milde Verstimmung; sie war nicht der Meinung, daß er Jane auf ihrer

Hochzeitsreise begleiten sollte. Auch Laurie fand, daß er nicht zu feinen Negligés und romantischer Stimmung paßte, aber da es Janes Art war, liebenswürdig allem zuzustimmen, was von ihr verlangt wurde, um dann das genaue Gegenteil zu tun, war Laurie sich ziemlich sicher, daß der Teddy heute abend in der Hochzeitssuite eines Luxushotels zugegen sein würde.

Sie ließ ihre Gedanken weiter durch das Haus schweifen. Ins Gästezimmer, wo ihr älterer Bruder und seine Frau schliefen. In die alten Kinderzimmer, wo ihre Kinder in geerbten Gitterbettchen lagen. Sie dachte an ihren Vater, der sich vielleicht eben zu rühren begann, die Augen öffnete, für das schöne Wetter dankte und dann anfing, sich Sorgen zu machen. Wegen der Parkplatzvorkehrungen, der Qualität des Sektes, des Umstands, daß die Hose seines Stresemanns ausgelassen werden mußte. Wegen der Rechnungen.

«Wir können uns keine große Hochzeit leisten», hatte er in demselben Augenblick, als die Verlobung verkündet wurde, mit fester Stimme gesagt. Und die anderen hatten so ziemlich in dasselbe Horn gestoßen, wenn auch vielleicht aus anderen Gründen. «Wir wollen keine große Hochzeit», hatte Jane gesagt. «Vielleicht bloß aufs Standesamt und hinterher einen kleinen Imbiß.»

«Wir wollen keine große Hochzeit», hatte ihre Mutter matt zugestimmt, «aber das Dorf erwartet es. Ich denke, wir können etwas ganz Einfaches...»

Blieben noch Lauries und des Großvaters Beitrag zu der Diskussion. Laurie leistete überhaupt keinen Beitrag, da sie zur Zeit der Verlobung in Oxford und ganz von Tutorenkursen und Vorlesungen eingenommen war, aber der Großvater las ihnen tüchtig die Leviten. «Ihr habt bloß zwei Töchter», sagte er zu Lauries Eltern, «was soll da so eine popelige Trauungszeremonie? Ihr braucht ja nicht gleich ein Zirkuszelt aufzustellen. Räumt das Wohnzimmer leer, und wenn schönes Wetter ist, können die Gäste nach draußen auf den Rasen...»

Sie konnte es ihn sagen hören. Sie drehte sich im Bett herum, vergrub das Gesicht im Kopfkissen und kämpfte gegen die Woge tränenlosen Kummers, die sie zu verschlingen drohte, weil der Großvater ihr Leben lang für sie der liebste Mensch auf Erden gewesen war, ihr klügster Ratgeber, ihr allerbester Freund. Jane und Robert waren altersmäßig nicht weit auseinander, Laurie aber war sechs Jahre später gekommen und immer ein wenig einsam gewesen, fast wie ein Einzelkind. «Wie merkwürdig die Kleine ist», bemerkten die Freundinnen ihrer Mutter in dem Glauben, Laurie würde sie nicht hören. «So verschlossen. Mag sie denn nie mit anderen Kindern spielen?» Aber Laurie brauchte keine anderen Kinder, denn sie hatte Großvater.

Großvater war sein Leben lang bei der Marine gewesen. Nach seiner Pensionierung und dem Tod seiner Frau vor mehr als zwanzig Jahren hatte er von seinem Sohn ein Stück Land gekauft und sich ein Häuschen gebaut. Er zog nach Cornwall und sagte Porthmouth für immer ade. Es war ein Holzhaus aus Zedernholz, mit einem Schindeldach und einer breiten Veranda, die über die alte Kaimauer hinausragte. Bei Flut platschte das Wasser gegen die Steine, was Großvater an seine Zeit auf See erinnerte. An dem Geländer seiner Veranda hatte er ein Fernrohr montiert, und das verschaffte ihm viel Freude. Schiffe gab es keine zu sehen, höchstens ein paar klapprige Krabbenkutter, die auf den Kiesstrand unterhalb seines Hauses gezogen wurden; ansonsten aber kam, die See ausgenommen, heutzutage nichts mehr in den Meeresarm. Doch es machte ihm Spaß, die Vögel zu beobachten und die Autos auf der Chaussee zu zählen, die jenseits des Sandes verlief. Im Winter fuhren sie nur vereinzelt, aber sobald die Sommertouristen kamen, drängten sie sich Stoßstange an Stoßstange, die Sonne blinkte auf ihren Windschutzscheiben, und das endlose Dröhnen des Verkehrs war wie fernes Bienensummen.

Er war auf seiner Veranda gestorben, an einem warmen Abend, mit seinem gewohnten Pink Gin in der Hand, und sein Plattenspieler hatte hinter ihm im Zimmer gespielt. Er hing sehr an seinem Plattenspieler. Einen Fernsehapparat hatte er nie besessen, aber er liebte Musik. *Schöne Nacht, du Liebesnacht, o stille das Verlangen.* Die Barkarole. Er hatte die Barkarole gespielt, als er starb. Sie hatten sie auf dem Grammophon gefunden, die zu Ende gespielte Platte drehte sich noch auf dem Teller, die Nadel kratzte in der letzten Rille.

Er hatte auch einen alten Flügel, auf dem er mit Begeisterung, aber ohne große Kunstfertigkeit spielte. Als Laurie klein war, brachte er ihr Lieder bei, sie sangen sie gemeinsam, und Großvater lieferte die Begleitung. Es waren zumeist rauhe Seemannslieder mit einfachen Melodien. «Whisky Johnny» und «Rio Grande» und «Shenandoah». Aber sein Lieblingslied war «Spanish Ladies»:

Goodbye and farewell to you, fair Spanish ladies,
Goodbye and farewell to you, ladies of Spain,
For we have received orders for to sail for old England...

Er spielte es im langsamen Marschrhythmus, mit brausenden Akkorden, und Laurie mußte die langen Noten halten, wobei ihr oft die Puste ausging.

«Ein wunderbarer langsamer Marsch», sagte der Großvater dann und dachte an Colours auf Whale Island, wenn die

Kapelle der Royal Marine «Spanish Ladies» spielte, während der Kapitän die Wache inspizierte und die «White Ensign», die Flagge der englischen Kriegsmarine, hoch am Morgenhimmel flatterte.

Er kannte unzählige Geschichten, von Hongkong, Simonstown und Malta. Er hatte im Krieg im Mittelmeer gekämpft, war dann in den Fernen Osten und nach Ceylon gefahren. Er hatte Angriffe und Schiffbruch überlebt, war immer wieder aufgetaucht, einen Scherz auf den Lippen, unverwüstlich, hatte überlebt und war einer der beliebtesten Flaggoffiziere der Marine geworden.

Unverwüstlich. Aber er war nicht unverwüstlich. Kein Mensch war unverwüstlich. Am Ende war er in seinem Sessel gekentert, während er die Barkarole hörte, und das Glas mit Pink Gin war auf die Erde gefallen und in tausend Stücke zersprungen. Es ließ sich nicht sagen, wie lange er so gesessen haben mochte, ohne daß jemand von seinem Tod wußte, aber ein Fischer, der an seinem Boot arbeitete, hatte zu ihm hinaufgesehen und gemerkt, daß etwas nicht stimmte, und er war zum Haus gegangen, die Mütze in der Hand, um ihnen die Nachricht zu überbringen.

Goodbye and farewell to you, fair Spanish ladies . . .

Bei der Trauerfeier hatten sie «Heilig, heilig, heilig» gesungen und dann «Ewiger Vater, starker Erlöser». Und Laurie hatte auf den schlichten Sarg gesehen, der in die White Ensign gehüllt war, und sie war in lautes, unhaltbares Weinen ausgebrochen und mußte von ihrer Mutter diskret zu einem Nebeneingang hinausgeschoben werden. Sie war seit dem Begräbnis nicht wieder in der Kirche gewesen. Gestern hatte sie einen Haufen Vorwände erfunden, um nicht an der Probe für die Trauung teilzunehmen. «Ich bin die einzige Brautjungfer, ich weiß, was ich zu tun habe. Es ist sinnlos, daß ich komme, und hier gibt es so viel zu tun. Ich helfe die Möbel verrücken und sauge den Wohnzimmerteppich.»

Aber heute – heute war der Hochtzeitstag, und es gab keinen Vorwand.

Und keinen Vorwand, um im Bett zu bleiben. Laurie stand auf, zog sich an und bürstete ihre Haare, dann ging sie nach Jane sehen. Man hatte Jane das Frühstück ans Bett gebracht, was sie liebte, träge, wie sie war. Laurie haßte es, im Bett zu frühstücken, weil sie hinterher immer auf lauter Krümeln saß. Sie sagte: «Guten Morgen, wie fühlst du dich?» und gab Jane einen Kuß, und Jane sagte: «Ich weiß nicht. Wie sollte ich mich fühlen?»

«Nervös?»

«Kein bißchen. Nur gemütlich und verwöhnt.»

«Ein herrlicher Tag heute», sagte Laurie und zog den Teddy unter dem Kissen hervor. «Hallo, Teddy», sagte sie zu ihm. «Deine Tage sind gezählt.»

«Von wegen», sagte Jane und entriß ihr ihr. «Der lebt noch lange. Er muß es noch überleben, von all unseren Kindern herumgezerrt zu werden. Nimm dir Toast.»

«Nein, iß du ihn. Du mußt bei Kräften bleiben.»

«Du auch. Du mußt alles richtig machen, zum Beispiel den Brautstrauß fangen, wenn ich ihn dir zuwerfe, und nett zu dem Trauzeugen sein.»

«O Jane.»

«Also hör mal, es ist doch bestimmt nicht unmöglich, nett zu William Boscawan zu sein? Ich weiß, du fauchst immer wie ein verwundetes Tier, wenn er nur ins Zimmer kommt, aber das ist deine Schuld. Er ist immer höflich zu dir gewesen.»

William Boscawan war ein alter Zankapfel. Sein Vater war der Anwalt der Familie, und als William vor gut fünf Jahren in die Kanzlei eintrat, war er zum Leben und Arbeiten wieder in diese Gegend zurückgekehrt. Und nicht nur zum Leben und Arbeiten, sondern auch um jedem Mädchen im Bezirk das Herz zu brechen. Er hatte sogar einen kleinen Flirt mit Jane, bis sie ihr Herz endgültig an Andrew Latham verlor, aber das hatte seiner Freundschaft mit Andrew keinen Abbruch getan, und als die Hochzeitsvorbereitungen im Gange waren, hatte es niemanden überrascht, als Andrew verkündete, William werde sein Trauzeuge sein.

«Ich begreife einfach nicht, warum du ihn nicht magst.»

«Ich hab nichts gegen ihn. Er ist mir nur zu geleckt.»

«Ist er doch gar nicht. Er ist süß.»

«Ich meine... du weißt, was ich meine. Dieser Wagen, das Boot, und alle Mädchen klimpern jedesmal mit den Wimpern, wenn sein Blick zu ihnen schwenkt.»

«Du bist gemein. Er kann nichts dafür, wenn die Mädchen sich in ihn verlieben.»

«Er würde mir besser gefallen, wenn er nicht ganz so erfolgreich wäre.»

«Das ist doch spitzfindig. Bloß daß andere Leute ihn mögen, ist noch lange kein Grund für dich, ihn nicht auch zu mögen.»

«Ich hab dir doch gesagt, ich hab nichts gegen ihn. Es gibt nichts an ihm, wogegen man was haben könnte. Ich wünsche bloß manchmal, er hätte Flecken im Gesicht oder eine Reifenpanne mit seinem schnellen Wagen, oder er würde beim Segeln ins Wasser fallen.»

«Du bist unmöglich. Am Ende landest du bei einem langweiligen Akademiker mit Brillengläsern so dick wie Flaschenböden.»

«Ja, so sehen die Männer aus, mit denen ich die ganze Zeit rumziehe.»

Sie funkelten sich an, und dann lachten sie. Jane sagte: «Ich geb's auf. Deine Aggressionen haben mich besiegt.» «Das will ich hoffen», sagte Laurie. «So, ich gehe jetzt runter, frühstücken.» Sie steuerte auf die Tür zu, aber als sie sie öffnete, sagte Jane mit ganz veränderter Stimme: «Laurie», und Laurie drehte sich um, die Hand am Türknauf.

«Laurie... meinst du, du hältst es durch?»

Laurie starrte sie an. Sie hatten sich nie sehr nahe gestanden, hatten keine Vertraulichkeiten ausgetauscht oder Geheimnisse geteilt, und daher wußte Laurie, daß es Jane einige Mühe gekostet haben mußte, dies zu sagen. Sie wußte, daß auch sie ihre Zurückhaltung überwinden sollte, aber die war ihr einziger Schutz gegen das schmerzliche Gefühl des Verlustes. Ohne sie wäre sie verloren, sie würde in Tränen ausbrechen und den ganzen Tag nicht mehr aufhören können zu weinen.

Sie fühlte, wie jeder Nerv ihres Körpers sich zusammenzog wie eine Seeanemone bei einer plötzlichen Berührung. Sie sagte: «Was meinst du?», und sogar in ihren eigenen Ohren hörte es sich kalt an.

«Du weißt, was ich meine.» Die arme Jane machte ein verzweifeltes Gesicht. «Großvater...» Laurie sagte nichts. «Wir... wir wissen alle, daß es für dich schlimmer ist als für uns», haspelte Jane weiter. «Du warst immer sein Liebling. Und heute... ich hätte nichts dagegen gehabt, die Hochzeit zu verschieben. Ich hätte nichts dagegen gehabt, nur standesamtlich zu heiraten. Andrew hätte auch nichts dagegen gehabt. Aber Mutter und Vater... ihnen gegenüber wäre es einfach nicht anständig gewesen...»

«Du kannst nichts dafür», sagte Laurie.

«Ich will nicht, daß du unglücklich bist. Ich will nicht das Gefühl haben, daß wir dich noch unglücklicher machen, als du bist.»

Sie sagte wieder: «Du kannst nichts dafür.» Und weil es danach anscheinend nichts weiter zu sagen gab, ging sie hinaus und machte die Tür hinter sich zu.

Der Vormittag schritt voran. Das Haus, das ohne Möbel unvertraut wirkte, wurde nach und nach von Fremden übernommen. Der Party-Service kam, Lieferautos fuhren vor, Tische wurden aufgestellt, Gläser hergerichtet; als die Sonne darauf fiel, sahen sie aus wie viele hundert Seifenblasen. Die Floristin kam mit einem kleinen Lastauto angefahren, um den Gebinden, für deren Arrangement sie fast den ganzen gestrigen Tag gebraucht hatte, den letzten Schliff zu geben. Robert fuhr zum Bahnhof, Tante Blanche abholen. Einem Kind war schlecht. Lauries Vater konnte seine Hosenträger nicht finden, und ihre Mutter bekam aus heiterem Himmel einen Wutanfall und verkündete, sie könne unmöglich den Hut aufsetzen, der eigens passend zu ihrer Brautmuttergarderobe angefertigt worden war. Sie kam herunter, mit dem Hut auf dem Kopf, um zu beweisen, daß sie recht hatte. Es war eine Art Bäckerjungenmütze aus azaleenrosa Seide. «Ich seh damit nach gar nichts aus», jammerte sie, und Laurie merkte, daß sie den Tränen nahe war, aber alle sagten ihr, sie sehe umwerfend aus, und wenn ihre Haare erst gemacht seien und sie ihre Brautmuttergarderobe anhabe, werde sie alle übrigen ausstechen. Sie war noch nicht überzeugt, als die Friseuse kam, aber diese neue Wende der Ereignisse lenkte sie zum Glück ab, und sie ließ sich nach oben führen.

«Gut», sagte Lauries Vater. «Es geht nichts über eine neue Frisur, um die Nerven zu beruhigen. Gleich wird sie wieder obenauf sein.» Er strich mit der Hand über sein schütteres Haar und sah Laurie an. «Und du? Wie steht's mit dir?» fragte er sie. Seine Stimme klang lässig, aber sie wußte, er dachte an Großvater, und das konnte sie nicht ertragen. Ihn absichtlich mißverstehend, sagte sie: «Ich hab keinen Hut. Ich hab nur eine Blume.» Als sie die Miene ihres Vaters sah, haßte sie sich, aber bevor sie noch etwas sagen konnte, war er mit einer Ausrede fortgegangen, und es war zu spät.

Der Party-Service richtete in der Küche für alle ein kaltes Mittagessen an. Die ganze Familie setzte sich an den vertrauten Tisch und aß unvertraute Speisen, Hühnchen in Aspik, Kartoffelsalat und Obstdessert mit Sahne; gewöhnlich gab es bei ihnen Suppe, Brot und Käse. Nach dem Essen gingen alle nach oben, sich umziehen, und Laurie bürstete ihr seidiges Haar, wand es zu einem Krönchen und befestigte die Kamelie darin. Dann zog sie sich an, zog das lange, helle Kleid über ihren Unterrock und knöpfte die vielen winzigen Knöpfchen am Vorderteil zu. Sie befestigte eine Perlenkette im Nacken, nahm ihr Brautjungfernsträußchen und stellte sich vor den hohen Spiegel, der an der Innenseite der Tür hing. Sie sah ein Mädchen, blaß und fremd, den Hals durch die aufgesteckten Haare entblößt, die dunklen Augen umschattet, das Gesicht ausdruckslos. Sie dachte: *So sehe ich aus, seit Großvater tot ist. Unberührbar, unerreichbar. Ich möchte von ihm sprechen, aber ich kann nicht. Noch nicht. Wenn ich diesen Tag überstanden habe, wenn alles vorbei ist, dann kann ich vielleicht reden. Aber jetzt noch nicht.*

Sie öffnete die Tür, ging die steile Treppe hinunter, klopfte an die Schlafzimmertür ihrer Mutter und ging hinein. Ihre Mutter saß am Toilettentisch und tuschte sich die Wimpern, bevor sie sich schließlich den verhaßten Hut vornahm. Ihre Haare, an welche die Friseuse soeben letzte Hand angelegt hatte, ringelten sich um ihren Hals. Sie sah ungemein hübsch aus. Ihr und Lauries Blick trafen sich im Spiegel. Dann drehte sie sich auf ihrem Hocker um und sah ihre jüngere Tochter lange an. Sie sagte mit einem kleinen Zittern in der Stimme: «O mein Liebling, du siehst ganz entzückend aus.»

Laurie lächelte. «Hattest du das nicht erwartet?»

«Doch, natürlich. Bloß, auf einmal fühle ich mich sehr mütterlich und stolz.»

Laurie gab ihr einen Kuß. «Ich bin früh dran», sagte sie. Und fügte hinzu: «Du siehst auch entzückend aus. Und der Hut ist richtig hübsch.»

Ihre Mutter nahm ihre Hand. «Laurie...»

Laurie entzog sie ihr. «Frag mich nicht, wie ich mich fühle. Sprich nicht von Großvater.»

«Liebling, ich verstehe dich. Wir alle vermissen ihn. Wir alle haben ein großes leeres Loch im Herzen. Er sollte heute bei uns sein und ist es nicht. Aber Jane zuliebe, Andrew zuliebe, Großvater zuliebe dürfen wir nicht traurig sein. Das Leben muß weitergehen, und er hätte nicht gewollt, daß irgend etwas diesen Tag verdirbt.»

Laurie sagte: «Ich werde ihn nicht verderben.»

«Für dich ist es am schlimmsten. Das wissen wir alle.»

Sie erwiderte: «Ich will nicht darüber sprechen.»

Sie ging nach unten. Alles war bereit für den Hochzeitsempfang. Alles war unvertraut, alles war fremd. Es waren nicht nur das Haus, das unkenntliche Wohnzimmer, die Massen von Blumen und die Tische des Party-Service. Sie selbst war sich fremd. Das dünne, luftige Kleid, die zierlichen Schuhe, die Kühle am Hals, ohne die dichten Haare, die ihr sonst über die Schultern fielen. Nichts war wie vorher. Sie wußte, daß es nie wieder wie vorher sein würde. Vielleicht war dies der Anfang des Altwerdens. Wenn sie wirklich alt wäre, würde sie vielleicht zurückblicken und denken: *Das war der Anfang. Das war der Tag, an dem ich aufhörte, ein Kind zu sein, der Tag, als mir bewußt wurde, daß nicht alles ewig so weitergehen konnte.*

Mit ihrem Sträußchen in der Hand trat sie durch die offene Glastür, setzte sich auf der Terrasse auf einen Stuhl und sah in den Garten. Auf dem Rasen waren kleine Tische und Stühle aufgestellt, die aufgespannten Sonnenschirme warfen dunkle runde Schatten auf das Gras. Hinten fiel der Garten zum blauen Wasser des Meeresarms ab. Hinter der Fuchsienhecke waren die Masten der Fischerboote und das steile Dach von Großvaters Haus zu sehen. Laurie dachte an Zauberei und die Launen der Zeit; man müßte die Uhr zurückdrehen können. Wieder zwölf Jahre alt sein, in Shorts und Turnschuhen mit dem Badetuch unterm Arm über den Rasen rennen, um Großvater zu ihrem täglichen Ausflug an den Strand abzuholen. Oder um mit der kleinen Bahn in die Stadt zu fahren, wo er sich mit Tabak und Rasierklingen eindeckte und Laurie ein Hörnchen Eis kaufte; und sie würden sich im Sonnenschein an die Hafenmauer setzen und den Männern bei der Arbeit an ihren Booten zusehen.

Auf der Straße hielt ein Auto vor dem Haus. Laurie hörte das Knirschen von Kies, eine Tür schlug, doch sie achtete nicht weiter darauf; sie nahm an, daß es etwas mit der Hochzeit zu tun hatte – ein in letzter Minute engagierter Barmixer oder der Briefträger mit Grußtelegrammen für das glückliche Paar. Dann aber ging die Haustür auf, und eine Männerstimme rief:

«Ist jemand da?» Es war unverkennbar William Boscawan, der Trauzeuge.

Er war der letzte Mensch, den sie sehen wollte. Laurie erstarrte, sie verhielt sich still und stumm wie ein Schatten. Sie hörte ihn durch die Diele gehen und die Küchentür öffnen. «Niemand zu Hause?»

Sie ging lautlos in den heißen Garten und überquerte den Rasen. Der Wind fing sich in ihrem langen, dünnen Rock und blies den luftigen Stoff gegen ihre Beine, und die Sohlen der neuen Sandalen rutschten etwas auf dem trockenen Gras. Sie kam zu dem Gatter in der Fuchsienhecke, und niemand rief sie zurück. Sie öffnete das Gatter und ging den Weg entlang zu dem Zedernhaus.

Die Tür war unverschlossen. Sie war nie abgeschlossen gewesen. Laurie ging hinein und roch den Duft der Zederntäfelung, von Tabakrauch und einem Hauch von dem Pimentöl, das der alte Herr immer für seine Haare benutzt hatte. Der kleine Flur war vollgehängt mit Fotografien von den Schiffen, die er befehligt hatte. Sie sah seinen riesigen birmanischen Tempelgong und die Geweihe der Weißschwanzgnus, die er einst in Südafrika erlegt hatte. Sie öffnete die Tür zu seinem Wohnzimmer und ging hinein, und sie sah die abgenutzten Perserteppiche, die durchgesessenen Ledersessel. Es war sehr warm; eine Schmeißfliege brummte auf der anderen Seite des Zimmers am geschlossenen Fenster. Sie ging hinüber, entriegelte das Fenster und schob es auf. Ein Luftschwall füllte das stickige, verlassene Zimmer. Laurie trat hinaus auf die Veranda; die Flut platschte zu ihren Füßen gegen die Kaimauer, und der Meeresarm war so blau wie der Himmel und mit Sonnenflecken gesprenkelt.

66

Laurie fühlte sich mit einemmal so erschöpft, als sei sie meilenweit gelaufen. Großvaters Sessel stand neben dem Fernrohr. Sie setzte sich und breitete ihr Kleid sorgsam um sich aus, damit es nicht knitterte. Sie lehnte den Kopf zurück und schloß die Augen.

Leise Geräusche drangen in ihr Bewußtsein. Der Verkehr von der fernen Chaussee, das Platschen des Flutwassers, das Kreischen einer einzelnen Möwe. Sie dachte, wenn sie einfach nur hier sitzen könnte, allein, ungestört, den ganzen Tag lang... nicht zu der Hochzeit gehen, mit niemandem reden...

Irgendwo ging eine Tür auf. Ein Luftzug bewegte Großvaters schwere Vorhänge. Laurie öffnete die Augen, rührte sich aber nicht.

Die Tür schloß sich wieder, dann kamen Schritte durch das Haus. Im nächsten Moment erschien William an dem offenen Fenster. Er kletterte über die Fensterbank und sah auf Laurie hinunter. Selbst in diesem Augenblick des Schreckens mußte sie zugeben, daß er in seinem Stresemann mit der Trauzeugennelke hinreißend aussah. Der steife weiße Kragen unterstrich seine Sonnenbräune, seine schwarzen Haare paßten zu dem dunklen Cut, seine Schuhe glänzten. Er war nicht hübsch zu nennen, nicht einmal gutaussehend, aber seine pure Maskulinität, sein Lächeln, seine leuchtenden blauen Augen vereinten sich zu einer Attraktivität, die unmöglich zu übersehen war. Er sagte: «Hallo, Laurie.»

«Was machst du hier?» fragte sie ihn. «Solltest du nicht lieber Andrew unterstützen und sehen, daß er pünktlich zur Kirche kommt?»

William grinste. «Andrew ist überhaupt nicht aufgeregt», erklärte er. Er ging ins Haus und kehrte mit einem Stuhl zurück, stellte ihn Laurie gegenüber und setzte sich, die langen

Beine ausgestreckt und die Hände in den Hosentaschen. «Aber er hat ein bißchen Angst vor Konfetti in den Koffern. Deshalb bin ich gekommen, um Janes Gepäck zu holen, wir wollen es in einem unverdächtigen Wagen verstecken. Er hat nichts gegen Blechbüchsen an der Stoßstange oder im Motor versteckte Heringe, aber er mag nicht, wenn der ganze Fußboden im Hotelzimmer voll Konfetti ist.»

«Hast du Jane gesehen?»

«Nein, aber dein Vater hat ihre Sachen runtergeholt. Und da hat er gemerkt, daß du verschwunden warst, aber eine Frau vom Party-Service hatte dich durch den Garten gehen sehen, und so bin ich hergekommen. Bloß um sicherzugehen, daß dir nichts fehlt.»

Laurie sagte: «Nein, mir fehlt nichts.»

«Du hast nicht vor, die Hochzeit zu verderben?»

«Natürlich nicht», beschied sie ihn kühl. «Solltest du nicht lieber zu Andrew gehen, bevor Panik ausbricht?»

William sah auf seine Uhr. «Wir haben noch zehn Minuten Zeit.» Er streckte sich und sah sich um. «Phantastisch ist es hier. Wie auf der Kommandobrücke eines Schiffes.»

Laurie lehnte sich zurück. «Hast du gewußt», fragte sie ihn, «hast du gewußt, daß dies nicht immer ein Meeresarm war? Vor langer, langer Zeit, bevor alles versandete, war hier eine Wasserstraße, die tief ins Land hinein reichte. Und die Phönizier sind bei Flut mit ihren Schiffen angesegelt gekommen, mit Gewürzen und Damast und allen Schätzen des Mittelmeers beladen. Und sie haben angelegt und ausgeladen und Tauschhandel getrieben und sich schließlich auf ihre lange, gefährliche Rückreise begeben, bis zu den Dollborden beladen mit Cornwall-Zinn. Das ist ungefähr zweitausend Jahre her. Denk nur. Zweitausend Jahre.» Sie sah William an. «Hast du das gewußt?»

«Ja», sagte William. «Aber es war nett, es wieder mal zu hören.»

«Es ist eine hübsche Vorstellung, nicht?»

«Ja. Das hält die Dinge im Lot.»

Laurie sagte: «Großvater hat es mir erzählt.»

«Das habe ich mir gedacht.»

Ohne zu überlegen, sagte sie es. «Ich vermisse ihn so sehr.»

«Ich weiß. Ich glaube, wir alle vermissen ihn. Er war ein wunderbarer Mensch. Er hatte ein wunderbares Leben.» Sie hätte nicht gedacht, daß einer wie William den Admiral vermissen würde. Sie sah ihn verwundert an und dachte: *Ich kenne ihn gar nicht richtig.* Es war nicht, als spräche sie mit einem Fremden in der Eisenbahn. Plötzlich war es ganz leicht. «Eigentlich war ich gar nicht so viel mit Großvater zusammen. In letzter Zeit war ich ja kaum noch zu Hause. Aber als ich klein war, war ich die ganze Zeit bei ihm. Ich kann mich nicht an den Gedanken gewöhnen, daß er nie wieder hier sein wird.»

«Ich weiß.»

«Es war nicht nur, daß er einem Sachen erzählte, wie die Geschichte von den phönizischen Schiffen vor zweitausend Jahren. In seinem Leben war so viel passiert. Die ganze Welt hat sich vor seinen Augen verändert. Er hat sich an alles erinnert. Und er hatte immer Zeit zum Reden. Er konnte Fragen beantworten und Dinge erklären. Etwa wie ein Boot gegen den Wind segeln kann, und die Namen der Sterne. Und wie man einen Kompaß benutzt, und wie man Mah-Jongg spielt und Backgammon. Wer soll jetzt Roberts kleinen Kindern all diese wunderbaren Dinge erzählen?»

«Vielleicht ist das unsere Aufgabe», sagte William.

Sie sah ihm in die Augen. Seine Miene war ernst. Sie sagte: «Du findest mich unmöglich, nicht?»

«Nein.»

«Ich weiß, daß ich unmöglich bin, und alle denken, ich verderbe Jane die Freude. Ich tu's nicht mit Absicht. Es ist bloß, wenn ich ein bißchen mehr Zeit gehabt hätte... Aber diese Hochzeit...» Ihre Augen füllten sich plötzlich mit Tränen. «Oh, hätten wir sie nur verschieben können. Bloß für kurze Zeit. Ich kann den Gedanken nicht ertragen, in die Kirche zu müssen. Ich kann den Gedanken nicht ertragen, lächeln und nett zu den Leuten sein zu müssen. Ich ertrage es einfach nicht. Alle sagen, Großvater hätte gewünscht, daß die Hochzeit wie geplant stattfindet. Aber woher will einer wissen, was er gewünscht hätte? Sie konnten ihn nicht fragen, weil er nicht da war. Woher können sie wissen...?»

Sie konnte nicht weitersprechen. Die Tränen strömten ihr über die Wangen. Sie versuchte sie fortzuwischen, und William zog ein Taschentuch aus seiner Hosentasche und reichte es ihr, und Laurie nahm es wortlos an, wischte mit dem weichen Baumwolltuch die Tränen ab, putzte sich dann die Nase. Sie sagte verzagt: «Ich wollte, ich könnte bis ans Ende meines Lebens hier sitzen bleiben.»

Er lächelte und sagte: «Das würde keinem Menschen etwas nützen. Und es würde den Admiral nicht zurückbringen. Und weißt du, du irrst dich. Er wollte wirklich, daß die Hochzeit stattfindet. Er hat es gesagt. Ungefähr zwei Wochen bevor er starb, war er bei meinem Vater. Ich glaube, er hat sich nicht ganz wohl gefühlt, oder er hatte vielleicht so was wie eine Vorahnung, jedenfalls, sie sprachen über die Hochzeit, und da sagte der Admiral zu meinem Vater, wenn ihm irgendwas passieren sollte, dann wollte er unter keinen Umständen, daß sich an Janes Hochzeit etwas ändert.»

Laurie wischte sich wieder die Augen. Nach einer Weile fragte sie: «Ist das wirklich wahr?»

«Ich gebe dir mein Wort, es ist wahr. Ist das nicht typisch für den alten Knaben? Er wollte immer alles tadellos geregelt und in Ordnung wissen. Und ich sag dir noch etwas, obwohl ich nicht vorgreifen sollte. Es ist im Vertrauen, du mußt es für dich behalten.» Laurie runzelte die Stirn. «Er hat dir dieses Haus vermacht. Er wollte, daß du es bekommst. Sein Lieblingsenkelkind und seine beste Freundin. Nein, nicht wieder weinen, sonst wird dein Gesicht ganz rot und fleckig, und du wirst eine häßliche Brautjungfer, keine schöne. Heute ist ein sehr glücklicher Tag. Blicke nicht zurück. Denk an Jane und Andrew. Kopf hoch. Der Admiral wird sehr stolz auf dich sein.»

Sie sagte: «Ich fürchte, ich benehme mich wie eine Idiotin.»

«Bestimmt nicht», versicherte William.

Und nun war es Zeit. Im Vorraum der alten Kirche stellten sich die Braut, ihr Vater und die Brautjungfer auf. Droben verstummte das Geläut der Hochzeitsglocken. Aus dem gedrängt vollen Mittelschiff waren das leise Flüstern und Rascheln einer ungeduldigen, festlichen Gemeinde zu hören. Laurie gab Jane einen Kuß und bückte sich, um den Rock ihres Kleides zurechtzurücken. Janes Brautstrauß duftete schwer nach Tuberosen.

Der Pfarrer wartete in seinem gestärkten weißen Chorrock, um die kleine Prozession anzuführen. Der Küster gab Miss Treadwell, der Dorflehrerin, die die Orgel spielte, ein Zeichen. Die Musik ertönte. Laurie atmete tief durch. Sie setzten sich in Bewegung, durch die Tür, die zwei breiten, flachen Stufen hinunter.

Das Innere der Kirche war halb dunkel, mit Blumen überfüllt und von ihrem Duft durchtränkt. Die Sonne schien durch die Buntglasfenster, als die Versammelten in ihrem Feststaat

71

sich erhoben. Laurie dachte nicht an Großvaters Beerdigung, sondern konzentrierte sich auf den rosa Hut ihrer Mutter, die breiten Schultern ihres Bruders, die adrett gebürsteten Köpfe seiner Kinder. *Eines Tages,* dachte sie, *wenn sie größer sind, erzähle ich ihnen von den Phöniziern. Ich erzähle ihnen all die wunderbaren Dinge, die Großvater mir erzählt hat.* Das war ein schöner Gedanke, um sich daran festzuhalten. Es war ein Blick nach vorne. Plötzlich wurde Laurie klar, daß das Schlimmste vorüber war. Sie fühlte sich nicht mehr nervös und elend. Sie fühlte sich einfach wunderbar ruhig, als sie hinter ihrer Schwester durch das gefliese Kirchenschiff schritt, im Takt zur Musik.

Die Musik. Die Musik, die Miss Treadwell spielte. Sie war schallend, triumphierend, genau richtig für eine Hochzeit. Sie war vermutlich nie zuvor bei einem solchen Anlaß gespielt worden, aber sie trug sie auf einer Woge von herrlichen, fröhlichen Klängen zum Altar.

Spanish Ladies

Ein Klumpen bildete sich in Lauries Kehle. Das habe ich nicht gewußt. Ich habe nicht gewußt, daß sie Großvaters Musik als Hochzeitsmarsch nehmen würden.

Aber wie hätte sie es auch wissen können? Sie hatte sich geweigert, zur Probe für die Trauung zu kommen, und vermutlich hatte keiner von der Familie den Mut gehabt oder sich ein Herz fassen können, es ihr zu sagen.

Goodbye and farewell to you, fair Spanish ladies...

Großvater. Er war hier. Er war in der Kirche, freute sich an der Tradition, der Feier, redete ihnen allen zu. Er gehörte nach wie vor zur Familie.

Goodbye and farewell to you, ladies of Spain

Andrew und William warteten am Ende des Mittelschiffs. Beide Männer beobachteten die kleine Prozession, die sich näherte. Andrews Augen waren auf Jane gerichtet, und Stolz und Staunen sprachen aus seinem ganzen Gesicht. William aber...

Er beobachtete Laurie, mit fester Miene, mitfühlend, zuversichtlich. Sie merkte, daß der Kloß in ihrer Kehle sich auflöste und daß sie nicht weinen würde. Sie wünschte, sie könnte William irgendwie verständlich machen, was ihr über Großvater in den Sinn gekommen war, aber dann fing sie seinen Blick auf, und er lächelte und schenkte ihr ein unmißverständliches Zwinkern, und da wurde ihr klar, daß sie es ihm nicht sagen mußte, weil er es schon wußte.

Miss Camerons
Weihnachtsfest

Die kleine Stadt Kilmoran hatte viele Gesichter, und für
Miss Cameron waren sie alle schön. Im Frühling war das
Wasser der Förde indigoblau gefärbt; landeinwärts tummel-
ten sich Lämmer auf den Feldern, und in den Gärten wogten
gelbe Narzissen. Der Sommer brachte die Besucher; Familien
kampierten am Strand und schwammen in den flachen Wellen; der Eiswagen parkte am Wellenbrecher, der alte Mann mit
dem Esel ließ die Kinder reiten. Und dann, gegen Mitte September, verschwanden die Besucher, die Ferienhäuser wurden
dichtgemacht, ihre Fenster mit den geschlossenen Läden starrten blind über das Wasser zu den Hügeln am fernen Ufer. Überall auf dem Land brummten die Mähdrescher, und wenn die
ersten Blätter von den Bäumen fielen und die stürmischen
Herbstfluten das Meer bis an die Krone der Mauer unterhalb
von Miss Camerons Garten steigen ließen, kamen die ersten
Wildgänse von Norden geflogen. Nach den Gänsen hatte Miss
Cameron jedesmal das Gefühl, nun sei der Winter eingekehrt.

Und das war, dachte sie im stillen, vielleicht die allerschön-
ste Zeit. Ihr Haus sah nach Süden über die Förde; und war es
auch oft dunkel, windig und regnerisch, wenn sie aufwachte,

so war der Himmel doch manchmal auch klar und wolkenlos, und an solchen Morgen lag sie im Bett und beobachtete, wie die Sonne über den Horizont kletterte und das Schlafzimmer mit rosigem Licht durchflutete. Es blinkte auf dem Messinggestell des Bettes und wurde von dem Spiegel über dem Toilettentisch reflektiert.

Heute war der 24. Dezember, und was für ein Morgen! Und morgen Weihnachten. Sie lebte allein und würde den morgigen Tag allein verbringen. Es machte ihr nichts aus. Sie und ihr Haus würden sich gegenseitig Gesellschaft leisten. Sie stand auf und schloß das Fenster. Die fernen Lammermuir-Hügel waren mit Schnee überzuckert, und auf der Mauer am Ende des Gartens saß eine Möwe kreischend über einem Stück verfaultem Fisch. Plötzlich breitete sie die Schwingen aus und flog davon. Das Sonnenlicht fing sich in dem weißen Gefieder und verwandelte die Möwe in einen zauberhaften rosa Vogel, so schön, daß Miss Cameron vor Freude und Aufregung das Herz schwoll. Sie beobachtete den Flug der Möwe, bis sie außer Sicht segelte, dann zog sie ihre Pantoffeln an und ging hinunter, um Wasser für ihren Tee aufzusetzen.

Miss Cameron war achtundfünfzig. Bis vor zwei Jahren hatte sie in Edinburgh gelebt, in dem großen, kalten, nach Norden gelegenen Haus, wo sie geboren und aufgewachsen war. Sie war ein Einzelkind gewesen, ihre Eltern waren um so vieles älter als sie, daß sie, als sie zwanzig war, bereits als betagt gelten konnten. Deswegen war es schwierig, wenn nicht unmöglich, von zu Hause wegzugehen und ihr eigenes Leben zu leben. Irgendwie gelang ihr ein Kompromiß. Sie besuchte die Universität, aber in Edinburgh, und wohnte zu Hause. Danach arbeitete sie als Lehrerin, aber auch das tat sie an einer Schule am Ort, und als sie dreißig war, stand es außer Frage, die zwei alten Leute im Stich zu lassen, denen – unglaublich, dachte Miss Cameron oft – sie ihr Dasein verdankte.

Als sie vierzig war, hatte ihre Mutter, die nie sehr kräftig gewesen war, einen leichten Herzanfall. Sie lag einen Monat kraftlos im Bett, dann starb sie. Nach dem Begräbnis kehrten Miss Cameron und ihr Vater in das große, düstere Haus zurück. Er ging nach oben und setzte sich verdrießlich ans Feuer, und sie ging in die Küche und machte Tee. Die Küche lag im Souterrain, und das Fenster war vergittert, um eventuelle Eindringlinge abzuschrecken. Während Miss Cameron wartete, daß das Wasser kochte, sah sie durch die Gitterstäbe auf das kleine Steingärtchen. Sie hatte versucht, dort Geranien zu ziehen, aber sie waren alle verwelkt, und nun war dort nichts zu sehen als ein hartnäckiger Weidenröschensproß. Die Gitter ließen die Küche wie ein Gefängnis anmuten. Das war ihr früher nie in den Sinn gekommen, aber jetzt kam es ihr in den Sinn, und sie wußte, daß es stimmte. Sie würde niemals fortkommen.

Ihr Vater lebte noch fünfzehn Jahre, und sie unterrichtete weiter, bis er zu schwach wurde, um allein gelassen zu werden, und sei es nur für einen Tag. Da gab sie pflichtschuldig ihre Arbeit auf, die sie nicht gerade glücklich gemacht, aber zumindest ausgefüllt hatte, und blieb zu Hause, um ihre Zeit dem Lebensabend ihres Vaters zu widmen. Sie besaß kaum eigenes Geld und nahm an, daß der alte Mann so wenig hatte wie sie selbst, so spärlich war das Haushaltsgeld, so knickerig war er mit Dingen wie Kohlen und Zentralheizung und selbst den bescheidensten Vergnügungen.

Er besaß ein altes Auto, das Miss Cameron fahren konnte, und an warmen Tagen packte sie ihn manchmal hinein, und dann saß er neben ihr, in seinem grauen Tweedanzug und dem schwarzen Hut, mit dem er wie ein Leichenbestatter aussah, während sie ihn ans Meer oder aufs Land chauffierte oder gar zum Holyrood-Park, wo er wankend einen kleinen Spaziergang machen oder unter den grasbewachsenen Hängen von Arthur's Seat in der Sonne sitzen konnte. Dann aber schossen die Benzinpreise in die Höhe, und ohne sich mit seiner Tochter zu besprechen, verkaufte Mr. Cameron das Auto, und sie besaß nicht genug eigenes Geld, um ein neues zu kaufen.

Sie hatte eine Freundin, Dorothy Laurie, mit der sie studiert hatte. Dorothy hatte geheiratet – während Miss Cameron ledig geblieben war –, einen jungen Arzt, der mittlerweile ein ungeheuer erfolgreicher Neurologe war und mit dem sie eine Familie mit wohlgeratenen Kindern gegründet hatte, die jetzt alle erwachsen waren. Dorothy entrüstete sich unaufhörlich über Miss Camerons Situation. Sie fand, und sprach es aus, Miss Camerons Eltern seien selbstsüchtig und gedankenlos gewesen und der alte Herr werde immer schlimmer, je älter er werde. Als das Auto verkauft wurde, platzte ihr der Kragen.

«Lächerlich», sagte sie beim Tee in ihrem sonnigen, mit Blumen gefüllten Wohnzimmer. Miss Cameron hatte ihre Putzfrau bewogen, den Nachmittag über zu bleiben, um Mr. Cameron seinen Tee zu servieren und aufzupassen, daß er auf dem Weg zur Toilette nicht die Treppe hinunterfiel. «So knauserig kann er nicht sein. Er wird sich doch bestimmt einen Wagen leisten können, wenn schon nicht um seinetwillen, dann wenigstens dir zuliebe?»

Miss Cameron mochte ihr nicht erzählen, daß er nie an jemand anderen gedacht hatte als an sich selbst. Sie sagte: «Ich weiß nicht.»

«Dann solltest du es herausfinden. Sprich mit seinem Steuerberater. Oder mit seinem Anwalt.»

«Dorothy, das kann ich nicht. Das wäre ja, als würde ich ihn hintergehen.» Dorothy machte ein Geräusch, das sich anhörte wie dieses «Paah», das die Leute in altmodischen Romanen zu sagen pflegten.

«Ich möchte ihn nicht aufregen», fuhr Miss Cameron fort. «Würde ihm aber mal guttun, sich aufzuregen. Hätte er sich ein-, zweimal in seinem Leben aufgeregt, wäre er jetzt nicht so ein egoistischer alter...» Sie schluckte herunter, was sie hatte sagen wollen, und ersetzte es durch «... Mann.»

«Er ist einsam.»

«Natürlich ist er einsam. Egoistische Menschen sind immer einsam. Daran ist niemand schuld außer er selber. Jahrelang hat er im Sessel gesessen und sich selbst bedauert.»

Es war zu wahr, um darüber zu streiten. «Na ja», sagte Miss Cameron, «da ist nichts zu machen. Er ist fast neunzig. Es ist zu spät, ihn ändern zu wollen.»

«Ja, aber es ist nicht zu spät, daß du dich änderst. Du darfst nicht zulassen, daß du mit ihm alt wirst. Du mußt einen Teil deines Lebens für dich behalten.»

Schließlich starb er, schmerzlos und friedvoll. Nach einem ruhigen Abend und einer ausgezeichneten Mahlzeit, die seine Tochter ihm gekocht hatte, schlief er ein und wachte nicht wieder auf. Miss Cameron war froh für ihn, daß sein Ende so still gekommen war. Erstaunlich viele Leute nahmen an der Beerdigung teil. Ein paar Tage später wurde Miss Cameron in die Kanzlei des Rechtsanwalts ihres Vaters bestellt. Sie ging hin, mit einem schwarzen Hut und in nervöser, gespannter Verfassung. Dann aber kam alles ganz anders, als sie gedacht hatte. Mr. Cameron, dieser gerissene alte Schotte, hatte sich nie in die Karten schauen lassen. Die Pfennigfuchserei, die jahrelange Enthaltsamkeit, sie waren ein riesengroßer, phantastischer Bluff gewesen. In seinem Testament vermachte er seiner Tochter sein Haus, seine irdischen Besitztümer und mehr Geld, als sie sich je erträumt hatte. Höflich und äußerlich gefaßt wie stets, verließ sie die Anwaltskanzlei und trat auf dem Charlotte Square in den Sonnenschein hinaus. Eine Fahne flatterte hoch über den Festungswällen des Schlosses, und die Luft war kalt und frisch. Miss Cameron ging zu Jenners, eine Tasse Kaffee trinken, dann besuchte sie Dorothy.

Als Dorothy die Neuigkeit vernahm, war sie – typisch für sie – hin und her gerissen zwischen Wut auf die Hinterlist und Falschheit des alten Mr. Cameron und Begeisterung über das Glück ihrer Freundin. «Du kannst dir ein Auto kaufen», sagte sie zu ihr. «Du kannst reisen. Du kannst dir einen Pelzmantel anschaffen, Kreuzfahrten machen. Alles. Was wirst du tun? Was wirst du mit dem Rest deines Lebens anfangen?»

«Hm», meinte Miss Cameron vorsichtig, «ich werde mir einen kleinen Wagen kaufen.» An die Vorstellung, frei, beweglich zu sein, ohne auf einen anderen Menschen Rücksicht zu nehmen, mußte sie sich erst langsam gewöhnen.

«Und reisen?»

Aber Miss Cameron hatte keine große Lust zu reisen, außer daß sie eines Tages nach Oberammergau wollte, um die Passionsspiele zu sehen. Und sie wollte keine Kreuzfahrten machen. Eigentlich wünschte sie sich nur eines, hatte sie sich ihr Leben lang nur eines gewünscht. Und jetzt konnte sie es haben.

Sie sagte: «Ich verkaufe das Haus in Edinburgh. Und kaufe ein anderes.»

«Wo?»

Sie wußte genau, wo. Kilmoran. Sie hatte dort einen Sommer verbracht, als sie zehn war, auf Einladung der liebenswürdigen Eltern einer Schulfreundin. Es waren derart glückliche Ferien gewesen, daß Miss Cameron sie nie vergessen hatte.

Sie sagte: «Ich ziehe nach Kilmoran.»

«Kilmoran? Aber das ist ja bloß über die Förde...»

Miss Cameron lächelte sie an. Es war ein Lächeln, wie es Dorothy noch nie gesehen hatte, und es ließ sie verstummen.

«Dort werde ich ein Haus kaufen.»

Und sie machte es wahr. Ein Reihenhaus mit Blick aufs Meer. Von hinten, der Nordseite, wirkte es unansehnlich und langweilig; es hatte quadratische Fenster, und die Haustür lag direkt am Bürgersteig. Aber drinnen war es schön, ein georgianisches Haus in Miniaturgröße, die Diele war mit Schieferplatten belegt, und eine geschweifte Treppe führte ins obere Stockwerk. Das Wohnzimmer lag oben, es hatte ein Erkerfenster, und vor dem Haus war ein Garten, zum Schutz vor dem Seewind ummauert. In der Mauer war ein großes Tor, und dahinter führte eine Steintreppe über die Kaimauer an den Strand. Im Sommer liefen Kinder auf der Kaimauer entlang, sie schrien und lärmten, aber Miss Cameron machte dieser Lärm nichts aus, ebensowenig wie die Geräusche der Wellen oder der Möwen oder der ewigen Winde.

Es gab viel zu tun an dem Haus und viel aufzuwenden, aber mit einer gewissen mäuschenhaften Courage tat sie beides. Sie ließ eine Zentralheizung und doppelte Fensterscheiben installieren. Die Küche wurde mit Kiefernschränken neu eingerichtet, und hellgrüne Badezimmerfliesen ersetzten die alten, angeschlagenen weißen. Die hübschesten und kleinsten Möbelstücke aus dem alten Edinburgher Haus wurden ausgesucht und mit einem großen Lastwagen nach Kilmoran verfrachtet, zusammen mit dem Porzellan, dem Silber, den vertrauten Bildern. Aber sie kaufte neue Teppiche und Vorhänge und ließ die Wände neu tapezieren und die Holzbalken strahlend weiß streichen.

Was den Garten anging – sie hatte nie einen Garten besessen. Jetzt kaufte sie Bücher und studierte sie abends im Bett, und sie pflanzte Steinbrech und Ehrenpreis, Thymian und Lavendel, und sie kaufte einen kleinen Rasenmäher und mähte eigenhändig das rauhe, büschelige Gras.

Über den Garten lernte sie zwangsläufig ihre Nachbarn kennen. Rechter Hand wohnten Mitchells, ein älteres Rentnerehepaar. Sie plauderten über die Gartenmauer hinweg, und eines Tages lud Mrs. Mitchell Miss Cameron zum Abendessen und zum Bridgespiel ein. Behutsam wurden sie und Miss Cameron Freunde, aber es waren altmodische, förmliche Leute. Sie boten Miss Cameron nicht an, sich gegenseitig beim Vornamen zu nennen, und sie war zu schüchtern, es von sich aus vorzuschlagen. Als sie darüber nachsann, wurde ihr klar, daß Dorothy jetzt der einzige Mensch war, der ihren Vornamen kannte. Es war traurig, wenn die Leute nicht mehr merkten, daß man einen Vornamen hatte. Es bedeutete, daß man langsam alt wurde.

Die Nachbarn zur Linken waren jedoch aus ganz anderem Holz geschnitzt. Sie bewohnten ihr Haus nicht dauernd, sondern benutzten es nur an Wochenenden und in den Ferien.

«Sie heißen Ashley», hatte Mrs. Mitchell am Abendbrottisch erklärt, als Miss Cameron ein paar diskrete Fragen über das verriegelte Haus mit den geschlossenen Fensterläden auf der anderen Seite ihres Gartens stellte. «Er ist Architekt, hat in Edinburgh ein Büro. Es wundert mich, daß Sie nicht von ihm gehört haben, wo Sie doch Ihr ganzes Leben dort verbracht haben. Ambrose Ashley. Er hat eine um viele Jahre jüngere Frau geheiratet, sie war Malerin, glaube ich, und sie haben eine Tochter. Scheint ein nettes Mädchen zu sein... Nehmen Sie doch noch Quiche, Miss Cameron, oder etwas Salat?»

Es war Ostern, als die Ashleys auftauchten. Der Karfreitag war kalt und strahlend, und als Miss Cameron in den Garten ging, hörte sie über die Mauer hinweg Stimmen, und sie blickte zum Haus hinüber. Läden und Fenster waren offen. Ein rosa Vorhang flatterte im Wind. Eine junge Frau erschien an einem Fenster im oberen Stockwerk, und eine Sekunde lang sahen sie und Miss Cameron sich ins Gesicht. Miss Cameron wurde verlegen. Sie machte kehrt und eilte ins Haus. Wie schrecklich, wenn sie dächten, daß ich spioniere.

Später jedoch, beim Unkrautjäten, hörte sie ihren Namen, und da war die junge Frau wieder und sah sie über die Mauer hinweg an. Sie hatte ein rundes, sommersprossiges Gesicht, dunkelbraune Augen und rötliche Haare, üppig, dicht und windzerzaust.

Miss Cameron erhob sich von den Knien und überquerte den Rasen. Unterwegs zog sie die Gartenhandschuhe aus.

«Ich bin Frances Ashley...» Sie gaben sich über die Mauer die Hand. Aus der Nähe stellte Miss Cameron fest, daß sie nicht so jung war, wie sie ihr anfangs erschien. Sie hatte feine Fältchen um Augen und Mund, und die flammenden Haare waren vielleicht nicht ganz natürlich, aber ihr Gesichtsausdruck war so offen, und sie strahlte eine solche Vitalität aus, daß Miss Cameron ihre Schüchternheit ein wenig überwand und sich alsbald ganz unbefangen fühlte.

Die dunklen Augen schweiften über Miss Camerons Garten. «Meine Güte, müssen Sie geschuftet haben. Alles ist jetzt so hübsch und gepflegt. Haben Sie Sonntag etwas vor? Ostersonntag? Wir wollen nämlich im Garten grillen, wenn es nicht in Strömen gießt. Kommen Sie doch auch, falls Sie nichts gegen ein Picknick haben.»

«Oh. Sehr liebenswürdig.» Miss Cameron war noch nie auf ein Grillfest eingeladen worden. «Ich ... ich denke, ich komme sehr gerne.»

«Gegen Viertel vor eins. Sie können über die Kaimauer kommen.»

«Ich freue mich sehr darauf.»

An den folgenden Tagen stellte sie fest, daß das Leben, wenn die Ashleys nebenan wohnten, ganz anders war als ohne sie. Zum einen war es viel lauter, aber es war ein angenehmer Lärm. Rufende Stimmen, Gelächter und Musik, die durch die offenen Fenster schwebte. Miss Cameron, die sich auf «Hard Rock» oder wie immer das hieß, gefaßt gemacht hatte, erkannte Vivaldi, und Freude erfüllte sie. Sie erhaschte ab und zu einen Blick auf die übrigen Mitglieder der kleinen Familie. Der Vater, sehr groß und schlank und vornehm, mit silbernen Haaren, und die Tochter, die so rothaarig war wie ihre Mutter und deren Beine in den verblichenen Jeans endlos lang aussahen. Sie hatten auch Freunde bei sich wohnen (Miss Cameron fragte sich, wie sie die alle unterbrachten), und nachmittags ergossen sich alle in den Garten und bevölkerten den Strand. Sie spielten alberne Ballspiele, und Mutter und Tochter mit den roten Haaren sahen aus wie Schwestern, wenn sie barfuß über den Sand sausten.

Der Ostersonntag war hell und sonnig, obwohl ein scharfer, kalter Wind ging und auf dem Kamm der Lammermuir-Hügel noch Schneereste zu sehen waren. Miss Cameron ging zur Kirche, und als sie nach Hause kam, vertauschte sie Sonntagsmantel und -rock mit Sachen, die sich besser für ein Picknick eigneten. Eine lange Hose hatte sie nie besessen, aber sie fand einen bequemen Rock, einen warmen Pullover und einen winddichten Anorak. Sie schloß ihre Haustür ab, ging durch den Garten an der Kaimauer entlang und durch das Tor in den Garten der Ashleys. Rauch blies von dem frisch angezündeten Grillfeuer herüber, und auf dem kleinen Rasen drängten sich schon Menschen jeden Alters; manche saßen auf Gartenstühlen oder lagerten auf Decken. Alle waren sehr ausgelassen und benahmen sich, als würden sie sich gut kennen, und eine Sekunde lang wurde Miss Cameron von Schüchternheit übermannt und wünschte, sie wäre nicht gekommen. Dann aber stand plötzlich Ambrose Ashley neben ihr, eine Röstgabel mit einem aufgespießten verbrannten Würstchen in der Hand.

«Miss Cameron. Wie schön, Sie kennenzulernen. Nett von Ihnen, daß Sie gekommen sind. Frohe Ostern. Kommen Sie, Sie müssen die Leute kennenlernen. Frances! Miss Cameron ist da. Wir haben die Mitchells auch eingeladen, aber sie sind noch nicht hier. Frances, wie können wir den Rauch abstellen? Dieses Würstchen kann ich höchstens einem Hund anbieten.»

Frances lachte. «Dann such dir einen Hund und gib's ihm, und dann fang noch mal von vorne an...», und plötzlich lachte Miss Cameron auch, weil er so herrlich komisch aussah mit seinem offenen Gesicht und dem verbrannten Würstchen. Dann bot ihr jemand einen Stuhl an, und jemand anders gab ihr ein Glas Wein. Sie setzte gerade dazu an, diesem Jemand zu sagen, wer sie war und wo sie wohnte, als sie unterbrochen und ihr ein Teller mit Essen gereicht wurde. Sie blickte auf, in das Gesicht der Ashley-Tochter. Die dunklen Augen hatte sie von ihrer Mutter, aber das Lächeln war das aufmunternde Grinsen ihres Vaters. Sie konnte nicht älter als zwölf sein, aber Miss Cameron, die während ihrer Jahre als Lehrerin unzählige Mädchen hatte heranwachsen sehen, erkannte auf Anhieb, daß dieses Kind eine Schönheit werden würde.

«Möchten Sie was essen?»

«Liebend gerne.» Sie sah sich nach etwas um, wo sie ihr Glas abstellen könnte, dann stellte sie es ins Gras. Sie nahm den Teller, die Papierserviette, Messer und Gabel. «Danke. Ich weiß gar nicht, wie du heißt.»

«Ich bin Bryony. Dieses Steak ist in der Mitte rosig gebraten, hoffentlich mögen Sie es so.»

«Köstlich», sagte Miss Cameron, die ihre Steaks gerne gut durchgebraten mochte.

«Und auf der gebackenen Kartoffel ist Butter. Ich hab sie draufgetan, damit Sie nicht aufstehen müssen.» Sie lächelte und verschwand, um ihrer Mutter zu helfen.

Miss Cameron, bemüht, mit Messer und Gabel zu balancieren, wandte sich wieder an ihren Nachbarn. «So ein hübsches Kind.»

«Ja, sie ist ein Schatz. Jetzt hole ich Ihnen noch ein Glas Wein, und dann müssen Sie mir alles über Ihr faszinierendes Haus erzählen.»

Es war eine herrliche Party, und sie war nicht vor sechs Uhr zu Ende. Als es Zeit zu gehen war, war die Flut so hoch, daß Miss Cameron keine Lust hatte, an der Kaimauer entlangzugehen, und sie kehrte auf dem üblichen Weg nach Hause zurück, via Haustüren und Bürgersteig. Ambrose Ashley begleitete sie. Als sie ihre Tür aufgeschlossen hatte, dankte sie ihm. «So eine reizende Party. Es hat mir gefallen. Ich komme mir ganz bohemienhaft vor, so viel Wein am hellichten Tag. Und wenn Sie das nächste Mal hier sind, hoffe ich, daß Sie alle zu mir zum Essen kommen. Vielleicht mittags.»

«Herzlich gerne, aber jetzt werden wir erst mal eine ganze Weile nicht hier sein. Ich habe einen Lehrauftrag an einer Universität in Texas. Wir gehen im Juli rüber, machen zuerst ein bißchen Urlaub, und im Herbst fange ich zu arbeiten an. Bryony kommt mit. Sie wird in den USA zur Schule gehen.»

«Ein wunderbares Erlebnis für Sie alle!»

Er lächelte sie an, und sie sagte: «Ich werde Sie vermissen.»

Das Jahr verging. Nach dem Frühling kam der Sommer, der Herbst, der Winter. Es stürmte, und der Steinbrech der Ashleys wurde von der Mauer geweht, weshalb Miss Cameron mit Gärtnerdraht und Drahtschere nach nebenan ging und ihn festband. Es wurde wieder Ostern, es wurde Sommer, aber die Ashleys erschienen noch immer nicht. Erst Ende August kamen sie zurück. Miss Cameron war einkaufen gewesen und hatte in der Bücherei ihr Buch umgetauscht. Sie bog am Ende der Straße um die Ecke und sah das Auto der Ashleys vor der Tür stehen, und lächerlicherweise tat ihr Herz einen Sprung. Sie trat ins Haus, stellte ihren Korb auf den Küchentisch und ging geradewegs in den Garten. Und dort, jenseits der Mauer, war Mr. Ashley und versuchte, das rauhe, wuchernde Gras mit einer Sense zu mähen. Er blickte auf, sah sie und hielt mitten im

Schwung inne. «Miss Cameron.» Er legte die Sense hin, kam herüber und gab ihr die Hand.

«Sie sind wieder da.» Sie konnte ihre Freude kaum zurückhalten.

«Ja. Wir sind länger geblieben, als wir vorhatten. Wir haben so viele Freunde gewonnen, und es gab so viel zu sehen und zu tun. Es war für uns alle ein wunderbares Erlebnis. Aber jetzt sind wir wieder in Edinburgh, und der Alltag hat mich wieder.»

«Wie lange bleiben Sie hier?»

«Leider nur ein paar Tage. Ich werde die ganze Zeit brauchen, um dem Gras beizukommen...»

Aber Miss Camerons Aufmerksamkeit wurde durch eine Bewegung beim Haus abgelenkt. Die Tür ging auf, und Frances Ashley kam heraus und die Treppe hinunter auf sie zu. Nach sekundenlangem Zögern lächelte Miss Cameron und sagte: «Schön, daß Sie zurück sind. Ich freue mich so, Sie beide wiederzusehen.»

Sie hoffte sehr, daß sie das Zögern nicht bemerkt hatten. Sie wollte auf gar keinen Fall, daß sie auch nur ahnten, wie erschrocken und erstaunt sie gewesen war. Denn Frances Ashley war wundersamerweise sichtlich schwanger aus Amerika zurückgekehrt.

«Sie bekommt noch ein Baby», sagte Mrs. Mitchell. «Nach so langer Zeit. Sie bekommt noch ein Baby.»

«Es gibt keinen Grund, weswegen sie nicht noch ein Baby bekommen sollte», sagte Miss Cameron matt. «Ich meine, wenn sie es will.»

«Aber Bryony muß jetzt vierzehn sein.»

«Das spielt keine Rolle.»

«Nein, es spielt keine Rolle ... es ist nur ... nun ja, ziemlich ungewöhnlich.»

Die zwei Damen verbrachten einen Moment in einmütigem Schweigen.

Nach einer Weile meinte Mrs. Mitchell vorsichtig: «Sie ist schließlich nicht mehr die Jüngste.»

«Sie sieht sehr jung aus», sagte Miss Cameron.

«Ja, sie sieht jung aus, aber sie muß mindestens achtunddreißig sein. Sicher, das ist jung, wenn man in die Jahre kommt wie wir. Aber es ist nicht jung, wenn man ein Baby bekommt.»

Miss Cameron hatte nicht gewußt, daß Mrs. Ashley achtunddreißig war. Manchmal, wenn sie mit ihrer langbeinigen Tochter im Sand war, sahen sie gleich alt aus. Sie sagte: «Es wird bestimmt gutgehen», aber es klang selbst in ihren eigenen Ohren nicht recht überzeugt.

«Ja, sicher», sagte Mrs. Mitchell. Ihre Blicke trafen sich, dann sahen beide rasch weg.

Und jetzt war es mitten im Winter und wieder Weihnachten, und Miss Cameron war allein. Wenn die Mitchells hier gewesen wären, hätte sie sie vielleicht für morgen zum Mittagessen eingeladen, aber sie waren verreist, um die Feiertage bei ihrer verheirateten Tochter in Dorset zu verbringen. Ihr Haus stand leer. Das Haus der Ashleys dagegen war bewohnt. Sie waren vor ein paar Tagen aus Edinburgh gekommen, aber Miss Cameron hatte nicht mit ihnen gesprochen. Sie fand, daß sie es tun sollte, aber aus einem obskuren Grund war es im Winter schwerer, Kontakt zu knüpfen. Man konnte nicht lässig über die Gartenmauer hinweg plaudern, wenn die Leute drinnen blieben, beim Feuer und mit zugezogenen Vorhängen. Und sie war zu schüchtern, sich einen Anlaß auszudenken, um an ihre Tür zu klopfen. Hätte sie sie besser gekannt, so würde sie ihnen Weihnachtsgeschenke gekauft haben, aber wenn sie dann nichts für sie hätten, könnte es peinlich werden. Zudem war da Mrs. Ashleys Schwangerschaft, die machte die Sache noch komplizierter. Gestern hatte Miss Cameron sie beim Wäscheaufhängen erspäht, und es sah so aus, als könnte das Baby jeden Moment kommen.

Am Nachmittag unternahmen Mrs. Ashley und Bryony einen Spaziergang am Strand. Sie gingen langsam, rannten nicht um die Wette wie sonst. Mrs. Ashley trug Gummistiefel und zockelte müde, schwerfällig, als werde sie nicht nur von dem Gewicht des Babys niedergedrückt, sondern von allen Sorgen der Welt. Sogar ihre roten Haare schienen ihre Spannkraft verloren zu haben. Bryony verlangsamte ihren Schritt, um sich ihrer Mutter anzupassen, und als sie von ihrem kleinen Ausflug zurückkehrten, hielt sie ihre Mutter am Arm und stützte sie.

Ich darf nicht an sie denken, sagte sich Miss Cameron brüsk. Ich darf nicht zu einer alten Dame werden, die sich in alles einmischt, die ihre Nachbarn beobachtet und Geschichten über sie erfindet. Es geht mich nichts an.

Heiligabend. Zu Festtagsstimmung entschlossen, stellte Miss Cameron ihre Weihnachtskarten auf dem Kaminsims auf und füllte eine Schale mit Stechpalmenzweigen; sie holte Holzscheite herein und putzte das Haus, und am Nachmittag machte sie einen ausgedehnten Strandspaziergang. Als sie nach Hause kam, war es dunkel, ein seltsamer, bewölkter Abend, ein stürmischer Wind wehte von Westen. Sie zog die Vorhänge zu und machte Tee. Sie hatte sich gerade hingesetzt, die Knie nahe am flackernden Feuer, als das Telefon klingelte. Sie stand auf, nahm ab und hörte zu ihrer Verwunderung eine Männerstimme. Es war Ambrose Ashley von nebenan.

Er sagte: «Sie sind da.»

«Natürlich.»

«Ich komme rüber.»

Er legte auf. Eine Minute später läutete es an der Haustür, und sie ging aufmachen. Er stand auf dem Bürgersteig, aschfahl, fleischlos wie ein Skelett.

Sie fragte sogleich: «Was ist passiert?»

«Ich muß Frances nach Edinburgh ins Krankenhaus bringen.»

«Kommt das Baby?»

«Ich weiß nicht. Sie fühlt sich seit gestern nicht wohl. Ich mache mir Sorgen. Ich habe unseren Arzt angerufen, und er sagt, ich soll sie sofort hinbringen.»

«Wie kann ich helfen?»

«Deswegen bin ich hier. Könnten Sie herüberkommen und bei Bryony bleiben? Sie möchte mit uns fahren, aber ich möchte sie lieber nicht mitnehmen und will sie nicht allein lassen.»

«Selbstverständlich.» Trotz ihrer Besorgnis wurde es Miss Cameron ganz warm ums Herz. Sie brauchten ihre Hilfe. Sie waren zu ihr gekommen. «Aber ich finde, sie sollte lieber zu mir kommen. Es wäre womöglich leichter für sie.»

«Sie sind ein Engel.»

Er ging in sein Haus zurück. Gleich darauf kam er wieder heraus, den Arm um seine Frau gelegt. Sie gingen zum Auto, und er half ihr sachte hinein. Bryony folgte mit dem Koffer ihrer Mutter. Sie trug ihre Jeans und einen dicken weißen Pullover, und als sie sich ins Auto beugte, um ihre Mutter zu umarmen und ihr einen Kuß zu geben, spürte Miss Cameron einen

Kloß in ihrer Kehle. Vierzehn, das wußte sie aus langjähriger Erfahrung, konnte ein unmögliches Alter sein. Alt genug, um zu begreifen, doch nicht alt genug, um praktische Hilfe zu leisten. Im Geiste sah sie Bryony und ihre Mutter zusammen über den Sand laufen, und sie fühlte tiefes Mitleid mit dem Kind.

Der Wagenschlag wurde geschlossen. Mr. Ashley gab seiner Tochter noch rasch einen Kuß. «Ich ruf an», sagte er zu ihnen beiden, dann setzte er sich hinters Lenkrad. Minuten später war das Auto verschwunden, das rote Rücklicht von der Dunkelheit verschluckt. Miss Cameron und Bryony standen allein auf dem Bürgersteig im Wind.

Bryony war gewachsen. Sie war jetzt fast so groß wie Miss Cameron, und sie war es, die als erste sprach. «Haben Sie was dagegen, wenn ich mit Ihnen reinkomme?» Ihre Stimme war beherrscht, kühl.

Miss Cameron beschloß, es ihr gleichzutun. «Keineswegs», erwiderte sie.

«Ich schließe bloß das Haus ab und stelle ein Schutzgitter vors Feuer.»

«Tu das. Ich warte auf dich.»

Als sie kam, hatte Miss Cameron Holz nachgelegt, eine frische Kanne Tee gemacht, eine zweite Tasse nebst Untertasse aufgedeckt, dazu eine Packung Schokoladenplätzchen. Bryony setzte sich auf den Kaminvorleger, die Knie ans Kinn gezogen, die langen Finger um die Teetasse gelegt, als dürste sie nach Wärme.

Miss Cameron sagte: «Du mußt versuchen, dich nicht zu ängstigen. Ich bin sicher, daß alles gutgeht.»

Bryony sagte: «Eigentlich hat sie das Baby gar nicht gewollt. Als es anfing, waren wir in Amerika, und sie meinte, sie wäre zu alt zum Kinderkriegen. Aber dann hat sie sich an den Gedanken gewöhnt und wurde ganz aufgeregt deswegen, und wir haben in New York Kleider und so gekauft. Aber letzten Monat wurde alles ganz anders. Sie scheint so müde und... beinahe ängstlich.»

«Ich habe nie ein Kind gehabt», sagte Miss Cameron, «daher weiß ich nicht, wie einem dabei zumute ist. Aber ich kann mir vorstellen, es ist eine sehr empfindsame Zeit. Und man kann nichts dafür, wie man sich fühlt. Es hat keinen Sinn, wenn einem andere Leute sagen, man darf nicht deprimiert sein.»

«Sie sagt, sie ist zu alt. Sie ist fast vierzig.»

«Meine Mutter war vierzig, bevor ich auf die Welt kam. Ich war ihr erstes und einziges Kind. Und mir fehlt nichts, und meiner Mutter hat auch nichts gefehlt.»

Bryony blickte auf; diese Offenbarung weckte ihr Interesse. «Tatsächlich? Hat es Ihnen nichts ausgemacht, daß sie so alt war?»

Miss Cameron befand, daß die reine Wahrheit ausnahmsweise nicht angebracht war. «Nein, überhaupt nicht. Und bei eurem Baby wird es anders sein, weil du da bist. Ich kann mir nichts Schöneres denken, als eine Schwester zu haben, die vierzehn Jahre älter ist als man selbst. Ganz so, als hätte man die allerbeste Tante auf der Welt.»

«Das Schreckliche ist», sagte Bryony, «es würde mir nicht so viel ausmachen, wenn dem Baby was passiert. Aber ich könnte es nicht ertragen, wenn Mutter was zustieße.»

Miss Cameron klopfte ihr auf die Schulter. «Ihr wird nichts passieren. Denk nicht daran. Die Ärzte werden alles für sie tun.» Es schien ihr an der Zeit, über etwas anderes zu sprechen. «Hör zu, es ist Heiligabend. Im Fernsehen bringen sie Weihnachtslieder. Möchtest du sie hören?»

«Nein, wenn es Ihnen nichts ausmacht. Ich will nicht an Weihnachten denken, und ich will nicht fernsehen.»

«Was möchtest du denn gerne tun?»

«Einfach bloß reden.»

Miss Cameron war verzagt. «Reden. Worüber sollen wir reden?»

«Vielleicht über Sie?»

«Über mich?» Sie mußte unwillkürlich lachen. «Meine Güte, so ein langweiliges Thema. Eine alter Jungfer, praktisch in der zweiten Kindheit!»

«Wie alt sind Sie?» fragte Bryony so unbefangen, daß Miss Cameron es ihr sagte. «Aber achtundfünfzig ist nicht alt! Bloß ein Jahr älter als mein Vater, und er ist jung. Zumindest denke ich das immer.»

«Ich fürchte, ich bin trotzdem nicht sehr interessant.»

«Ich finde, jeder Mensch ist interessant. Und wissen Sie, was meine Mutter gesagt hat, als sie Sie das erste Mal sah? Sie sagte, Sie haben ein schönes Gesicht, und sie würde Sie gerne zeichnen. Na, ist das ein Kompliment?»

Miss Cameron errötete vor Freude. «O ja, das ist sehr erfreulich ...»

«Und jetzt erzählen Sie mir von sich. Warum haben Sie dieses Haus gekauft? Warum sind Sie *hierher* gezogen?»

Und Miss Cameron, sonst so zurückhaltend und still, begann verlegen zu reden. Sie erzählte Bryony von jenen ersten Ferien in Kilmoran, vor dem Krieg, als die Welt jung und unschuldig war und man für einen Penny ein Hörnchen Eis kaufen konnte. Sie erzählte Bryony von ihren Eltern, ihrer Kindheit, dem alten, großen Haus in Edinburgh. Sie erzählte ihr vom Studium und wie sie ihre Freundin Dorothy kennengelernt hatte, und auf einmal war diese ungewohnte Flut von Erinnerungen keine Qual mehr, sondern eine Erleichterung. Es war angenehm, an die altmodische Schule zurückzudenken, wo sie so viele Jahre unterrichtet hatte, und sie war imstande, kühl und sachlich über die trübe Zeit zu sprechen, bevor ihr Vater schließlich starb.

Bryony hörte so aufmerksam zu, als würde Miss Cameron ihr von einem erstaunlichen persönlichen Abenteuer berichten. Und als sie zu dem Testament des alten Mr. Cameron kam und erzählte, daß er sie so wohlversorgt zurückgelassen hatte, da konnte Bryony nicht an sich halten.

«Oh, das ist phantastisch. Genau wie im Märchen. Zu schade, daß kein schöner weißhaariger Prinz aufkreuzt und um Ihre Hand anhält.»

Miss Cameron lachte. «Für so etwas bin ich ein bißchen zu alt.»

«Schade, daß Sie nicht geheiratet haben. Sie wären eine phantastische Mutter gewesen. Oder wenn Sie wenigstens Geschwister gehabt hätten, dann hätten Sie denen so eine phantastische Tante sein können!» Sie sah sich zufrieden in dem kleinen Wohnzimmer um. «Das ist genau richtig für Sie, nicht? Dieses Haus muß auf Sie gewartet haben, es hat gewußt, daß Sie hierherziehen würden.»

«Das ist eine fatalistische Einstellung.»

«Ja, aber eine positive. Ich bin in allem schrecklich fatalistisch.»

«Das darfst du nicht. Hilf dir selbst, so hilft dir Gott.»

«Ja», sagte Bryony, «ja, das mag wohl sein.»

Sie verstummten. Ein Holzscheit brach und sackte in sich zusammen, und als Miss Cameron sich vorbeugte, um ein neues nachzulegen, schlug die Uhr auf dem Kaminsims halb acht. Sie waren beide erstaunt, daß es schon so spät war, und auf einmal fiel Bryony ihre Mutter ein.

«Ich möchte wissen, was los ist.»

«Dein Vater wird anrufen, sobald er uns etwas zu sagen hat. In der Zwischenzeit sollten wir das Teegeschirr abwaschen und überlegen, was es zum Abendessen gibt. Was hättest du gerne?»

«Am allerliebsten Tomatensuppe aus der Dose und Eier mit Speck.»

«Das wäre mir auch am allerliebsten. Gehen wir in die Küche.»

Der Anruf kam nicht vor halb zehn. Mrs. Ashley lag in den Wehen. Es ließ sich nicht sagen, wie lange es dauern würde, aber Mr. Ashley wollte im Krankenhaus bleiben.

«Ich behalte Bryony über Nacht hier», sagte Miss Cameron bestimmt. «Sie kann in meinem Gästezimmer schlafen. Und ich habe ein Telefon am Bett, Sie können ohne weiteres jederzeit anrufen, sobald Sie etwas wissen.»

«Mach ich.»

«Möchten Sie Bryony sprechen?»

«Bloß gute Nacht sagen.»

Miss Cameron verzog sich in die Küche, während Vater und Tochter telefonierten. Als sie das Klingeln beim Auflegen des Hörers hörte, ging sie nicht in die Diele, sondern machte sich am Spülbecken zu schaffen, füllte Wärmflaschen und wienerte das ohnehin makellos saubere Abtropfbrett. Sie rechnete halbwegs mit Tränen, als Bryony zu ihr kam, doch Bryony war gefaßt und tränenlos wie immer.

«Er sagt, wir müssen einfach abwarten. Haben Sie was dagegen, wenn ich bei Ihnen übernachte? Ich kann nach nebenan gehen und meine Zahnbürste und meine Sachen holen.»

«Ich möchte, daß du bleibst. Du kannst in meinem Gästezimmer schlafen.»

Schließlich ging Bryony ins Bett, mit einer Wärmflasche und

einem Becher warmer Milch. Miss Cameron ging ihr gute Nacht sagen, aber sie war zu schüchtern, um ihr einen Kuß zu geben. Bryonys flammendrote Haare waren wie rote Seide auf Miss Camerons bestem Leinenkissenbezug ausgebreitet, und sie hatte außer ihrer Zahnbürste einen bejahrten Teddy mitgebracht. Er hatte eine fadenscheinige Nase und nur ein Auge. Als Miss Cameron eine halbe Stunde später selbst zu Bett ging, warf sie einen Blick ins Gästezimmer und sah, daß Bryony fest schlief.

Miss Cameron legte sich ins Bett, aber der Schlaf wollte nicht so leicht kommen. Ihr Hirn schien aufgezogen von Erinnerungen an Menschen und Ortschaften, an die sie seit Jahren nicht mehr gedacht hatte.

Ich finde, jeder Mensch ist interessant, hatte Bryony gesagt, und Miss Cameron wurde es warm ums Herz vor lauter Hoffnung für den Zustand der Welt. So schlimm konnte es nicht bestellt sein, wenn es noch junge Menschen gab, die so dachten.

Sie sagte, Sie haben ein schönes Gesicht. Vielleicht, dachte sie, tu ich nicht genug. Ich habe mich zu sehr in mich selbst zurückgezogen. Es ist egoistisch, nicht mehr an andere Menschen zu denken. Ich muß mehr tun. Ich muß reisen. Nach Neujahr melde ich mich bei Dorothy und frage sie, ob sie mitkommen möchte.

Madeira. Sie könnten nach Madeira fahren. Blauer Himmel und Bougainvillea. Und Jakarandabäume ...

Mitten in der Nacht fuhr sie furchtbar erschrocken auf. Es war stockdunkel, es war bitterkalt. Das Telefon klingelte. Sie knipste die Nachttischlampe an, sie sah auf die Uhr. Es war nicht mitten in der Nacht, sondern sechs Uhr morgens. Weihnachtsmorgen. Sie nahm den Hörer ab.

«Ja?»

«Miss Cameron? Ambrose Ashley am Apparat...» Er klang erschöpft.

«Oh.» Sie fühlte sich ganz matt. «Erzählen Sie.»

«Ein Junge. Vor einer halben Stunde geboren. Ein niedlicher kleiner Junge.»

«Und Ihre Frau?»

«Sie schläft. Es geht ihr gut.»

Nach einer Weile sagte Miss Cameron: «Ich sag's Bryony.»

«Ich komme heute im Laufe des Vormittags nach Kilmoran – gegen Mittag, denke ich. Ich rufe im Hotel an und gehe mit Ihnen beiden dort essen. Das heißt, wenn Sie Lust haben?»

«Das ist sehr liebenswürdig», sagte Miss Cameron, «äußerst liebenswürdig.»

«Wenn einer liebenswürdig ist, dann Sie», sagte Mr. Ashley.

Ein neugeborenes Baby. Ein neugeborenes Baby am Weihnachtsmorgen. Sie fragte sich, ob sie es Noel nennen würden. Sie stand auf und trat ans offene Fenster. Der Morgen war dunkel und kalt, die Flut hoch, die pechschwarzen Wellen klatschten gegen die Kaimauer. Die eisige Luft roch nach Meer. Miss Cameron sog sie tief ein, und mit einemmal war sie ungeheuer aufgeregt und von grenzenloser Energie erfüllt. Ein kleiner Junge. Sie sonnte sich in dem Gefühl einer großartigen Leistung, was lächerlich war, weil sie überhaupt nichts geleistet hatte.

Als sie angezogen war, ging sie hinunter, um Wasser aufzusetzen. Sie deckte ein Teetablett für Bryony und stellte zwei Tassen und Untertassen darauf.

Ich sollte ein Geschenk für sie haben, sagte sie sich. *Es ist Weihnachten, und ich habe nichts für sie.* Aber sie wußte, daß sie Bryony zusammen mit dem Teetablett das schönste Geschenk bringen würde, das sie je bekommen hatte.

Es war jetzt kurz vor sieben. Sie ging nach oben in Bryonys Zimmer, stellte das Tablett auf den Nachttisch und knipste die Lampe an. Sie zog die Vorhänge auf. Bryony rührte sich im Bett. Miss Cameron setzte sich zu ihr und nahm ihre Hand. Der Teddy lugte hervor, seine Ohren lagen unter Bryonys Kinn. Bryony schlug die Augen auf. Sie sah Miss Cameron dasitzen, und sogleich weiteten sich ihre Augen vor Sorge.

Miss Cameron lächelte. «Frohe Weihnachten.»

«Hat mein Vater angerufen?»

«Du hast ein Brüderchen, und deine Mutter ist wohlauf.»

«Oh...» Es war zuviel. Erleichterung öffnete die Schleusentore, und Bryonys sämtliche Ängste lösten sich in einem Tränenstrom. «Oh...» Ihr Mund wurde eckig wie der eines plärrenden Kindes, und Miss Cameron konnte es nicht ertragen. Sie konnte sich nicht erinnern, wann sie zuletzt eine zärtliche körperliche Berührung mit einem anderen Menschen hatte, aber nun nahm sie das weinende Mädchen in die Arme. Bryony schlang ihre Arme um Miss Camerons Hals und hielt sie so fest, daß sie dachte, sie würde ersticken. Sie fühlte die dünnen Schultern unter ihren Händen; die nasse, tränenüberströmte Wange drückte sich gegen ihre.

«Ich dachte... ich dachte, es würde etwas Schreckliches passieren. Ich dachte, sie würde sterben.»

«Ich weiß», sagte Miss Cameron, «ich weiß.»

Es dauerte ein Weilchen, bis sich beide gefaßt hatten. Aber schließlich war es vorbei, die Tränen waren abgewischt, die Kissen aufgeschüttelt, der Tee eingeschenkt, und sie konnten von dem Baby sprechen.

«Es ist bestimmt was ganz Besonderes, am Weihnachtstag geboren zu sein», sagte Bryony. «Wann werde ich ihn sehen?»

«Ich weiß nicht. Dein Vater wird es dir sagen.»

«Wann kommt er?»

«Er wird zur Mittagszeit hier sein. Wir gehen alle ins Hotel, Truthahnbraten essen.»

«Oh, prima. Ich bin froh, daß Sie mitkommen. Was machen wir, bis er kommt? Es ist erst halb acht.»

«Es gibt eine Menge zu tun», sagte Miss Cameron. «Wir machen uns ein Riesenfrühstück, zünden ein Riesenweihnachtsfeuer an – wenn du magst, können wir in die Kirche gehen.»

«O ja. Und Weihnachtslieder singen. Jetzt hab ich nichts mehr dagegen, an Weihnachten zu denken. Ich mochte bloß gestern abend nicht dran denken.» Dann sagte sie: «Ist es wohl möglich, daß ich ein schönes heißes Bad nehme?»

«Du kannst machen, wozu du Lust hast.» Sie stand auf, nahm das Teetablett und ging damit zur Tür. Aber als sie die Tür öffnete, sagte Bryony: «Miss Cameron», und sie drehte sich um.

«Sie waren gestern abend so lieb zu mir. Vielen, vielen Dank. Ich weiß nicht, was ich ohne Sie gemacht hätte.»

«Ich fand es schön, dich hier zu haben», sagte Miss Cameron aufrichtig. «Ich habe mich gerne mit dir unterhalten.» Sie zögerte. Ihr war soeben ein Gedanke gekommen. «Bryony, nach allem, was wir zusammen durchgemacht haben, meine ich, du solltest nicht mehr Miss Cameron zu mir sagen. Das klingt so schrecklich förmlich, und das haben wir doch ein für allemal hinter uns, nicht?»

Bryony blickte ein wenig verwundert drein, aber nicht im mindesten verstört.

«In Ordnung. Wenn Sie es sagen. Aber wie soll ich Sie denn nennen?»

«Mein Name», sagte Miss Cameron und lächelte, weil es wirklich ein sehr hübscher Name war, «ist Isobel.»

Tee mit
dem Professor

Sie waren viel zu früh am Bahnhof, aber James war es recht so, denn er hatte eine Heidenangst, den Zug zu verpassen. Sie hatten den Wagen geparkt, seine Fahrkarte gekauft und gingen nun langsam zusammen die Rampe hinauf. Veronica trug seine Tasche, und James hatte seinen Rugbyball unter einen Arm geklemmt und seinen Regenmantel über den anderen gehängt.

Der Bahnsteig war menschenleer. Wo der Wind nicht hinkam, war es noch warm, und sie fanden eine Bank in einer geschützten Ecke und setzten sich in den goldenen Septembersonnenschein. James trat mit seiner Schuhspitze gegen Kieselsteine. Über ihnen raschelten die trockenen, staubigen Blätter einer Palme im Wind. Auf der Straße fuhr ein Auto vorüber, aus einem kleinen Schuppen trat ein Träger mit einem Gepäckwagen, den er den ganzen Bahnsteig entlangschob. Sie beobachteten ihn schweigend. James sah auf die Bahnsteiguhr.

«Nigel kommt zu spät», sagte er zufrieden.

«Es sind noch fünf Minuten Zeit.»

Er trat wieder gegen Kieselsteine. Sie betrachtete sein kühles, gleichgültiges Profil, die Wimpern seiner gesenkten Augen streiften die noch babyhaft gerundeten Wangen. Er war zehn Jahre alt, ihr einziger Sohn, und er fuhr zurück ins Internat. Sie hatten sich zu Hause auf Wiedersehen gesagt, mit einer leidenschaftlichen Umarmung, die ihr das Gefühl gab, auseinandergerissen zu werden. Danach war es nun, als sei er schon abgereist. Sie war ihm dankbar für seine Gefaßtheit.

Ein Auto sauste den Hügel hinauf, schaltete herunter, bog auf den Bahnhofsplatz. Bremsen quietschten, lose Steine knirschten.

James drehte sich auf der Bank herum, um durch die Ritzen der Holzbarriere zu spähen.

«Nigel ist da.»

«Ich dachte mir, daß sie gleich kommen würden.»

Sie saßen und warteten. Kurz darauf kamen Nigel und seine Mutter die Rampe herauf, sie ganz blond und außer Atem, er rundlich und glatt wie ein Maulwurf. Nigel und James waren gleichaltrig, und sie waren von Anfang an zusammen zur Schule gegangen, aber James mochte Nigel nicht. Das einzige, was sie verband, war die Fahrt zum Internat und zurück, wenn sie im selben Abteil saßen und ihre Comics tauschten und sich vermutlich ein wenig gestelzt unterhielten. Veronica hatte manchmal ein schlechtes Gewissen wegen James' mangelnder Zuneigung für Nigel. «Wollen wir ihn in den Ferien nicht mal zu uns einladen? Dann hättest du jemand zum Spielen.»

«Ich hab Sally.»

«Aber sie ist ein Mädchen, und sie ist deine Schwester. Und älter als du. Wäre es nicht nett, einen Jungen in deinem Alter zu haben?»

«Nicht Nigel.»

«Ach James, so schlimm ist er nun auch wieder nicht.»

«Er hat alle Türchen von meinem Adventskalender aufgemacht. Sogar das vierundzwanzigste.»

Das würde er nie vergessen. Nie vergeben. Veronica bemühte sich nicht weiter, aber es war ihr peinlich, als sie sich Nigels Mutter von Angesicht zu Angesicht gegenübersah. Nigels Mutter war jedoch kein bißchen verlegen. *Sie denkt,* befand Veronica, *ich bin viel zu langweilig, um sich mit mir abzugeben. Vermutlich findet sie James auch langweilig.* «Himmel, wir dachten schon, wir kommen zu spät, nicht, Nigel? Hallo, James, wie geht's? Schöne Ferien gehabt? Wart ihr weg? Wir waren in Portugal, aber Nigel hat sich den Magen verdorben und mußte eine Woche im Bett bleiben. Wären wir bloß lieber zu Hause geblieben, also wirklich ...»

Sie plapperte weiter, kramte in ihrer Handtasche nach einer Zigarette, zündete sie mit ihrem goldenen Feuerzeug an. Sie trug einen hellblauen Overall mit Vorderreißverschluß, goldene Ballerinas und einen um die Schultern geknoteten flauschigen Pullover. Veronica musterte sie und fragte sich, woher sie die Zeit nahm, sich jeden Tag so perfekt zu schminken. Sie überlegte dies voll Bewunderung und ohne Groll, aber Veronica selbst trug einen alten Faltenrock und Turnschuhe, und sie hatte das Gefühl, daß ihr Gesicht nackt sei.

Nigels Mutter erkundigte sich nach Sally.

«Sie ist seit voriger Woche wieder in der Schule.»

«Sie wird bald fertig sein, nehme ich an.»

«Sie ist erst vierzehn.»

«Erst vierzehn! Meine Güte, kaum zu glauben.»

«Der Zug kommt», sagte James, und sie wandten sich dem Zug zu wie einem nahenden Feind. Er kam herangedonnert, verlangsamte in der Gleisbiegung sein Tempo und hielt am Bahnsteig, sperrte das Sonnenlicht aus, füllte den Bahnhof mit Lärm. Türen gingen auf, Leute stiegen aus. Nigels Mutter war weg wie der Blitz, um ein Nichtraucherabteil zu suchen, und Veronica und die zwei Jungen folgten brav hinterdrein.

«Hier, ein leeres Abteil ... rein mit euch.»

Sie kletterten die Stufe hinauf, belegten ihre Plätze, kamen zurück, ihre Mäntel und Taschen zu holen. «Wiedersehen, mein Liebling», sagte Nigels Mutter. Sie umarmte ihr Kind, küßte es schmatzend auf beide Backen, hinterließ Lippenstiftspuren, die er später mit seinem Taschentuch abwischen würde. Über ihre Köpfe hinweg sahen James und seine Mutter sich an. Der Bahnwärter kam den Bahnsteig entlang, forderte zum Einsteigen auf und schloß die Tür, denn der Zug war ein Schnellzug, der an diesem kleinen Bahnhof nur wenige Minuten hielt. Eingepfercht, gefangen, ließen die Jungen das Fenster herunter und hängten sich hinaus, Nigel vorne und James in eine Ecke gequetscht, so daß er das Gesicht seiner Mutter noch sehen konnte. Der Bahnwärter schwenkte die grüne Fahne, der Zug setzte sich in Bewegung. *Ich liebe dich,* dachte sie und hoffte, daß er es hörte. «Gute Reise!» Er nickte. «Schreib mir eine Postkarte, sobald du angekommen bist.» Er nickte wieder. Der Zug wurde schneller. Nigel lehnte sich winkend hinaus und nahm den gesamten Platz im Fenster ein. Aber James war schon verschwunden. Er hielt nichts davon, den Jammer zu verlängern. Veronica wußte, er war auf seinen Platz gegangen, hatte sich schon hingesetzt, sein Comic-Heft aufgeschlagen und machte das Beste aus einer unerträglichen Situation.

Die zwei Mütter gingen zusammen aus dem Bahnhof zu dem Platz, wo der weiße Jaguar und der alte grüne Kombiwagen nebeneinander parkten.

«Schön», sagte Nigels Mutter, «das war's. Jetzt werden wir wohl eine Weile Ruhe haben. Roger und ich dachten, wir fahren ein bißchen weg. Ich weiß nicht, das Haus kommt einem leer vor ohne die Kinder, nicht?» Sie schien zu merken, daß sie etwas Falsches gesagt hatte, denn sie wußte, daß Veronicas

Haus bis auf Toby, den Hund, vollkommen leer war. «Sie müssen mal rüberkommen», sagte sie schnell, denn sie war eine gutherzige Seele, «zum Essen oder so. Ich ruf Sie an.» «Ja, das würde mich freuen. Wiedersehen.»

Der weiße Jaguar fuhr voran, den steilen Feldweg hinauf zur Straße, dann bog er links ab in Richtung Stadt. Veronica fuhr mit dem Kombi langsamer hinterher. Auf der Anhöhe starb er ab, sie mußte den Motor wieder anlassen und dann warten, bis ein Laster vorbeigedonnert war. Es machte ihr nichts aus. Sie hatte es nicht eilig. Der Rest des Tages erstreckte sich leer vor ihr, die unvermeidliche Leere planloser Stunden, die ertragen werden mußte, bevor sie sich zu Beschäftigungen aufraffen konnte, die nichts mit ihren Kindern zu tun hatten. Die Küche streichen und Rosen pflanzen; ein Wohltätigkeitsfrühstück organisieren, sich Gedanken über Weihnachten machen.

Weihnachten. Eine lächerliche Idee an einem Tag, der mitten im Sommer zu verharren schien. Die Bäume waren noch voll belaubt, der Himmel darüber blau und wolkenlos. Die schmale Straße, die ins Dorf führte, war gesprenkelt mit Schatten und Sonnenlicht, das durch die hohen Ulmen sickerte. Veronica bog ein, kam an eine Kreuzung und hielt an. Ein Mann trieb eine Herde Kühe zum Melken. Während sie wartete, bis sie vorbei waren, schaute Veronica in den Rückspiegel, um zu sehen, ob noch ein Wagen hinter ihr war, und erblickte ihr Spiegelbild. *Du siehst aus wie ein Mädchen,* sagte sie sich unwillig. Ein älteres Mädchen. Sonnengebräunt und ungeschminkt, und deine Haare sind so unordentlich wie die deiner Tochter. Nigels Mutter mit den dunkel getuschten Wimpern und dem blauen Lidschatten fiel ihr ein. Sie dachte: *Wenigstens*

habe ich jetzt Zeit, mir die Haare machen zu lassen. Und die
Augenbrauen zu zupfen. Und vielleicht eine Gesichtsbehand-
lung. Eine Gesichtsbehandlung war gut für die Stimmung. Sie
würde sich eine Gesichtsbehandlung gönnen, und ihre Stimmung würde sich heben.

Die Kühe gingen vorbei. Der Treiber winkte ihr mit seinem
Stock. Veronica winkte zurück, ließ den Motor an und fuhr
weiter, den Hügel hinauf, um eine Ecke und gelangte auf die
Hauptstraße des Dorfes. Am Kriegerdenkmal bog sie in den
Weg ein, der ans Meer führte. Die Bäume verschwanden, die
Felder sanken zur schäumenden Küste ab, die See war grün
und blau, sie war purpurn gestreift und mit weiß gekrönten
Wellen gefleckt. Veronica kam an eine hohe Fuchsienhecke,
schaltete herunter, bog um eine scharfe Kurve und fuhr durch
das weiße Tor. Das Haus war grau, quadratisch und ungeheuer altmodisch. Sie war daheim.

Sie ging hinein, wußte genau, was sie erwartete. Die Uhr in
der Diele tickte gemächlich. Toby hörte sie kommen; seine
Pfoten tappten auf dem gebohnerten Küchenboden, und er
erschien in der Tür, ohne zu bellen, weil er stets wußte, wenn es
jemand von der Familie war. Er kam, sie zu begrüßen, suchte
nach James, fand keinen James, kehrte würdevoll zu seinem
Lager zurück.

Drinnen war es kühl. Das Haus war alt, mit dicken Mauern,
und auch die Möbel waren alt, und es roch alt, aber auf angenehme Weise, wie in einem gepflegten Antiquitätengeschäft.
Es war sehr still. Als Toby sich wieder niedergelegt hatte,
waren nur die Uhr, ein tropfender Wasserhahn in der Küche
und das Brummen des Kühlschranks zu hören.

Sie dachte: *Ich könnte Tee kochen, obwohl es erst halb vier
ist. Ich könnte die Wäsche hereinholen und bügeln. Ich könnte
nach oben in James' Zimmer gehen und seine Sachen aufsam-*

meln. Sie sah sie vor sich, die abgewetzten, ausgebeulten Jeans, die grauen Socken, die unsäglichen Sandalen, das Superman-T-Shirt, das sein Lieblingskleidungsstück war. Er hatte die Sachen heute morgen angehabt; sie waren ein letztes Mal zum Schwimmen an den Strand gegangen, hatten den Abwasch, das Staubwischen, das Bettenmachen seinlassen. Danach hatte sie ihm sein Leibgericht gekocht, Koteletts und weiße Bohnen mit Speck, mit Tomaten überbacken, und hatte mit ihm gegessen, und tickend hatte die Uhr ihre letzten gemeinsamen Minuten angezeigt.

Sie warf ihre Tasche hin, ging durch die kühle Diele, durch das Wohnzimmer, durch die Terrassentür und die zwei Stufen hinunter, die auf den Rasen führten. In einer nahezu apathischen Erschöpfung, für die um diese Zeit überhaupt kein Anlaß bestand, ließ sie sich in einen durchhängenden Liegestuhl fallen. Die Sonne schien ihr in die Augen, und sie hob einen Arm, um sich vor dem gleißenden Licht zu schützen, und sogleich brachen Geräusche herein, die Beachtung forderten. Die Kinder kamen aus der Dorfschule, die Kirchturmuhr, die immer etwas nachging, schlug die halbe Stunde. Ein Auto fuhr die Straße entlang, bog in das Tor ein und kam knirschend auf der kiesbestreuten Zufahrt vor der zweiten Haustür auf der anderen Seite von Veronicas Haus zum Stehen.

Sie dachte müßig: *Der Professor ist zu Hause.*

Sie war nun seit zwei Jahren Witwe. Als Ehefrau hatte sie in London gelebt, in einer geräumigen Wohnung in der Nähe der Albert Hall, doch nach dem Tod ihres Mannes war sie auf Anraten von Frank Kirdy, der ihr Anwalt und zugleich ihr bester Freund war, in das Dorf und das Haus zurückgekehrt, wo sie als Kind gelebt hatte. Es schien natürlich und vernünftig. Die Kinder liebten die ländliche Umgebung, den Strand und das Meer; sie war von Nachbarn und Leuten umgeben, die sie ihr Leben lang gekannt hatte.

Es hatte allerdings ein, zwei Einwände gegeben.

«Aber das Haus ist so groß, Frank. Viel zu groß für mich und die zwei Kinder.»

«Aber es ließe sich ganz leicht teilen, und du könntest die andere Hälfte vermieten.»

«Aber der Garten...»

«Den Garten könntest du auch teilen. Pflanz eine Hecke. Du hättest immer noch zwei reichlich große Rasen.»

«Aber wer würde dort hinziehen?»

«Wir hören uns um. Es findet sich bestimmt jemand.»

Und es fand sich jemand. Professor Rydale.

«Wer ist Professor Rydale?» fragte sie.

«Ich war mit ihm in Oxford», sagte Frank. «Er ist Archäologe. Professor an der Universität von Brookbridge.»

«Aber wenn er in Brookbridge ist, warum will er dann nach Cornwall ziehen?»

«Er nimmt ein Jahr Urlaub. Er muß ein Buch schreiben. Mach nicht so ein gequältes Gesicht, Veronica, er ist Junggeselle und vollkommen selbständig. Zweifellos wird eine häusliche Frau aus dem Dorf kommen und ihn versorgen, und du wirst gar nicht merken, daß er da ist.»

«Aber wenn ich ihn nicht mag?»

«Meine Liebe, man kann sich über Marcus Rydale ärgern, man kann sich über ihn amüsieren, man kann sich von ihm belehren lassen, aber es ist unmöglich, ihn nicht zu mögen.»

«Na dann...» Zögernd hatte sie eingewilligt. «In Ordnung.»

Und so wurden Haus und Rasen geteilt, und der Professor wurde benachrichtigt, daß er einziehen könne, sobald es ihm paßte. Kurz darauf erhielt Veronica eine unleserliche und unfrankierte Postkarte, welche, nachdem sie entziffert war, ihr ankündigte, daß er am Sonntag zu erwarten sei. Sonntag, Montag und Dienstag kamen und gingen. Am Mittwoch, mitten beim Mittagessen, traf der Professor ein. Er fuhr einen Sportwagen, der aussah, als sei er mit Tesafilm zusammengeklebt. Er trug eine Brille, einen Tweedhut und einen ausgebeulten Tweedanzug, und er brachte weder eine Entschuldigung noch eine Erklärung vor. Veronica, bereits amüsiert und verärgert, übergab ihm seine Schlüssel. Die Kinder lungerten fasziniert herum, sie hofften, hereingebeten zu werden, um ihm beim Auspacken zu helfen, aber er machte sich so unvermittelt aus dem Staub, wie er gekommen war, und ward kaum wiedergesehen. Binnen zwei Tagen fand sich Mrs. Thomas ein, die Frau des Briefträgers, sie kam und ging, um ihm den Haushalt zu führen, ihm Pasteten und mächtige Früchtekuchen zu backen. Noch ehe eine Woche um war, hatten sie ihn fast vergessen. Er richtete sich ein, behaglich wie ein Eichhörnchen, und in all den kommenden Monaten wurde Veronica nur an ihn erinnert, wenn seine Schreibmaschine zu den unmöglichsten Zeiten mitten in der Nacht zu klappern begann oder er mit seinem kleinen Wagen aus der Einfahrt und die Straße zum Dorf entlangflitzte, um zu seltsamen Exkursionen zu verschwinden, die manchmal zwei, drei Tage dauerten.

Doch hin und wieder tauchte er auf und knüpfte Kontakt zu den Kindern. Einmal fiel Sally vom Fahrrad, er fuhr zufällig gerade vorbei und hielt an, um sie aus dem Graben aufzulesen, das verbogene Vorderrad zu richten und ihr ein Taschentuch für ihr blutendes Knie zu leihen.

«Er war nett, Mami, ehrlich, er war so nett, und er hat so getan, als würde er gar nicht sehen, daß ich heule, das war doch taktvoll, findest du nicht?»

Veronica wollte ihm danken, aber sie bekam ihn drei Wochen nicht zu sehen, und danach war sie überzeugt, daß er den Vorfall längst vergessen hatte. Und ein anderes Mal kam James mit einem Gerät aus einem Kastanienast und einer Sehne nebst einem Packen tödlich scharf angespitzter Zweige zum Abendessen nach Hause.

«Was hast du da?»

«Das ist ein Flitzebogen mit Pfeilen.»

«Sieht gefährlich aus. Wo hast du den her?»

«Ich hab den Professor getroffen. Er hat ihn mir gemacht. Guck, man muß die Sehne locker lassen, wenn man ihn nicht benutzt, und wenn man schießen will, muß man den Stab ein bißchen biegen und die Sehne spannen... So! Siehst du? Ist doch super, oder? Damit kann man kilometerweit schießen.»

«Du darfst damit nie auf Menschen zielen», sagte Veronica ängstlich.

«Mach ich nicht, auch nicht, wenn ich jemand hasse», sagte er. «Ich muß mir eine Zielscheibe bauen.» James ließ die Sehne schnappen. Ein angenehmes Schwirren ertönte, wie wenn man eine Harfe zupfte.

«Hoffentlich hast du dich auch bedankt», sagte seine Mutter.

«Na klar. Er ist furchtbar nett. Könntest du ihn nicht mal einladen, zum Tee oder zum Abendessen?»

«O James, das würde ihm bestimmt nicht passen. Er arbeitet, er will nicht gestört werden. Ich glaube, es wäre ihm schrecklich unangenehm.»

«Ja, kann sein.» Er ließ den Bogen noch einmal schwirren und brachte ihn oben in seinem Zimmer in Sicherheit.

Veronica hörte, wie innen im Haus, auf der Seite des Professors, ein Fenster geschlossen wurde. Dann öffnete er die Terrassentür seines Wohnzimmers, das früher, als das Haus noch ungeteilt war, das Eßzimmer gewesen war, und ging in den Garten. Gleich darauf erschien sein bebrillter Kopf über dem Zaun, und er sagte: «Möchten Sie eine Tasse Tee?»

Einen verrückten Moment lang dachte Veronica, er spreche mit jemand anderem. Sie sah sich hektisch um, wer das sein könnte. Aber es war niemand anders da. Er sprach mit ihr. Er lud sie zu einer Tasse Tee ein, aber wenn er vorgeschlagen hätte, hier und jetzt rund um den Rasen Walzer zu tanzen, sie hätte nicht erstaunter sein können. Sie starrte ihn an. Er hatte keinen Hut auf, und der Wind richtete seine Haare zu einem Hahnenkamm auf, genau wie bei James.

Er versuchte es noch einmal. «Ich habe eine frische Kanne gekocht. Ich könnte ihn hier herausbringen.»

Blitzartig legte sie ihre schlechten Manieren ab. «Oh, Verzeihung... es kam so überraschend. Ja, ich trinke gerne eine Tasse...» Sie begann sich umständlich aus ihrem Liegestuhl hochzurappeln, aber er hielt sie zurück.

«Nein, nicht bewegen. Sie sehen so friedlich aus. Ich bringe ihn heraus.»

Sie ließ sich in den Liegestuhl zurückfallen. Der Professor verschwand. Veronica dachte über diese verblüffende neue Situation nach. Und sie lächelte, über sich, über ihn, über das Absurde daran. Sie zog ihren Rock über die Knie herunter und versuchte, sich zu fassen. Sie war gespannt, worüber sie sprechen würden.

Als er wiederkam und sich vorsichtig durch eine schmale Lücke im Zaun aus seinem Garten drängte, sah sie zu ihrem Erstaunen, daß er alles perfekt angerichtet hatte. Sie hatte einen Becher Tee erwartet, sonst nichts, aber er trug ein beladenes Tablett und hatte eine dicke karierte Decke über eine Schulter geworfen. Er stellte das Tablett neben Veronica ins Gras, breitete die Decke aus und setzte sich darauf, wobei er seinen langen Körper zusammenfaltete wie ein Klappmesser. Er trug eine alte Cordhose, die jemand unbeholfen am Knie geflickt hatte, und am Kragen seines karierten Hemdes fehlte ein Knopf, aber er sah keineswegs bejammernswert aus, eher wie ein fröhlicher Zigeuner. Sie fragte sich, wie er es fertigbrachte, so braun und mager zu bleiben, wenn er offensichtlich die meiste Zeit im Haus verbrachte.

«So», sagte er, als er es sich bequem gemacht hatte, «jetzt müssen Sie einschenken.»

Das Geschirr paßte nicht zusammen, aber er hatte nichts vergessen, und es gab sogar ein Stück von Mrs. Thomas' Früchtekuchen zu essen.

Sie sagte: «Das sieht köstlich aus. Ich mache mir gewöhnlich keine Arbeit mit dem Tee – das heißt, wenn ich allein bin.»

«Die Kinder sind abgereist.» Es war eine Feststellung, keine Frage.

«Ja ...» Sie hantierte mit der Teekanne. «Ich habe James eben zum Zug gebracht.»

«Hat er es weit?»

«Nein. Nur bis Carmouth. Nehmen Sie Zucker?»

«Ja, jede Menge. Mindestens vier Löffel.»

«Bedienen Sie sich lieber selbst.» Sie reichte ihm seine Tasse, und er schaufelte reichlich Zucker hinein. Sie sagte: «Ich habe mich nie bei Ihnen bedankt, daß Sie ihm den Bogen und die Pfeile gemacht haben.»

«Ich dachte, Sie würden sich vielleicht ärgern, weil ich ihm so ein gefährliches Spielzeug geschenkt habe.»

«Er ist sehr besonnen.»

«Ich weiß. Sonst hätte ich es auch nicht gemacht.»

«Und...» Sie drehte ihre Teetasse in der Hand. Die Tasse hatte ein Rosenmuster und sah aus, als hätte sie einst einer älteren Verwandten gehört. «Sie haben Sally gerettet, als sie vom Fahrrad fiel. Ich hätte nicht versäumen dürfen, Ihnen dafür zu danken, aber irgendwie bekam ich Sie nie zu sehen.»

«Sally hat sich selbst bei mir bedankt. Und sie hat mich ins Herz geschlossen.»

«Das freut mich.»

«Es ist still ohne die Kinder.»

«Um Himmels willen, machen sie so viel Krach?»

«Nur ein bißchen, und das gefällt mir. So habe ich ein wenig Gesellschaft, wenn ich arbeite.»

«Sie stören Sie nicht oder lenken Sie ab?»

«Wie gesagt, es gefällt mir.» Nachdenklich schnitt er sich ein dickes Stück Kuchen ab. Er biß hinein und kaute, dann sagte er unvermittelt: «Er ist noch so klein. James, meine ich. So ein kleines Bürschchen. Müssen Sie ihn ins Internat schikken?»

«Nein, nicht unbedingt, denke ich.»

«Wäre es nicht netter für Sie beide, wenn er hierbliebe?»

Sie sagte: «Ja, bestimmt.»

«Aber er muß fort?»

Da sah Veronica ihn an, und sie fragte sich, warum seine Beharrlichkeit sie nicht kränkte und warum sie wußte, daß seine Fragen aufrichtigem Interesse und nicht bloßer Neugierde entsprangen. Seine Augen hinter der Brille waren sehr dunkel und gütig. Er war nicht im mindesten einschüchternd.

Sie sagte: «Es hört sich lächerlich an, aber es ist wirklich ganz einfach. Er ist mein einziger Sohn. Und er ist mein Baby. Wir waren sein Leben lang zusammen und standen uns sehr nahe. Ich liebe Sally, aber sie ist irgendwie von mir losgelöst, und das ist mit ein Grund, weswegen wir so gut miteinander auskommen. Aber James und ich sind, ich weiß nicht, wie zwei Äste am selben Stamm. Als mein –» Sie beugte sich vor, stellte ihre Teetasse ab, verbarg hinter einem Vorhang aus Haaren ihr Gesicht vor dem Professor, denn noch immer, auch jetzt, traute sie sich nicht zu, es zu sagen, ohne zu weinen. «Als mein Mann starb, hatte James nur noch mich.» Sie richtete sich auf, schob sich die Haare aus den Augen und sah ihn wieder an. Sie lächelte. «Ich war immer entsetzt über Mütter und Söhne, die wie die Kletten aneinander hingen und sich nicht voneinander lösen konnten.» Er blickte sie nachdenklich an, ohne ihr Lächeln zu erwidern. Sie fuhr munter fort: «Es ist eine gute Schule, klein und freundlich. Er fühlt sich dort sehr wohl.»

Das stimmte. Sie wußte es, und doch wurde sie von Zweifeln geplagt. Nach dem leidvollen Morgen, den Qualen des letzten Mittagessens, der Fahrt zum Bahnhof und dem letzten Lebewohl hatte sie das Gefühl gehabt, das nicht noch einmal durchmachen zu können. James' Gesicht ließ sie nicht los, das blasse Dreieck über Nigels Schulter, das immer kleiner und verschwommener wurde, als der Schnellzug mit ihm entschwand.

«Vielleicht», sagte der Professor, «könnten Sie woanders hinziehen, wo es eine ähnliche Schule gibt, und andere Jungen, und wo er Beschäftigung hätte?»

«Kein Vater», sagte Veronica, ohne zu überlegen. «Es hängt damit zusammen, daß er keinen Vater hat.»

«Aber Sie müssen doch einsam sein ohne die Kinder.»

«Manchmal ist es egoistisch, einsam zu sein ... und können wir jetzt bitte nicht mehr darüber sprechen.»

«Ist gut», sagte der Professor liebenswürdig, als hätte er das Thema nie angeschnitten. «Worüber wollen wir sprechen?»

«Ihr Buch?»

«Mein Buch ist fertig.»

«Fertig?»

«Ja, fertig. Getippt, korrigiert und noch einmal getippt; nicht von mir, darf ich hinzufügen. Es ist nicht nur getippt, geheftet und eingebunden, sondern es ist auf dem Schreibtisch eines Verlegers gelandet und wird gedruckt.»

«Das ist ja großartig. Wann haben Sie es erfahren?»

«Heute. Ich erhielt ein telefonisches Telegramm und ging zur Post, um mir die Bestätigung zu holen.» Er zog es aus seiner Jackentasche und ließ es im Wind flattern. «Ich fühle mich jedesmal sicherer, wenn meine Sachen gedruckt werden. Das beweist, daß ich nicht phantasiert habe.»

«Oh, das freut mich. Und was machen Sie jetzt?»

«Ich habe noch drei Monate von meinem Jahresurlaub, und danach nehme ich meine Vorlesungen in Brookbridge wieder auf.»

«Was fangen Sie in den drei Monaten an?»

«Das weiß ich noch nicht.» Er grinste sie an. «Vielleicht gehe ich nach Tahiti und mache den Strand unsicher. Vielleicht bleibe ich hier. Hätten Sie etwas dagegen?»

«Warum sollte ich was dagegen haben?»

«Ich dachte, ich war vielleicht so grob und unfreundlich, daß Sie es nicht abwarten können, mich los zu sein. Ich finde nämlich, daß Geselligkeiten und alles, was dazugehört, ungeheuer viel Konzentration erfordern. Ich darf nichts anderes im Kopf haben. Besonders, wenn ich ein Lehrbuch über Archäologie schreibe. Können Sie das verstehen?»

«Aber sicher. Ich fand Sie nie grob oder unfreundlich. Ich bin übrigens genauso schlimm. James wollte, daß ich Sie mal zum Abendessen einlade, und ich habe gesagt, Sie wollten bestimmt nicht kommen. Sie hätten zuviel zu tun, habe ich gesagt.»

«Hatte ich vielleicht auch.» Er wirkte verlegen; er runzelte die Stirn, versuchte die hochstehenden Haare mit dem Handteller flach zu drücken. Er sagte: «James war gestern abend bei mir, um sich zu verabschieden. Als Sie sein Abendessen machten. Haben Sie das gewußt?»

Jetzt war es an Veronica, die Stirn zu runzeln. «James war bei Ihnen? Nein, davon hat er kein Wort gesagt.»

«Und da hat er mir erzählt, Sie wollten mich nicht zum Essen einladen, weil Sie dachten, ich würde nicht kommen wollen.»

«Das hätte er nicht...»

«Aber er hat hinzugefügt, sozusagen von Mann zu Mann, daß ich *Sie* vielleicht zum Essen einladen könnte.»

«Er hat *was*?»

«Er macht sich Sorgen, weil Sie so ganz allein leben. Er weiß, wie sehr Sie ihn und Sally vermissen. Und Sie dürfen sich nicht darüber ärgern, denn ich finde, es ist das Netteste, was ein kleiner Junge meines Wissens je getan hat.»

«Aber er hatte kein Recht...!»

«Er hat jedes Recht. Er ist Ihr Sohn.»

«Aber...»

Er ging über die Einwände hinweg. «Ich habe natürlich ja gesagt. Und lade Sie hiermit ein. Und ich habe mir sogar erlaubt, einen Tisch in dem neuen Restaurant in Porthkerris zu reservieren. Für acht Uhr. Wenn Sie absagen, wird es sehr schwierig für mich, denn dann muß ich hingehen und den Tisch wieder abbestellen, und der Oberkellner wird böse. Sie sagen nicht nein, oder?»

Einen Moment lang konnte sie gar nichts sagen. Aber wie sie ihn so ansah, fiel ihr ein, was Frank über ihn gesagt hatte, und ihre Verstimmung und ihr Ärger schmolzen dahin. *Man kann sich über Marcus Rydale ärgern, man kann sich über ihn amüsieren, man kann sich von ihm belehren lassen, aber es ist unmöglich, ihn nicht zu mögen.* Und sie dachte, und war von dem

Gedanken überwältigt, daß er der netteste Mann sei, dem sie in den letzten Jahren begegnet war. All die Monate hatte sie ihr Haus mit ihm geteilt und es nicht geahnt. Aber die Kinder ahnten es. Sie wußten es. James hatte es von Anfang an gewußt.

Sie fing an zu lachen, gab sich, derart bedrängt, geschlagen. «Nein, ich sage nicht nein. Ich könnte nicht nein sagen, selbst wenn ich es wollte.»

«Aber Sie wollen es nicht, nicht wahr», sagte der Professor, und wieder war es eine Feststellung, keine Frage.

Amita

Die Nachricht von Miss Tollivers Tod stand heute morgen in der Zeitung. Mein Mann reichte sie mir über den Frühstückstisch, und der Name kam mir aus der eng gedruckten Spalte entgegen wie ein Schrei aus der Vergangenheit:

> TOLLIVER. Am 8. Juli verstarb in ihrem
> 90. Lebensjahr Daisy Tolliver, Tochter des
> verstorbenen Sir Henry Tolliver, ehemaliger
> Gouverneur der Provinz Barana, und der
> Lady Tolliver. Die Einäscherung findet im
> engsten Familienkreise statt.

Ich hatte seit Jahren nicht an die Tollivers gedacht. Ich bin jetzt zweiundfünfzig, mithin im fortgeschrittenen mittleren Alter, habe einen Mann, der kurz vor der Pensionierung steht, Kinder und Enkelkinder. Wir wohnen in Surrey, und Cornwall und die Kindheit scheinen weit, weit entfernt, in einer anderen Zeit und einer anderen Welt. Aber hin und wieder geschieht etwas, das alles wiederkehren läßt, wie ein Ton auf einem selten gespielten Klavier, und dann ist es, als seien die erfüllten Jahre dazwischen nie gewesen. Die alten, müßigen Tage sind wieder da, strahlend von ewigem Sonnenschein (hat es *nie* geregnet?) und erfüllt von erinnerten Stimmen, hastenden Schritten und herrlich nostalgischen Gerüchen. Schalen mit Gartenwicken im Salon meiner Mutter und der Duft von Pasteten, die im Ofen des schwarzen Eisenherdes gebacken wurden.

Die Tollivers. Als mein Mann sich verabschiedet hatte und zum Zug nach London gegangen war, ging ich mit der Zeitung in den Garten, setzte mich in den Schaukelstuhl am Rosenbeet und las die wenigen Zeilen noch einmal – *des verstorbenen Sir Henry Tolliver, ehemaliger Gouverneur der Provinz Barana.* Ich erinnerte mich an ihn, an sein rotes Gesicht, den gewaltigen weißen Schnurrbart und seinen Panamahut. Und ich erinnerte mich an Angus. Und Amita.

Wer Anfang der dreißiger Jahre ein Kind Britisch-Indiens war, führte ein unstetes Leben. Mein Vater war im indischen Staatsdienst in Barana stationiert und leitete dort die Fluß- und Hafenverwaltung. Seine vertragliche Verpflichtung ging über jeweils vier Jahre, während deren er völlig aus unserem Leben verschwand, bis er zu einem sechsmonatigen Urlaub zurückkehrte, der wie unendliche Ferien anmutete.

Wir waren charakteristisch für Tausende von Familien, bei denen die Last, in England die Kinder aufzuziehen und den Haushalt zu führen, zwangsläufig der Ehefrau zufiel, deren Leben ständig unter der quälenden Entscheidung litt, ob sie bei ihren Kindern bleiben oder ihren Mann in den Osten begleiten sollte. Tat sie ersteres, ging jegliches Eheleben über Bord. Tat sie letzteres, mußten Vorkehrungen zum Wohl der Kinder getroffen werden; es galt Internatsschulen zu finden und nette Verwandte oder Freunde zu ersuchen, sich in den Ferien der Kinder anzunehmen. Was sie auch tat, es führte stets zu unvermeidlichen, herzzerreißenden Abschiedsszenen. Damals gab es keinen Flugverkehr nach Indien. Die Zeit von Imperial Airways kam erst später, und die Schiffe der P & O, die von London ausliefen, brauchten drei Wochen für die Reise. Die Trennung war in der Tat absolut.

Meine Mutter ist zweimal in Indien gewesen. Einmal, bevor wir geboren waren, und einmal, als wir noch so klein waren, daß wir ihr Fortgehen kaum wahrnahmen.

Auf ihrer ersten Reise, als junge, liebreizende Braut, lernte sie Lady Tolliver kennen. Die Freundschaft, die zwischen ihnen erblühte, war ungewöhnlich, denn Lady Tolliver war gut eine Generation älter als meine Mutter und obendrein die Gattin des Gouverneurs, während meine Mutter schlicht die frisch angetraute Ehefrau eines jungen Beamten war.

Doch Lady Tolliver war bescheiden und freundlich. Sie fand meine Mutter erfrischend natürlich. Zu ihrem beiderseitigen Vergnügen und zur Verwunderung aller übrigen ließen sie ihre Liegestühle nebeneinander auf dem Schiffsdeck aufstellen, und da saßen sie im wohltuenden Sonnenschein, amüsierten sich mit ihrer Handarbeit und ihren lebhaften Gesprächen, während der große Dampfer durch das Mittelmeer glitt, den Suezkanal passierte und den blauen Indischen Ozean erreichte.

In England lebten die Tollivers in Cornwall, und dies war der Grund, weswegen meine Mutter, als sie hochschwanger aus Indien zurückkehrte und eine feste Bleibe brauchte, ein Häuschen in ihrer Nähe mietete. Es war sehr bescheiden, mit einem winzigen Gärtchen, denn mehr konnte sie sich nicht leisten, und dort wurden meine Schwester und ich geboren, dort wuchsen wir auf, ein wenig ärmlich, aber vollkommen zufrieden, und dort blieben wir, bis der Krieg uns für immer auseinanderriß.

Im Rückblick führten wir ein sehr ereignisloses Leben, das bestimmt war von Schule und Ferien, den Briefen, die wir an unseren Vater schrieben und von ihm erhielten, von Weihnachten, wenn Päckchen kamen, würzig duftend und in Zeitungspapier gewickelt, das mit indischen Schriftzeichen bedruckt war. Alle drei bis vier Jahre folgte dann die große Aufregung, wenn unser Vater seinen Heimaturlaub hatte. Und ebensooft verließen die Tollivers ihren indischen Palast und ihre zahlreichen Bediensteten, ihre Gartenfeste und Soireen und kamen ebenfalls nach Hause, um ihre Freunde zu sehen und ihr Haus zu beziehen und wie gewöhnliche Sterbliche zu leben.

Daisy war ihre älteste Tochter, unverheiratet und sehr musikalisch. Sie spielte an musikalischen Abenden Violine und begleitete jeden, den es zu singen drängte, auf dem Klavier. Nach ihr kam Mary, die mit einem in Quetta stationierten Soldaten verheiratet war, und dann Angus.

Angus war der Liebling der Familie, ja, er war der Liebling von jedermann, hübsch, blond, blauäugig, und er absolvierte sein letztes Jahr in Oxford. Er raste mit hoher Geschwindigkeit in einem Triumph-Cabriolet mit großen, polierten Scheinwerfern durch die Gegend, er spielte sehr gut Tennis und sah in seiner weißen Flanellhose und seinem blendendweißen Hemd wie ein Filmidol aus.

Meine Schwester Jassy, zwei Jahre älter als ich, war wahnsinnig in ihn verliebt, aber sie war damals erst zehn, und Angus war nie ohne ein hübsches Mädchen an seiner Seite zu sehen. Aber ich verstand, warum sie in ihn verliebt war, denn wenn es uns gelang, ihn in einem Moment zu erwischen, wo er nicht anderweitig beschäftigt war, dann war er stets bereit, mit uns

Kricket zu spielen oder am Strand riesige Sandburgen zu bauen, mit tiefen Gräben, welche die Flut füllte, während wir planschten und schrien und wie verrückt gruben und die Dämme abstützten, um das Wasser fernzuhalten.

Dann verließ Angus Oxford, und es blieb nicht aus, daß er seine Eltern nach Indien begleitete. Jedoch nicht als Staatsdiener, sondern als Angestellter von Ironsides, der großen Schifffahrtsgesellschaft, die den Betrieb übernommen hatte, als die Ostindien-Companie aufgab. Infolgedessen wohnte er nicht bei seinen Eltern im Regierungsgebäude, sondern er hatte in der Stadt eine eigene Wohnung, die er mit einigen anderen, ungefähr gleichaltrigen jungen Männern teilte.

Es ist schwierig, sich zu erinnern, wann die ersten Gerüchte durchsickerten. Und es ist unmöglich, sich zu erinnern, wie Jassy und ich mitbekamen, daß etwas nicht stimmte. Meine Mutter erhielt einen Brief von meinem Vater. Sie las ihn beim Frühstück; sie verkniff den Mund wie immer, wenn es etwas geheimzuhalten galt. Den Rest der Mahlzeit schwieg sie. Ich hatte ein beklemmendes Gefühl im Magen, das mich den ganzen Tag nicht losließ.

Dann kam Mrs. Dobson zu meiner Mutter zum Tee. Mrs. Dobson war auch eine Indien-Strohwitwe, die nicht um ihrer Kinder willen in England blieb, sondern weil sie sehr zart war und das heiße Klima des Ostens nicht vertrug. Ich spielte im Garten und stieß unvermutet zu ihnen, so daß ich das Ende ihres Gespräches aufschnappte.

«Aber wie konnte er sie kennenlernen?»

«Das kann man nie wissen. Er hatte immer ein Auge für hübsche Mädchen.»

«Aber er hätte jede haben können. Wie konnte er so dumm sein. Warum alle seine Chancen aufs Spiel setzen...?»

Meine Mutter erspähte mich. Sie machte eine rasche Handbewegung, und Mrs. Dobson brach ab, drehte sich um und lächelte sogleich, als freue sie sich, mich zu sehen. «Ah, da ist ja Laura. Bist du aber ein großes Mädchen geworden.» Und ich durfte mit ihnen Tee trinken und alle belegten Gurkenbrote essen, als ob ich darüber alles vergessen könnte, was ich womöglich aufgeschnappt hatte.

Am Ende ließ Doris, unser Hausmädchen, die Katze aus dem Sack. Doris' Freund war Arthur Penfold, der den Garten der Tollivers in Ordnung hielt. An Doris' freiem Tag holte Arthur sie mit seinem Motorrad ab, und sie fuhren zu den Vergnügungsstätten von Penzance; Doris legte die Arme um Arthurs Taille, und ihr Rock wehte von ihren langen, wohlgeformten, kunstseidenbestrumpften Beinen hoch.

Manchmal, wenn ich abends die Haare gewaschen haben wollte oder Lust auf Gesellschaft hatte, kam Doris nach oben und badete mich.

Sie kniete auf der Badematte, schrubbte den Schmutz des Tages von meinen Knien. Die feuchte Luft war von dem Duft von Pear's Seife erfüllt. Doris sagte: «Angus Tolliver heiratet.»

Ich verspürte einen kurzen Stich, aus Mitleid mit Jassy. Sie hatte vorgehabt, ihn selbst zu heiraten, wenn er nur lange genug warten würde, bis sie erwachsen wäre.

«Woher weißt du das?» fragte ich.

«Arthur hat's mir erzählt.»

«Woher weiß er es?»

«Agnes hat es seiner Mutter geschrieben.» Agnes war Lady Tollivers Hausangestellte, eine mürrisch aussehende Frau, die ergeben nach Indien reiste und unter der stechenden Hitze Qualen litt, nur weil sie den Gedanken nicht ertragen konnte, daß eine dunkelhäutige Frau Lady Tollivers Leibwäsche bügelte. «Da draußen soll's drunter und drüber gehen, hab ich gehört.»

«Warum?»

«Sie wollen nicht, daß Angus heiratet.»

«Warum nicht?»

«Weil sie Inderin ist. Darum. Mr. Angus heiratet eine Inderin.»

«Eine Inderin!»

«Na ja, Halbinderin.»

Das war noch schlimmer. Eine Anglo-Inderin. Chi-Chi. Ich haßte diesen Spitznamen, weil ich es haßte, wie die Leute ihn benutzten. Trotzdem war ich entsetzt. Ich war nie in Indien gewesen, aber im Laufe der Jahre hatte ich, einem Schwamm gleich, von meinen Eltern und den Erwachsenen, mit denen sie befreundet waren, die Traditionen, ihre Sprechweise und die meisten ihrer Vorurteile aufgesogen. Ich kannte mich mit Indien aus. Ich wußte über die heiße Witterung und die Regenzeit Bescheid. Ich wußte von den Reisen ins Landesinnere. Ich wußte von Durbars, den Empfängen am Hofe der Maharadschas, und festlich geschmückten Elefanten, von großen stolzen Umzügen im flirrenden Sonnenlicht. Ich wußte, daß der Butler «bearer», der Gärtner «mali», der Stallbursche «syce» genannt wurde. Ich wußte, *burra* hieß groß und *chota* hieß klein. Wenn meine Schwester mich ärgern wollte, nannte sie mich Missy Baba.

Und ich war über Anglo-Inder aufgeklärt. Anglo-Inder waren weder Fisch noch Fleisch. Sie arbeiteten in Kontoren und bei der Eisenbahn. Sie trugen Tropenhelme und sprachen Kauderwelsch und benutzten (unsagbar) kein Papier, wenn sie auf die Toilette gingen.

Und Angus Tolliver würde eine von ihnen heiraten.

Ich konnte nicht darüber sprechen. Angus, der Stolz der Tollivers, der einzige Sohn des Gouverneurs, heiratete eine Anglo-Inderin. Die Schande seiner Familie war meine Schande, denn obwohl ich erst acht Jahre alt war, wußte ich, wenn er das tat, würde er sich von allem ausschließen, was ihm vertraut war. Er würde sich zurückziehen und aus unserem Leben verschwinden müssen. Er wäre für immer verloren.

Ich trug meinen Jammer drei Tage mit mir herum, bis meine Mutter, die mein trübsinniges Gesicht keine Minute länger ertragen konnte, mich fragte, was mir fehle. Gequält, ohne ihr ins Gesicht zu sehen, sagte ich es ihr.

«Woher weißt du es?» fragte meine Mutter.

«Doris hat's mir gesagt. Arthur Penfold hat's ihr erzählt. Agnes hat es seiner Mutter geschrieben.» Ich zwang mich, zu meiner Mutter hochzublicken, und stellte fest, daß sie mich nicht ansah. Sie versuchte, Blumen in einer Vase zu ordnen, aber ihre sonst so geschickten Finger waren unbeholfen. «Ist es wahr?»

«Ja, es ist wahr.»

Meine letzte Hoffnung erstarb. Ich schluckte. «Ist es eine... Anglo-Inderin?»

«Nein. Ihre Mutter war Inderin und ihr Vater Franzose. Ihr Name ist Amita Chabrol.»

«Wird es ganz schrecklich, wenn er sie heiratet?»

«Nein, nicht schrecklich. Aber es ist nicht richtig.»

«Warum?» Ich wußte von dem Chi-Chi-Akzent, den Tropenhelmen, dem gesellschaftlichen Stigma. Aber es ging um *Angus*. «Warum ist es nicht richtig?»

Meine Mutter schüttelte den Kopf, fast als halte sie sich krampfhaft zurück, um nicht aufzuschreien oder mich zu schlagen oder in Tränen auszubrechen.

«Es ist eben so. Rassen sollen sich nicht vermischen. Es ist... es gehört sich nicht, der Kinder wegen.»

«Du meinst, es gehört sich nicht, Babys zu haben, die halb das eine sind und halb das andere?»

«Ja.»

«Aber warum?»

«Weil das Leben hart für sie ist.»

«Warum ist das Leben hart für sie?»

«O Laura. Weil es so ist. Weil die Leute auf sie herabsehen. Die Leute sind grausam zu ihnen.»

«Aber nur die garstigen Leute.» Ich sehnte mich nach einer Bestätigung von ihr, daß sie zu einem kleinen anglo-indischen Kind nicht grausam sein würde. Sie liebte Kinder, und Babys ganz besonders. «*Du* würdest nicht böse zu ihnen sein», sagte ich flehend.

Sie verharrte mitten im Abzupfen der Blätter einer Rose. Sie schloß die Augen, als versuchte sie, etwas zu verbergen. Ich glaube, in diesem Moment baten ihre natürlichen Instinkte sie, sich auf meine Seite zu stellen, aber sie hatte zu lange mit den alten Vorurteilen gelebt, und die starren Stränge der Konvention waren für sie zu fest geschnürt, um sich losreißen zu können. Ich wartete, daß sie sich verteidigte, aber als sie die Augen wieder öffnete und mit ihrem Tun fortfuhr, sagte sie nur: «Es ist nicht richtig. Das ist alles, was ich dir sagen kann. Und erst recht, da Angus' Vater der Gouverneur der Provinz ist.»

«Was können sie machen?»

Sie konnten nichts machen. Angus und seine Braut wurden in aller Stille in einer kleinen, unbedeutenden Kirche in der weniger eleganten Gegend von Barana getraut. Die Eltern Tolliver waren nicht zugegen. Die Hochzeitsreise verbrachten sie in einem Erholungsort in den Bergen von Kaschmir. Als sie zurückkamen, kündigte Angus bei Ironsides, und nach einigem Suchen fand er eine bescheidene Stellung im Geschäft eines hart arbeitenden Tamilen. Er zog mit Amita in ein kleines Haus in einem Viertel, das weitab von den englischen Residenzen lag. Die lange Verbannung in die Einöde hatte begonnen.

Drei Jahre später, 1938, kamen sie nach Hause. Die Tollivers hatten sich unterdessen zur Ruhe gesetzt und wohnten nun ständig in ihrem Haus in Cornwall. Sie waren älter geworden, hatten ein wenig von ihrem Glanz verloren. Sir Henry verbrachte seine Tage mit dem Schreiben seiner Memoiren und dem Jäten der Blumenbeete. Lady Tolliver ging mit einem Körbchen Einkäufe machen und spielte nachmittags Mah-Jongg. Daisy Tolliver versenkte sich in gute Werke und leitete mit ihrer Violine das Orchester des Ortes.

Doris und Arthur Penfold heirateten, und Jassy und ich waren Brautjungfern, in weißen Organdykleidern mit blauen Schärpen. Auf dieser Hochzeit erzählte uns Lady Tolliver von Angus und Amita.

«Er kommt mit ihr für einen kurzen Besuch nach Europa. Sie besuchen Amitas Großeltern in Lyon, und dann kommen sie für ein paar Tage zu uns.» Ihr Gesicht, das nun ganz runzlig war, blähte sich bei dieser Aussicht vor Freude, und ich dachte, wie schön für sie, daß sie ihr Glück zeigen kann, ohne Angst, jemanden zu beleidigen oder ihren Mann in Schwierigkeiten zu bringen. Sie mußte froh sein, fand ich, wieder ein normaler Mensch zu sein, frei von all den gesellschaftlichen Zwängen ihres früheren feudalen Lebens.

«Er möchte dich und Jassy sehen. Er hatte euch beide immer gern. Ich spreche mit eurer Mutter, es läßt sich bestimmt etwas arrangieren.»

Jassy war jetzt vierzehn. «Bist du aufgeregt», fragte ich sie, «weil du Angus Tolliver wiedersehen wirst?»

«Nicht besonders», sagte Jassy obenhin. «Ich wünschte, er würde sie nicht mitbringen.»

«Du meinst Amita?»

«Ich will sie nicht sehen. Ich will nichts mit ihr zu tun haben.»

«Weil sie mit Angus verheiratet ist oder weil sie Halbinderin ist?»

«Halbinderin», spottete Jassy, «sie ist eine Chi-Chi. Ich weiß nicht, wie Lady Tolliver es ertragen kann, sie im Haus zu haben.»

Es verschlug mir die Sprache. Ich konnte verstehen, daß Jassy eifersüchtig war, aber nicht gehässig. Entrüstet ließ ich sie allein.

Es wurde verabredet, daß Lady Tolliver und Daisy mit Angus und Amita zu uns zum Tee kamen, und als der festgesetzte Tag nahte und Jassys Verfassung keine Besserung zeigte, bangte mir mehr und mehr davor. Ich stellte mir Angus vor, schäbig in einem schlecht geschneiderten Anzug, mit seiner ärmlichen Frau im Schlepptau. Vielleicht wußte sie nicht mal, wie man das Buttermesser benutzt. Vielleicht kühlte sie ihren Tee durch Blasen ab. Vielleicht hatte Angus schon genug von ihr und schämte sich ihrer und bereute seine vorschnelle Heirat. Und seine Verlegenheit würde uns alle anstecken, wie eine quälende, lähmende Krankheit.

Am Tag der Teegesellschaft gingen Jassy und ich nach dem Mittagessen mit ein paar Freundinnen zum Schwimmen an den Strand. Die Freundinnen hatten ein Teepicknick mitgenommen, aber um drei Uhr verabschiedeten wir beide uns und ließen sie allein, gingen über den Golfplatz nach Hause, unsere nassen Badesachen unterm Arm, unsere Beine und Füße mit Sand überkrustet.

Es war ein warmer, windiger Tag. Zu unseren Füßen wuchs Thymian, und wenn wir darauf traten, verströmte er einen süßen, minzigen Geruch. An der Kirche blieben wir stehen, um unsere Schuhe anzuziehen, dann eilten wir weiter. Die sonst so redselige Jassy war stumm. Wie ich sie so ansah, wurde mir klar, sie konnte nichts dafür, daß sie die ganze Zeit so unausstehlich gewesen war. Sie war genauso nervös und gespannt wie ich wegen der Begegnung mit Angus und Amita, aber es berührte uns auf verschiedene Weise.

Unsere Mutter war in der Küche und bestrich frischgebakkene Hörnchen mit Butter. «Nach oben, umziehen», befahl sie uns. «Macht schnell. Ich habe euch alles auf die Betten gelegt.»

Mutter trug ihr türkisgrünes Leinenkleid mit der Hohlsaumstickerei und den blauen Glasperlen, das mein Vater ihr zum Geburtstag geschenkt hatte. Ihr bestes Kleid. Für uns hatte sie Baumwollkleider mit passenden Schlüpfern herausgelegt, metzgerblau mit weißen Blümchen, dazu frische weiße Socken und rote Schuhe mit Riemchen und Knöpfen. Wir wuschen uns Hände und Gesicht, und Jassy half mir mit meinen Haaren, die dick und lockig und an diesem Nachmittag voll Sand waren.

Während wir uns hiermit befaßten, hörten wir das Auto. Es kam die Straße entlang und hielt vor unserem Tor. Unten ging die Haustür auf, und wir hörten unsere Mutter den Weg hinuntergehen, um ihre Gäste zu begrüßen.

«Komm», sagte Jassy. Wir schickten uns an, hinunterzugehen, doch im letzten Augenblick kehrte sie um, nahm ihr goldenes Medaillon aus ihrer Schublade und schloß die Kette im Nacken. Ich wünschte, ich hätte ein Medaillon, einen Talisman, irgend etwas, um meinen Mut zu festigen.

Sie waren im Wohnzimmer. Die Tür zur Diele stand offen, und wir hörten leise Stimmen, Gelächter. Jassy, vielleicht von ihrem Medaillon ermutigt, ging voran, und ich folgte bange hinterdrein. Als ich durch die Tür trat, hörte ich Angus sagen: «Jassy!», und schon hielt er sie in seinen Armen, ganz so, als sei sie noch ein kleines Mädchen. Ich bemerkte, daß Jassy errötete, und dann sah ich an ihnen vorbei. Lady Tolliver hatte es sich schon im besten Sessel bequem gemacht. Daisy Tolliver saß auf einem niedrigen Hocker, und auf dem Fenstersitz saßen, Seite an Seite mit dem Rücken zum Garten, meine Mutter und ... Amita.

Als erstes fiel mir ihr flammendroter Sari auf, der wie ein trotziger Schrei anmutete. Aber wie soll ich sie weiter beschreiben? Ein Paradiesvogel vielleicht, prachtvoll und fehl am Platz inmitten der Schatten, die die Gartenwicken an einem heißen Sommernachmittag in ein englisches Wohnzimmer warfen.

Sie war klein, schön proportioniert, und ihre Haut war glatt und golden wie Bernstein. Ihre Augen waren riesengroß, dunkel und wunderschön geschminkt. Edelsteine glitzerten in ihren Ohren, funkelten an Handgelenken und Fingern, und ihre bloßen Füße steckten in zierlichen goldenen Riemchensandalen. Dies alles war rein indisch, aber ihr Haar verriet den europäischen Einschlag, es war dicht, schwarz und lockig. Sie trug es schulterlang, und es umrahmte ihr Gesicht wie das eines Kindes. Sie hatte ein Handtäschchen aus Goldleder, und das Zimmer war erfüllt von dem feinen Moschusduft ihres Parfüms.

Ich konnte die Augen nicht von ihr wenden. Ich bekam einen Kuß von Angus, ich bekam einen Kuß von Lady Tolliver, und die ganze Zeit starrte ich Amita an. Als ich ihr vorgestellt wurde, lachte sie. Vielleicht lag es an ihrer braunen

Haut, aber ich meinte noch nie so strahlendweiße Zähne gesehen zu haben.

Sie sagte: «Soll ich dir auch einen Kuß geben?»

Ihre Stimme bezauberte mich. Die Vokale hatten einen ganz leichten französischen Akzent.

Ich sagte: «Ich weiß nicht.»

«Wollen wir es versuchen?»

Da gab ich ihr einen Kuß. Nie zuvor war mir etwas so Zauberhaftes widerfahren, und als ich sie küßte, von ihrer Schönheit verwirrt und behext, ging mir ein Gedanke durch den Kopf, sachte, wie die flüchtige Berührung eines Mottenflügels, wie etwas, das man fortwischt. *Weswegen die ganze Aufregung?*

Ich weiß nicht mehr viel von jenem Nachmittag, erinnere mich nur noch an ein Gefühl von ungewohntem Glanz, der durch das kleine Haus meiner Mutter zu wehen schien wie ein Schwall kühler, klarer Luft. Angus hatte sich verändert, aber zu seinem Vorteil, fand ich. Er war jetzt ein Mann. Das Jungenhafte in Aussehen und Temperament war verschwunden, er hatte etwas Behutsames, Zurückhaltendes, aber auch Stärkeres. Vielleicht Stolz, oder das Gefühl, etwas geleistet zu haben. Ich weiß es nicht. Er kam mir größer vor, was seltsam war, denn als ich älter wurde, wurden die Erwachsenen merkwürdigerweise immer kleiner. Vielleicht hatte ich vergessen, wie aufrecht und gerade er sich hielt. Vergessen, wie breit seine Schultern und wie wohlgeformt seine tüchtigen Hände waren.

Die Unterhaltung am Teetisch war wunderbar kultiviert. Sie sprachen von Venedig und Florenz, wo sie vor kurzem gewesen waren, und von den Gemälden El Grecos, die sie in Madrid gesehen hatten. Sie hatten Paris besucht, und Angus neckte Amita, weil sie so viele neue Kleider gekauft hatte, und sie lachte nur und sagte zu meiner Mutter: «Wie kann man von einem Mann erwarten, daß er versteht, daß alles, die Hüte und die Schuhe und die vielen Geschäfte, unwiderstehlich ist?» Nur hörte es sich bei ihr an wie «unwiiiiderstehlich», und dann lachten wir alle.

Angus erzählte uns, daß sie Indien verlassen und nach Birma gehen würden, weil Angus Geschäftsführer eines neuen Kontors geworden war, das in Kürze in Rangun eröffnet würde. Sie wollten sich dort ein Haus suchen, und Angus wollte sich ein kleines Boot anschaffen und drohte Amita, ihr das Segeln beizubringen. Und dies rief noch mehr Heiterkeit hervor, weil Amita schwor, wenn sie ein Boot nur ansehe, sei sie schon seekrank, und das Anstrengendste, was sie je in ihrem Leben getan habe, sei das Umblättern der Seiten eines Buches gewesen.

Nach dem Tee gingen wir in den Garten. Lady Tolliver, Daisy und meine Mutter unterhielten sich, und Jassy, die Angus offensichtlich verziehen und ihre gute Laune wiedergefunden hatte, setzte sich zu ihm und bat ihn, von Tigerjagden und Hausbooten in Kaschmir zu erzählen. Amita bat mich, ihr den Garten zu zeigen, und ich führte sie zum Rosenbeet und versuchte, mich an die Namen der verschiedenen Rosen zu erinnern. «Elisabeth von Glamis, Erna Harkness, und diese kleine Kletterrose heißt Albertine. Sie duftet stark nach süßen Äpfeln.»

Amita lächelte mich an. Sie sagte: «Liebst du Blumen?»

«Ja. Fast mehr als alles andere.»

Sie sagte: «In Rangun werde ich den schönsten Garten haben, den sich irgendein Mensch jemals erträumt hat. Mit

Bougainvillea und Tempelblumen und Jakarandabäumen und Stockrosen, größer als ein Mensch. Und ich werde einen grünen Rasen haben mit Pfauen und weißen Kranichen, und mit runden Teichen, von Rosen umstanden, und in dem Wasser wird sich der blaue Himmel spiegeln. Und wenn du groß bist, vielleicht siebzehn oder so, mußt du Angus und mich besuchen kommen, dann zeige ich dir alles. Wir geben Abendgesellschaften für dich und Bälle und Mondschein-Picknicks am Strand. Und junge Männer werden dich in Scharen umringen und sich in dich verlieben.»

Ich sah Amita an, geblendet, gebannt von der Vision von mir mit siebzehn, schön und schlank wie Amita, mit einem ansehnlichen Busen und einer sehr schmalen Taille. Ich sah die vielen Verehrer, groß und aufrecht, in prächtigen Uniformen. Ich hörte Musik und roch den schweren Duft der Tempelblumen und sah Mondlicht auf dem Wasser...

Sie sagte: «Wirst du kommen?»

Ihre Stimme zerstörte den Traum. Sie hatte ihr Lachen verloren. Amitas dunkle Augen glänzten von unvergossenen Tränen. Und ich wußte, alles war Phantasie. Sie würde nie einen großen, schönen Garten in Rangun haben, weil das Leben, das sie und Angus für sich gewählt hatten, ihnen solchen Luxus nicht bieten konnte. Und ich würde sie nie besuchen. Sie würde meine Mutter nicht fragen, und selbst wenn, würde Mutter es mir nicht erlauben. Es war alles nur Schein. Sie wußte es, und ich wußte es, dennoch konnte ich es nicht ertragen, sie so traurig zu sehen, und ich lächelte ihr ins Gesicht und sagte: «Natürlich komme ich. Ich komme gerne. Lieber als alles andere auf der Welt.»

Da lächelte sie und blinzelte die Tränen fort. Sie nahm meinen Kopf zwischen ihre Hände und hob mein Gesicht zu ihrem empor. Sie sagte: «Eines Tages werde ich selbst ein kleines

Mädchen haben. Und ich wünsche mir, daß es so süß wird wie du.»

Da waren wir uns auf einmal ganz nahe. Mir war fast, als hätte ich sie mein Leben lang gekannt und würde sie bis in alle Ewigkeit kennen. Und in diesem Moment wußte ich mit schneidender Gewißheit, daß sich alle geirrt hatten. Meine Mutter und mein Vater und die Tollivers, und ihre Eltern und davor deren Eltern. Die Vorurteile, der Snobismus, die Traditionen stürzten zusammen wie ein Kartenhaus, und daran hat sich seither nichts geändert.

Indem sie die Wahrheit aus einem Wirrwarr kindlicher Impressionen schälte, veränderte Amita mein ganzes Leben. *Weswegen die ganze Aufregung?* hatte ich mich gefragt, und die Antwort lautete: *Wegen nichts.* Menschen sind Menschen. Manche sind gut, manche sind schlecht, manche schwarz, manche weiß, aber wie auch immer unsere Hautfarbe oder der Unterschied im Glauben und in Traditionen, wir haben uns alle etwas zu geben, und wir haben alle etwas gemeinsam, und wenn es nur das Leben selbst ist.

Bevor sie aufbrachen, ging Amita zum Auto hinaus und kehrte mit zwei Päckchen zurück, eines für Jassy und eines für mich. Als die Tollivers fort waren, machten wir sie auf und fanden die Puppen. Solche Puppen hatten wir noch nie gesehen, so adrett und erwachsen und schön zurechtgemacht, bis hin zu den lackierten Zehennägeln an den winzigen Papiermaché-füßchen und den kleinen, glitzernden Ohrringen. Unsere anderen Puppen hatten Namen wie Rosemarie und Grübchen, aber die Puppen, die Amita uns geschenkt hat, bekamen keine Namen. Wir haben nicht mit ihnen gespielt. Wir haben sie betrachtet und sie in einer Glasvitrine in unserem Schlafzimmer verwahrt, zusammen mit dem Puppenteeservice meiner Großmutter und den geschnitzten Holztieren, die wir von einer alten Tante bekommen hatten.

Ich konnte es nicht ertragen, mit irgend jemand über Amita zu sprechen. «Fandest du sie nett?» fragte meine Mutter eines Tages, als Jassy bei einer Freundin zum Tee war und wir allein waren.

Aber ich konnte ihr nicht sagen, wie mir zumute war oder was ich gelernt hatte, denn jetzt standen sie und ich auf entgegengesetzten Seiten des Zaunes. Wir waren keineswegs verfeindet, aber wir vertraten verschiedene Meinungen und mußten lernen, für den Rest unseres Lebens damit zu leben.

Darum sagte ich nur «ja» und aß mein Butterbrot.

Ich sah Angus und Amita nie wieder. Der Krieg brach aus, und sie konnten nicht nach Hause kommen. Amita war schwanger, als die Japaner in Birma einfielen, aber sie entkam aus Rangun und marschierte zusammen mit einigen Beamten des Forstamtes, einer Anzahl wertvoller Elefanten mitsamt ihren Elefantentreibern sowie einer Gruppe britischer Frauen und Kinder nordwärts nach Assam. Angus blieb zurück, um sein Kontor aufzulösen und alle wichtigen Papiere zu vernichten. Er versprach nachzukommen, aber er brach zu spät auf, wurde von den Japanern gefangengenommen und starb ein Jahr später im Gefangenenlager.

Was Amita betraf, so erwies sich der lange Marsch für ein

Mädchen, das nie etwas Anstrengenderes getan hatte, als die Seiten eines Buches umzublättern, als zuviel. Einen Tag nachdem die erschöpften Flüchtlinge nach Assam wankten, setzten bei Amita vorzeitig die Wehen ein. Man besorgte ihr ein Bett in einem Krankenhaus, aber sie konnten wenig für sie tun. Ihr Kind wurde tot geboren, und wenige Stunden darauf starb auch Amita.

Ich habe die Puppe noch, die sie mir geschenkt hat. Die gefärbten Haare umrahmen den dunklen Kopf, die Augen sind mit Kajal umrandet, der kleine Sari glitzert von Pailletten und Goldgarn. Wenn meine Enkelin eines Tages alt genug ist, werde ich ihr die Puppe zum Spielen geben und ihr von Amita erzählen.

Ich könnte ihr auch von der Wahrheit erzählen, die Amita mir an jenem Sommernachmittag so eindrucksvoll klargemacht hat. Aber ich hoffe und glaube, daß sie, bis sie alt genug ist, um die Puppe geschenkt zu bekommen, es von selbst herausgefunden haben wird.

Das
blaue Zimmer

Als die Sonne am Himmel sank und sich lange Schatten über die Dünen erstreckten, leerte sich der Strand allmählich. Mütter riefen unwillige Kinder, lockten sie aus den warmen Ausläufern der sommerlichen Flut. Müde, sonnenverbrannte Kleinkinder wurden in Sportwagen verfrachtet, Picknickkörbe wieder eingepackt, vermißte Sandalen und Handtücher endlich aufgestöbert. Um sieben Uhr war der Strand fast verlassen, bis auf den Bademeister, der vor der Strandhütte in seinem Campingstuhl saß, ein paar unermüdliche Surfer und eine Frau mit einem übermütigen Hund.

Und Emily und Portia.

Emily war vierzehn, Portia war ein Jahr älter. Emily wohnte im Dorf – sie war hier geboren und hatte ihr ganzes Leben in dem weitläufigen alten Haus gleich hinter der Kirche verbracht. Portia aber kam aus London. Solange Emily zurückdenken konnte, hatten Portias Eltern für den August das Haus der Luscombes gemietet, während die Luscombes ihre Tochter besuchten, die in einer abgelegenen Gegend von Schottland mit einem unaussprechlichen Namen wohnte.

Als kleine Kinder hatten Emily und Portia jeden Sommer zusammen gespielt. Normalerweise hätten sie einander vermutlich kaum beachtet, denn sie hatten wenig miteinander gemein. Aber Portias Geschwister waren alle älter als sie, und Emily war ein Einzelkind. Von ihren Eltern ermuntert, hatten sie eine Gemeinschaft gebildet, die für beide ganz befriedigend war. Sie vertrauten sich gegenseitig.

Portia war es gewesen, die den heutigen Ausflug an den Strand vorgeschlagen hatte. Sie hatte Emily nach dem Mittagessen angerufen.

«...ich bin mutterseelenallein. Giles und seine Freunde sehen sich das Stock-Car-Rennen an...» Giles war ihr Bruder, er studierte in Cambridge und war schrecklich geistreich und gebildet. «...und ich wollte nicht mit. Es ist zu heiß, und dort stinkt es so.» Emily antwortete nicht gleich, und Portia bemerkte ihr Zögern. «Du hast doch nichts anderes vor, oder?»

Den Telefonhörer in der Hand, lauschte Emily der Stille im Haus, das in der Nachmittagshitze döste. Als Mrs. Wattis nach dem Mittagessen aufgeräumt hatte, war sie nach Fourbourne zu ihrer Schwester gefahren, wo sie über Nacht zu bleiben gedachte. Emilys Vater war in Bristol. Er hatte heute morgen eine Geschäftsreise angetreten und würde erst in zwei Tagen zurück sein. Stephanie ruhte sich oben in ihrem Schlafzimmer aus.

«Nein, ich hab nichts weiter vor», sagte Emily. «Ich komm gerne mit.»

«Nimm ein paar Kekse oder belegte Brote mit. Ich hab eine Flasche Limonade. Wir treffen uns an der Kirche.»

Emily hatte Portia ein Jahr nicht gesehen, und kaum erblickte sie sie, wurde ihr beklommen zumute. Immer das gleiche. Alle ihre Schulfreundinnen schienen erwachsen zu werden und Emily zu überflügeln, sie wurden versetzt, schafften ihre Zwischenprüfungen, während Emily hinterdrein stolperte, sich an die Geborgenheit der Kindheit klammerte, an das Bekannte, Vertraute. Sie sehnte sich danach, mit den anderen voranzukommen, hatte aber nicht den Mut, den ersten, entschlossenen Schritt zu tun.

Und jetzt Portia.

Portia wurde erwachsen. Sie hatte eine gute Figur. In nur zwölf Monaten hatte sie sich vom Kind in eine junge Frau verwandelt. Ihre knappen Shorts und das eng anliegende T-Shirt zeigten eine schmale Taille, schlanke Hüften, lange, braune Beine. Sie hatte die dunklen Locken schulterlang wachsen lassen, sie hatte sich Ohrlöcher stechen lassen und trug goldene Ohrringe. Sie glitzerten, wenn sie die Haare zurückwarf, verfingen sich in den glänzenden Locken. Sie hatte sich die Zehennägel rosa lackiert und die Beine rasiert.

Als sie über den Golfplatz zum Meer schlenderten, kamen sie an einigen jungen Männern vorbei, Golfspielern auf dem Weg zum nächsten Abschlag. Letztes Jahr hätten die jungen Männer Portia und Emily gar nicht beachtet, aber heute sah Emily deren Augen auf Portia ruhen, und sie beobachtete Portias Reaktion: die Pantomime, die bewundernden Blicke nicht zu bemerken, ihren plötzlich selbstbewußten Gang, das Zurückwerfen des Kopfes, als ein Windstoß ihr die Haare in die Augen wehte. Die jungen Männer sahen Emily nicht an, und Emily erwartete es auch nicht. Denn wer mochte schon eine sehnige Vierzehnjährige beachten, ohne Formen und Kurven, mit strohblonden Haaren und einer gräßlichen Brille?

«Du trägst immer noch eine Brille», bemerkte Portia. «Warum läßt du dir keine Kontaktlinsen verpassen?»

«Vielleicht später, es geht erst, wenn ich älter bin.»

«Ein Mädchen in meiner Schule hat welche, aber sie sagt, am Anfang ist es eine Tortur.»

Emily wurde übel. Sie konnte den Gedanken nicht ertragen, sich Kontaktlinsen in die Augen zu stecken, sowenig wie sie es ertrug, sich die Fingernägel schneiden zu lassen (ihre Mutter hatte ihr die Handhabung einer kleinen Pappnagelfeile gezeigt) oder Brote zu essen, in die Sand geraten war.

Weil sie nicht über Kontaktlinsen sprechen wollte, fragte sie: «Hast du diesen Sommer die mittlere Reife gemacht?»

Portia zog ein gelangweiltes Gesicht. «Ja, aber ich hab die Ergebnisse noch nicht. Ich glaube, es ist ganz gut gelaufen, aber jetzt wollen meine Eltern, daß ich Abi mache. Noch ein paar Jahre Schule, das halte ich nicht aus. Ich versuche sie zu überreden, daß ich nächsten Sommer abgehen und das Abi in einem Paukstudio machen kann oder so was. Die Schule macht mich krank.» Emily bemerkte nichts dazu. «Und du? Hast du die mittlere Reife?»

Emily sah fort von Portia, denn manchmal kamen ihr die Tränen, und sie hatte das Gefühl, daß es jetzt passieren würde.

«Ich mach sie nächstes Jahr.» Auf der anderen Seite der Bucht kroch ein Auto die Straße zum fernen Strand hinunter. Sonnenlicht blinkte auf den Fenstern, als sende es Signale. Sie sah angestrengt hin, und kurz darauf verflüchtigten sich die Tränen, unvergossen. Sie sagte: «Ich sollte sie diesen Sommer machen. Aber Miss Myles, die Rektorin, meinte, es wäre besser, noch ein Jahr zu warten.»

Das Gespräch war ein Alptraum gewesen. Miss Myles war so gütig, so mitfühlend, und Emily hatte nichts anderes tun können, als dazusitzen und sie anzusehen, wie betäubt von Jammer, kaum imstande, ihr zuzuhören, kaum imstande, die vernünftigen Worte wahrzunehmen. *Keiner erwartet von dir, daß du die Prüfung machst, Emily, ausgerechnet jetzt. Es hat doch keine Eile, oder? Warum läßt du dir nicht noch ein Jahr*

Zeit? Die Zeit heilt alle Wunden. In einem Jahr wirst du es nicht vergessen haben, weil du deine Mutter niemals vergessen wirst, aber bis dahin sieht sicher vieles anders aus.

Sie gingen über die Eisenbahnbrücke, eine Holzbrücke für Fußgänger, die den Golfplatz von den Dünen trennte. Auf halbem Wege blieben sie stehen und beugten sich über das Geländer, um auf die Schienen hinunterzusehen, die heute in der prallen Sonne blinkten.

Portia sagte: «Meine Mutter hat mir erzählt, daß dein Vater wieder geheiratet hat.»

«Ja.»

«Ist sie nett?»

«Ja.» Die Stille, die auf dieses einzige Wort folgte, schien eine Anklage gegen Stephanie, deswegen setzte sie hinzu: «Sie ist sehr jung. Erst neunundzwanzig.»

«Ich weiß. Mutter hat es mir erzählt. Sie hat mir auch erzählt, daß ein Baby unterwegs ist. Ist es schlimm für dich?»

«Nein», log Emily.

«Es muß komisch sein, ein Geschwisterchen zu kriegen. Jetzt, meine ich. In deinem Alter.»

«Ist schon in Ordnung.»

Sie hatten eine neue Wiege für das Baby gekauft, aber Emilys Vater hatte Emilys alten Kinderwagen vom Speicher geholt, und Stephanie hatte ihn saubergemacht, geölt und blank geputzt, und nun wartete er in einer Ecke der Waschküche auf den neuen Insassen.

«Ich meine», fuhr Portia fort, «du hattest nie Geschwister. Es muß komisch für dich sein.»

«Es wird schon gutgehen.» Das hölzerne Brückengeländer fühlte sich warm an; es war splitterig und roch nach Kresol. «Es wird schon gutgehen.» Sie warf einen Holzsplitter auf die Eisenbahnschienen. «Komm weiter. Mir ist heiß, ich will schwimmen», und sie überquerten die Brücke, und ihre Schritte klangen hohl auf den Planken, und dann gingen sie weiter, den Sandweg entlang, der zu den Dünen führte.

Sie schwammen und lagen in der Sonne, die Köpfe im Sand und einander zugewandt. Portia plapperte unaufhörlich, von den nächsten Ferien, wenn sie vielleicht zum Skilaufen gehen würde, von dem Jungen, den sie kennengelernt und der ihr versprochen hatte, mit ihr in die Roller-Disco zu gehen, von der Wildlederjacke, die ihr Vater ihr zum Geburtstag versprochen hatte. Sie sprach nicht mehr von Stephanie und dem Baby, und Emily war ihr im stillen dankbar dafür.

Und nun, als der Nachmittag vorüber war, wurde es Zeit, nach Hause zu gehen. Die Flut zog sich zurück, ein dunkler, nasser Sandstreifen lag gerade außer Reichweite der Brecher. Die See war ein Geflirre aus glitzerndem Licht, der Himmel noch wolkenlos und tiefblau.

Portia sah auf ihre Uhr. Sie sagte: «Es ist kurz vor sieben. Ich muß gehen.» Sie wischte den feuchten Sand von ihrem Bikini. «Bei uns findet heute abend eine Party statt. Giles bringt seine Freunde zum Essen mit, und ich habe Mutter versprochen, ihr zu helfen.» Emily stellte sich das Haus voller junger Leute vor, die sich alle gut kannten, enorme Mengen verspeisten, Bier tranken, die neuesten Platten spielten. Es war eine zugleich beneidenswerte und erschreckende Vorstellung. Sie zog ihr T-Shirt über den Badeanzug. «Ich muß auch gehen», sagte sie.

Portia fragte mit ungewohnter Höflichkeit: «Bekommt ihr Besuch?»

«Nein, aber mein Vater ist weg, und Stephanie ist ganz allein.»

«Dann seid ihr bloß zu zweit, du und die böse Stiefmutter.»

Emily sagte rasch: «Sie ist nicht böse.»

«Ist bloß so eine Redensart», sagte Portia. Sie sammelte Handtücher und Sonnenöl ein und stopfte alles in eine Leinentasche, auf der in großen roten Buchstaben ST-TROPEZ stand.

An der Kirche trennten sie sich.

«War nett», sagte Portia. «Machen wir bald mal wieder», und sie winkte lässig und schlenderte davon. Das Schlendern wurde schneller, sie verfiel in Laufschritt. Portia eilte nach Hause, um sich die Haare zu waschen und für das abendliche Vergnügen zurechtzumachen.

Sie hatte Emily nicht zu der Party eingeladen, und Emily hatte es nicht erwartet. Ihr lag nichts daran, auf eine Party zu gehen. Ihr lag auch nicht viel daran, nach Hause zu gehen und den Abend in Stephanies Gesellschaft zu verbringen.

Stephanie und Emilys Vater waren jetzt fast ein Jahr verheiratet, aber heute waren Stephanie und Emily zum erstenmal sich selbst überlassen. Ohne ihren Vater als Puffer, der das Gespräch in Gang hielt, bangte Emily vor dem, was ihr bevorstand. Worüber sollten sie sich unterhalten?

Sie schlug die Richtung nach Hause ein. Über den Dorfanger, im Schatten der Eichen, den ausgefahrenen Feldweg entlang, an dessen Ende der Blick aufs Meer fiel. Durch das offene weiße Tor und hinter der Kurve der Zufahrt war das Haus zu sehen.

Von einer seltsamen Vorahnung erfüllt, zögerte Emily. Sie blieb stehen und betrachtete das Haus. Ihr Zuhause. Doch seit dem Tod ihrer Mutter war es nicht mehr ihr Zuhause gewesen.

Schlimmer noch, seit ihr Vater Stephanie geheiratet hatte, war es das Zuhause einer Fremden geworden.

Was hatte sich verändert? Geringfügige Kleinigkeiten. Die Zimmer waren aufgeräumter. Es lagen kein Strick- und Nähzeug, keine Bücher und alten Zeitschriften mehr herum. Kissen waren aufgeschüttelt, die Teppiche lagen glatt und gerade.

Die Blumen im Haus sahen anders aus. Emilys Mutter hatte Blumen geliebt, aber kein großes Geschick in ihrer Zusammenstellung bewiesen. Dicke Sträuße wurden in Krüge gestopft, so wie sie gepflückt worden waren. Aber Stephanie konnte mit Blumen zaubern. Kunstvolle Arrangements in riesigen cremefarbenen Vasen standen auf Gestellen, Sträuße aus Rittersporn und Gladiolen, durchsetzt mit Rosen und Wicken und seltsam geformten Blättern, die zu pflücken keinem Menschen außer Stephanie eingefallen wäre.

Dies alles war unvermeidlich und einigermaßen erträglich. Was aber beinahe unerträglich war und Emilys Welt regelrecht auf den Kopf gestellt hatte, war die vollkommene Verwandlung des Schlafzimmers ihrer Mutter. Sonst war nichts im Haus verändert, umgestellt oder anders gestrichen worden, aber das große Doppelzimmer, das auf den Garten und den blauen Bach hinausging, hatten sie leer geräumt und vollkommen neu eingerichtet.

Sie mußte ihrem Vater zugute halten, daß er es Emily mitgeteilt hatte.

Er hatte ihr einen Brief ins Internat geschickt. «Ein Schlafzimmer ist etwas Persönliches», schrieb er. «Es wäre nicht fair, von Stephanie zu erwarten, im Schlafzimmer Deiner Mutter zu schlafen, und mehr noch, es wäre nicht fair gegenüber Deiner Mutter, wenn Stephanie die Sachen, an denen sie am meisten hing, einfach übernehmen würde. Deshalb werden wir alles umkrempeln, und wenn Du in den Ferien nach Hause kommst, wirst Du es nicht wiedererkennen. Rege Dich deswegen nicht auf. Versuche es zu verstehen. Es ist das einzige, was wir verändern. Der Rest des Hauses bleibt, wie Du es immer gekannt hast.»

Sie dachte an das Zimmer. Früher, als ihre Mutter noch lebte, war es schäbig und gemütlich gewesen, nichts hatte zueinander gepaßt, aber alles fügte sich fröhlich zusammen, wie die willkürliche Aussaat von Blumen in einer Rabatte. Vorhänge und Teppiche waren ausgeblichen. Auf dem riesigen Messingbett, das Emilys Großmutter gehört hatte, lag eine Tagesdecke aus weißer Häkelspitze, und das ganze Zimmer war voll von Fotografien und altmodischen Aquarellen an den Wänden.

Aber all das gab es nicht mehr. Jetzt war alles eierschalenblau, mit einem passenden hellblauen Teppich und schönen, blaßgelb eingefaßten Satinvorhängen. Das alte Messingbett war verschwunden, ersetzt durch ein luxuriöses französisches Polsterbett mit Rüschen aus demselben Stoff wie die Vorhänge, und das Bett hatte einen weißen Musselinhimmel, der in einer vergoldeten Krone hoch oben an der Wand zusammengefaßt war. Jede Menge weiße Fellteppiche lagen auf dem Boden, und das Badezimmer war ringsum verspiegelt, und es glitzerte von verlockenden Flaschen und Tiegeln. Und alles duftete nach Maiglöckchen. Aber Emilys Mutter hatte stets nach Eau de Cologne und Gesichtspuder gerochen.

Wie sie so in der Abendsonne stand, die Haare naß vom Schwimmen und die bloßen braunen Beine mit Sand überkrustet, sehnte sich Emily plötzlich danach, daß alles so sei wie früher. Zur Haustür hineinlaufen und nach ihrer Mutter rufen zu können, und die Stimme ihrer Mutter würde von oben antworten. Zur ihr zu gehen, sich auf das große einladende Bett zu kuscheln und ihrer Mutter zuzusehen, wie sie am Toilettentisch ihre kurzen, widerspenstigen Haare bürstete oder sich mit einer Quaste aus Schwanendaunen, die sie in den Kristalltiegel mit duftendem Gesichtspuder getaucht hatte, die Nase puderte.

Sie konnte keine innige Beziehung zu Stephanie finden. Nicht, daß sie sie nicht mochte. Stephanie war schön, jugendlich und liebevoll und hatte sich nach Kräften bemüht, einen Platz in Emilys Herz zu erobern. Aber sie waren beide von Natur aus schüchtern. Eine jede hütete sich davor, in die Privatsphäre der anderen einzudringen. Vielleicht wäre es für beide leichter gewesen, wenn kein Baby unterwegs wäre. In einem Monat würde es dasein und in der neuen Wiege in Emilys altem Kinderzimmer schlafen. Ein Wesen, mit dem man rechnen mußte und das neue Ansprüche an die Zuneigung von Emilys Vater stellte.

Emily wollte das Baby nicht. Sie mochte Babys nicht besonders. Einmal hatte sie im Fernsehen gesehen, wie ein Neugeborenes gebadet wurde, und sie war entsetzt gewesen. Es sah aus, als würde jemand eine Kaulquappe baden.

Sie wünschte sich, die Zeit zurückdrehen zu können. Wieder zwölf Jahre alt zu sein und nichts mit diesen verstörenden Vorgängen zu tun zu haben. Sie wünschte sich immer, die Zeit zurückdrehen zu können, deswegen war sie so schlecht in der Schule, deswegen hatte sie bei Wettspielen so kläglich versagt, deswegen war sie sitzengeblieben. Das nächste Schuljahr mußte sie in Gesellschaft von einer Bande jüngerer Mädchen zubringen, mit denen sie nichts gemein hatte. Ihr Selbstvertrauen war hoffnungslos ausgehöhlt wie die Steilwand einer Klippe, die zu lange der See und dem Wind ausgesetzt gewesen war, so daß Emily zuweilen das Gefühl hatte, nie wieder eine Entscheidung fällen oder eine Leistung vollbringen zu können.

Aber Grübeln tat nicht gut. Sie mußte dem bevorstehenden Abend entgegensehen. Sie ging die Zufahrt hinauf, und als sie ihre Badesachen draußen auf der Wäscheleine aufgehängt hatte, ging sie durch die Hintertür ins Haus. Die Küche war makellos sauber und aufgeräumt. Die runde, holzgerahmte Uhr über dem Geschirrschrank machte beim Ticken ein Geräusch wie eine Blechschere. Emily warf die Reste ihres Picknicks auf den Tisch und ging in die Diele. Die Abendsonne warf einen langen gelben Streifen durch die offene Haustür. Emily blieb in dem warmen Strahl stehen und lauschte. Kein Laut war zu hören. Sie spähte ins Wohnzimmer, aber da war niemand.

«Stephanie?»

Sie war vermutlich spazierengegangen. Sie ging gern abends spazieren, wenn es kühler war. Emily stieg die Treppe hinauf. Auf dem Podest sah sie die Tür zu dem großen, hellblauen Schlafzimmer offenstehen. Sie zögerte. Drinnen sagte eine Stimme ihren Namen.

«Emily. Emily, bist du's?»

«Ja.» Sie überquerte den Treppenabsatz und ging hinein.

«Emily.»

Stephanie lag auf dem schönen Bett. Sie hatte noch ihr baumwollenes Umstandskleid an, aber die Sandalen hatte sie ausgezogen, und ihre Füße waren nackt. Ihr rotgoldenes Haar lag wirr über das weiße Kissen gebreitet, und ihr Gesicht, ungeschminkt und voll kindlicher Sommersprossen, war sehr blaß und glänzte von Schweiß.

Sie streckte eine Hand aus. «Ich bin so froh, daß du da bist.»

«Ich war mit Portia am Strand. Ich dachte, du bist spazierengegangen.» Emily trat ans Bett, aber Stephanies ausgestreckte

Hand nahm sie nicht. Stephanie schloß die Augen. Sie drehte den Kopf von Emily weg, und ihr Atem ging plötzlich langsam und schwer.

«Was hast du?»

Aber sie wußte, was es war. Noch bevor Stephanie sich endlich entspannte und die Augen wieder aufmachte. Sie sahen sich an. Stephanie sagte: «Das Baby kommt.»

«Aber es soll doch erst nächsten Monat kommen.»

«Ich glaube, es kommt jetzt. Ich weiß es. Mir war den ganzen Tag so komisch, und ich wollte nach dem Tee ein bißchen raus, an die Luft, und da kamen die Schmerzen. Da bin ich nach Hause gegangen und hab mich hingelegt. Ich dachte, es geht vielleicht vorüber. Aber es ist schlimmer geworden.»

Emily schluckte. Sie versuchte sich auf alles zu besinnen, was sie jemals übers Kinderkriegen gehört hatte. Viel war es nicht. Sie sagte: «Wie oft kommen die Wehen?»

Stephanie langte nach ihrer goldenen Armbanduhr, die auf dem Nachttisch lag. «Diesmal waren es nur fünf Minuten.»

Fünf Minuten. Emilys Herz klopfte heftig. Sie blickte auf die absurde Schwellung, die Stephanies Bauch war, straffgespannt von einem beginnenden Leben unter dem geblümten, weiten Baumwollkleid. Ohne zu überlegen, legte sie sachte ihre Hand darauf.

Sie sagte: «Ich dachte, beim ersten Kind dauert es ewig, bis es da ist.»

«Ich glaube nicht, daß es da eine feste Regel gibt.»

«Hast du im Krankenhaus angerufen? Hast du den Doktor angerufen?»

«Ich habe gar nichts gemacht. Ich hatte Angst, mich zu bewegen, falls etwas passiert.»

«Ich rufe an», sagte Emily. «Jetzt gleich.» Sie versuchte sich zu erinnern, wie das war, als Mrs. Wattis' Daphne ihr Baby

bekam. «Sie schicken einen Krankenwagen.» Mrs. Wattis'
Daphne hatte etwas zu lange gewartet und hätte ihr Kind beinahe auf dem Weg ins Krankenhaus bekommen.

«Gerald wollte mich hinbringen», sagte Stephanie. Gerald
war Emilys Vater. «Ich möchte es nicht bekommen, wenn er
nicht da ist...» Ihre Stimme versagte, und sie hatte Tränen in
den Augen.

«Du wirst es vielleicht müssen», sagte Emily. Da fing Stephanie richtig zu weinen an und hörte ganz plötzlich wieder
auf. «Oh... da ist die nächste!» Sie langte nach Emilys Hand,
und ungefähr eine Minute lang existierte nichts als der pani-
sche Griff ihrer Finger, das langsame, heftige Atmen, das Stöhnen vor Schmerz. Es schien eine Ewigkeit zu dauern, aber
schließlich ließ es nach. Es war vorüber. Stephanie lag erschöpft da. Ihr Griff um Emilys Hand lockerte sich. Emily zog
ihre Hand fort. Sie ging in Stephanies Badezimmer, fand einen
sauberen Waschlappen, wrang ihn in kaltem Wasser aus und
ging damit ans Bett. Sie wischte Stephanie das Gesicht ab, dann
rollte sie den Lappen zu einem Wulst und legte ihn ihr auf die
Stirn.

Sie sagte: «Ich muß dich einen Moment allein lassen. Ich geh
nach unten, telefonieren. Aber ich horche, du brauchst nur zu
rufen...»

Im Arbeitszimmer ihres Vaters stand ein Telefon auf dem
Schreibtisch. Sie telefonierte nicht gerne, und sie setzte sich in
seinen großen Sessel, um sich Mut zu machen, und auch, weil
sie ihm hier so nahe war, wie es ging. Die Telefonnummer des
Krankenhauses stand im Verzeichnis ihres Vaters. Sie wählte
behutsam und wartete. Als sich eine Männerstimme meldete,
bat sie, so ruhig sie konnte, mit der Entbindungsstation verbunden zu werden. Es schien eine Ewigkeit zu dauern. Emily
war übel vor Angst und Ungeduld.

«Entbindungsstation.»

Vor lauter Erleichterung fing sie an zu stottern. «Oh...
hier... ich meine...» Sie schluckte und fing noch einmal an,
langsamer. «Hier spricht Emily Bradley. Meine Stiefmutter
sollte ihr Baby erst nächsten Monat bekommen, aber es
kommt jetzt. Ich meine, sie hat Wehen.»

«O ja», sagte die Stimme kühl und geschäftsmäßig. Emily
stellte sich eine Frau vor, adrett in gestärkter Tracht, die einen
Notizblock zu sich heranzog, ihren Stift aufschraubte, um eine
Liste von Routinefragen durchzugehen. «Wie heißt Ihre Stiefmutter?»

«Stephanie Bradley. Mrs. Gerald Bradley. Sie hat sich für
nächsten Monat im Krankenhaus angemeldet, aber ich
glaube, das Baby kommt heute. Jetzt.»

«Hat sie gemessen, wie oft ihre Wehen kommen?»

«Ja. Alle fünf Minuten.»

«Dann bringen Sie sie besser her.»

«Das kann ich nicht. Ich habe kein Auto, und ich kann nicht
fahren, und mein Vater ist nicht zu Hause, und hier ist niemand, nur ich.»

Die akute Dringlichkeit der Situation kam endlich am anderen Ende der Leitung an. «In diesem Fall», sagte die Stimme,
ohne noch weitere Zeit zu verlieren, «schicken wir einen Krankenwagen.»

«Ich denke», sagte Emily, an Mrs. Wattis' Daphne den-
kend, «Sie schicken am besten eine Schwester mit.»

«Wie ist die Adresse?»

«Haus Wheal, Carnton. An der Kirche vorbei den Feldweg
entlang.»

«Und wer ist Mrs. Bradleys Hausarzt?»

«Dr. Meredith. Ich rufe ihn an, während Sie den Krankenwagen schicken und ein Bett im Krankenhaus bereithalten.»

«Der Krankenwagen wird in ungefähr fünfzehn Minuten bei Ihnen sein.»

«Danke. Vielen Dank.»

Sie legte auf. Blieb einen Augenblick sitzen, biß sich auf die Lippe. Dachte daran, den Doktor anzurufen, dann besann sie sich auf Stephanie und ging wieder nach oben, nahm zwei Stufen auf einmal; Dringlichkeit, Verantwortungsgefühl und Bedeutsamkeit verliehen ihren Füßen Flügel.

Stephanie lag noch mit geschlossenen Augen. Sie schien sich nicht gerührt zu haben. Emily sagte ihren Namen, und sie schlug die Augen auf. Emily lächelte, bemüht, sie zu beruhigen. «Na?»

«Ich hatte wieder eine Wehe. Diesmal waren es nur vier Minuten. O Emily, ich habe solche Angst.»

«Du darfst keine Angst haben. Ich hab im Krankenhaus angerufen, sie schicken einen Krankenwagen und eine Schwester... sie werden in etwa einer Viertelstunde hier sein.»

«Mir ist so heiß. Ich fühle mich so verklebt.»

«Ich kann dir aus deinem Kleid helfen. Ich zieh dir ein frisches Nachthemd an. Dann fühlst du dich wohler.»

«Oh, könntest du das tun? In der Schublade ist eins.»

Sie zog die Schublade auf und fand das weiße Batistnachthemd, duftend und mit Spitzenbesatz. Sachte half sie Stephanie aus dem zerknitterten Umstandskleid, aus BH und Schlüpfer. Nackt lag ihr enormer weißer Bauch da. Emily hatte dergleichen noch nie gesehen, aber zu ihrer Verwunderung fand sie es nicht abstoßend. Es schien ihr vielmehr wie ein Wunder, ein sicheres, dunkles Nest mit einem lebendigen Kind darin, das sich bereits bemerkbar machte und der Welt verkündete, es sei Zeit für es, in Erscheinung zu treten. Mit einemmal war es nicht mehr beängstigend, sondern aufregend. Sie zog Stephanie das Nachthemd über den Kopf, half ihr, die Arme durch die Spitzenärmel zu stecken. Sie holte eine Haarbürste und ein Samtband vom Toilettentisch, und Stephanie nahm die Bürste, strich ihre wirren Haare nach hinten und wand das Band darum, dann legte sie sich zurück und wartete auf die nächste Wehenattacke. Sie ließ nicht lange auf sich warten. Als sie vorüber war, schaute Emily, die sich so erschöpft fühlte, wie Stephanie aussah, auf die Uhr. Wieder vier Minuten.

Vier Minuten. Emily stellte panisch ein paar Berechnungen an. Es sah ganz danach aus, daß das Baby nicht bis zur Fahrt ins Krankenhaus warten würde. In diesem Fall würde es hier geboren werden, in diesem Haus, in dem blauen Schlafzimmer, in dem makellosen Bett. Die Geburt eines Kindes war eine unsaubere Angelegenheit, soviel wußte Emily aus Büchern; außerdem hatte sie einmal einer getigerten Hauskatze zugesehen, als diese einen Wurf Kätzchen hervorbrachte. Man mußte Vorkehrungen treffen, und Emily wußte, welche. Sie ging an den Wäscheschrank, entnahm ihm eine Gummiunterlage, die jüngst für das Baby gekauft worden war, und einen Stapel dicke, weiße Badetücher.

«Du bist großartig», sagte Stephanie, als Emily mit einiger Mühe das Bett machte, während ihre Stiefmutter darin lag. «Du denkst an alles.»

«Deine Fruchtblase könnte platzen.»

Stephanie brachte trotz allem ein mattes Lachen zustande. «Woher weißt du das alles?»

«Keine Ahnung. Ich weiß es eben. Mami hat mir alles übers Kinderkriegen erzählt, als sie mich aufgeklärt hat. Sie putzte gerade Rosenkohl, und ich stand am Spülbecken und sah ihr zu und dachte, es müßte eine leichtere Art geben, Kinder zu kriegen.» Sie fügte hinzu: «Aber es geht natürlich nicht leichter.»

«Nein.»

«Meine Mutter hatte nur mich, aber ich weiß, andere

Frauen sagen, wenn erst mal alles vorbei ist, dann vergißt man die Schmerzen und findet, daß es wunderbar war, das Baby zu kriegen. Und wenn wieder eins unterwegs ist, fallen einem die Schmerzen wieder ein, und man denkt: ‹Ich muß verrückt gewesen sein, daß ich das noch einmal durchmache›, bloß, dann ist es natürlich zu spät. So, wenn's dir recht ist, rufe ich jetzt den Doktor an.»

Mrs. Meredith war am Apparat und sagte, der Doktor mache gerade Patientenbesuche, aber sie werde in der Praxis eine Nachricht hinterlassen, denn dort würde er immer wieder anrufen, um zu hören, ob noch weitere Besuche zu machen seien.

«Es ist furchtbar dringend», sagte Emily, und sie schilderte, was los war, und Mrs. Meredith sagte, in diesem Fall werde sie ihn selbst suchen. «Hast du im Krankenhaus angerufen, Emily?»

«Ja, sie schicken einen Krankenwagen und eine Schwester. Er müßte gleich hier sein.»

«Ist Mrs. Wattis bei euch?»

«Nein, sie ist in Fourbourne.»

«Und dein Vater?»

«Der ist in Bristol. Er weiß nicht, was hier passiert. Stephanie und ich sind ganz allein.»

Es entstand eine kleine Pause. «Ich gehe den Doktor suchen», sagte Mrs. Meredith und legte auf.

«So», sagte Emily, «jetzt müssen wir Daddy erreichen.»

«Nein», sagte Stephanie, «laß uns warten, bis alles vorbei ist. Sonst gerät er in Panik, und er kann sowieso nichts tun. Wir warten, bis das Baby da ist, dann sagen wir's ihm.»

Sie lächelten sich an, eine Verschwörung zweier Frauen, die

beide denselben Mann liebten und beschützen wollten. Gleich darauf wurden Stephanies Augen weit, ihr Mund öffnete sich zu einem gequälten Stöhnen. «Oh, Emily...»

«Ist ja gut...» Emily nahm ihre Hand. «Ist ja gut. Ich bin da. Ich geh nicht weg. Ich bin da. Ich bleib bei dir...»

Fünf Minuten später wunderte sich das Dorf über heulende Sirenen. Der Krankenwagen kam mit Tatütata den ausgefahrenen Feldweg entlanggebraust, bog in das Tor ein und raste die Zufahrt hinauf. Emily hatte kaum Zeit, die Treppe hinunterzugehen, da waren sie schon im Haus, zwei stämmige Männer mit einer Trage und eine Krankenschwester mit einer Tasche. Emily traf sie in der Diele. «Ich glaube, es ist keine Zeit mehr, sie ins Krankenhaus zu bringen.»

«Wir werden sehen», sagte die Schwester. «Wo ist sie?»

«Oben. Erste Tür links. Auf dem Bett sind Handtücher und eine Gummiunterlage.»

«Braves Mädchen», sagte die Schwester forsch und verschwand die Treppe hinauf, die Sanitäter hinterdrein. Gleich nach dem Krankenwagen erschien noch ein Auto, hielt mit quietschenden Bremsen auf dem Kies, und wie eine Gewehrkugel schoß der Doktor heraus.

Doktor Meredith war ein alter Freund von Emily. Er fragte: «Was gibt's?»

Sie sagte es ihm. «Es ist einen Monat zu früh. Ich glaube, das muß an der Hitze liegen.» Er gestattete sich ein kleines, vertrauliches Lächeln. «Ist das schlimm, oder wird es gutgehen?» fragte Emily.

«Wir werden sehen.» Er steuerte auf die Treppe zu.

«Was soll ich jetzt tun?» wollte Emily von ihm wissen.

Er blieb stehen und drehte sich nach ihr um. Er hatte einen Ausdruck im Gesicht, den Emily noch nie gesehen hatte. Er sagte: «Mir scheint, du hast schon alles getan. Deine Mutter wäre stolz auf dich. Willst du dich nicht ein bißchen ausruhen? Geh in den Garten und setz dich in die Sonne. Ich sag dir Bescheid, sobald es soweit ist.»

Deine Mutter wäre stolz auf dich. Sie durchquerte das Wohnzimmer, trat durch die offene Glastür auf die Terrasse. Sie setzte sich auf die oberste Stufe der kleinen Treppe, die auf den Rasen hinunterführte. Mit einemmal war sie sehr müde. Sie stemmte die Ellbogen auf die Knie und stützte das Kinn in die Hände. *Deine Mutter wäre stolz auf dich.* Sie dachte an ihre Mutter. Merkwürdig, sie fühlte sich nicht mehr elend dabei. Das quälende Verlangen nach einem Menschen, den es nicht mehr gab, war verschwunden. Sie sann darüber nach. Vielleicht brauchte man Menschen nur, wenn andere einen nicht brauchten.

Sie saß noch grübelnd da, als Dr. Meredith eine halbe Stunde später durch die Glastür zu ihr hinauskam. Sie hörte seine Schritte auf den Steinplatten und drehte sich nach ihm um. Er hatte seine Jacke ausgezogen und die Hemdsärmel aufgekrempelt. Er kam langsam heran und setzte sich zu ihr. Er sagte: «Du hast ein Schwesterchen. Sechseinhalb Pfund und kerngesund.»

«Und Stephanie?»

«Ein bißchen matt, aber sie strahlt. Eine Bilderbuch-Mutter.»

Ein Lächeln breitete sich auf Emilys Gesicht aus, und gleichzeitig bildete sich ein Kloß in ihrer Kehle, und ihre Augen füllten sich mit Tränen. Dr. Meredith reichte ihr wortlos ein großes weißes Stofftaschentuch, und Emily setzte ihre Brille ab, wischte sich die Augen und putzte sich die Nase.

«Weiß Daddy es schon?»

«Ja. Ich habe eben mit ihm telefoniert. Er kommt sofort nach Hause. Er wird gegen Mitternacht hier sein. Der Krankenwagen ist wieder weggefahren, aber die Schwester bleibt über Nacht hier.»

«Wann darf ich das Baby sehen?»

«Du kannst es jetzt sehen, wenn du willst. Aber nur kurz.»

Emily stand auf. «Ich will's sehen», sagte sie.

Sie gingen ins Haus. Oben gab die Schwester, geschäftig und tüchtig, Emily eine Mullmaske, die sie sich vors Gesicht binden mußte. «Nur für alle Fälle», sagte sie. «Das Baby ist eine Frühgeburt, und wir wollen kein Risiko eingehen.»

Emily band sich folgsam die Maske um. Sie ging mit Doktor Meredith in das blaue Schlafzimmer. Und in dem schönen Bett lag Stephanie, auf Kissen gestützt. Und in ihren Armen, in ein Tuch gehüllt, auf dem Köpfchen einen Haarflaum von derselben Farbe wie Stephanies Haare, lag das neugeborene Baby. Emily sagte verwundert: «Ist die süß.»

«Wir haben sie zusammen auf die Welt gebracht», sagte Stephanie schläfrig zu ihr. «Ich habe das Gefühl, sie ist dein Kind so gut wie meins.»

«Du gibst eine prima kleine Krankenschwester ab, Emily», warf die Schwester ein. «Ich hätte es selbst nicht besser machen können.»

Stephanie sagte: «Jetzt sind wir eine Familie.»

«Hast du dir das gewünscht?» fragte Emily.

«Ich habe es mir mehr gewünscht als alles andere.»

Eine Familie. Alles hatte sich verändert, alles war anders geworden, aber das bedeutete nicht, daß es nicht gut sein konnte. Als sie den Doktor hinausgeführt hatte und sein Auto um die Kurve der Zufahrt verschwunden war, ging Emily nicht gleich wieder ins Haus. Es dunkelte jetzt, der Garten war dämmerig und roch lieblich. Es war ein langer, heißer Tag gewesen. Der erste Stern leuchtete am saphirblauen Himmel. Ein schöner Abend. Genau der richtige Abend für einen Menschen, um mit dem Leben zu beginnen. Genau der richtige Abend für einen Menschen, um mit dem Erwachsenwerden zu beginnen.

Sie war sehr müde. Sie setzte ihre Brille ab und rieb sich die Augen. Nachdenklich betrachtete sie die Brille. Kontaktlinsen wären vielleicht gar nicht so schlecht. Wenn Stephanie es ertragen konnte, ein Baby zu bekommen, dann konnte Emily gewiß lernen, Haftschalen zu tragen.

Sie wollte es probieren. Sobald sie alt genug wäre, wollte sie es probieren.

Gilbert

Aufwachen. Ohne die Augen zu öffnen, Sonnenlicht und einen Streifen Wärme quer über dem Bett wahrnehmend, war Bill Rawlins von einem herrlichen Gefühl von Zufriedenheit und Wohlbefinden durchdrungen. Erfreuliche Gedanken gingen ihm durch den Kopf. Daß Sonntag war und er nicht zur Arbeit mußte. Daß es ein schöner Tag werden würde. Daß der warme, weiche Körper seiner Frau neben ihm lag, ihr Kopf in seine Armbeuge geschmiegt. Daß er höchstwahrscheinlich einer der glücklichsten Menschen auf Erden war.

Das Bett war groß und weich. Eine alte Tante von Bill hatte es ihnen zur Hochzeit geschenkt, als er Clodagh vor zwei Monaten geheiratet hatte. Es sei ihr Ehebett gewesen, hatte die Tante ihm mit einem gewissen Behagen erklärt, und um das Geschenk attraktiver zu machen, hatte sie es mit einer schönen neuen Matratze und sechs ererbten Garnituren Leintücher ausgestattet.

Das Bett war neben seinem Schreibtisch und seinen Kleidern der einzige Gegenstand im Haus, der Bill gehörte. Eine Witwe zu heiraten hatte gewisse Komplikationen mit sich gebracht, aber die Frage, wo sie wohnen sollten, gehörte nicht dazu;

denn es konnte nicht die Rede davon sein, daß Clodagh und ihre zwei kleinen Mädchen in Bills Zwei-Zimmer-Junggesellenwohnung zogen, und es erschien ihnen sinnlos, die Mühen und Kosten, die der Kauf eines neuen Hauses mit sich brachte, auf sich zu nehmen, wenn das ihre einfach ideal war. Seine Wohnung war mitten in der Stadt gewesen, und er hatte zu Fuß zum Büro gehen können; dieses Haus aber lag ungefähr anderthalb Kilometer außerhalb auf dem Land und verfügte zudem über den Vorteil eines großen, üppig bepflanzten Gartens. Außerdem, hatte Clodagh erklärt, sei es das Zuhause der Kinder. Hier hatten sie ihre Geheimverstecke, die Schaukel in der Platane, das Spielzimmer im Dachgeschoß.

Bill mußte nicht überredet werden. Es lag einfach auf der Hand.

«Du willst in Clodaghs Haus ziehen?» hatten seine Freunde ausgerufen und erstaunte Gesichter gemacht.

«Warum nicht?»

«Ist das nicht ein bißchen heikel? Schließlich hat sie dort mit ihrem ersten Mann gelebt.»

«Und zwar sehr glücklich», erklärte Bill. «Und ich hoffe, daß sie mit mir genauso glücklich wird.»

Clodaghs Ehemann, der Vater ihrer zwei kleinen Mädchen, war vor drei Jahren bei einem tragischen Verkehrsunfall ums Leben gekommen. Obwohl Bill seit einigen Jahren in der Gegend gearbeitet und gelebt hatte, begegnete er ihr erst zwei Jahre später, als er, um die Zahl vollzumachen, als Tischpartner zu einer Abendgesellschaft eingeladen war und neben eine große, schlanke junge Frau zu sitzen kam, deren dichte blonde Haare im Nacken elegant zu einem Knoten geschlungen waren.

Er fand ihr zartes Gesicht auf Anhieb schön und doch zugleich traurig. Ihre Augen waren ernst, ihre Rede stockend. Diese Traurigkeit rührte an sein rauhes, erfahrenes Herz. Ihr zarter Hals, durch die altmodische Frisur entblößt, schien ihm verletzlich wie der eines Kindes, und als er sie schließlich zum Lachen brachte und ihr Lächeln sich mit seinem traf, verliebte er sich Hals über Kopf wie ein junger Mann.

«Du willst sie *heiraten*?» fragten dieselben erstaunten Freunde. «Eine Witwe zu heiraten ist eine Sache. Eine fix und fertige Familie zu heiraten ist etwas ganz anderes.»

«Es hat Vorteile.»

«Schön, daß du so denkst, alter Knabe. Hattest du schon mal mit Kindern zu tun?»

«Nein», gab er zu, «aber es ist nie zu spät, um damit anzufangen.»

Clodagh war dreiunddreißig, Bill war siebenunddreißig. Ein eingefleischter Junggeselle und als solcher bekannt. Ein gutaussehender, fröhlicher Bursche, immer für eine Partie Golf zu haben, und ein brauchbarer Spieler im Tennisclub, aber entschieden ein eingefleischter Junggeselle. Wie würde er damit zurechtkommen?

Er kam damit zurecht, indem er die zwei kleinen Mädchen wie Erwachsene behandelte. Sie hießen Emily und Anna. Emily war acht, Anna sechs. Obwohl er entschlossen war, sich nicht von ihnen einschüchtern zu lassen, machten ihn ihre starren Blicke nervös. Sie hatten beide lange blonde Haare und verblüffend strahlende blaue Augen. Diese zwei Augenpaare beobachteten ihn unaufhörlich, bewegten sich mit ihm durchs Zimmer, ließen weder Zuneigung noch Abneigung erkennen.

Sie waren sehr höflich. Als er um ihre Mutter warb, machte er ihnen von Zeit zu Zeit kleine Geschenke. Dropsrollen, Puzzles oder Spiele. Anna, das weniger komplizierte Kind, freute sich über die Sachen, packte sie gleich aus und bewies ihr Entzücken durch ein Lächeln oder gelegentlich durch eine dankbare Umarmung. Aber Emily war aus anderem Holz geschnitzt. Sie bedankte sich höflich bei ihm, dann verschwand sie mit dem unausgepackten Päckchen, um sich im stillen ihrer Beute zu widmen und vermutlich für sich allein zu entscheiden, ob sie sich freuen sollte oder nicht.

Einmal war es ihm gelungen, Annas HE-MAN zu reparieren – sie spielte nicht mit Puppen –, und von da an hatten sie ein recht gutes Verhältnis zueinander, aber jedwede Zuneigung, die Emily aufzuweisen hatte, wurde ausschließlich ihren Tieren gewidmet. Sie hatte drei. Einen abscheulichen Kater, der unermüdlich auf Jagd ging und gewissenlos alles Eßbare stahl, in das er seine scharfen Krallen schlagen konnte, einen stinkenden alten Spaniel, der nie ins Freie gehen konnte, ohne verdreckt nach Hause zu kommen, und einen Goldfisch. Der Kater hieß Breeky, der Hund hieß Henry, und der Goldfisch hieß Gilbert. Breeky, Henry und Gilbert waren drei von den vielen guten Gründen, weswegen Bill in Clodaghs Haus gezogen war. Man konnte sich für diese drei anspruchsvollen Geschöpfe kein anderes Heim vorstellen.

Emily und Anna nahmen in rosa und weißen Kleidern mit rosa Satinschärpen an der Hochzeit teil. Alle sagten, sie sähen aus wie Engel, aber während der ganzen Trauungszeremonie spürte Bill zu seinem Unbehagen, wie ihre kühlen blauen Augen Löcher in seinen Nacken bohrten. Anschließend warfen sie brav ein paar Konfetti und aßen ein bißchen von der Hochzeitstorte, dann gingen sie mit zu Clodaghs Mutter, die sie bei sich aufnahm, während Clodagh und Bill in die Flitterwochen fuhren.

Sie verbrachten sie in Marbella, und die sonnigen Tage verstrichen, ein jeder etwas schöner als der vorige, bereichert von Gelächter, gemeinsamen Erlebnissen und sternenklaren Nächten, in denen sie sich bei geöffneten Fenstern in der samtenen Dunkelheit liebten, während am Strand unterhalb des Hotels das Meer wisperte.

Am Ende aber vermißte Clodagh ihre Kinder. Sie sagte Marbella traurig Lebewohl, doch Bill wußte, daß sie sich auf zu Hause freute. Als sie in die kurze Zufahrt zu ihrem Haus einbogen, warteten Emily und Anna dort auf sie, mit einer selbstgemachten Flagge, die sie hochhielten und die in unbeholfenen Großbuchstaben verkündete: WILLKOMMEN DAHEIM.

Willkommen daheim. Jetzt war es sein Heim. Jetzt war er nicht nur Ehemann, sondern auch Vater. Wenn er jetzt ins Büro fuhr, hatte er zwei kleine Mädchen auf dem Rücksitz seines Wagens, die er vor ihrer Schule absetzte. Jetzt spielte er am Wochenende nicht Golf, sondern mähte den Rasen, pflanzte Kopfsalat und reparierte allerlei Dinge. Ein Haus ohne Handwerker kann leicht verwahrlosen, und in diesem Haus war seit fast drei Jahren kein Mann gewesen. Die quietschenden Angeln, kaputten Toaster und bockenden Rasenmäher schienen kein Ende zu nehmen. Im Freien hingen Gatter durch, fielen Zäune um, mußten Schuppen mit Kresol eingelassen werden.

Zudem waren da Emilys Tiere, die sich an kritischen und dramatischen Situationen zu weiden schienen. Der Kater verschwand für drei Tage und wurde schon als tot aufgegeben, da erschien er wieder mit einem zerrissenen Ohr und einer häßlichen Wunde an der Seite. Kaum hatten sie ihn zum Tierarzt gefahren, als der alte Hund etwas Undefinierbares fraß und vier Tage krank war. Er lag in seinem Korb und sah Bill mit rotgeränderten, vorwurfsvollen Augen an, als sei er an allem schuld. Nur Gilbert, der Goldfisch, blieb eintönig gesund und schwamm in seinem Behälter ziellose Kreise, doch auch er benötigte ständige Pflege und Zuwendung, sein Behälter mußte saubergemacht und in der Tierhandlung mußte Spezialfutter gekauft werden.

Bill bewältigte dies alles, so gut er konnte, und blieb mit Bedacht geduldig und heiter. Wenn Wutausbrüche tobten und es Zank und Streit gab, die gewöhnlich mit «Das ist nicht fair!» und erderschütterndem Türenknallen endeten, hielt er sich heraus, überließ Clodagh die erforderliche Schlichtung, in großer Angst, hineingezogen zu werden und etwas Falsches zu sagen oder zu tun.

«Was war denn los?» fragte er dann, wenn Clodagh hinterher zu ihm kam, aufgebracht, belustigt, erschöpft, aber nie böse, und sie versuchte es zu erklären und ließ es dann bleiben, weil er nach ungefähr einer Minute den Arm um sie legte und sie küßte und es nahezu unmöglich ist, gleichzeitig zu erklären und geküßt zu werden. Es erstaunte ihn, daß ihnen bei all dem häuslichen Auf und Ab die Verzauberung, die sie in Marbella entdeckt hatten, nicht abhanden kam. Immer noch schien alles mit jedem Tag schöner zu werden, und er liebte seine Frau bis an die Grenzen seines Seins.

Und jetzt war Sonntag morgen. Warme Sonne, warmes Bett, warme Frau. Er wandte den Kopf und grub sein Gesicht in ihren Hals, roch ihr seidiges, duftendes Haar. Dabei schlug in seinem Innern eine Alarmglocke. Er wurde beobachtet. Er drehte sich um und öffnete die Augen.

Emily und Anna saßen in ihren Nachthemden, die Haare vom Schlaf zerzaust, auf der Messingstange am Fußende des Bettes und beobachteten ihn. Acht und sechs. War das zu früh, um in der Schule mit Sexualkunde zu beginnen? Er hoffte es.

Er sagte: «Hallo, ihr zwei.»

Anna sagte: «Wir haben Hunger. Wir wollen frühstücken.»

«Wie spät ist es?»

Sie spreizte die Hände. «Weiß nicht.»

Er langte nach seiner Uhr. «Acht Uhr», sagte er zu ihnen.

«Wir sind seit einer Ewigkeit wach, und wir sind am Verhungern.»

«Eure Mutter schläft noch. Ich mache euch Frühstück.»

Sie rührten sich nicht. Vorsichtig zog er seinen Arm unter Clodaghs Schultern hervor und setzte sich auf. Ihre Gesichter zeigten Mißbilligung über seine Nacktheit.

Er sagte: «Geht euch anziehen und die Zähne putzen, und wenn ihr fertig seid, hab ich das Frühstück auf dem Tisch.»

Sie gingen. Ihre nackten Füße patschten auf dem gebohnerten Fußboden. Als sie außer Sicht waren, stieg er aus dem Bett, zog einen Bademantel an, schloß leise die Schlafzimmertür hinter sich und ging nach unten. In der Küche schnarchte Henry in seinem Korb. Bill weckte ihn mit dem Zeh, und der alte Hund gähnte, kratzte sich ausgiebig und bequemte sich schließlich aus seinem Lager. Bill öffnete die Hintertür zum Garten und ließ Henry ins Freie. Im selben Moment erschien Breeky aus dem Nichts, mehr denn je wie ein ramponierter alter Tiger aussehend, und schoß an Bills nackten Beinen vorbei in die Küche. Er hatte eine große tote Maus im Maul, die er mitten auf den Fußboden legte, dann setzte er sich vor sie hin, um sie zu vertilgen.

Für einen derartigen Kannibalismus war es noch zu früh am Tag. Unter Gefahr für Leib und Leben bemächtigte sich Bill der Maus und warf sie in den Mülleimer unter der Spüle. Breeky war wütend und kreischte dermaßen, daß Bill sich gezwungen sah, ihn mit einer Untertasse Milch zu beruhigen. Breeky schlabberte sie so schlampig er konnte, er verspritzte Milch über das ganze Linoleum, und als die Untertasse leer war, sprang er auf die Bank vor dem Fenster, verengte die Augen zu gelben Schlitzen und begann sich zu putzen.

Nachdem Bill die Milch aufgewischt hatte, setzte er Wasser auf, stellte Bratpfanne, Eier und Speck zurecht. Er steckte das Brot in den Toaster und deckte den gescheuerten Kiefernholztisch. Als er damit fertig war, waren die zwei kleinen Mädchen noch nicht erschienen, deshalb ging er nach oben, um sich anzuziehen. Als er sich ein altes Baumwollhemd überzog, hörte er sie, mit hellen Stimmchen plappernd, in die Küche hinuntergehen. Sie klangen ganz fröhlich, doch gleich darauf drang ein so verzweifeltes Heulen zu ihm hinauf, daß ihm eisig ums Herz wurde.

Das Hemd noch nicht zugeknöpft, schoß er zum Treppenpodest. «Was ist los?»

Neues Geheul. Sich alle möglichen Schrecknisse ausmalend, raste er in die Küche hinunter. Dort standen Emily und Anna mit dem Rücken zu ihm und starrten in das Goldfischglas. Annas Augen schwammen in Tränen, doch Emily schien zu erschüttert, um zu weinen.

«Was ist passiert?»

«*Gilbert!*»

Er durchquerte die Küche und spähte über ihre Köpfe in den Behälter. Auf dem Grund lag der Goldfisch auf der Seite, ein lebloses Auge stierte nach oben.

«Er ist tot», sagte Emily.

«Woher weißt du das?»

«Weil er's ist.»

Er sah allerdings tot aus. «Vielleicht macht er ein Schläfchen?» vermutete Bill ohne große Hoffnung.

«Nein. Er ist tot. Er ist *tot.*»

Damit brachen beide in Tränen aus. Einen Arm um jedes Kind gelegt, suchte Bill sie zu trösten. Anna schmiegte ihr Gesicht an seinen Bauch und schlang ihre Arme um seine Taille, Emily aber stand starr, hemmungslos schluchzend, die dünnen Ärmchen vor der mageren Brust gekreuzt, als versuchte sie, sich zusammenzuhalten.

Es war furchtbar. Sein erster Impuls war, sich loszumachen, zum Fuß der Treppe zu gehen und um Hilfe zu rufen. Clodagh würde wissen, was zu tun war...

Und dann dachte er, nein. Hier bot sich ihm eine Chance, zu zeigen, was in ihm steckte. Hier bot sich ihm die Chance, die Barrieren niederzureißen, allein mit der Situation fertig zu werden und den Respekt der Mädchen zu gewinnen.

Schließlich beruhigte er sie. Er gab ihnen ein sauberes Geschirrtuch als Taschentuch, führte sie zu der Bank vor dem Fenster und setzte sie rechts und links neben sich.

«So», sagte er, «jetzt hört mal zu.»

«Er ist tot. Gilbert ist tot.»

«Ja, ich weiß, daß er tot ist. Aber wenn Menschen oder Tiere, die wir gern haben, sterben, dann geben wir ihnen ein schönes Begräbnis. Wie wär's, wenn ihr zwei in den Garten geht und ein friedliches Fleckchen sucht, wo ihr ein Loch graben könnt. Und ich seh mal nach, ob ich eine alte Zigarrenkiste als Sarg für Gilbert auftreiben kann. Und ihr könnt Kränze machen, um sie auf sein Grab zu legen, und vielleicht ein kleines Kreuz.»

Die zwei blauen Augenpaare, wachsam wie immer, zeigten allmählich Interesse. Noch näßten Tränen die Wangen der Mädchen, aber hochdramatische Ereignisse besaßen eine zu große Anziehungskraft, um ihnen zu widerstehen.

«Als Mrs. Dorkins im Dorf gestorben ist, hatte ihre Tochter einen schwarzen Schleier am Hut», erinnerte sich Emily.

«Vielleicht hat deine Mutter irgendwo einen schwarzen Schleier für deinen Hut.»

«In der Truhe mit den Verkleidungssachen ist einer.»

«Na siehst du. Den kannst du anziehen!»

«Und was soll ich anziehen?» wollte Anna wissen.

«Mami findet bestimmt was für dich.»

«Ich will das Kreuz machen.»

«Nein, ich.»

«Aber...»

Er unterbrach sie rasch. «Als erstes müßt ihr einen guten Platz bestimmen. Wollt ihr nicht nach draußen laufen und ein Plätzchen suchen, und in der Zwischenzeit mach ich euch Frühstück. Und nach dem Frühstück...»

Aber sie hörten nicht mehr zu. Sie wollten auf und davon, konnten es nicht mehr abwarten. An der Hintertür blieb Emily stehen. «Wir brauchen eine Schaufel», sagte sie eifrig.

«Im Werkzeugschuppen findet ihr eine Kelle.»

Sie flitzten durch den Garten, überbordend vor Eifer, aller Kummer war vergessen über der Aufregung, daß es ein richtiges Erwachsenenbegräbnis geben würde, mit schwarzen Schleiern an ihren Hüten. Er sah ihnen mit gemischten Gefühlen nach. Er war nach der kleinen Szene erschöpft und heißhungrig. Gequält vor sich hin grinsend, ging er an den Herd und briet den Speck.

Während er damit beschäftigt war, hörte er Schritte auf der Treppe, und im nächsten Augenblick kam seine Frau zur Tür herein. Sie hatte ihr Nachthemd und einen losen baumwollenen Morgenrock an. Die Haare hingen ihr auf die Schultern, sie war barfuß, ihre Augen waren noch vom Schlaf getrübt.

«Was war denn los?» fragte sie unter Gähnen.

«Hallo, mein Liebling. Haben wir dich geweckt?»

«Hat da jemand geweint?»

«Ja. Emily und Anna. Gilbert ist tot.»

«Gilbert? O nein. Das kann ich nicht glauben.»

Er gab ihr einen Kuß. «Es ist leider wahr.»

«Arme Emily.» Sie machte sich aus seiner Umarmung frei. «Ist er wirklich tot?»

«Sieh selbst.»

Clodagh spähte in den Fischbehälter. «Aber *warum*?»

«Ich weiß es nicht. Ich verstehe nicht viel von Goldfischen. Vielleicht hat er was gefressen, das er nicht vertragen hat.»

«Aber er kann doch nicht einfach so sterben.»

«Du verstehst offenbar mehr von Goldfischen als ich.»

«Als ich so alt war wie Anna, hatte ich selbst Goldfische. Sie hießen Sambo und Goldy.»

«Originelle Namen.»

Schweigend betrachteten sie den leblosen Gilbert. Dann meinte sie nachdenklich: «Ich weiß noch, daß Goldy auch mal so aussah. Mein Vater gab ihm einen Schluck Whisky, und schon fing er wieder an zu schwimmen. Übrigens, tote Fische treiben oben auf dem Wasser.»

Bill überhörte die letzte Bemerkung. «Einen Schluck Whisky?»

«Hast du welchen?»

«Ja. Ich hab eine Flasche, die ich für meine besten Freunde aufbewahre. Ich nehme an, Gilbert zählt dazu, und wenn du willst, kannst du eine Wiederbelebung versuchen, aber es scheint mir eine ziemliche Verschwendung, das Zeug über einen toten Fisch zu schütten. Das hieße Perlen vor die Säue werfen.»

Clodagh erwiderte nichts darauf. Sie krempelte einen Ärmel hoch, steckte die Hand in den Behälter und berührte mit einem Finger sachte Gilberts Schwanz. Nichts geschah. Es war hoffnungslos. Bill wandte sich wieder der Pfanne mit brutzelndem Speck zu. Vielleicht hatte er sich des Whiskys wegen ein bißchen kleinlich angestellt. Er sagte: «Wenn du willst...»

173

«Er hat mit dem Schwanz gewackelt!»

«Ist das wahr?»

«Ihm fehlt nichts. Er schwimmt... o sieh doch, Liebling.»

Und wirklich. Gilbert hatte sich wieder in die richtige Lage gebracht, seine kleinen goldenen Flossen geschüttelt und drehte kerngesund seine Runden.

«Clodagh, du wirkst Wunder. Sieh ihn dir an.» Im Vorbeischwimmen traf Gilberts Fischauge Bills Blick. Bill war einen Moment verärgert. «Blöder Fisch, mußtest du mir so einen Schrecken einjagen», sagte er zu ihm, und dann grinste er vor ehrlicher Erleichterung. «Emily wird überglücklich sein.»

«Wo ist sie?»

Das Begräbnis fiel ihm ein. Er sagte: «Sie ist mit Anna im Garten.» Aus irgendeinem Grund erzählte er Clodagh nichts von ihrem Vorhaben.

Ihre Mutter lächelte. «Nachdem das kleine Problem gelöst ist, geh ich nach oben in die Badewanne. Ich überlasse es dir, ihnen die glückliche Nachricht mitzuteilen», und sie warf ihm eine Kußhand zu und ging die Treppe hinauf.

Ein paar Minuten später, als der Speck knusprig war und der Kaffee durchlief, kamen die zwei kleinen Mädchen in heller Aufregung zur Hintertür hereingewirbelt.

«Wir haben einen prima Platz gefunden, Bill, unter dem Rosenstrauch in Mamis Rabatte, und wir haben ein riesengroßes Loch gegraben...»

«Und ich hab eine Gänseblümchenkette gemacht...»

«Und ich hab aus zwei Stöcken ein Kreuz gemacht, aber ich brauche eine Schnur oder einen Nagel oder so was, damit sie zusammenhalten...»

«Und wir singen ein Kirchenlied.»

«Ja. Wir singen ‹Alle Herrlichkeit auf Erden›.»

«Und wir dachten...»

«*Ich* will's ihm sagen...»

«Wir dachten...»

«Jetzt hört mal zu.» Er mußte seine Stimme heben, um sich über den Lärm hinweg verständlich zu machen. Sie verstummten. «Hört mal einen Moment zu. Und seht her.» Er führte sie zum Fischbehälter. «Schaut.»

Sie schauten. Sie sahen Gilbert wie immer ziellos im Kreis schwimmen, sein feiner, durchscheinender Schwanz schlug hin und her, seine runden Augen blickten nicht lebendiger als vorhin, da sie ihn für tot gehalten hatten.

Einen Moment herrschte vollkommene Stille.

«Seht ihr? Er war gar nicht tot. Er hat bloß gepennt. Mami hat ihn ein bißchen gekitzelt, und das hat ihm Tempo gemacht.» Stille. «Ist das nicht großartig?» Selbst in seinen eigenen Ohren klang es krampfhaft munter.

Keines der kleinen Mädchen sagte ein Wort. Bill wartete. Endlich sprach Emily.

Sie sagte: «Wir wollen ihn totmachen.»

Er war hin und her gerissen zwischen Entsetzen und Heiterkeit, und eine Sekunde lang stand es auf Messers Schneide, ob er das Kind schlagen oder in Lachen ausbrechen würde. Mit übermenschlicher Anstrengung tat er keines von beidem, sondern sagte nach einer langen, gewichtigen Pause mit ungeheurer Ruhe: «Oh, ich glaube nicht, daß wir das wollen.»

«Warum nicht?»

«Weil das Leben uns von Gott geschenkt wird. Es ist heilig.» Während er dies sagte, wurde ihm leicht unbehaglich zumute. Obwohl er und Clodagh kirchlich geheiratet hatten, hatte er jahrelang nicht auf diese alltägliche Weise an Gott gedacht, und nun bekam er Gewissensbisse, als würde er den Namen eines alten Freundes mißbrauchen. «Es ist unrecht, etwas zu töten, auch wenn es nur ein Goldfisch ist. Außerdem hast du

Gilbert doch lieb. Er gehört dir. Du kannst nicht töten, was du liebhast.»

Emily schob die Unterlippe vor. «Ich will eine Beerdigung. Du hast es versprochen.»

«Aber wir können Gilbert nicht beerdigen. Wir nehmen etwas anderes.»

«Was? Wen?»

Anna kannte ihre Schwester gut. «Aber nicht meinen HE-MAN», erklärte sie bestimmt.

«Nein, natürlich nicht.» Er überlegte und hatte einen Geistesblitz. «Eine Maus. Eine arme tote Maus. Schaut...» Mit dem Zeh auf dem Fußschalter hob er den Deckel des Mülleimers, und wie ein Zauberer brachte er mit schwungvoller Gebärde Breekys Jagdtrophäe zum Vorschein, indem er den kleinen steifen Körper am Schwanz hielt. «Breeky hat sie heute morgen gebracht, und ich hab sie ihm weggenommen. Ihr wollt doch sicher nicht, daß ein armes Mäuschen im Mülleimer endet? Sie hat bestimmt eine kleine Feier verdient, oder?»

Sie begafften das Opfer. Nach einer Weile meinte Emily: «Können wir sie in die Zigarrenkiste tun, wie du gesagt hast?»

«Natürlich.»

«Und Kirchenlieder singen und alles?»

«Natürlich. ‹Alle Geschöpfe, groß und klein›. Viel kleiner als diese Maus kann kaum etwas sein. Er nahm ein Papiertuch, legte es auf den Geschirrschrank und bettete die Mauseleiche sorgsam darauf. Dann wusch er sich die Hände, und während er sie abtrocknete, sah er die zwei kleinen Mädchen an.

«Was sagt ihr dazu?»

«Können wir es gleich machen?»

«Laßt uns zuerst frühstücken. Ich bin am Verhungern.»

Anna ging sogleich zum Tisch, rückte sich einen Stuhl zurecht und setzte sich, aber Emily nahm Gilbert noch einmal ganz genau in Augenschein. Sie drückte die Nase an die Glaswand des Behälters, ihre Finger malten ein Muster, indem sie Gilberts Bahnen folgten. Bill wartete geduldig. Kurz darauf drehte sie sich zu ihm um. Sie sahen sich lange an.

Sie sagte: «Ich bin froh, daß er nicht tot ist.»

«Ich auch.» Er lächelte, und sie lächelte zurück, und auf einmal sah sie ihrer Mutter so ähnlich, daß er ohne zu überlegen die Arme ausbreitete, und sie kam zu ihm, und sie nahmen sich in die Arme, ohne Worte. Sie brauchten keine Worte. Er küßte sie auf den Kopf, und sie versuchte sich nicht zu entwinden oder sich aus dieser ersten zaghaften Umarmung zu lösen.

«Weißt du was, Emily», sagte er, «du bist ein liebes Mädchen.»

«Du bist auch lieb», sagte sie, und sein Herz war von Dankbarkeit erfüllt, weil er durch Gottes Gnade nichts Falsches getan oder gesagt hatte. Er hatte es richtig gemacht. Es war ein Anfang. Nicht viel, aber ein Anfang.

Emily weitete es aus. «Ganz, ganz lieb.»

Ganz, ganz lieb. In diesem Fall war es vielleicht mehr als ein Anfang, und er war schon halbwegs am Ziel. Voll Genugtuung umarmte er sie ein letztes Mal, dann ließ er sie los, und in froher Erwartung des Mäusebegräbnisses setzten sie sich endlich hin, um zu frühstücken.

Das Vorweihnachtsgeschenk

*E*s war zwei Wochen vor Weihnachten. An einem düsteren, bitterkalten Morgen fuhr Ellen Parry, wie sie es die letzten zweiundzwanzig Jahre an jedem Morgen getan hatte, ihren Ehemann James die kurze Strecke zum Bahnhof, gab ihm einen Abschiedskuß, sah seine Gestalt mit dem schwarzen Mantel und der Melone durch die Sperre verschwinden und fuhr dann vorsichtig auf der vereisten Straße nach Hause.

Als sie über die langsam erwachende Dorfstraße und dann durch die sanfte Landschaft kroch, flogen ihre Gedanken, die zu dieser frühen Stunde wirr und undiszipliniert waren, in ihrem Kopf herum wie Vögel in einem Käfig. Es gab um diese Jahreszeit immer ungeheuer viel zu tun. Wenn sie das Frühstücksgeschirr gespült hatte, wollte sie eine Einkaufsliste für das Wochenende zusammenstellen, vielleicht Apfelpasteten mit Rosinen backen, ein paar Weihnachtskarten in letzter Minute schreiben, ein paar Geschenke in letzter Minute kaufen, Vickys Zimmer putzen.

Nein. Sie besann sich anders. Sie wollte Vickys Zimmer nicht putzen und das Bett nicht beziehen, bevor sie nicht sicher wußte, daß Vicky Weihnachten bei ihnen sein würde. Vicky war neunzehn. Im Herbst hatte sie in London eine Stelle gefunden und eine kleine Wohnung, die sie mit zwei anderen Mädchen teilte. Die Trennung war jedoch nicht endgültig, denn am Wochenende kam Vicky meistens nach Hause, brachte manchmal eine Freundin mit und jedesmal einen Sack schmutzige Wäsche für Mutters Waschmaschine. Als sie das letzte Mal da war, hatte Ellen angefangen, von Weihnachtsplänen zu sprechen, aber Vicky hatte ein verlegenes Gesicht gemacht und sich schließlich ein Herz gefaßt, um Ellen zu eröffnen, daß sie dieses Jahr möglicherweise nicht zu Hause sein würde. Sie wolle sich vielleicht einer Gruppe junger Leute anschließen, die in der Schweiz Ski laufen und eine Villa mieten wollten.

Ellen, die diese Mitteilung völlig unvorbereitet traf, war es gelungen, ihre Bestürzung zu verbergen, doch insgeheim wurde ihr schwindelig bei der Aussicht, Weihnachten ohne ihr einziges Kind zu verbringen; dennoch war ihr bewußt, daß Eltern nichts Schlimmeres tun konnten, als Besitzansprüche zu zeigen, sich zu weigern, loszulassen, ja überhaupt irgend etwas zu erwarten.

Es war sehr schwierig. Wenn sie nach Hause kam, war die Post vielleicht schon dagewesen und hatte einen Brief von Vicky gebracht. Sie sah im Geiste den Umschlag auf der Fußmatte liegen, Vickys große Handschrift.

Liebste Ma! Schlachte das gemästete Kalb
und schmücke die Flure mit Stechpalmen, die
Schweiz ist gestorben, ich werde zu Hause
sein und die Feiertage bei Dir und Dad verbringen.

Sie war so überzeugt, daß der Brief dasein würde, brannte so sehr darauf, ihn zu lesen, daß sie sich erlaubte, ein bißchen schneller zu fahren. Im fahlen Licht des Wintermorgens waren jetzt die gefrorenen Gräben und die schwarzen, vereisten Hekken zu erkennen. Sanfte Lichter schienen in den Fenstern der kleinen Häuser, der Hügel hatte eine Schneehaube auf. Ellen dachte an Weihnachtslieder und den Duft von Fichtenzweigen, und plötzlich war sie von Aufregung ergriffen, dem alten Zauber der Kindheit.

Fünf Minuten später parkte sie den Wagen in der Garage und ging durch die Hintertür ins Haus. Nach der Eiseskälte draußen war es in der Küche wohltuend warm. Die Reste vom Frühstück standen auf dem Tisch, aber sie sah darüber hinweg und durchquerte die Diele, um nach der Post zu sehen. Der Briefträger war dagewesen, ein Stapel Umschläge lag auf der Fußmatte. Sie hob sie auf, so überzeugt, einen Brief von Vicky vorzufinden, daß sie, als keiner da war, ihn übersehen zu haben glaubte und den Stapel noch einmal durchging. Aber von ihrer Tochter war nichts dabei.

Einen Augenblick war sie von Enttäuschung übermannt, doch dann gab sie sich einen Ruck, nahm sich zusammen. Vielleicht mit der Nachmittagspost ... Eine Reise voller Hoffnung ist schöner als die Ankunft. Sie ging mit dem Stapel Umschläge in die Küche, warf ihren Schaffellmantel ab und setzte sich hin, um die Post zu lesen.

Es waren vornehmlich Briefkarten. Sie öffnete eine nach der anderen und stellte sie im Halbkreis auf. Rotkehlchen, Engel, Weihnachtsbäume und Rentiere. Die letzte Karte war riesig groß und extravagant, eine Reproduktion von Breughels Schlittschuhläufern. Mit herzlichen Grüßen von Cynthia. Cynthia hatte außerdem einen Brief geschrieben. Ellen schenkte sich einen Becher Kaffee ein und las ihn.

Vor langer Zeit waren Ellen und Cynthia die besten Schulfreundinnen gewesen. Aber als sie erwachsen waren, hatten sich ihre Wege getrennt und ihrer beider Leben ganz verschiedene Richtungen eingeschlagen. Ellen hatte James geheiratet, und nach einer kurzen Zeit in einer kleinen Londoner Wohnung waren sie mit ihrer neugeborenen Tochter in dieses Haus gezogen, wo sie seither lebten. Einmal im Jahr fuhr sie mit James in Urlaub, meistens an Orte, wo James Golf spielen konnte. Das war alles. Die übrige Zeit tat sie die Dinge, mit denen Frauen in aller Welt ihre Zeit verbrachten, kochen, einkaufen, nähen, den Garten jäten, waschen und bügeln. Einladungen geben und von ein paar guten Freunden eingeladen werden; nebenbei ein bißchen karitative Arbeit und Kuchenbacken für den Basar der Frauenliga. Das alles stellte keine großen Anforderungen an sie und war, wie sie wohl wußte, ein bißchen fade.

Cynthia hingegen hatte einen angesehenen Arzt geheiratet, drei Kinder geboren, ein eigenes Antiquitätengeschäft eröffnet und einen Haufen Geld verdient. Ihre Urlaube waren unvorstellbar aufregend, sie reisten kreuz und quer durch die USA, wanderten in den Bergen von Nepal oder besuchten die Chinesische Mauer.

Ellens und James' Freunde waren Ärzte, Rechtsanwälte oder Geschäftskollegen; Cynthias Haus in Campden Hill aber war ein Treffpunkt für die faszinierendsten Leute. Berühmte Gesichter vom Fernsehen würzten ihre Partys, Schriftsteller diskutierten über den Existentialismus, Künstler stritten über abstrakte Kunst, Politiker ergingen sich in gewichtigen Debatten. Als sie einmal nach einem Einkaufstag bei Cynthia übernachtete, saß Ellen beim Abendessen zwischen einem Kabinettsminister und einem jungen Mann mit pinkfarbenen Haaren und einem einzelnen Ohrring. Das Bemühen, sich mit dem einen oder anderen dieser Individuen zu unterhalten, war ein aufreibendes Erlebnis gewesen.

Hinterher hatte Ellen sich Vorwürfe gemacht. «Ich habe nichts, worüber ich reden kann», sagte sie zu James. «Außer, wie ich Marmelade koche und meine Wäsche weiß kriege, wie diese schrecklichen Frauen in der Fernsehwerbung.»

«Du könntest über Bücher sprechen. Ich kenne keinen Menschen, der so viele Bücher verschlingt wie du.»

«Über Bücher kann man nicht sprechen. Lesen ist lediglich das Erleben der Erlebnisse von anderen Leuten. Ich sollte etwas tun, selbst etwas erleben.»

«Was ist mit damals, als wir die Katze verloren haben? Ist das kein Erlebnis?»

«O *James.*»

In diesem Moment wurde die Idee geboren. Sie hatte deswegen nie etwas unternommen, aber in diesem Augenblick war die Idee geboren worden. Wenn Vicky von zu Hause fortging, vielleicht könnte sie dann...? Ein paar Tage später erwähnte sie es abends beiläufig zu James, aber er las die Zeitung und hörte kaum zu, und als sie nach ein paar Tagen noch einmal darauf zu sprechen kam, hatte er es, überaus freundlich, mit Gleichgültigkeit zugeschüttet, ganz so, als leerte er einen Wassereimer über einem Feuer aus.

Sie seufzte, ließ Bestrebungen Bestrebungen sein und las Cynthias Brief.

> Liebste Ellen! Wollte der Karte noch schnell
> ein paar Zeilen beifügen, bloß um mich mal
> zu melden und Dir das Neueste mitzuteilen.
> Ich glaube nicht, daß Du die Sanderfords,
> Cosmo und Ruth, mal kennengelernt hast,
> als Du hier warst.

Ellen hatte die Sanderfords nicht kennengelernt, aber das bedeutete nicht, daß sie nicht genau wußte, wer sie waren. Wer hatte nicht von den Sanderfords gehört? Er war ein bedeutender Filmregisseur, sie war Schriftstellerin und verfaßte ironische, komische Familienromane. Wer hatte die beiden nicht bei Podiumsdiskussionen im Fernsehen erlebt? Wer hatte Ruths Artikel über die Erziehung ihrer vier Kinder nicht gelesen? Wer hatte seine Filme nicht bewundert, mit ihrer versteckten, originellen Aussage, ihrer Empfindsamkeit und visuellen Schönheit? Was sie auch taten, die Sanderfords waren eine Nachricht wert. Allein ihnen zuzusehen genügte, um einem gewöhnlichen Sterblichen das Gefühl zu geben, fade und vollkommen unzulänglich zu sein. Die Sanderfords. Leicht verzagt las Ellen weiter:

Sie haben sich vor einem Jahr scheiden lassen, in aller Freundschaft, und von Zeit zu Zeit kann man sie immer noch zusammen beim Mittagessen sehen. Aber sie hat sich in Deiner Nähe ein Haus gekauft, und ich bin überzeugt, daß sie sich über einen Besuch freuen würde. Ihre Adresse ist Monk's Thatch, Trauncey, und die Telefonnummer ist Trauncey 232. Ruf sie mal an und sag ihr, ich habe Dir gesagt, du solltest Dich mal bei ihr melden. Fröhliche Weihnachten, viele liebe Grüße, Cynthia.

Trauncey war nur anderthalb Kilometer entfernt, praktisch nebenan. Und Monk's Thatch war eine alte Wildhüterhütte, an der monatelang ein Schild «Zu verkaufen» angebracht gewesen war. Jetzt mußte das Schild wohl verschwunden sein, denn Ruth Sanderford hatte das Häuschen gekauft und wohnte dort ganz allein, und von Ellen wurde erwartet, daß sie mit ihr Verbindung aufnahm.

Bei dieser Aussicht war ihr bange zumute. Wenn der Neuankömmling ein normaler Mensch gewesen wäre, eine alleinstehende Frau, die Gesellschaft und den Trost einer Freundin brauchte, das wäre etwas anderes gewesen. Aber Ruth Sanderford war kein normaler Mensch. Sie war berühmt, klug, genoß vermutlich ihr neugewonnenes Alleinsein nach einem glanzvollen Leben künstlerischer Erfüllung, verbunden mit der schieren Plackerei, vier Kinder aufzuziehen. Sie würde Ellen langweilig finden und Cynthia den Vorschlag verübeln, daß Ellen sich bei ihr melden sollte.

Der Gedanke an den kühlen Empfang, der ihren vorsichtigen Annäherungen womöglich bereitet würde, ließ Ellens Phantasie erschrocken Reißaus nehmen. Irgendwann würde sie hingehen. Nicht vor Weihnachten. Vielleicht am Neujahrstag. Im Moment hatte sie ohnehin zuviel zu tun. Apfelpasteten backen, Listen schreiben ...

Sie schlug sich Ruth Sanderford aus dem Kopf, ging nach oben und machte ihr Bett. Die Tür von Vickys Zimmer gegenüber dem Treppenpodest war geschlossen. Sie öffnete sie, spähte hinein, sah den Staub auf dem Toilettentisch, das Bett mit dem Stapel gefalteter Decken, die geschlossenen Fenster. Ohne Vickys Habe wirkte es seltsam unpersönlich, ein Zimmer, das irgend jemand oder niemandem gehörte. Wie sie so auf der Schwelle stand, wußte Ellen mit einemmal, ohne jeden Zweifel, daß Vicky in die Schweiz fahren würde. Daß Weihnachten irgendwie ohne sie überstanden werden mußte.

Was würden sie machen, sie und James? Worüber würden sie reden, wenn sie jeder an einem Ende des Eßzimmertisches saßen, mit einem Truthahn, der zu groß zum Verspeisen war?

Vielleicht sollte sie den Truthahn abbestellen und dafür Lammkoteletts bestellen. Vielleicht sollten sie verreisen, in eines dieser Hotels, die sich einsamer älterer Leute annahmen.

Rasch machte sie die Tür zu, verschloß nicht nur Vickys verlassenes Zimmer, sondern auch die erschreckenden Bilder von Alter und Einsamkeit, die uns alle einmal ereilen. Am anderen Ende des Treppenpodestes führte eine schmale Stiege auf den Dachboden. Ohne besondere Absicht ging Ellen die Stiege hinauf und durch die Tür, die auf den riesigen Speicher mit dem schrägen Dach führte. Er war leer bis auf ein paar Koffer und die Blumenzwiebeln, die sie fürs Frühjahr gesteckt hatte und die nun in dicke Schichten Zeitungspapier gehüllt waren. Dachgauben ließen die blassen Strahlen der niedrigstehenden Sonne herein, und es roch angenehm nach Holz und Kampfer.

In einer Ecke stand ein Karton mit dem Christbaumschmuck. Aber würden sie dieses Jahr einen Baum haben? Es war immer Vickys Aufgabe gewesen, den Baum zu schmükken, und es schien wenig Sinn zu haben, wenn sie nicht da war. Überhaupt schien alles wenig Sinn zu haben.

Sag ihr, ich habe Dir gesagt, Du solltest Dich mal bei ihr melden.

Ihre Gedanken waren wieder bei Ruth Sanderford. Sie wohnte in Monk's Thatch, ein kurzer Spaziergang über die vereisten Felder. Schön, sie war berühmt, aber Ellen kannte und liebte alle ihre Bücher, sie identifizierte sich mit den geplagten Müttern, den zornigen, mißverstandenen Kindern, den frustrierten Ehefrauen.

Aber ich bin nicht frustriert.

Der Speicher bildete einen wesentlichen Bestandteil der Idee, die sie gehabt hatte, des Vorhabens, das James so kurzerhand abgetan hatte, des Plans, den sie aufgegeben hatte, weil es keinen Menschen gab, der ihr ein wenig Mut zusprach.

James und Vicky. Ihr Mann und ihr Kind. Urplötzlich hatte Ellen die beiden satt. Sie hatte es satt, sich Gedanken wegen Weihnachten zu machen, sie hatte das Haus satt. Sie sehnte sich nach Abwechslung. Sie würde gehen, auf der Stelle, und Ruth Sanderford besuchen. Bevor dieser neue Mut sich verflüchtigte, ging sie hinunter, zog ihren Mantel an, legte ein Glas mit selbstgemachter Orangenmarmelade und eins mit Obstpastetenfüllung in einen Korb. Als begebe sie sich auf eine wagemutige, gefährliche Reise, trat sie in den eisigen Morgen hinaus und schlug die Tür hinter sich zu.

Es war ein schöner Tag geworden. Blaß und wolkenlos der Himmel, glitzernder Frost auf den kahlen Bäumen, die Ackerfurchen eisenhart. Saatkrähen krächzten hoch oben auf den Ästen, die eisige Luft war süß wie Wein. Ellens Stimmung stieg; sie schwenkte den Korb, genoß ihre wachsende Energie. Der Fußweg führte am Rand der Felder entlang, über hölzerne Zauntritte. Bald kam hinter den Hecken Trauncey in Sicht. Eine kleine Kirche mit einem spitzen Turm, eine Gruppe niedriger Häuser. Über den letzten Zauntritt, und sie war auf der Straße. Rauch stieg munter aus Schornsteinen, graue Federn in der stillen Luft. Ein alter Mann mit Pferd und Wagen klapperte vorüber. Sie sagten guten Morgen. Ellen ging auf der kurvigen Straße weiter.

Das Schild «Zu verkaufen» am Haus Monk's Thatch war verschwunden. Ellen öffnete das Gartentor und ging den Ziegelweg entlang. Das Haus war langgestreckt und niedrig, sehr alt, ein Fachwerkhaus mit einem Strohdach, das wie Augenbrauen über den kleinen Fenstern hing. Die Tür war blau gestrichen, mit einem Messingklopfer, und Ellen klopfte etwas beklommen, und als sie dastand und wartete, vernahm sie das Geräusch einer Säge.

Niemand öffnete ihr, und nach einer Weile folgte sie dem Geräusch und traf im Hof neben dem Haus auf eine schwer arbeitende Gestalt. Eine Frau, die Ellen von ihren Auftritten im Fernsehen her sofort erkannte.

Sie hob die Stimme und sagte: «Hallo.»

Ruth Sanderford hörte zu sägen auf und blickte hoch. Einen Augenblick verharrte sie erstaunt über den Sägebock gebeugt, dann richtete sie sich auf, ließ die Säge mitten in einem alten Ast stecken. Sie staubte sich die Hände am Hosenboden ab und kam zu Ellen.

«Hallo.»

Sie war eine sehr würdevolle Erscheinung. Groß, schlank, kräftig wie ein Mann. Die grauen Haare waren am Hinterkopf zu einem Knoten geschlungen, ihr Gesicht war sonnengebräunt, mit dunklen Augen und glatten Zügen. Zu ihrer fleckigen Hose trug sie einen Marinepullover, und um den Hals hatte sie ein getupftes Tuch geknotet. «Wer sind Sie?»

Es klang nicht unfreundlich, sondern vielmehr, als wolle sie es wirklich gerne wissen.

«Ich ... ich bin Ellen Parry. Eine Freundin von Cynthia. Sie sagte mir, ich soll Sie besuchen.»

Ruth Sanderford lächelte. Es war ein schönes Lächeln, warm und freundlich. Schlagartig war Ellens Nervosität verschwunden. «Natürlich. Sie hat mir von Ihnen erzählt.»

«Ich bin nur gekommen, um guten Tag zu sagen. Ich möchte Sie nicht stören, wenn Sie zu tun haben.»

«Sie stören mich nicht. Ich bin so gut wie fertig.» Sie ging zum Sägebock zurück, bückte sich und lud ein Bündel frisch gesägte Holzscheite auf ihre kräftigen Arme. «Ich muß das nicht machen – mein Vorrat an Feuerholz reicht bis an die

Decke –, aber ich habe zwei Tage geschrieben, und da tut ein bißchen körperliche Arbeit gut. Außerdem ist es so ein zauberhafter Morgen, da wäre es fast ein Verbrechen, im Haus zu bleiben. Kommen Sie herein, trinken Sie eine Tasse Kaffee mit mir.»

Sie ging auf dem Weg voran, machte eine Hand frei, um den Türknauf zu drehen, und stieß die Tür mit dem Fuß auf. Sie war so groß, daß sie den Kopf einziehen mußte, um sich nicht an dem Türsturz zu stoßen, aber Ellen, die erheblich kleiner war, brauchte sich nicht zu bücken, und erfüllt von verwunderter Erleichterung, daß das erste Bekanntwerden so mühelos verlaufen war, folgte sie Ruth Sanderford ins Haus und schloß die Tür.

Sie waren über zwei Stufen unmittelbar ins Wohnzimmer hinabgestiegen, das so lang und geräumig war, daß es den größten Teil des Erdgeschosses einnehmen mußte. An einem Ende war ein offener Kamin, am anderen ein großer Kirschholztisch. Auf dem standen eine Schreibmaschine, Kartons mit Papier, Nachschlagewerke, ein Becher mit gespitzten Bleistiften und ein viktorianischer Krug mit getrockneten Blumen und Gräsern.

Ellen sagte: «Ein wunderschönes Zimmer.»

Ihre Gastgeberin stapelte die Holzscheite in einen bereits randvollen Korb und wandte sich dann Ellen zu.

«Entschuldigen Sie die Unordnung. Wie gesagt, ich habe gearbeitet.»

«Ich finde es nicht unordentlich.» Schäbig vielleicht, ein bißchen unaufgeräumt, aber sehr einladend mit den büchergesäumten Wänden und abgeschabten alten Sofas, die zu beiden Seiten des Kamins standen. Und überall Fotografien und ausgefallene, schöne Gegenstände aus Porzellan. «Genau so soll ein Zimmer aussehen. Bewohnt und warm.» Sie stellte ihren

Korb auf den Tisch. «Ich habe Ihnen etwas mitgebracht. Marmelade und Pastetenfüllung. Nichts Besonderes.»

«Oh, wie nett.» Sie lachte. «Ein Vorweihnachtsgeschenk. Und mir ist die Marmelade ausgegangen. Bringen wir die Sachen in die Küche, und ich setze Wasser auf.»

Ellen legte ihren Schaffellmantel ab und folgte Ruth durch eine Tür am hinteren Ende des Raumes in eine kleine, bescheidene Küche, die früher eine Waschküche gewesen sein mochte. Ruth ließ Wasser in den Kessel laufen und stellte ihn auf den Gasherd. Sie kramte in einem Schrank nach Kaffee und nahm zwei Becher von einem Bord. Dann brachte sie ein Blechtablett zum Vorschein, auf dem *Carlsberg Lager* geschrieben stand, mußte aber geraume Zeit suchen, bis sie den Zucker fand. Obwohl sie vier Kinder großgezogen hatte, war sie offensichtlich kein häuslicher Typ.

«Wie lange wohnen Sie schon hier?» fragte Ellen.

«Schon einige Monate. Es ist himmlisch. So friedlich.»

«Schreiben Sie an einem neuen Roman?»

Ruth grinste gequält. «Könnte man sagen.»

«Auf die Gefahr hin, daß es banal klingt, ich habe alle Ihre Bücher mit großem Vergnügen gelesen. Und ich habe Sie im Fernsehen gesehen.»

«Ach du liebe Zeit.»

«Sie waren gut.»

«Man hat mich neulich gebeten, eine Sendung zu machen, aber ohne Cosmo scheint es sinnlos. Wir waren ein richtiges Team. Im Fernsehen, meine ich. Ansonsten glaube ich, seit wir geschieden sind, sind wir beide glücklicher. Und unsere Kinder auch. Als ich das letzte Mal mit ihm Mittag essen war, hat er mir erzählt, daß er daran denkt, wieder zu heiraten. Ein Mädchen, das seit zwei Jahren bei ihm arbeitet. Sie ist so nett. Sie wird ihm eine wunderbare Frau sein.»

Es war ein wenig verwirrend, von einer Fremden sogleich derart ins Vertrauen gezogen zu werden, aber sie sprach so natürlich und herzlich, daß diese Vertraulichkeit ganz normal, sogar wünschenswert wirkte.

Während Ruth Kaffeepulver in die Becher löffelte, sprach sie weiter: «Wissen Sie, daß ich jetzt zum erstenmal in meinem Leben für mich allein lebe? Ich komme aus einer großen Familie, habe mit achtzehn geheiratet und bin sofort schwanger geworden. Danach gab es keinen einzigen müßigen Augenblick. Menschen scheinen sich ganz außerordentlich zu vermehren. Ich hatte Freunde, und Cosmo hatte Freunde, und dann brachten die Kinder ihre Freunde mit nach Hause, und die Freunde hatten Freunde, und so ging es weiter. Ich wußte nie, wie viele Personen ich zu verköstigen haben würde. Da ich keine besonders gute Köchin bin, gab es meistens Berge von Spaghetti.» Das Wasser kochte, sie füllte die Becher und nahm das Tablett. «Kommen Sie, gehen wir ans Feuer.»

Sie setzten sich einander gegenüber, eine jede in eine Ecke eines durchgesessenen Sofas, zwischen sich die Wärme des lodernden Feuers. Ruth trank einen Schluck Kaffee und stellte den Becher auf dem Tischchen ab, das zwischen ihnen stand. Sie sagte: «Das Schöne am Alleinleben ist unter anderem, daß ich kochen kann, wann ich will und was ich will. Bis zwei Uhr nachts arbeiten, wenn mir danach ist, und bis zehn schlafen.» Sie lächelte. «Sind Sie schon lange mit Cynthia befreundet?»

«Ja, wir sind zusammen zur Schule gegangen.»

«Wo wohnen Sie?»

«Im Nachbardorf.»

«Haben Sie Familie?»

«Einen Mann und eine Tochter, Vicky. Das ist alles.»

«Denken Sie nur, ich werde bald Großmutter. Allein schon die Vorstellung finde ich erstaunlich. Es kommt mir vor, als sei es keine Minute her, seit mein ältestes Kind geboren wurde. Das Leben rast vorüber, nicht? Man hat nie Zeit, irgendwas zu machen.»

Es schien Ellen, daß Ruth so ungefähr alles gemacht hatte, aber sie sagte es nicht. Sie fragte vielmehr und wollte nicht, daß es wehmütig klang: «Kommen Ihre Kinder Sie besuchen?»

«O ja. Sie hätten mich dieses Haus nicht kaufen lassen, bevor sie es gutgeheißen hatten.»

«Kommen sie auch für länger?»

«Einer meiner Söhne hat mir beim Umzug geholfen, aber jetzt ist er in Südamerika, ich vermute, ich werde ihn die nächsten Monate nicht sehen.»

«Und Weihnachten?»

«Oh, Weihnachten bin ich allein. Sie sind jetzt alle erwachsen, führen ihr eigenes Leben. Vielleicht überfallen sie ihren Vater, wenn sie eine Übernachtungsmöglichkeit suchen, ich weiß es nicht. Ich weiß es nie, habe es nie gewußt.» Sie lachte, nicht über ihre Kinder, sondern über ihre eigene Unwissenheit.

Ellen sagte: «Ich glaube nicht, daß Vicky Weihnachten nach Hause kommt. Sie wird wohl zum Skilaufen in die Schweiz fahren.»

Falls sie Mitgefühl oder Bedauern erwartete, wurde es ihr nicht zuteil. «Oh, das macht Spaß. Weihnachten in der Schweiz ist herrlich. Wir waren einmal mit den Kindern dort, als sie noch klein waren, und Jonas hat sich das Bein gebrochen. Was fangen Sie mit sich an, wenn Sie nicht Ehefrau und Mutter sind?»

Die unverblümte Frage kam überraschend und war etwas verwirrend. «Ich... ich tue eigentlich nichts...», gestand Ellen.

«Das nehme ich Ihnen nicht ab. Sie sehen ungeheuer tüchtig aus.»

Das war ermutigend. «Hm ... ich gärtnere. Und ich koche. Und ich bin in ein paar Komitees. Und ich nähe.»

«Meine Güte, wie geschickt Sie sind, daß Sie sogar nähen können. Ich kann nicht mal eine Nadel einfädeln. Sie brauchen sich nur meine Schonbezüge anzusehen. Sie müssen alle geflickt werden ... nein, flicken lohnt sich nicht mehr. Am besten kaufe ich Chintz und lasse neue Bezüge machen. Nähen Sie sich Ihre Kleider selbst?»

«Nein, Kleider nicht. Aber Vorhänge und so.» Sie zögerte einen Moment, dann sagte sie hastig: «Wenn Sie wollen, kann ich Ihre Bezüge flicken. Ich mache es gerne für Sie.»

«Und neue? Könnten Sie auch neue machen?»

«Ja.»

«Mit Paspeln und allem?»

«Ja.»

«Wollen Sie das tun? Professionell? Als Auftrag, meine ich. Nach Weihnachten, wenn Sie nicht mehr so viel zu tun haben?»

«Aber...»

«Oh, sagen Sie ja. Es ist mir egal, was Sie berechnen. Wenn ich das nächste Mal nach London komme, kann ich bei Liberty's den allerschönsten Morris-Chintz kaufen.» Ellen konnte sie nur anstarren. Ruth sah leicht zerknirscht drein. «Oh, jetzt habe ich Sie gekränkt.» Sie versuchte es noch einmal, schmeichelnd. «Sie können das Geld jederzeit der Kirche spenden und es als gutes Werk abschreiben.»

«Darum geht es nicht!»

«Warum machen Sie dann so ein verblüfftes Gesicht?»

«Weil ich verblüfft *bin*. Weil dies genau die Beschäftigung ist, an die ich gedacht hatte. Professionell, meine ich. Schonbezüge und Vorhänge nähen und dergleichen. Polstern. Voriges Jahr habe ich es in einem Abendkurs gelernt. Und jetzt, da

Vicky in London und James den ganzen Tag weg ist... Ich habe einen idealen Speicher im Haus, ganz hell und warm. Und ich habe eine Nähmaschine. Ich müßte nur noch einen großen Tisch kaufen...»

«Ich habe vorige Woche auf einer Versteigerung einen gesehen. Einen alten Wäschereitisch...»

«Aber leider scheint James – mein Mann – es nicht für eine gute Idee zu halten.»

«Ach, Ehemänner sind notorisch unbegabt dafür, etwas für eine gute Idee zu halten.»

«Er meint, ich würde das Geschäftliche nicht bewältigen. Die Einkommensteuer und die Rechnungen und die Mehrwertsteuer. Und er hat recht», schloß Ellen betrübt, «denn er weiß, daß ich nicht mal zwei und zwei zusammenzählen kann.»

«Nehmen Sie sich einen Steuerberater.»

«Einen *Steuerberater*?»

«Sagen Sie nicht ‹Steuerberater›, als wäre es etwas Unanständiges. Sie machen ein Gesicht, als hätte ich Ihnen geraten, Sie sollten sich einen Liebhaber zulegen. Natürlich einen Steuerberater, der macht die Jahresabrechnung für Sie. Kein Aber mehr. Ihre Idee ist einfach glänzend.»

«Und wenn ich keine Arbeit bekomme?»

«Sie werden mehr Arbeit bekommen, als Sie bewältigen können.»

«Das ist ja noch schlimmer.»

«Überhaupt nicht. Sie stellen einige nette Damen aus dem Dorf ein, die Ihnen zur Hand gehen. Sie schaffen Arbeitsplätze. Es wird immer besser. Ehe Sie wissen, wie Ihnen geschieht, betreiben Sie ein richtiges kleines Geschäft.»

Ein richtiges kleines Geschäft. Etwas Kreatives tun, das ihr Freude bereitete und das sie gut machte. Arbeitsplätze schaffen. Vielleicht Geld verdienen wie Cynthia. Sie dachte darüber nach. Nach einer Weile meinte sie: «Ich weiß nicht, ob ich den Mut dazu habe.»

«Natürlich haben Sie den Mut. Und Ihren ersten Auftrag haben Sie schon. Von mir.»

«Aber James. Ich ... angenommen, er ist dagegen?»

«Dagegen? Er wird restlos begeistert sein. Und was Ihre Tochter angeht, es wäre das Beste, das Sie für sie tun können. Es ist nicht leicht für Kinder, das Nest zu verlassen, vor allem für Einzelkinder. Wenn Sie beschäftigt und glücklich sind, braucht sie sich nicht von Gewissensbissen plagen zu lassen. Es wird Ihre Beziehung zu ihr von Grund auf ändern. Nur zu! Sie hatten vermutlich nie die Möglichkeit, etwas Eigenständiges zu tun, und nun bietet sich Ihnen die Gelegenheit. Ergreifen Sie sie mit beiden Händen, Ellen.»

Ellen sah sie an, hörte ihr zu, und plötzlich fing sie an zu lachen. Ruth runzelte die Stirn. «Warum lachen Sie?»

«Mir ist gerade klargeworden, warum Sie so viel Erfolg im Fernsehen haben.»

«Ich weiß, wie Sie darauf gekommen sind, weil ich nämlich wieder in meinen Predigtton verfallen bin, wie meine Kinder das nennen. Cosmo nannte mich immer eine unbändige Feministin, und vielleicht bin ich das. Vielleicht bin ich es immer gewesen. Ich weiß nur, der wichtigste Mensch auf der Welt ist man selbst. Du bist der Mensch, mit dem du leben mußt. Du bist dein eigener Umgang, dein Stolz. Selbstsicherheit hat nichts mit Selbstsucht zu tun ... es ist einfach ein Brunnen, der nicht austrocknet bis zu dem Tag, an dem man stirbt und ihn nicht mehr braucht.»

Ellen war seltsam bewegt, und ihr fiel keine Erwiderung ein. Ruth wandte den Kopf, blickte in den Feuerschein. Ellen sah die Falten um ihre Augen, den großzügigen Schwung ihres

Mundes, die glatten grauen Haare. Nicht jung, aber schön; erfahren, verletzt vielleicht – vermutlich manchmal erschöpft –, aber nie unterlegen. Im mittleren Alter hat sie für sich allein ein neues Leben angefangen, guten Mutes und ohne Groll. Mit James' Unterstützung könnte es doch nicht allzuschwer sein, ihrem Beispiel zu folgen?

Schließlich war es Zeit, nach Hause zu gehen. Ellen stand auf, zog ihren Mantel an und nahm den leeren Korb. Ruth öffnete die Tür, und sie traten zusammen in den vereisten Garten hinaus.

Ellen sagte: «Sie haben einen Maulbeerbaum. Der wird Ihnen im Sommer Schatten spenden.»

«Ich kann mir den Sommer gar nicht vorstellen.»

«Wenn... wenn Sie Weihnachten allein sind, wollen Sie nicht zu uns kommen und den Tag mit James und mir verbringen? Er ist wirklich sehr nett, nicht so spießig, wie es sich vielleicht angehört hat, als ich von ihm sprach.»

«Das ist sehr liebenswürdig. Ich komme gern.»

«Dann ist es abgemacht. Danke für den Kaffee.»

«Danke für das Vorweihnachtsgeschenk.»

«Sie haben mir auch ein Vorweihnachtsgeschenk gemacht.»

«So?»

«Sie haben mir Mut gemacht.»

Ruth lächelte. «Dafür», sagte sie, «sind Freunde da.»

Ellen ging langsam nach Hause, schwenkte den leeren Korb, und ihr Kopf surrte von Plänen. Als sie die Tür aufmachte und in die Küche ging, klingelte das Telefon, und mit noch behandschuhter Hand nahm sie den Hörer ab.

«Hallo.»

«Mami, hier ist Vicky. Tut mir leid, daß ich mich nicht eher gemeldet habe, aber ich ruf bloß an, um dir zu sagen, daß es mit der Schweiz klappt. Hoffentlich macht es dir nichts aus, aber es ist eine himmlische Gelegenheit, und ich war noch nie Ski laufen, und ich dachte, vielleicht kann ich Silvester nach Hause kommen. Ist es sehr schlimm für dich? Findest du mich schrecklich egoistisch?»

«Natürlich nicht.» Und es stimmte. Sie fand Vicky nicht egoistisch. Sie tat, was sie tun sollte, ihre eigenen Entscheidungen treffen, sich amüsieren, neue Freunde gewinnen. «Es ist eine großartige Gelegenheit, und du mußt sie mit beiden Händen ergreifen.» *(Ergreifen Sie sie mit beiden Händen, Ellen.)*

«Du bist ein Engel. Und du und Daddy werdet nicht einsam sein, wenn ihr allein seid?»

«Ich habe für Weihnachten schon Besuch eingeladen.»

«Oh, prima. Ich hatte schon gedacht, ihr würdet Trübsal blasen und ein Kotelett essen und keinen Weihnachtsbaum haben.»

«Dann hast du falsch gedacht. Ich schicke heute nachmittag deine Geschenke ab.»

«Und ich schicke euch meine. Du bist ein Schatz, daß du so verständnisvoll bist.»

«Schreib eine Postkarte.»

«Na klar, mach ich. Ich versprech's. Und Mami...»

«Ja, Liebling?»

«Frohe Weihnachten.»

197

Ellen legte auf. Dann ging sie, noch im Mantel, die Treppe hinauf, an Vickys Zimmer vorbei und zum Speicher hoch. Da war er, der Geruch nach Holz und Kampfer. Da waren sie, die breiten Fenster und das große Oberlicht. Dort würde ihr Tisch stehen, hier das Bügelbrett, hier ihre Nähmaschine. Hier würde sie zuschneiden, heften und nähen. Im Geiste sah sie Ballen mit Leinen und Chintz, Litzen für Vorhänge, Rollen mit Samt. Sie würde sich einen Namen machen – Ellen Parry. Sich ihr Leben gestalten. Ein richtiges kleines Geschäft.

Sie hätte den ganzen Tag so stehen mögen, in Pläne vertieft, sich zufrieden beglückwünschend, wäre ihr Blick nicht plötzlich auf den Karton mit dem Christbaumschmuck gefallen.

Weihnachten.

Keine zwei Wochen mehr und noch so viel zu tun. Die Apfelpasteten, die Karten, die Geschenke abschicken, den Baum bestellen. Sie hatte, erinnerte sie sich schuldbewußt, nicht einmal das Frühstücksgeschirr gespült. Aus der Zukunft in die noch aufregendere Gegenwart katapultiert, durchquerte sie den leeren Speicher, hob den Karton auf die Arme und trug die kostbare Last überaus vorsichtig die Treppe hinunter.

Die
weißen Vögel

Als Eve Douglas im Garten die letzten Rosen schnitt, bevor der Frost einsetzte, hörte sie im Haus das Telefon klingeln. Sie eilte nicht sogleich hinein, denn es war Montag, und Mrs. Abney war da, die wie verrückt mit dem Staubsauger herumfuhrwerkte und im ganzen Haus den Geruch von Möbelpolitur verströmte. Mrs. Abney ging gern ans Telefon, und wie zu erwarten, wurde kurz darauf das Wohnzimmerfenster aufgerissen, und Mrs. Abney winkte mit einem gelben Staubtuch, um Eve auf sich aufmerksam zu machen.

«Mrs. Douglas! Telefon!»

«Ich komme.»

Den dornigen Strauß in der einen Hand und die Gartenschere in der anderen, überquerte Eve das laubbestreute Gras, zog ihre schmutzigen Stiefel aus und ging ins Haus.

«Ich glaub, es ist Ihr Schwiegersohn in Schottland.»

Eves Herz tat einen kleinen Ruck. Sie legte Blumen und Gartenschere auf die Dielenkommode und ging ins Wohnzimmer. Die Möbel waren verrückt, die Vorhänge über Stühle drapiert, um das Bohnern des Fußbodens zu erleichtern. Das Telefon stand auf dem Schreibtisch. Sie nahm den Hörer auf.

«David?»

«Eve.»

«Ja?»

«Eve... Jane ist...»

«Was ist passiert?»

«Nichts ist passiert. Bloß, heute nacht dachten wir, das Baby käme... und dann hörten die Schmerzen wieder auf. Aber heute morgen war der Arzt da, und ihr Blutdruck war ein bißchen hoch, da hat er sie ins Krankenhaus gebracht...»

Er brach ab. Nach einer kleinen Weile sagte Eve: «Aber das Baby ist erst in einem Monat fällig.»

«Ich weiß. Das ist es ja eben.»

«Soll ich kommen?»

«Kannst du?»

«Ja.» Ihre Gedanken flogen voraus, überprüften den Inhalt der Tiefkühltruhe, sagten Verabredungen ab, überlegten, wie sie Walter allein lassen könnte. «Ja, natürlich. Ich nehme den Zug um halb sechs. Dann müßte ich gegen Viertel vor acht bei euch sein.»

«Ich hole dich am Bahnhof ab. Du bist ein Engel.»

«Geht's Jamie gut?»

«Ja. Nessie Cooper paßt auf ihn auf. Sie wird sich um ihn kümmern, bis du hier bist.»

«Bis dann.»

«Tut mir leid, daß ich dich damit behellige.»

«Ist schon in Ordnung. Grüße Jane von mir. Und, David...» Noch während sie es sagte, wußte sie, daß es lächerlich war, «...mach dir keine Sorgen.»

Langsam legte sie den Hörer auf. Sie sah Mrs. Abney an, die in der Tür stand. Mrs. Abneys heitere Miene war verschwunden, sie hatte einer Besorgnis Platz gemacht, die sich in Eves Gesichtsausdruck widerspiegelte. Sie bedurften keiner Worte oder Erklärungen. Sie waren alte Freundinnen. Mrs. Abney arbeitete seit über zwanzig Jahren bei Eve. Mrs. Abney hatte Jane aufwachsen sehen, sie war in einem türkisfarbenen Kostüm mit passender Kappe zu Janes Hochzeit gekommen. Als Jamie geboren wurde, hatte Mrs. Abney ihm eine blaue Decke für seinen Kinderwagen gestrickt. Sie gehörte in jeder Hinsicht zur Familie.

Sie sagte: «Es ist doch nichts schiefgegangen?»

«Sie glauben, das Baby ist unterwegs. Es ist einen Monat zu früh.»

«Sie müssen hin.»

«Ja», sagte Eve matt.

Sie hatte ohnehin fahren wollen, hatte alles für nächsten Monat geplant. Walters Schwester sollte aus Südengland kommen, um ihm Gesellschaft zu leisten und für ihn zu kochen, aber es stand außer Frage, daß sie jetzt kam, so kurzfristig.

Mrs. Abney sagte: «Seien Sie unbesorgt wegen Mr. Douglas. Ich kümmere mich um ihn.»

«Aber Mrs. Abney, Sie haben schon genug zu tun – Ihre Familie...»

«Wenn ich's morgens nicht schaffe, komm ich nachmittags auf 'nen Sprung vorbei.»

«Sein Frühstück kann er sich selber machen...» Aber irgendwie verschlimmerte das die Situation, als sei der arme Walter zu nichts anderem fähig, als sich ein Ei zu kochen. Doch darum ging es nicht, und das wußte Mrs. Abney. Walter mußte den Hof bewirtschaften; er arbeitete von sechs Uhr früh bis

Sonnenuntergang oder noch länger im Freien. Er brauchte, bekam und vertilgte Mahlzeiten in riesigen Portionen, denn er war ein großer Mann und ein schwer arbeitender noch dazu. Er benötigte tatsächlich viel Fürsorge.

«Ich – ich weiß nicht, wie lange ich weg sein werde.»

«Hauptsache», sagte Mrs. Abney, «Jane geht es gut und dem Baby auch. Da gehören Sie jetzt hin.»

«Ach, Mrs. Abney, was würde ich ohne Sie anfangen?»

«Eine Menge, denk ich», sagte Mrs. Abney, die als waschechte Einwohnerin von Northumberland nichts davon hielt, Gefühle zu zeigen. «Und wie wär's, wenn ich uns jetzt einen schönen heißen Tee mache?»

Der Tee war eine gute Idee. Während sie ihn trank, stellte Eve Listen auf. Als sie fertig getrunken hatte, holte sie den Wagen heraus, fuhr das kurze Stück zur nächsten Stadt, ging in den Supermarkt und kaufte einen Vorrat an allen Lebensmitteln, die Walter notfalls selbst zubereiten konnte. Suppendosen, Quiches, Tiefkühlpasteten, tiefgefrorenes Gemüse. Sie kaufte Brot, Butter, pfundweise Käse. Eier und Milch lieferte der Hof selbst, aber der Metzger packte Koteletts, Steaks und Würste ein, suchte Fleischreste und Knochen für die Hunde zusammen, versprach, einen Lieferwagen zum Hof zu schicken, falls es sich als notwendig erweisen sollte.

«Fahren Sie weg?» fragte er, während er mit seinem Hackmesser einen Markknochen zerschlug.

«Ja. Bloß nach Schottland zu meiner Tochter.» Der Laden war voll, und sie sagte nicht, warum sie hinfuhr.

«Das wird eine nette Abwechslung.»

«Ja», sagte Eve matt. «Ja, sehr nett.»

Sie fuhr nach Hause. Walter, der früh hereingekommen war, saß am Küchentisch und verzehrte, was Mrs. Abney ihm in den Backofen des Elektroherdes gestellt hatte, Braten, Kartoffeln und mit Käse überbackenen Blumenkohl. Er hatte seine alte Arbeitskleidung an und sah aus, wie ein Landwirt eben aussieht. Vor langer Zeit hatte er in der Armee gedient; als Eve ihn heiratete, war er ein großgewachsener, schneidiger Hauptmann gewesen, und sie hatten eine traditionelle Hochzeit gehabt, Eve in wallendem Weiß, und als sie aus der Kirche traten, erwartete sie ein Bogengang aus Schwertern. Es folgten Versetzungen nach Deutschland, Hongkong und Warminster, immer wohnten sie in Unterkünften für Eheleute, hatten nie ein eigenes Heim. Und dann wurde Jane geboren, und bald danach verkündete Walters Vater, der sein Leben als Bauer in Northumberland verbracht hatte, er habe nicht die Absicht, in den Sielen zu sterben, und was Walter da zu tun gedenke?

Eve und Walter trafen die schwerwiegende Entscheidung gemeinsam. Walter nahm Abschied von der Armee, besuchte zwei Jahre eine Landwirtschaftsschule und übernahm dann den Hof. Keiner von ihnen hatte diese Entscheidung je bereut, aber die schwere körperliche Arbeit hatte bei Walter ihre Spuren hinterlassen. Er war jetzt fünfundfünfzig, sein dichtes Haar ergraut, sein gebräuntes Gesicht von Falten durchzogen; in den Poren seiner Hände hatte sich Maschinenöl festgesetzt.

Er sah auf, als sie mit ihrer Last vollbeladener Körbe erschien. «Hallo, Liebling.»

Sie setzte sich ans andere Ende des Tisches, ohne ihren Mantel auszuziehen. «Hast du Mrs. Abney gesehen?»

«Nein, sie war schon weg, als ich hereinkam.»

«Ich muß nach Schottland.»

Ihre Augen trafen sich. «Jane?» fragte Walter.

«Ja.»

Die plötzliche Angst schien ihn sichtbar zu verzehren, ihn erschreckend zu verkleinern. Es drängte sie impulsiv, ihn zu trösten. Sie sagte rasch: «Mach dir keine Sorgen. Das Baby kommt bloß ein bißchen zu früh, das ist alles.»

«Geht es ihr gut?»

In nüchternem Ton erklärte Eve, was David ihr gesagt hatte. «So was kommt vor. Aber sie ist im Krankenhaus. Ich bin sicher, sie ist in allerbesten Händen.»

Walter sprach aus, was Eve seit Davids Anruf zu verdrängen versucht hatte. «Sie war so krank, als Jamie geboren wurde.»

«O Walter, nicht...»

«Früher würde man ihr gesagt haben, sie darf kein Kind mehr bekommen.»

«Heute ist das anders. Die Ärzte sind so tüchtig –» Sie fuhr unsicher fort, bemüht, nicht nur ihren Mann, sondern auch sich selbst zu beruhigen: «Du weißt schon, Ultraschall und so...» Er wirkte nicht überzeugt. «Außerdem wollte sie noch ein Kind.»

«Wir wollten auch noch ein Kind, aber wir haben nur Jane.»

«Ja, ich weiß.» Sie stand auf, um ihn zu küssen, und legte ihre Arme um seinen Hals, vergrub ihr Gesicht in seinen Haaren. Sie sagte: «Mrs. Abney wird sich um dich kümmern.»

Er sagte: «Ich sollte mit dir fahren.»

«Liebling, das geht nicht. David versteht das, er ist selbst Landwirt. Jane versteht es auch. Mach dir deswegen keine Gedanken.»

«Es ist mir nicht recht, daß du allein fahren mußt.»

«Ich bin nicht allein. Ich bin nie allein, solange ich dich irgendwo weiß, und sei es in hundertfünfzig Kilometer Entfernung.» Er hob ihr sein Gesicht entgegen, und sie lächelte ihn an.

«Wäre sie so gut gelungen», fragte Walter, «wenn sie kein Einzelkind gewesen wäre?»

«Aber sicher. Es gibt keinen anderen Menschen, der so gelungen ist wie Jane.»

Als Walter hinausgegangen war, packte Eve die Einkäufe weg, stellte für Mrs. Abney eine Liste auf, räumte die Tiefkühltruhe ein, spülte das Geschirr. Sie ging nach oben, packte einen Koffer, aber als alles erledigt war, war es erst halb drei. Sie ging die Treppe hinunter, zog Mantel und Stiefel an und pfiff nach den Hunden, dann spazierte sie über die Felder zur kalten Nordsee, an den kleinen sichelförmigen Strand, den sie von jeher als ihr Eigentum betrachteten.

Sie hatten jetzt Oktober, es war still und kalt. Der Herbst hatte die Bäume bernsteingelb und golden gefärbt, der Himmel war bedeckt, die See stahlgrau. Es war Ebbe, der Sand lag glatt und rein wie ein frischgewaschenes Bettlaken. Die Hunde tollten voraus, ihre Pfoten hinterließen Spuren im Sand. Eve folgte hinterdrein, der Wind blies ihr die Haare ins Gesicht und pfiff in ihren Ohren.

Sie dachte an Jane. Nicht an die Jane, die jetzt in einem fremden Krankenhausbett lag und darauf wartete, daß Gott weiß was geschah. Sondern an Jane als kleines Mädchen, Jane als Heranwachsende, Jane als Erwachsene. Jane mit ihren wirren braunen Haaren, ihren blauen Augen und ihrem Lachen. Die kleine, emsige Jane, die auf der alten Nähmaschine ihrer Mutter Puppenkleider nähte, ihr kleines Pony striegelte, an nassen Winternachmittagen in der Küche Rosinenbrötchen buk. Sie dachte an Jane als langbeiniger Teenager, als sie ihre Freundinnen mit nach Hause brachte und das Telefon pausenlos klingelte. Jane hatte all die leichtsinnigen, entnervenden Dinge getan, die alle Teenager tun, aber sie selbst war nie entnervend gewesen. Sie war nie aufsässig, nie mürrisch, und dank ihrer natürlichen Freundlichkeit und Lebhaftigkeit war sie nie ohne Begleitung des einen oder anderen Verehrers gewesen.

«Eh du's dich versiehst, bist du verheiratet», hatte Mrs. Abney sie immer geneckt, aber Jane hatte da ihre eigenen Vorstellungen.

«Ich heirate frühestens mit dreißig. Ich heirate erst, wenn ich für alles andere zu alt bin.»

Aber als sie einundzwanzig war, hatte sie ein Wochenende in Schottland verbracht und sich Hals über Kopf in David Murchinson verliebt, und alsbald sah sich Eve in Hochzeitsvorbereitungen vertieft; sie maß aus, wie das Zelt auf den Rasen paßte, und durchstöberte die Geschäfte von Newcastle nach einem geeigneten Hochzeitskleid.

«Daß du einen Bauern heiratest!» wunderte sich Mrs. Abney. «Man sollte meinen, nachdem du auf einem Hof aufgewachsen bist, hättest du die Nase voll vom Landleben.»

«Ich nicht», sagte Jane. «Ich springe von einem Misthaufen in den anderen!»

Sie war nie krank gewesen, aber als Jamie vor vier Jahren geboren wurde, war sie schwer krank, und das Baby mußte zwei Monate auf die Intensivstation, bevor es nach Hause durfte. Eve war die ganze Zeit in Schottland geblieben, um sich des kleinen Haushalts anzunehmen, und es hatte so lange gedauert, bis Jane genesen und wieder zu Kräften gekommen war, daß Eve im stillen betete, sie würde kein Kind mehr bekommen. Aber Jane war anderer Meinung.

«Ich will nicht, daß Jamie ein Einzelkind ist. Nicht, daß ich es nicht genossen hätte, euer einziges Kind zu sein, aber es ist bestimmt lustiger, Geschwister zu haben. Außerdem wünscht David sich noch ein Kind.»

«Aber Liebling...»

«Ach, es wird schon klappen. Reg dich nicht auf, Mama. Ich bin stark wie ein Pferd, nur meine Innereien wollen nicht immer so wie ich. Es sind ja nur ein paar Monate, und dann hat man für den Rest seines Lebens etwas Wunderbares.»

Für den Rest seines Lebens. Den Rest von Janes Leben. Auf einmal wurde Eve von eiskalter Panik gepackt. Zwei Zeilen eines Gedichtes, das sie einmal gelesen hatte, entstiegen ihrem Unterbewußtsein und dröhnten wie Trommelschläge in ihrem Kopf:

Unaufhörliches Blühen
über meiner verwesenden Tochter...

Sie schauderte, fröstelnd bis ins Mark, innerlich und äußerlich von Kälte befallen. Sie war jetzt in der Mitte des Strandes, wo ein Felsen, der bei Flut nicht zu sehen war, aufragte, von der See verlassen wie ein gestrandeter Koloß. Er war mit Napfschnekken überkrustet, hatte Fransen aus grünem Tang, und auf ihm saßen zwei perläugige Silbermöwen und schrien trotzig gegen den Wind an.

Sie blieb stehen und beobachtete sie. Weiße Vögel. Aus irgendeinem Grunde hatten weiße Vögel in ihrem Leben immer eine wichtige, ja schicksalhafte Rolle gespielt. Sie hatte die Möwen schon als Kind geliebt, in den Sommerferien am Meer, wenn sie am blauen Himmel segelten, und jedesmal rief ihr Schrei jene endlosen, müßigen, sonnigen Tage zurück.

Und dann die Wildgänse, die im Winter Davids und Janes

Hof in Schottland überflogen. Morgens und abends zogen die großen Verbände am Himmel entlang, glitten hinab, um sich in dem schilfigen Watt an den Ufern des weiten Meeresarmes niederzulassen, der an Davids Land grenzte.

Und Pfauentauben. Eve und Walter hatten ihre Flitterwochen in einem kleinen Hotel in der Provence verbracht. Ihr Fenster hatte auf einen mit Kopfsteinen gepflasterten Hof mit einem Taubenschlag in der Mitte hinausgesehen, und die Pfauentauben hatten sie jeden Morgen mit ihrem Gurren und Flattern und ihren Sturzflügen geweckt. Am letzten Tag ihrer Hochzeitsreise waren sie einkaufen gegangen, und Walter hatte ihr ein Paar Pfauentauben aus weißem Porzellan gekauft, die heute noch den Kaminsims im Wohnzimmer schmückten. Sie gehörten zu Eves kostbarstem Besitz.

Weiße Vögel. Im Krieg, als sie ein Kind war, war ihr älterer Bruder als vermißt gemeldet gewesen. Angst und Sorge hatten sich im Haus ausgebreitet und jegliche Geborgenheit zunichte gemacht. Bis zu dem Morgen, als sie aus ihrem Schlafzimmerfenster die Möwe auf dem Dach des Hauses gegenüber sitzen sah. Es war Winter, und die Sonne war soeben wie ein scharlachroter Feuerball am Himmel aufgestiegen, und als die Möwe plötzlich aufflog, sah Eve die Unterseite der Schwingen rosig gefleckt. Das unerwartete Entzücken über diese wunderbare Schönheit gab ihr ein tröstliches Gefühl. Da wußte sie, daß ihr Bruder lebte, und als ihre Eltern eine Woche später erfuhren, daß er heil und gesund war, wenngleich in Kriegsgefangenschaft, konnten sie nicht verstehen, warum Eve die Nachricht so gelassen aufnahm. Aber von der Möwe erzählte sie ihnen nichts.

Und diese Möwen hier...? Sie hatten Eve nichts zu geben, spendeten keine Zuversicht. Sie wandten die Köpfe, blickten suchend auf den leeren Sand, erspähten in der Ferne einige Bröckchen eßbaren Abfalls, schrien, breiteten ihre schneeweißen Schwingen aus und segelten kreisend auf den Armen des Windes von dannen.

Sie seufzte, sah auf ihre Uhr. Es war Zeit, umzukehren. Sie pfiff nach den Hunden und trat den langen Heimweg an.

Es war beinahe dunkel, als der Zug in den Bahnhof einfuhr, aber sie sah ihren großgewachsenen Schwiegersohn, der sie auf dem Bahnsteig erwartete. Er stand unter einer Lampe, in einer alten Arbeitsjacke, den Kragen zum Schutz vor dem Wind hochgeschlagen. Eve verließ den warmen Zug und spürte den Wind, der auf diesem Bahnhof stets schneidend blies, sogar mitten im Sommer.

Ihr Schwiegersohn trat zu ihr. «Eve.» Sie gaben sich einen Kuß. Seine Wange war eiskalt, und Eve fand, er sah schrecklich aus, dünner denn je, ohne jede Farbe im Gesicht. Er nahm ihren Koffer. «Ist das dein ganzes Gepäck?»

«Ja, das ist alles.»

Schweigend gingen sie den Bahnsteig entlang, die Treppe hinauf und auf den Platz hinaus, wo sein Wagen wartete. Er warf den Koffer in den Kofferraum, öffnete die Beifahrertür. Erst als der Bahnhof hinter ihnen lag und sie auf der Landstraße waren, wappnete Eve sich für die Frage: «Wie geht es Jane?»

«Ich weiß es nicht. Niemand will etwas Bestimmtes sagen. Ihr Blutdruck ist gestiegen, damit hat alles angefangen.»

«Kann ich sie sehen?»

«Frühestens heute abend, hat die Schwester gesagt. Vielleicht morgen früh.»

Es gab nicht mehr viel zu sagen. «Und was macht Jamie?»

«Ihm geht's gut. Nessie Cooper hat sich sehr lieb um ihn gekümmert, zusammen mit ihrer eigenen Horde.» Nessie war mit Tom Cooper verheiratet, Davids Vorarbeiter. «Er freut sich auf dich.»

«Ein lieber kleiner Junge.» Im Dunkel des Wagens rang sie sich ein Lächeln ab. Ihr Gesicht fühlte sich an, als hätte es seit Jahren nicht gelächelt, aber um Jamies willen war es wichtig, heiter und gelassen zu wirken, einerlei, was für Schreckensvorstellungen ihr durch den Kopf gingen.

Als sie ankamen, saßen Jamie und Mrs. Cooper im Wohnzimmer beim Fernsehen. Jamie hatte seinen Bademantel an und trank Kakao, aber als er die Stimme seines Vaters hörte, stellte er den Becher hin und ging ihnen in der Diele entgegen, teils, weil er Eve gern hatte und sich auf das Wiedersehen freute, und teils, weil er sich ziemlich sicher war, daß sie ihm etwas mitgebracht hatte.

«Hallo, Jamie.» Sie gaben sich einen Kuß. Jamie roch nach Seife.

«Granny, ich hab heute bei Charlie Cooper Mittag gegessen, er ist sechs und hat schon Fußballstiefel.»

«Grundgütiger Himmel! Mit richtigen Stollen?»

«Ja, genau wie die Großen, und er hat einen Fußball und läßt mich mit ihm spielen, und ich kann schon fast einen Dropkick.»

«Da kannst du mehr als ich», meinte Eve.

Sie setzte ihren Hut ab, und während sie ihren Mantel aufknöpfte, kam Mrs. Cooper aus dem Wohnzimmer und nahm ihren eigenen Mantel von dem Stuhl in der Diele.

«Nett, daß man sich mal wieder sieht, Mrs. Douglas.»

Sie war eine adrette, schlanke Frau und sah viel zu jung aus für eine Mutter von vier Kindern – oder waren es fünf? Eve hatte die Übersicht verloren.

«Ja, finde ich auch, Mrs. Cooper. Es war so lieb von Ihnen, auf Jamie aufzupassen. Und wer kümmert sich um Ihre Bande?»

«Tom. Aber das Baby kriegt einen Zahn, drum muß ich jetzt nach Hause.»

«Ich kann Ihnen nicht genug danken für alles.»

«Keine Ursache. Ich ... ich hoffe nur, daß alles gutgeht.»

«Bestimmt.»

«Ich finde es so ungerecht. Ich kriege Kinder ohne Probleme. Eins nach dem anderen, mühelos wie eine Katze, sagt Tom immer. Dagegen Mrs. Murchinson ... also ich weiß nicht. Ich finde es ungerecht.» Sie zog ihren Mantel an und knöpfte ihn zu. «Ich komm morgen vorbei und helf Ihnen, wenn's Ihnen recht ist, und wenn Sie nichts dagegen haben, daß ich den Kleinen mitbringe. Er kann in der Küche im Kinderwagen sitzen.»

«Es ist mir sehr recht, wenn Sie kommen.»

«Macht das Warten leichter», sagte Mrs. Cooper. «Es hilft, wenn man wen zum Reden hat.»

Als sie fort war, gingen Eve und Jamie in Eves Zimmer hinauf, und sie öffnete ihren Koffer und gab Jamie sein Geschenk, einen John-Deere-Modelltraktor, und Jamie erklärte höflich, genau so einen habe er sich gewünscht, woher sie das gewußt habe? Nachdem er den Traktor in Besitz genommen hatte, ging er selig schlafen. Er gab Eve einen Gutenachtkuß, dann ließ er sich von seinem Vater die Zähne putzen und ins Bett bringen. Eve packte aus, wusch sich die Hände, zog andere Schuhe an und kämmte sich; dann ging sie hinunter, und sie und David nahmen einen Drink. Sie begab sich in die Küche und richtete ein kleines Abendessen an, das sie vom Tablett am

Feuer aßen. Nach dem Essen fuhr David ins Krankenhaus, und Eve spülte das Geschirr. Danach rief sie Walter an, und sie unterhielten sich ein bißchen, aber eigentlich gab es nicht viel zu sagen. Sie blieb auf, bis David zurückkam, aber er brachte keine Neuigkeiten mit.

«Sie rufen an, wenn es losgeht», sagte er. «Ich will bei ihr sein. Ich war bei ihr, als Jamie geboren wurde.»

«Ich weiß.» Eve lächelte. «Sie meinte, ohne dich hätte sie Jamie nie auf die Welt gebracht. Und ich habe ihr gesagt, sie hätte es vermutlich auch allein geschafft. Du siehst müde aus. Geh ins Bett, und versuche ein bißchen zu schlafen.»

Sein Gesicht war abgespannt. «Wenn...» Die Worte wirkten, als würden sie ihm entrissen. «Wenn Jane was passiert...»

«Ihr wird nichts passieren», sagte sie rasch. Sie legte ihre Hand auf seinen Arm. «Du darfst nicht mal daran denken.»

«Was kann ich sonst denken?»

«Du mußt einfach Vertrauen haben. Und wenn mitten in der Nacht ein Anruf kommt, sagst du mir Bescheid, ja?»

«Natürlich.»

«Gute Nacht, mein Lieber.»

Sie hatte David gesagt, er solle schlafen, aber sie selbst fand keinen Schlaf. Sie lag im Dunkeln in dem weichen Bett und betrachtete durch das offene Fenster das mattere Stück Dunkelheit, das der Nachthimmel bildete, und lauschte auf die Stundenschläge der Standuhr am Fuße der Treppe. Das Telefon klingelte nicht. Erst im Morgengrauen döste sie endlich ein und wachte schon nach kurzer Zeit wieder auf. Es war halb acht. Sie stand auf, zog ihren Morgenrock an und ging zu Jamie, der auch schon wach war und im Bett mit seinem Traktor spielte.

«Guten Morgen.»

Er fragte: «Ob ich heute mit Charlie Cooper spielen kann? Ich will ihm meinen Traktor zeigen.»

«Ist er heute morgen nicht in der Schule?»

«Dann heute nachmittag?»

«Vielleicht.»

«Was machen wir heute morgen?»

«Was möchtest du gerne machen?»

«Wir können an den Strand gehen und den Gänsen zugukken. Weißt du, Granny, weißt du, daß da Männer hinkommen und auf sie schießen? Daddy findet es gräßlich, aber er sagt, er kann nichts machen, weil der Strand allen gehört.»

«Vogeljäger.»

«Ja.»

«Ich muß schon sagen, es ist gemein, wenn die armen Gänse den weiten Weg von Kanada geflogen kommen und dann erschossen werden.»

«Daddy sagt, sie verwüsten die Felder.»

«Sie brauchen Futter. Und da wir gerade von Futter sprechen, was möchtest du zum Frühstück?»

«Gekochte Eier.»

«Dann mal raus aus dem Bett.»

Auf dem Küchentisch fanden sie einen Zettel von David.

7.00. Habe das Vieh gefüttert, fahre jetzt ins Krankenhaus. Nachts ist kein Anruf gekommen. Ich ruf an, wenn's was Neues gibt.

«Was hat er geschrieben?» fragte Jamie.

«Daß er deine Mutter besuchen gegangen ist.»

«Ist das Baby schon da?»

«Nein.»

«Es ist in ihrem Bauch. Es muß rauskommen.»

«Ich glaube, es dauert nicht mehr lange.»

Als sie fertig gefrühstückt hatten, kam Mrs. Cooper mit ihrem rotbackigen Baby im Kinderwagen, den sie in der Küche in eine Ecke schob.

Sie gab dem Kleinen einen Zwieback zum Kauen. «Gibt's was Neues, Mrs. Douglas?»

«Nein, noch nicht. Aber David ist jetzt im Krankenhaus. Er ruft an, wenn sich etwas tut.»

Sie ging nach oben, ihr und Jamies Bett machen, und nach kurzem Zögern ging sie in Janes und Davids Schlafzimmer, um auch dort das Bett zu machen.

Sie hatte das zwingende Gefühl, ein Eindringling zu sein. Es roch nach Maiglöckchen, dem einzigen Parfüm, das Jane benutzte. Sie sah den Toilettentisch mit Janes kleinen, persönlichen Dingen: die silberne Haarbürste ihrer Großmutter, die Schnappschüsse von David und Jamie, die hübschen Ketten aus billigen Perlen, die sie an den Spiegel gehängt hatte. Kleidungsstücke lagen herum: die Latzhose, die sie angehabt hatte, bevor man sie in den Krankenwagen trug; ein Paar Schuhe, ein roter Pullover. Sie sah die kindliche Sammlung von Porzellantieren auf dem Kaminsims, die große Fotografie von sich und Walter.

Sie wandte sich dem Bett zu und sah, daß David auf Janes Seite geschlafen hatte, den Kopf in das große, weiße, spitzenbesetzte Kissen geschmiegt. Aus irgendeinem Grunde brachte dies das Faß zum Überlaufen. *Ich will, daß sie wiederkommt*, sagte sie zornig zu niemand Besonderem. *Ich will, daß sie wie-*

derkommt. *Ich will, daß sie gesund nach Hause kommt, zu ihrer Familie. Ich halte es nicht mehr aus. Ich will jetzt wissen, daß alles in Ordnung ist.*

Das Telefon klingelte.

Sie setzte sich auf die Bettkante und nahm den Hörer ab.

«Ja?»

«Eve, ich bin's, David.»

«Tut sich was?»

«Noch nicht, aber es scheint irgendwie akut zu sein, sie wollen nicht länger warten. Sie kommt jetzt in den Kreißsaal. Ich gehe mit. Ich ruf an, wenn's was Neues gibt.»

«Ja.» *Es scheint irgendwie akut zu sein.* «Ich ... ich wollte mit Jamie spazierengehen. Aber wir bleiben nicht lange weg, und Mrs. Cooper ist hier.»

«Gute Idee. Geh mit ihm aus dem Haus. Grüß ihn von mir.»

«Mach's gut, David.»

Zum Strand ging es durch einen alten Obstgarten mit Apfelbäumen und dann über ein Stoppelfeld. Sie kamen zu der Weißdornhecke und dem Zauntritt, dann senkte sich der Grashang zum Schilf und zum Wasser hin ab. Es herrschte Ebbe, das Wattenmeer erstreckte sich bis ans ferne Ufer. Sie sah die niedrigen Hügel und den unendlichen Himmel; Flekken vom hellsten Blau, mit langsam ziehenden, grauen Wolken behangen.

Jamie kletterte auf den Zauntritt und sagte: «Die Vogeljäger sind da.»

Eve sah sie am Ufer. Es waren zwei Männer, sie hatten sich eine Deckung aus Gestrüpp gebaut, das die Flut angeschwemmt hatte. Da standen sie, wie Silhouetten vor dem schimmernden Wattenmeer, die Gewehre schußbereit. Zwei braunweiße Springerspaniels saßen wartend neben ihnen. Es war sehr, sehr still. Von weit draußen, aus der Mitte des Meeresarmes, konnte Eve das Schnattern der Wildgänse hören.

Sie half Jamie von dem Zauntritt, und Hand in Hand gingen sie den Hang hinunter. Wo er auslief, stießen sie auf eine Gruppe Gipsvögel, die die Jäger so angeordnet hatten, daß sie einer weidenden Gänseherde glichen.

«Das sind ja Spielzeuggänse», sagte Jamie.

«Es sind Lockvögel. Die Jäger hoffen, daß die Gänse, die über ihnen fliegen, sie sehen und meinen, sie können sich gefahrlos niederlassen und fressen.»

«Das ist gemein. Das ist Betrug. Wenn welche kommen, Granny, wenn welche kommen, laß uns mit den Armen winken und sie wegscheuchen.»

«Ich glaube, damit machen wir uns nicht sehr beliebt.»

«Dann sagen wir den Jägern, sie sollen weggehen.»

«Das können wir nicht. Sie tun nichts Ungesetzliches.»

«Sie schießen unsere Gänse tot.»

«Die Wildgänse gehören allen.»

Die Vogeljäger hatten sie gesehen. Die Hunde spitzten die Ohren und jaulten. Einer von den Männern schimpfte seinen Hund. Eve und Jamie waren ratlos, wußten nicht, welchen Weg sie einschlagen sollten. Zögernd blieben sie bei den im Kreis aufgestellten Lockvögeln stehen, und da fiel Eves Blick auf eine Bewegung am Himmel, und sie sah von der See her eine Schar Vögel nahen.

«Schau, Jamie.»

Die Jäger hatten sie auch gesehen. Es entstand Bewegung, als sie den herankommenden Flug beobachteten.

«Sie sollen nicht kommen!» Jamie hörte sich panisch an. Er entzog Eve seine Hand und stolperte mit seinen kurzen, gummigestiefelten Beinchen los, ruderte mit den Armen, versuchte, die Vögel abzulenken, fort von den Gewehren. «Fliegt weg, fliegt weg, nicht herkommen!»

Eve meinte ihn bremsen zu müssen, aber es erschien ihr wenig sinnvoll. Nichts auf der Welt konnte diesen Flug aufhalten. Zudem war etwas Ungewöhnliches an den Vögeln. Normalerweise führte die Fluglinie der Wildgänse von Norden nach Süden, diese Schar aber näherte sich von Osten, von der See her, und mit jeder Sekunde wurden sie größer. Einen Moment geriet Eves natürliches Entfernungsempfinden durcheinander, und dann ging ihr auf einmal ein Licht auf, und sie sah, daß die Vögel gar keine Gänse waren, sondern zwölf weiße Schwäne.

«Es sind Schwäne, Jamie. Schwäne.»

Er stand auf der Stelle still, legte den Kopf zurück, um sie vorüberfliegen zu sehen. Sie kamen näher, die Luft war erfüllt vom Trommeln und Schlagen ihrer mächtigen Schwingen. Eve sah die vorgestreckten langen weißen Hälse, die hochgezogenen, rückwärts angelegten Beine. Und dann waren sie vorüber, flogen flußaufwärts, und ihre Flügelschläge wurden immer leiser, bis sie schließlich verschwunden waren, vom Grau des Morgens, von den fernen Hügeln verschluckt.

«Granny?» Jamie schüttelte sie am Ärmel. «Granny, du hörst mir ja gar nicht zu.» Sie sah auf ihn hinunter. Es war, als blicke sie zu einem Kind herab, das sie noch nie gesehen hatte. «Granny, die Jäger haben sie nicht totgeschossen.»

Zwölf weiße Schwäne. «Auf Schwäne dürfen sie nicht schießen. Schwäne gehören der Königin.»

«Gott sei Dank. Sie waren so schön.»

«Ja, o ja.»

«Wo fliegen sie hin?»

«Ich weiß nicht. Flußaufwärts. In die Berge. Vielleicht gibt es dort einen verborgenen See, wo sie fressen und nisten.» Aber sie sagte es geistesabwesend, weil sie nicht an die Schwäne dachte. Sie dachte an Jane, und auf einmal war es ungeheuer dringend, daß sie keine Zeit verloren, nach Hause zu kommen.

«Komm, Jamie.» Sie nahm ihn bei der Hand, und ihn hinter sich herziehend, strebte sie eilends auf dem grasbewachsenen Hang zum Zauntritt. «Laß uns umkehren.»

«Aber wir haben unseren Spaziergang noch gar nicht gemacht.»

«Wir sind weit genug gelaufen. Beeilen wir uns. Mal sehen, wie schnell wir sind.»

Sie stiegen über den Zauntritt und liefen über das Stoppelfeld. Jamies kurze Beinchen taten tapfer ihr Bestes, um mit seiner Großmutter Schritt zu halten. Sie durchquerten den Obstgarten, ohne stehenzubleiben, um nach Fallobst zu sehen oder auf die verhutzelten alten Bäume zu klettern.

Jetzt gelangten sie zu dem Fahrweg, der zum Bauernhaus führte. Jamie war erschöpft, er konnte nicht mehr laufen und blieb stehen, um gegen ein so ungewöhnliches Ansinnen zu protestieren. Aber Eve ertrug es nicht, zu warten, sie hob ihn auf die Arme und eilte weiter; sein Gewicht spürte sie kaum.

Sie kamen endlich nach Hause, gingen durch die Hintertür hinein, blieben nicht einmal stehen, um ihre schmutzigen Stiefel auszuziehen. Über die hintere Veranda in die warme Küche, wo das Baby noch friedlich in seinem Kinderwagen saß und Mrs. Cooper am Spülstein Kartoffeln schälte. Sie drehte sich um, als sie hereinkamen, und in diesem Moment klingelte das Telefon. Eve stellt Jamie auf die Füße und sauste zum Apparat. Schon beim zweiten Klingeln hielt sie den Hörer in der Hand.

«Ja.»

«Eve, ich bin's, David. Es ist alles vorbei. Alles in Ordnung. Wir haben wieder einen kleinen Jungen. Es hat ihn arg mitgenommen, aber er ist kräftig und gesund, und Jane ist wohlauf. Ein bißchen müde, aber sie ist schon wieder in ihrem Bett, und du kannst sie heute nachmittag besuchen.»

«Oh, David ...»

«Kann ich Jamie sprechen?»

«Natürlich.»

Sie reichte dem kleinen Jungen den Hörer. «Es ist Daddy. Du hast ein Brüderchen bekommen.» Sie wandte sich Mrs. Cooper zu, die starr verharrte, ein Messer in der einen und eine Kartoffel in der anderen Hand. «Es geht ihr gut, Mrs. Cooper. Es geht ihr gut.» Am liebsten hätte sie Mrs. Cooper umarmt, ihre rosigen Wangen mit Küssen bedeckt. «Es ist ein Junge, und alles ist gutgegangen. Sie hat es überstanden, und ...»

Sie war am Ende. Sie konnte nichts mehr sagen. Und sie konnte Mrs. Cooper nicht mehr sehen, weil ihre Augen voll Tränen waren. Sie weinte nie, und sie wollte nicht, daß Jamie sie weinen sah, darum machte sie kehrt, ließ Mrs. Cooper stehen, ging einfach aus der Küche, denselben Weg hinaus, den sie hereingekommen waren, in den Garten, in die kalte, frische Morgenluft.

Es war überstanden. Vor Erleichterung fühlte sie sich schwerelos, ihr war, als könne sie mit einem einzigen Satz durch die Luft schweben. Sie weinte und lachte zugleich, wie lächerlich, und sie zog ihr Taschentuch hervor, wischte sich die Augen und putzte sich die Nase.

Zwölf weiße Schwäne. Sie war froh, daß sie Jamie bei sich gehabt hatte, sonst hätte sie womöglich für den Rest ihres Lebens geglaubt, der erstaunliche Anblick sei schlicht und einfach eine Ausgeburt ihrer überdrehten Phantasie gewesen. Zwölf weiße Schwäne. Sie hatte sie beobachtet, wie sie gekommen und verschwunden waren. Für immer verschwunden. Sie wußte, daß ihr ein so wunderbarer Anblick nie wieder beschieden sein würde.

Sie sah zum leeren Himmel empor. Er hatte sich bewölkt, bald würde es wohl zu regnen anfangen. Noch während sie dies dachte, spürte Eve die ersten kalten Tropfen auf ihrem Gesicht. Zwölf weiße Schwäne. Sie schob die Hände tief in ihre Manteltaschen und ging ins Haus, um ihren Mann anzurufen.

Der Baum

An einem schwülen, glühendheißen Nachmittag im Juli schob Jill Armitage den Sportwagen mit ihrem Söhnchen Robbie durch das Tor eines Londoner Parks und machte sich auf den anderthalb Kilometer langen Heimweg.

Es war ein kleiner Park, nichts Besonderes. Das Gras war platt getreten, die Wege waren von Hunden verdreckt, die Blumenbeete mit Lobelien, knallroten Geranien und eigenartigen Pflanzen mit rotebetefarbenen Blättern bestückt, aber es gab wenigstens einen Spielplatz, ein paar schattige Bäume, mehrere Schaukeln und eine Wippe.

Sie hatte einen Korb mit Spielsachen und einem bescheidenen Picknick eingepackt, der nun an den Handgriffen des Sportwagens hing. Von ihrem Sohn war nichts zu sehen bis auf sein baumwollenes Sonnenhütchen und die roten Leinenschuhe. Er trug knappe Shorts, seine Arme und Schultern hatten die Farbe von Aprikosen. Hoffentlich hatte er keinen Sonnenbrand abbekommen. Er hatte den Daumen im Mund und summte vor sich hin, meh, meh, meh, wie er es immer tat, wenn er müde war.

Sie kamen zur Hauptstraße und warteten, bis sie hinüber

konnten. Der Verkehr strömte zweispurig an ihnen vorbei. Sonnenlicht blinkte auf Windschutzscheiben, die Fahrer waren in Hemdsärmeln, die Luft war schwer von Auspuffgasen und Benzindunst.

Die Ampel sprang um, Bremsen quietschten, der Verkehr kam zum Stehen. Jill schob den Kinderwagen über die Straße. Auf der anderen Seite war die Gemüsehandlung, und Jill dachte ans Abendessen. Sie ging hinein, um einen Kopf Salat und ein Pfund Tomaten zu kaufen. Der Mann, der sie bediente, war ein alter Freund – das Leben in diesem heruntergekommenen Londoner Viertel war ein bißchen wie das Leben in einem Dorf –, er nannte Robbie «mein Schätzchen» und schenkte ihm einen Pfirsich zum Abendbrot.

Jill dankte dem Gemüsehändler und zockelte weiter. Kurz darauf bog sie in ihre Straße ein, wo die georgianischen Häuser einst prachtvoll gewesen und die Bürgersteige breit und gepflastert waren. Seit sie geheiratet hatte und in diese Gegend gezogen war, hatte sie gelernt, sich mit dem Verfall ringsum abzufinden, den schmuddeligen Farben, den kaputten Geländern, den finsteren Souterrains mit den schmutzigen Vorhängen, den feuchten Steinstufen, auf denen Farne sprossen. Doch in den letzten zwei Jahren zeigten sich in der Straße vielversprechende Anzeichen von Verbesserung. Hier wechselte ein Haus den Besitzer, Gerüste wurden angebracht, große städtische Container standen am Straßenrand und füllten sich mit Schutt aller Art. Dort erhielt eine Souterrainwohnung einen frischen weißen Anstrich, Geißblatt wurde in einen Topf gepflanzt und erreichte in kürzester Zeit das Geländer, umschlang es mit von Blüten überladenen Zweigen. Nach und nach wurden Fenster erneuert, Tür- und Fenstersturze repariert, Haustüren glänzend schwarz oder kornblumenblau gestrichen, Messinggriffe und Briefkästen wurden auf Hochglanz gebracht. Eine neue und kostspielige Flotte von Autos parkte am Bürgersteig, und eine vollkommen neue und kostspielige Flotte von Müttern brachte ihre Sprößlinge zur Straßenecke oder holte sie von Kinderfesten ab; die Kleinen trugen Luftballons, Pappnasen und Papierhüte.

Ian sagte, mit dem Viertel gehe es aufwärts, aber es war einfach so, daß die Leute es sich nicht mehr leisten konnten, Grundbesitz in Fulham oder Kensington zu erwerben, und nun ihr Glück weiter draußen versuchten.

Ian und Jill hatten ihr Haus gekauft, als sie vor drei Jahren heirateten, aber noch hing ihnen der Mühlstein der Hypothek am Hals, und seit Robbie geboren war und Jill zu arbeiten aufgehört hatte, waren ihre finanziellen Probleme noch prekärer geworden. Und das schlimmste war, daß jetzt wieder ein Baby unterwegs war. Sie hatten sich ein zweites Kind gewünscht, aber vielleicht nicht gar so bald.

«Macht nichts», hatte Ian gesagt, als er über den Schreck hinweg war. «Wir bringen alles in einem Aufwasch hinter uns, und denk nur, wieviel Spaß die Kinder zusammen haben werden, bloß zwei Jahre auseinander.»

«Aber wir können es uns nicht leisten.»

«Babys kriegen kostet nichts.»

«Nein, aber es kostet eine Menge, sie aufzuziehen. Und ihnen Schuhe zu kaufen. Weißt du, was ein Paar Sandalen für Robbie kostet?»

Ian sagte, er wisse es nicht und wolle es nicht wissen. Irgendwie würden sie es schon schaffen. Er war ein unverbesserlicher Optimist, und das Beste an seinem Optimismus war, daß er ansteckte. Ian hatte seiner Frau einen Kuß gegeben, war in die Spirituosenhandlung um die Ecke gegangen, um eine Flasche Wein zu kaufen. Den tranken sie an jenem Abend zum Essen, das aus Würstchen und Kartoffelbrei bestand.

223

«Wir haben wenigstens ein Dach überm Kopf», sagte er zu Jill, «auch wenn es zum größten Teil der Bausparkasse gehört.»

Ja, sie hatten ein Dach über dem Kopf, aber sogar ihre besten Freunde fanden, daß es ein eigenartiges Haus war. Denn die Straße machte am Ende einen scharfen Knick, und Nummer 23, wo Jill und Ian wohnten, war ein hohes und schmales Gebäude, keilförmig, um sich in die Biegung einzupassen. Eben diese Eigenartigkeit war es, die sie von vornherein ebenso gereizt hatte wie der Preis; denn man hatte das Haus arg verfallen lassen, und es mußte viel daran gemacht werden. Seine Eigenartigkeit bildete einen Teil seines Charmes, aber der Charme nützte nicht viel, als ihnen die Zeit, die Kraft und die Mittel ausgingen, um sich des Außenanstrichs anzunehmen oder einen Rauhputz auf die schmale Frontseite aufzutragen.

Paradoxerweise glänzte nur das Souterrain. Hier wohnte Delphine, ihre Untermieterin. Delphines Miete trug zur Abzahlung der Hypothek bei. Sie war Malerin und hatte sich mit einigem Erfolg der kommerziellen Kunst verschrieben. Das Souterrain benutzte sie als ihre Londoner Zweitwohnung. Sie pendelte zwischen dieser und einem Cottage in Wiltshire hin und her, wo eine verfallene Scheune zu einem Atelier umgebaut worden war und ein überwucherter Garten zum schilfbewachsenen Ufer eines Flüßchens abfiel. Jill, Ian und Robbie wurden hin und wieder übers Wochenende in diese Idylle eingeladen, und diese Besuche waren jedesmal die größte Wonne – eine bunt zusammengewürfelte Gästeschar, enorme Mahlzeiten, Unmengen Wein und endlose Diskussionen über esoterische Themen, die meistens über Jills Begriffsvermögen gingen. Diese Ausflüge waren eine nette Abwechslung, wie Ian gerne betonte, wenn sie in ihr eintöniges Londoner Viertel zurückkehrten.

Delphine, die in ihrem wallenden Kaftan ungeheuer dick

aussah, saß vor ihrer Eingangstür und aalte sich in dem Streifen Sonnenlicht, das um diese Tageszeit in ihre Domäne drang. Jill hob Robbie aus dem Sportwagen, und Robbie steckte den Kopf durch die Geländerstäbe und sah zu Delphine hinunter, die ihre Zeitung weglegte und durch ihre runde, schwarze Sonnenbrille zu ihm hinaufschaute.

«Hallo, ihr zwei», sagte sie. «Wo seid ihr gewesen?»

«Im Park», erwiderte Jill.

«Bei dieser Hitze?»

«Man kann nirgends anders hingehen.»

«Ihr solltet euch den Garten herrichten.»

Das hatte Delphine in den letzten zwei Jahren in Abständen immer wieder gesagt, bis Ian ihr eröffnete, wenn sie es noch einmal sagte, würde er sie mit seinen eigenen Händen erwürgen. «Fällt den gräßlichen Baum.»

«Fang nicht wieder damit an», bat Jill. «Es ist alles so kompliziert.»

«Ihr könntet wenigstens sehen, daß ihr die Katzen loswerdet. Ich konnte heute nacht vor lauter Geschrei kaum schlafen.»

«Was können wir tun?»

«Allerhand. Nehmt ein Gewehr und erschießt sie.»

«Ian hat kein Gewehr. Und selbst wenn, die Polizei würde denken, wir würden jemand ermorden, wenn wir anfangen, auf die Katzen zu ballern.»

«Was bist du doch für eine ergebene kleine Ehefrau. Na schön, wenn ihr die Katzen nicht erschießen wollt, wie wär's, wenn ihr dieses Wochenende ins Cottage kommt? Ich kann euch in meinem Wagen mitnehmen.»

«Oh, Delphine.» Es war das Netteste, was ihr den ganzen Tag passiert war. «Ist das dein Ernst?»

«Natürlich.» Jill dachte an den schattigen Garten auf dem

Land, den Duft von Holunderblüten und daran, wie sie Robbie mit den Füßen in dem seichten, über Kiesel plätschernden Wasser des Flüßchens planschen ließ.

«Ich kann mir nichts Himmlischeres vorstellen... aber ich muß hören, was Ian sagt. Vielleicht geht er Kricket spielen.»

«Kommt nach dem Essen runter, dann besprechen wir es bei einem Glas Wein.»

Um sechs Uhr war Robbie gebadet, gefüttert – mit dem saftigen Pfirsich – und in sein Bettchen schlafen gelegt. Jill duschte, zog das kühlste Kleidungsstück an, das sie besaß, einen baumwollenen Morgenrock, und ging in die Küche hinunter, um das Abendessen zu machen.

Küche und Eßzimmer, nur durch die schmale Treppe getrennt, nahmen das gesamte Erdgeschoß des Hauses ein, waren aber dennoch nicht groß. Die Haustür führte direkt hier hinein, so daß kein Platz war, um Mäntel aufzuhängen oder einen Kinderwagen abzustellen. Das Fenster auf der Eßzimmerseite ging auf die Straße hinaus, aber die Küche hatte eine große Glastür, die vermuten ließ, daß dort einmal ein Balkon gewesen war, vielleicht mit ein paar Stufen, die in den Garten hinunterführten. Balkon und Stufen waren längst zerfallen – vielleicht abgerissen –, verschwunden, und die Glastür öffnete sich ins Leere, tief unten war nur der Hof. Bevor Robbie geboren war, hatten sie die Tür bei warmer Witterung offenstehen lassen, doch nach seiner Geburt hatte Ian sie sicherheitshalber zugenagelt, und so war sie seither geblieben.

Der gescheuerte Kieferntisch stand vor dieser Tür. Jill setzte sich an den Tisch und schnitt Tomaten für den Salat in Scheiben, wobei sie geistesabwesend in den gräßlichen Garten sah. Er war von hohen, zerbröckelnden Ziegelmauern umschlossen, und es war ein bißchen, als blicke man auf den Grund eines Brunnens hinab. Gleich beim Haus war der gepflasterte Hof, dann kamen ein Stück wucherndes Gras, danach Verwüstung, zertrampelte Erde, alte Papiertüten, die ständig hereingeweht wurden, und der Baum.

Jill war auf dem Land geboren und aufgewachsen und mochte es kaum glauben, daß ein Garten sie wahrhaftig abstoßen konnte, und zwar so sehr, daß sie, selbst wenn es einen Zugang gegeben hätte, ihre Wäsche nicht draußen aufhängen, geschweige denn ihr Kind dort spielen lassen würde.

Und was den Baum anging – den Baum haßte sie regelrecht. Es war ein Ahorn, aber Lichtjahre entfernt von den freundlichen Ahornbäumen ihrer Kindheit, die gut zum Klettern und im Sommer schattig waren und die im Herbst geflügelte Samenkapseln abwarfen. Dieser hier hätte niemals wachsen dürfen, hätte nie gepflanzt werden, nie eine solche Höhe, eine solche Dichte, eine so düstere, bedrückende Größe erreichen dürfen. Er sperrte den Himmel aus, und seine Düsternis schreckte jegliches Leben ab, ausgenommen die Katzen, die schreiend auf den Mauern umherschlichen und auf der spärlichen Erde ihr Geschäft verrichteten. Wenn der Baum im Herbst seine Blätter verlor und Ian trotz Katzendreck tapfer hinausging, um das Laub zu verbrennen, entstand ein schwarzer, stinkender Qualm, als hätten die Blätter in den Sommermonaten alles, was in der Luft schmutzig, ekelhaft oder giftig war, in sich aufgenommen.

Ihre Ehe war glücklich, und die meiste Zeit hatte Jill nicht den Wunsch, daß sich irgend etwas ändern würde. Aber der Baum brachte ihre schlechtesten Seiten zum Vorschein, er flößte ihr den Wunsch ein, reich zu sein, so daß sie auf die Kosten pfeifen und ihn beseitigen lassen könnte.

Manchmal äußerte sie dies laut zu Ian. «Ich wünschte, ich hätte ein riesiges eigenes Einkommen. Oder einen sagenhaft reichen Verwandten. Dann könnte ich den Baum fällen lassen. Warum hat keiner von uns eine Märchenfee als Patin? Hast du nicht irgendwo eine versteckt?»

«Du weißt, ich habe nur Edwin Makepeace, und der taugt ungefähr soviel wie ein verregnetes Wochenende im November.»

Edwin Makepeace war ein regelrechter Familienwitz, und was Ians Eltern bewogen hatte, ihn zum Paten ihres Sohnes zu machen, war ein Rätsel, das Ian nie zu lösen vermocht hatte. Er war ein entfernter Cousin und war von jeher als humorlos, anspruchsvoll und krankhaft geizig bekannt. In den vergangenen Jahren hatte er nichts getan, um irgendeine dieser Eigenschaften zu verbessern. Er war einige Jahre mit einer faden Dame namens Gladys verheiratet gewesen. Sie hatten keine Kinder, lebten einfach zusammen in einem düsteren Häuschen in Woking, aber Gladys hatte ihn wenigstens umsorgt, und als sie starb und er allein zurückblieb, nagte das Problem Edwin ständig am Gewissen der Verwandten.

Armer alter Knabe, sagten sie wohl und hofften, daß jemand anders ihn Weihnachten einlud. Dieser Jemand-anders war gewöhnlich Ians Mutter, eine wahrhaft gutherzige Dame, und es erforderte einige Anstrengung von ihr, die Familienfeier nicht von Edwins bedrückender Anwesenheit beeinträchtigen zu lassen. Daß er ihr nichts weiter schenkte als eine Schachtel Taschentücher, die sie nie benutzte, trug nicht gerade dazu bei, ihn bei den übrigen Anwesenden beliebt zu machen. Es war ja nicht so, betonten sie, daß Edwin kein Geld hatte. Er mochte sich nur nicht davon trennen.

«Vielleicht könnten wir den Baum selber fällen.»

«Liebling, er ist viel zu groß. Entweder würden wir uns selbst umbringen oder das ganze Haus zum Einsturz bringen.»

«Wir könnten einen Fachmann kommen lassen. Einen Baumchirurgen.»

«Und was fangen wir mit den Ästen und Zweigen an, wenn der Chirurg seine Arbeit getan hat?»

«Verbrennen?»

«Ein Feuer von der Größe? Die ganze Siedlung würde in Rauch aufgehen.»

«Wir könnten jemanden fragen. Einen Kostenvoranschlag einholen.»

«Liebling, ich kann dir einen Voranschlag nennen. Es würde ein Heidengeld kosten. Und wir haben kein Heidengeld.»

«Ein Garten. Er wäre wie ein zusätzliches Zimmer. Platz zum Spielen für Robbie. Und ich könnte das Baby im Kinderwagen nach draußen stellen.»

«Wie denn? An einem Seil aus dem Küchenfenster lassen?»

Sie hatten dieses Gespräch schon zu oft geführt in unterschiedlichen Graden von Bitterkeit.

Ich werde es nicht wieder erwähnen, gelobte sich Jill, aber... Sie hielt mit dem Schneiden der Tomatenscheiben inne, und das Messer in der einen Hand, das Kinn auf die andere gestützt, sah sie durch die schmierige Glasscheibe, die man nicht putzen konnte, weil man nicht herankam.

Der Baum. Ihre Phantasie beseitigte ihn, aber was sollte man mit dem Rest anstellen? Was würde auf diesem jämmerlichen Stückchen Erde schon wachsen? Wie könnten sie die Katzen fernhalten? Sie grübelte noch über diese unüberwindlichen Probleme nach, als sie ihren Mann die Haustür aufschließen hörte. Sie zuckte zusammen, als sei sie bei etwas Unschicklichem ertappt worden, und fuhr rasch fort, die Tomate in Scheiben zu schneiden. Die Tür schlug zu, und Jill lächelte ihren Mann über die Schulter an.

«Hallo, Liebling.»

Er warf seine Aktenmappe hin, gab Jill einen Kuß. Er sagte: «Gott, ist das heiß heute. Ich bin schmutzig und stinke. Ich geh mich duschen, und dann komme ich und bin charmant zu dir...»

«Im Kühlschrank ist eine Dose Bier.»

«Welch ein Genuß.» Er küßte sie wieder. «Du dagegen riechst himmlisch. Nach Freesien.» Er lockerte seine Krawatte.

«Das ist die Seife.»

Er steuerte auf die Treppe zu und zog sich im Gehen aus. «Hoffentlich wirkt sie bei mir genauso.»

Fünf Minuten später war er wieder unten, barfuß, in einer verblichenen Jeans und einem kurzärmeligen Hemd, das er für die Hochzeitsreise gekauft hatte.

«Robbie schläft», sagte er. «Ich hab eben reingeguckt.» Er öffnete den Kühlschrank, nahm die Dose Bier heraus und schenkte zwei Gläser ein, trug sie an den Tisch und ließ sich neben Jill auf einen Stuhl fallen. «Was hast du heute gemacht?»

Sie erzählte ihm vom Park, dem geschenkten Pfirsich, von Delphines Einladung fürs Wochenende. «Sie sagt, sie nimmt uns in ihrem Wagen mit.»

«Sie ist ein Engel. Eine herrliche Vorstellung.»

«Wir sollen nach dem Essen auf ein Glas Wein herunterkommen. Sie sagt, dann können wir es besprechen.»

«Eine kleine Party, wie?»

«Das ist eine nette Abwechslung.»

Sie sahen sich lächelnd an. Er legte eine Hand auf ihren flachen Bauch. Er sagte: «Für eine Schwangere siehst du sehr appetitlich aus.» Er aß ein Stück Tomate. «Ist das unser Abendbrot, oder tauen wir was aus dem Tiefkühlschrank auf?»

«Das ist unser Abendbrot. Mit Schinken und Kartoffelsalat.»

«Ich hab einen Mordshunger. Laß uns essen und dann bei Delphine aufkreuzen. Hast du gesagt, sie macht eine Flasche Wein auf?»

«Hat sie gesagt.»

Er gähnte. «Es dürfen auch gerne zwei werden.»

Der nächste Tag war ein Donnerstag. Es war heiß wie eh und je, aber jetzt war es nicht mehr so schlimm, weil man sich aufs Wochenende freuen konnte.

«Wir fahren nach Wiltshire», sagte Jill zu Robbie, während sie einen Schwung Kleidungsstücke in die Waschmaschine lud. «Du kannst im Fluß planschen und Blumen pflücken. Wiltshire, weißt du noch? Delphines Cottage? Weißt du noch, der Traktor auf dem Feld?»

Robbie sagte «Traktor». Er kannte erst wenige Wörter, und dies war eines davon. Er lächelte, als er es sagte.

«Ganz recht. Wir fahren aufs Land.» Sie fing an zu packen; zwar war es noch ein ganzer Tag bis zur Abfahrt, aber es ließ das Wochenende näher erscheinen. Sie bügelte ihr bestes Strandkleid, sie bügelte sogar Ians ältestes T-Shirt. «Wir wohnen in Delphines Cottage.» Verschwenderisch kaufte sie kaltes Huhn und ein Körbchen Erdbeeren zum Abendessen. In Delphines wildem Garten wuchsen Erdbeeren. Sie stellte sich vor, wie sie sie pflücken würde, die heiße Sonne auf dem Rücken, die roten Früchte duftend unter den schützenden Blättern.

Der Tag ging zur Neige. Sie badete Robbie, las ihm vor und brachte ihn in sein Bettchen. Als sie ihn allein ließ – die Augen fielen ihm schon zu –, hörte sie Ians Schlüssel im Schloß und lief hinunter, ihn zu begrüßen.

«Liebling.»

Er stellte seine Aktenmappe hin und schloß die Tür. Er machte ein finsteres Gesicht. Sie gab ihm rasch einen Kuß und fragte: «Was ist passiert?»

«Leider was Dummes. Wäre es sehr schlimm für dich, wenn wir nicht mit Delphine rausfahren würden?»

«Nicht rausfahren?» Vor Enttäuschung fühlte sie sich matt und leer, als würde sie ihres ganzen Glückes beraubt. Ihre Bestürzung stand ihr ins Gesicht geschrieben. «Aber – o Ian, warum nicht?»

«Meine Mutter hat mich im Büro angerufen.» Er zog sein Sakko aus und warf es über das Treppengeländer. Er lockerte seine Krawatte. «Es ist wegen Edwin.»

«Edwin?» Jills Beine zitterten. Sie setzte sich auf die Treppe. «Er ist doch nicht tot?»

«Nein, das nicht, aber anscheinend ist es ihm in letzter Zeit nicht besonders gutgegangen. Der Arzt hat ihm gesagt, er soll sich schonen. Aber jetzt ist sein bester Freund «von hinnen geschieden», wie Edwin sich ausdrückt. Samstag ist die Beerdigung, und Edwin besteht darauf, dazu nach London zu kommen. Mutter hat versucht, es ihm auszureden, aber es ist ihr nicht gelungen. Er hat für die Nacht ein Zimmer in einem miesen, billigen Hotel gebucht, und Ma ist überzeugt, er kriegt einen Herzanfall und stirbt gleichfalls. Aber der springende Punkt ist, daß er sich in den Kopf gesetzt hat, zum Abendessen zu uns zu kommen. Ich habe ihr gesagt, das macht er nur, weil ihm ein kostenloses Essen lieber ist als eins, das er bezahlen muß, aber sie schwört, daß es nicht so ist. Er würde dauernd sagen, er sieht nie was von dir und mir, er hat unser Haus nie gesehen, er will Robbie kennenlernen... und so weiter, du weißt schon.»

Wenn Ian sich aufregte, redete er immer zuviel. Nach einer Weile meinte Jill: «Müssen wir? Ich wäre so gerne aufs Land gefahren.»

«Ich weiß. Aber wenn ich es Delphine erkläre, wird sie es verstehen und die Einladung später wiederholen.»

«Es ist bloß...» Sie war den Tränen nahe. «Es ist bloß, daß wir in letzter Zeit nie was Schönes oder Aufregendes erleben. Und wenn wir was vorhaben, wird wegen Edwin nichts daraus. Warum kann sich niemand anders um ihn kümmern?»

«Ich schätze, weil er nicht viele Freunde hat.»

Jill blickte zu ihm hoch und sah ihre eigene Enttäuschung und Unentschlossenheit in seinem Gesicht gespiegelt.

Sie fragte und wußte genau, wie die unvermeidliche Antwort ausfallen würde: «Willst du, daß er kommt?»

Ian zuckte bekümmert die Achseln. «Er ist mein Pate.»

«Es wäre schon schlimm genug, wenn er ein lustiger alter Herr wäre, aber er ist trübsinnig.»

«Er ist alt. Und einsam.»

«Er ist langweilig.»

«Er ist traurig. Sein bester Freund ist gerade gestorben.»

«Hast du deiner Mutter gesagt, daß wir nach Wiltshire eingeladen sind?»

«Ja. Sie meint, wir müssen es bereden. Ich habe ihr gesagt, daß ich Edwin heute abend anrufe.»

«Wir können ihm nicht sagen, daß er nicht kommen soll.»

«Ich dachte mir, daß du das sagen würdest.» Sie sahen sich an, wußten, daß die Entscheidung längst gefallen war. Kein Wochenende auf dem Land. Kein Erdbeerpflücken. Kein Garten für Robbie. Nur Edwin.

Sie sagte: «Ich wünschte, es wäre nicht so schwer, gute Werke zu tun. Ich wünschte, sie würden sich einfach ergeben, ohne daß man etwas dazu tun muß.»

«Dann wären es keine guten Werke. Aber weißt du was? Ich liebe dich. Immer mehr, sofern das möglich ist.» Er küßte sie. «So ...» Er machte die Tür wieder auf. «Jetzt geh ich runter und sag's Delphine.»

«Es gibt kaltes Hühnchen zum Abendessen.»

«In diesem Fall seh ich mal nach, ob ich genug Kleingeld für eine Flasche Wein zusammenkriege. Wir können beide eine Aufmunterung gebrauchen.»

Als die schreckliche Enttäuschung erst überwunden war, beschloß Jill, der Philosophie ihrer Mutter zu folgen – wenn sich eine Sache lohnt, dann lohnt es sich auch, sie gut zu machen. Wenn schon, denn schon; war es auch nur der trübsinnige alte Edwin Makepeace, frisch von einer Beerdigung, so war er trotzdem ein Gast. Sie kochte ein Schmorgericht aus Hühnerfleisch mit Kräutern, schrubbte neue Kartoffeln, komponierte eine Soße für die Brokkoli. Zum Nachtisch gab es Obstsalat aus frischen Früchten und danach eine Ecke cremigen Briekäse.

Sie polierte den Ausziehtisch im Eßzimmer, deckte ihn mit den besten Sets, arrangierte Blumen (die sie gestern abend an der Marktbude erstanden hatte), schüttelte die Patchworkkissen im Wohnzimmer im ersten Stock auf.

Ian war Edwin abholen gegangen. Edwin hatte mit zitternder Stimme am Telefon gesagt, er werde ein Taxi nehmen, aber Ian wußte, daß ihn das zehn Pfund oder mehr kosten würde, und hatte darauf bestanden, selbst zu fahren. Jill badete Robbie und zog ihm seinen neuen Schlafanzug über, anschließend zog sie das frisch gebügelte Strandkleid an, das für Wiltshire gedacht gewesen war. (Sie schlug sich die Vorstellung aus dem Kopf, wie Delphine in ihrem Auto losfuhr, nur von ihrer Staffelei und ihrem Wochenendgepäck begleitet. Die Sonne würde weiter scheinen, die Hitzewelle würde anhalten. Sie würden wieder eingeladen werden, an einem anderen Wochenende.)

Alles war bereit. Jill und Robbie knieten auf dem Sofa, das in der Fensternische des Wohnzimmers stand, und hielten nach Edwin Ausschau. Als der Wagen vor dem Haus hielt, hob sie Robbie auf die Arme und ging hinunter, um aufzumachen. Edwin kam, gefolgt von Ian, soeben die Stufen von der Straße herauf. Jill hatte ihn seit Weihnachten nicht gesehen und fand ihn beträchtlich gealtert. Sie konnte sich nicht erinnern, daß er am Stock gehen mußte. Er trug eine schwarze Krawatte und einen düsteren Anzug. Er hatte kein kleines Mitbringsel bei sich, keine Blumen, keine Flasche Wein. Er sah aus wie ein Bestattungsunternehmer.

«Edwin.»

«Schön, meine Liebe, da wären wir. Nett von euch, mich einzuladen.»

Er trat ins Haus, und sie gab ihm einen Kuß. Seine alte Haut fühlte sich rauh und trocken an, und er roch leicht nach Desinfektionsmittel wie ein altmodischer Arzt. Er war ein sehr dünner Mensch, seine einst kühlen blauen Augen waren jetzt bläßlich und feucht. Seine Wangen waren hochrot, doch ansonsten wirkte er blutleer, farblos. Sein steifer Kragen war viel zu weit, und sein Hals war sehnig wie bei einem Truthahn.

«Tut mir leid wegen deines Freundes.» Sie spürte, daß es wichtig war, dies gleich auszusprechen.

«Ach weißt du, wir sind alle mal dran. Siebzig Jahre, das ist die uns zugeteilte Zeitspanne, und Edgar war dreiundsiebzig. Ich bin einundsiebzig. Sag, wo soll ich meinen Stock hintun?»

Es gab keinen Platz dafür, deshalb nahm sie ihm den Stock ab und hängte ihn über das Treppengeländer.

Edwin sah sich um. Er war vermutlich noch nie in einem Haus ohne trennende Wände gewesen.

«Sieh einer an. Und das» – er beugte sich vor, sein Zinken von einer Nase zeigte direkt auf Robbies Gesicht – «ist also euer Sohn.»

Jill war gespannt, ob Robbie sie blamieren und vor Angst losheulen würde. Aber nein, er erwiderte schlicht Edwins Blick, ohne mit der Wimper zu zucken.

«Ich . . . ich habe ihn aufbleiben lassen. Ich dachte, ihr wolltet euch sicher gerne kennenlernen. Aber er ist ziemlich müde.» Jetzt kam Ian zur Tür herein und machte sie hinter sich zu. «Wollen wir nach oben gehen?»

Sie ging voran, Edwin folgte ihr, Stufe für Stufe, und sie hörte seinen schweren Atem. Im Wohnzimmer setzte sie den Kleinen ab und bot Edwin einen Sessel an. «Möchtest du dich hierher setzen?»

Er nahm vorsichtig Platz. Ian bot ihm einen Sherry an, und Jill ließ sie allein, um Robbie nach oben ins Bett zu bringen.

Kurz bevor er den Daumen in den Mund steckte, sagte er: «Nase», und sie war voller Liebe für ihn, weil er sie zum Lachen bringen wollte.

«Ich weiß», flüsterte sie. «Er hat wirklich eine große Nase, nicht?»

Er lächelte, und die Augen fielen ihm zu. Sie klappte die Seite des Gitterbettchens hoch und ging hinunter. Edwin redete noch immer von seinem alten Freund. «Wir waren im Krieg zusammen beim Militär. Army Pay Corps. Nach dem Krieg ist er nach Insurance zurückgekehrt, aber wir sind immer in Verbindung geblieben. Einmal haben wir zusammen Urlaub gemacht, Gladys, Edgar und ich. Er hat nie geheiratet. Wir waren in Budleigh Salterton.» Er sah Ian über sein Sherryglas hinweg an. «Warst du schon mal in Budleigh Salterton?»

Ian sagte nein, er sei nie in Budleigh Salterton gewesen.

«Nette Ortschaft. Prima Golfplatz. Edgar hat sich allerdings nie viel aus Golf gemacht. Er hat Tennis gespielt, als wir jünger waren, und später Bowls. Hast du schon mal Bowls gespielt, Ian?»

Ian sagte nein, er habe nie Bowls gespielt.

«Hab ich mir fast gedacht», sagte Edwin. «Du spielst Kricket, stimmt's?»

«Wenn ich dazu komme.»

«Du hast wohl viel zu tun.»

«Ja.»

«Spielst am Wochenende, nehm ich an.»

«Manchmal.»

«Ich hab das Testmatch im Fernsehen gesehen.» Er nippte vorsichtig an seinem Sherry, spitzte die Lippen. «Mit den Pakistani war nicht viel los.»

Jill stand auf und ging nach unten in die Küche. Als sie hinaufrief, das Essen sei fertig, redete Edwin immer noch über Kricket, er erinnerte sich an ein Wettspiel im Jahre 1956, das ihm besonders gut gefallen hatte. Das Geleier dieser langen Geschichte wurde durch Jills Ruf unterbrochen. Sogleich kamen die zwei Männer die Treppe herunter. Jill stand am Tisch und zündete die Kerzen an.

«In so einem Haus war ich noch nie», bemerkte Edwin, als er sich setzte und seine Serviette auseinanderfaltete. «Wieviel habt ihr dafür bezahlt?»

Nach einigem Zögern sagte Ian es ihm.

«Wann habt ihr's gekauft?»

«Als wir geheiratet haben. Vor drei Jahren.»

«Gar nicht übel.»

«Es war ziemlich verfallen. Es ist immer noch nichts Weltbewegendes, aber mit der Zeit kriegen wir es schon hin.»

Jill sah Edwins verstörenden starren Blick auf sich gerichtet. «Deine Schwiegermutter hat mir gesagt, du kriegst wieder ein Baby.»

«Oh. Ja ... ja, das stimmt.»

«Soll doch nicht etwa ein Geheimnis bleiben, oder?»

«Nein. Nein, natürlich nicht.»

Mit Topfhandschuhen an den Händen schob sie ihm den Schmortopf hin. «Es ist Hühnchen.»

«Hühnchen eß ich immer gern. Während des Krieges in Indien hat's auch immer Hühnchen gegeben ...» Schon legte er wieder los. «Komisch, wie gut die Inder Hühnchen kochen konnten. Hatten wohl jede Menge Übung. Die Kühe durften sie ja nicht essen. Die sind heilig, wißt ihr ...»

Ian machte den Wein auf, und danach lief es etwas lockerer. Edwin wollte keinen Obstsalat, aß aber fast den ganzen Brie. Und er redete die ganze Zeit; er brauchte anscheinend keine Reaktionen außer hier und da einem Kopfnicken oder einem höflichen Lächeln. Er erzählte von Indien, von einem Freund, den er in Bombay kennengelernt, von einem Tennismatch, das er einst in Camberley bestritten hatte, von Gladys' Tante, die zu weben begonnen und auf der Bezirksausstellung einen Preis gewonnen hatte.

Der lange, heiße Abend zog sich hin. Die Sonne sank am dunstigen, trockenen Himmel und verlieh ihm rosa Flecken. Edwin beklagte sich jetzt über die Unfähigkeit seiner Putzfrau, anständige Spiegeleier zu braten, und unversehens entschuldigte sich Ian und begab sich in die Küche, um Kaffee zu kochen.

Edwin, in seinem Redefluß unterbrochen, sah ihm nach. «Ist das da eure Küche?» fragte er.

«Ja.»

«Die will ich mir ansehen.» Und bevor Jill ihn zurückhalten konnte, hatte er sich hochgehievt und heftete sich an Ians Fersen. Jill folgte ihm, aber er ließ sich nicht nach oben umleiten.

«Viel Platz habt ihr nicht, wie?»

«Es reicht», sagte Ian. Edwin ging zu der Glastür und spähte durch die schmierige Scheibe.

«Was ist denn das?»

«Das ist...» Jill trat neben ihn und blickte gequält auf das vertraute Grauen da unten. «Das ist der Garten. Bloß, wir benutzen ihn nicht, weil er so dreckig ist. Die Katzen machen dort ihr Geschäft. Und wir können auch gar nicht hinkommen. Wie du siehst.»

«Auch nicht übers Souterrain?»

«Das Souterrain ist vermietet. An eine Freundin. Delphine heißt sie.»

«Stört es sie nicht, in Tuchfühlung mit so einem Schuttplatz zu wohnen?»

«Sie – sie ist nicht oft hier. Meistens ist sie auf dem Land.»

«Hmm.» Es folgte ein langes, verstörendes Schweigen. Edwin betrachtete den Baum, seine Augen schweiften von der schmuddeligen Wurzel bis zu den obersten Zweigen. Seine Nase war wie ein Zeigestock, und die Sehnen an seinem Hals standen vor wie Seile.

«Warum fällt ihr den Baum nicht?»

Jill warf Ian einen gequälten Blick zu. Hinter Edwins Rükken verdrehte er die Augen gen Himmel, aber er sagte ganz sachlich: «Das ist ziemlich schwierig. Er ist sehr mächtig, wie du siehst.»

«Schrecklich, so einen Baum im Garten zu haben.»

«Ja», pflichtete Jill ihm bei. «Es ist sehr unerfreulich.»

«Warum unternehmt ihr nichts dagegen?»

Ian sagte rasch: «Der Kaffee ist fertig. Gehen wir nach oben.»

Edwin drehte sich zu ihm um. «Ich hab gesagt, warum unternehmt ihr nichts dagegen?»

«Tu ich bestimmt. Eines Tages», sagte Ian.

«Sinnlos, auf ‹eines Tages› zu warten. Eines Tages bist du so alt wie ich, und der Baum steht immer noch da.»

«Kaffee?» fragte Ian.

«Und die Katzen sind ungesund. Ungesund für Kinder, die sich dort aufhalten.»

«Ich lasse Robbie nicht in den Garten», sagte Jill zu ihm. «Ich könnte es gar nicht, selbst wenn ich wollte, weil es keinen Weg hinein gibt. Ich glaube, früher gab's hier mal einen Balkon und eine Treppe in den Garten, aber davon war schon nichts mehr da, als wir das Haus gekauft haben, und irgendwie..., wir sind nie dazu gekommen, sie zu erneuern.» Sie wollte auf keinen Fall, daß es sich anhörte, als wären sie und Ian mittellos und bedauernswert. «Ich meine, es gab soviel anderes zu tun.»

Edwin sagte wieder «hmm». Die Hände in den Taschen, stand er da und sah hinaus, und nach einer Weile fragte sich Jill, ob er im Begriff sei, in eine Art Trance zu verfallen. Dann aber wurde er ganz munter, nahm die Hände aus den Taschen und sagte unwirsch zu Ian: «Ich dachte, du wolltest uns Kaffee machen? Wie lange sollen wir noch warten?»

Er blieb noch eine Stunde, und seine sterbenslangweiligen Anekdoten strömten unaufhörlich. Schließlich schlug die Uhr einer benachbarten Kirche elf, und Edwin stellte seine Kaffeetasse hin, sah auf seine Uhr und verkündete, es sei Zeit, daß Ian ihn zum Hotel fahre. Sie gingen alle nach unten. Ian nahm seine Autoschlüssel und machte die Haustür auf. Jill reichte Edwin seinen Stock.

«War ein netter Abend. War schön, mal euer Haus zu sehen.»

Sie gab ihm wieder einen Kuß. Er ging hinaus, die Stufen hinunter zum Auto. Ian, bemüht, nicht zu eilfertig zu erscheinen, hielt den Wagenschlag auf. Der alte Herr stieg vorsichtig ein, verstaute seine Beine und seinen Stock. Ian machte die Tür zu, ging um das Auto herum und stieg auf der Fahrerseite ein. Immer noch lächelnd, winkte Jill ihnen nach. Erst als das Auto am Ende der Straße um die Ecke verschwand, fiel das Lächeln von ihr ab, und sie ging erschöpft ins Haus, um den Abwasch in Angriff zu nehmen.

Später, im Bett, sagte Jill: «So schlimm war er gar nicht.»

«Nein, das nicht, aber er nimmt alles so selbstverständlich, als wären wir ihm etwas schuldig. Er hätte dir wenigstens eine einzige rote Rose oder eine Tafel Schokolade mitbringen können.»

«Das ist nun mal nicht seine Art.»

«Und seine Geschichten! Armer Edwin, ich glaube, er ist ein geborener Langweiler. Darauf versteht er sich glänzend.»

«Wenigstens mußten wir uns nicht überlegen, was wir sagen sollten.»

«Das Essen war köstlich, und du warst lieb zu ihm.» Er gähnte mächtig und wälzte sich auf die andere Seite; er wollte nur noch schlafen. «Jedenfalls haben wir's hinter uns. Das war das Ende vom Lied.»

Aber da hatte Ian sich geirrt. Es war nicht das Ende vom Lied, wenn auch zwei Wochen vergingen, bevor etwas geschah. Es war wieder Freitag, und Jill war wie gewöhnlich in der Küche und machte das Abendessen, als Ian aus dem Büro nach Hause kam.

«Hallo, Liebling.»

Er schloß die Tür, warf seine Aktenmappe hin, gab Jill einen Kuß. Er setzte sich auf einen Stuhl, und sie sahen sich über den Küchentisch hinweg an. Er sagte: «Es ist etwas ganz Merkwürdiges passiert.»

Jill war sehr gespannt. «Was schönes Merkwürdiges oder was schrecklich Merkwürdiges?»

Grinsend zog er einen Brief aus seiner Tasche und warf ihn ihr zu. «Lies mal.»

Verwundert nahm Jill das Schreiben und faltete es auseinander. Es war ein langer, maschinengeschriebener Brief. Von Edwin.

Mein lieber Ian!

Ich schreibe, um mich für den schönen Abend bei Euch und das ausgezeichnete Essen zu bedanken und Dir zu sagen, wie sehr ich es zu schätzen weiß, daß Du mich hin und zurück gefahren hast. Ich muß sagen, es geht mir gegen den Strich, die horrenden Taxipreise zu bezahlen. Es hat mich gefreut, Euer Kind und Euer Haus zu sehen. Ihr habt jedoch offensichtlich ein Problem mit Eurem Garten, und ich habe mir darüber ein paar Gedanken gemacht.

Zuallererst müßt Ihr den Baum loswerden. Ihr dürft ihm auf gar keinen Fall selber zu Leibe rükken. Es gibt eine Reihe Fachbetriebe in London, die auf solche Arbeiten spezialisiert sind, und ich habe mir die Freiheit genommen, drei zu beauftragen, bei Euch vorbeizukommen, wann es Euch paßt, und Kostenvoranschläge zu machen. Ist der Baum erst weg, werdet Ihr Euch besser überlegen können, was Ihr mit Eurem Grundstück anstellen wollt, doch fürs erste würde ich folgendes vorschlagen.

Von hier ab las sich der Brief wie eine Bauanleitung. Die bestehenden Mauern reparieren, neu verfugen und weiß streichen. Auf den Mauern einen Gitterzaun gegen unerwünschte Blicke errichten. Das Erdreich reinigen und ebnen und mit Platten belegen – zur leichteren Reinigung in einer Ecke unauffällig eine Abflußrinne installieren. Vor dem Küchenfenster ein Holzpodest – vorzugsweise Teak – errichten, auf Stahlträger gestützt, und mit einer Holztreppe als Zugang zu dem Garten darunter.

Ich glaube [fuhr Edwin fort], hiermit wären die baulichen Notwendigkeiten mehr oder weniger abgedeckt. Ihr möchtet vielleicht vor einer der Mauern ein erhöhtes Blumenbeet oder rings um den Stumpf des gefällten Baumes einen kleinen Steingarten anlegen, aber das liegt ganz bei Euch.

Bleibt noch das Problem mit den Katzen. Auch hierüber habe ich ein paar Erkundigungen eingezogen und erfahren, daß es ein ausgezeichnetes Abwehrmittel gibt, das gefahrlos angewendet werden kann, wo Kinder sind. Ein, zwei Spritzer dürften hier Abhilfe schaffen, und sind Erdreich und Gras erst mit Platten belegt, sehe ich keinen Anlaß, weswegen die Katzen wiederkommen sollten, sei es aus natürlichen oder anderen Bedürfnissen.

Das alles wird sicher eine Menge Geld verschlingen. Es ist mir klar, daß es bei der Inflation und den steigenden Lebenshaltungskosten für ein junges Paar nicht immer leicht ist, über die Runden zu kommen. Und ich möchte Euch gerne helfen. Ich habe Euch zwar in meinem Testament bedacht, aber ich halte es für viel vernünftiger, Euch das Geld jetzt zu vermachen. Dann könnt Ihr Euch Euren Garten vornehmen, und ich werde hoffentlich das Vergnügen haben, ihn fix und fertig zu sehen, bevor ich meinem lieben Freund Edgar folge und von hinnen scheide.

Übrigens, Deine Mutter hat durchblicken lassen, daß Ihr auf ein vergnügliches Wochenende verzichtet habt, um mich am Abend von Edgars Beerdigung aufzuheitern. Du bist genauso liebenswert wie sie, und ich bin glücklicherweise in einer finanziellen Lage, die mir erlaubt, meine Schulden zu begleichen.

Mit den besten Wünschen
Dein Edwin

Edwin. Sie konnte seine krakelige Unterschrift kaum sehen, weil ihre Augen voller Tränen waren. Sie stellte sich vor, wie er in seinem düsteren Häuschen in Woking saß, in ihre Probleme vertieft, sich Lösungen überlegte, sich die Zeit nahm, geeignete Firmen herauszusuchen, vermutlich endlose Telefongespräche führte, kleine Berechnungen anstellte, kein winziges Detail vergaß, sich alle Mühe gab ...

«Na?» sagte Ian leise.

Die Tränen liefen ihr über die Wangen. Sie versuchte, sie mit einer Hand wegzuwischen.

«Das hätte ich nie gedacht. Ich hätte nie gedacht, daß er so etwas tun würde. O Ian, und wir waren so gemein.»

«Du nicht. Du weißt ja nicht mal, was gemein sein heißt.»

«Ich... ich hatte keine Ahnung, daß er überhaupt Geld hat.»

«Ich glaube, das hat niemand von uns gewußt. Jedenfalls nicht so viel Geld.»

«Wie können wir ihm jemals danken?»

«Indem wir tun, was er sagt. Indem wir ganz genau tun, was er uns vorschlägt, und ihn dann zur Garteneinweihung einladen. Wir geben eine kleine Party.» Er grinste. «Das wird eine nette Abwechslung.»

Sie sah durch die schmierige Scheibe nach draußen. Eine Papiertüte aus einem benachbarten Mülleimer hatte den Weg in den Garten gefunden, und der gräßlichste der Kater, der mit dem zerrissenen Ohr, saß auf der Mauer und beäugte Jill.

Sie erwiderte den kalten Blick seiner grünen Augen mit Gleichmut. Sie sagte: «Ich kann meine Wäsche draußen aufhängen. Ich besorge Blumentöpfe und pflanze Knollen für den Frühling, und im Sommer pflanze ich Efeugeranien. Und Robbie kann draußen spielen, und wir bauen einen Sandkasten. Und wenn der Balkon groß genug ist, kann ich das Baby im Wagen dort rausstellen. O Ian, wird es nicht wunderbar? Ich brauche nie mehr in den Park zu gehen, denk doch nur.»

«Weißt du, was ich denke?» sagte Ian. «Ich denke, es wäre ein gute Idee, Edwin anzurufen.»

Sie gingen zum Telefon, wählten Edwins Nummer. Sie standen dicht beisammen, die Arme umeinandergelegt, und warteten, daß der alte Herr an den Apparat ging.

Das Haus
auf dem Hügel

*D*as Dorf war winzig klein. In den zehn Jahren seines Lebens hatte Oliver noch keine so klitzekleine Ortschaft gesehen. Sechs graue Häuser aus Granit, eine Wirtschaft, eine alte Kirche, ein Pfarrhaus und ein kleiner Laden. Vor diesem parkte ein verbeulter Lieferwagen, irgendwo bellte ein Hund, doch davon abgesehen schien alles wie ausgestorben.

Mit dem Korb und Sarahs Einkaufsliste in der Hand öffnete er die Ladentür, über der JAMES THOMAS, LEBENSMITTEL UND TABAKWAREN geschrieben stand, und ging hinein, zwei Stufen hinab. Die zwei Männer an der Theke, der eine davor, der andere dahinter, drehten sich nach ihm um.

Er schloß die Tür hinter sich. «Kleinen Moment», sagte der Mann hinter der Theke, vermutlich James Thomas, ein kleiner, glatzköpfiger Herr in einer braunen Strickjacke. Er sah wie ein ganz gewöhnlicher Mensch aus. Der andere Mann hingegen, der eingekauft und nun eine Unmenge Lebensmittel zu bezahlen hatte, war nicht im mindesten gewöhnlich, sondern so groß, daß er sich im Stehen leicht bücken mußte, um nicht mit dem Kopf an die Deckenbalken zu stoßen. Er trug eine Lederjacke, geflickte Jeans und riesengroße Arbeiterstiefel, er hatte rote Haare und einen ebenso roten Bart. Oliver, der wußte, daß es sich nicht gehörte, Menschen anzustarren, starrte ihn an, und der Mann starrte aus einem Paar hellblauer, harter Augen ungerührt zurück. Es war verstörend: Oliver versuchte ein zaghaftes Lächeln, aber das wurde nicht erwidert, und der bärtige Mann sagte kein Wort. Kurz darauf wandte er sich zur Theke und holte ein Bündel Geldscheine aus seiner Gesäßtasche. Mr. Thomas tippte die Preise in die Kasse und gab ihm den Zettel.

«Sieben Pfund fünfzig, Ben.»

Sein Kunde bezahlte, stapelte dann zwei vollbeladene Lebensmittelkartons übereinander, hob sie mühelos auf und steuerte auf die Tür zu. Oliver ging hin und hielt sie ihm auf. Auf der Schwelle sah der bärtige Mann auf ihn herunter. «Danke.» Seine Stimme war tief wie ein Gong. Ben. Man konnte ihn sich auf dem Achterdeck eines Piratenschiffes Befehle bellend oder als Angehörigen einer mörderischen Bande von Strandräubern vorstellen. Oliver sah zu, wie er seine Kartons durch die Hecktür in seinem Lieferwagen verstaute, dann auf den Fahrersitz kletterte und den Motor anließ. Mit dröhnendem Auspuff und unter Prasseln von Straßensplitt fuhr das ramponierte Vehikel los. Oliver schloß die Tür und ging in den Laden zurück.

«Womit kann ich dienen, junger Mann?»

Oliver gab ihm die Liste. «Das ist für Mrs. Rudd.»

Mr. Thomas sah ihn lächelnd an. «Dann mußt du Sarahs kleiner Bruder sein. Sie hat gesagt, daß du sie besuchen kommst. Wann bist du angekommen?»

«Gestern abend. Mit dem Zug. Ich bin am Blinddarm operiert, deshalb bleib ich zwei Wochen bei Sarah, bis ich wieder in die Schule muß.»

«Du wohnst in London, nicht?»

«Ja. In Putney.»

«Hier kommst du schnell wieder zu Kräften. Bist das erste Mal hier, wie? Wie gefällt dir das Tal?»

«Es ist schön. Ich bin vom Hof runtergelaufen.»

«Hast du Dachse gesehen?»

«Dachse?» Er wußte nicht, ob Mr. Thomas ihn auf den Arm nahm. «Nein.»

«Geh mal im Zwielicht ins Tal runter, dann kannst du Dachse sehen. Und wenn du die Klippen runtergehst, kannst du die Seehunde beobachten. Wie geht's Sarah?»

«Gut.» Zumindest hoffte er, daß es ihr gutging. Sie erwartete in zwei Wochen ihr erstes Baby, und er war mächtig erschrocken, als er seine schlanke, hübsche Schwester auf einen so kolossalen Umfang angeschwollen sah. Nicht, daß sie nicht trotzdem hübsch wäre. Bloß gewaltig.

«Sicher hilfst du Will auf dem Hof.»

«Ich bin früh aufgestanden und hab ihm beim Melken zugeguckt.»

«Wir machen noch einen Bauern aus dir. So, sehen wir mal nach... ein Pfund Mehl, ein Glas Pulverkaffee, drei Pfund Zucker...» Er packte alles in den Korb. «Nicht zu schwer für dich?»

«Nein, das schaff ich schon.» Er bezahlte aus Sarahs Geldbörse und bekam einen Riegel Milchschokolade geschenkt. «Danke schön.»

«Das stärkt dich für den Weg bergauf zum Hof. Paß gut auf.»

Mit dem Korb am Arm verließ Oliver das Dörfchen, überquerte die Hauptstraße und gelangte auf den schmalen Pfad,
der sich das Tal hinauf zu Will Rudds Hof wand. Es war ein
herrlicher Spaziergang; ein Flüßchen begleitete den Weg,
wechselte zuweilen die Seite, so daß hin und wieder eine
kleine steinerne Brücke zu überqueren war, wo es sich gut
übers Geländer beugen und nach Fischen und Fröschen Ausschau halten ließ. Es war eine offene Heidelandschaft, mit
gelbbraunem Farngestrüpp und Stechginster durchsetzt. Die
kräftigen Ginsterstämme lieferten den Brennstoff für Sarahs
Feuer – neben dem Treibholz, das sie auf ihren Spaziergängen
am Meer sammelte. Das Treibholz spuckte und roch nach
Teer, aber der Ginster verbrannte sauber zu weißglühender
Asche.

Auf halbem Wege talaufwärts gelangte er zu dem einzeln
stehenden Baum. Eine alte Eiche, die ihre Wurzeln in das
Ufer des Flüßchens gegraben, den Winden von Jahrhunderten getrotzt und, mißgestaltet und verrenkt gewachsen, eine
ehrwürdige Reife erreicht hatte. Ihre Zweige waren kahl, die
abgefallenen Blätter bedeckten den Erdboden, und als Oliver den Hügel heruntergekommen war, hatte er das Laub
mit den Schuhspitzen seiner Gummistiefel hochgeworfen.
Als er aber jetzt hinkam, blieb er entsetzt und angewidert
stehen, denn mitten zwischen den Blättern lag der Kadaver
eines jüngst getöteten Kaninchens, das Fell zerrissen, und
aus der Wunde in seinem Bauch quollen grauenhafte rote
Eingeweide.

Ein Fuchs vielleicht, mitten in seinem Imbiß aufgeschreckt.
Vielleicht lauerte er just in diesem Moment im hohen Farn-
kraut, mit kalten, gierigen Augen. Oliver schaute sich um,
doch nichts rührte sich, nur der Wind, der die Blätter bewegte. Oliver fürchtete sich. Etwas trieb ihn, nach oben zu

blicken, und hoch am blassen Novemberhimmel sah er einen Falken schweben, der darauf wartete, herabzustoßen. Schön und todbringend. Das Land war grausam. Tod, Geburt, Überleben waren ringsum. Er beobachtete den Falken ein Weilchen, dann eilte er, einen großen Bogen um das tote Kaninchen schlagend, den Hügel hinauf.

Es war tröstlich, wieder in das Bauernhaus zu kommen, die Stiefel auszuziehen und in die warme Küche zu gehen. Der Tisch war fürs Mittagessen gedeckt, und dort saß Will und las die Zeitung, aber als Oliver erschien, legte er sie beiseite.

«Wir dachten schon, du hast dich verlaufen.»

«Ich hab ein totes Kaninchen gesehen.»

«Die gibt's hier jede Menge.»

«Und einen Falken, der hat gelauert.»

«Ein kleiner Turmfalke. Den hab ich auch gesehen.»

Sarah stand am Herd und schöpfte Suppe in Schalen. Außerdem gab es eine Schüssel mit flockigem Kartoffelbrei und einen Laib Mischbrot. Oliver bestrich eine Scheibe mit Butter, und Sarah setzte sich ihm gegenüber, mit etwas Abstand vom Tisch, wegen ihres Leibesumfangs.

«Hast du den Laden gleich gefunden?»

«Ja, und da war ein Mann, riesengroß, er hatte rote Haare und einen roten Bart. Er hieß Ben.»

«Das ist Ben Fox. Will hat ihm oben auf dem Hügel ein Häuschen vermietet. Von deinem Zimmerfenster aus kannst du seinen Schornstein sehen.»

Das hörte sich unheimlich an. «Was macht er?»

«Er ist Holzschnitzer. Er hat da oben eine Werkstatt, und er verdient nicht schlecht. Er lebt allein, abgesehen von einem Hund und ein paar Hühnern. Es führt kein Fahrweg zu seinem Haus, deshalb stellt er seinen Lieferwagen unten an der Straße ab und trägt alles, was er braucht, auf dem Rücken nach oben.

251

Manchmal, wenn es was Schweres ist, zum Beispiel ein neuer Grubber, leiht Will ihm den Traktor, dafür hilft er uns, wenn die Schafe lammen oder beim Heumachen.»

Oliver dachte hierüber nach, während er seine Suppe aß. Es hörte sich ganz freundlich und harmlos an, aber damit ließen sich die Kälte in den blauen Augen, die Unfreundlichkeit des Mannes nicht erklären.

«Wenn du magst», sagte Will, «nehm ich dich mit zu ihm rauf. Eine von meinen Kühen hat eine Vorliebe für den Abhang, bei jeder Gelegenheit haut sie mit ihrem Kalb dorthin ab. Sie ist jetzt oben. Seit heute morgen. Heute nachmittag muß ich sie zurückholen.»

«Du mußt die Mauer reparieren», warf Sarah ein.

«Wir nehmen Pfähle und Zaundraht mit und sehen zu, wie wir's hinkriegen.» Er grinste Oliver an. «Du hast doch Lust, oder?»

Oliver antwortete nicht gleich. Eigentlich fürchtete er sich davor, Ben Fox wiederzubegegnen, und doch zog der Mann ihn an. Außerdem konnte ihm nichts passieren, wenn Will dabei war. Sein Entschluß war gefaßt. «Ja, ich hab Lust.» Und Sarah lächelte und schöpfte noch eine Kelle Suppe in seine Schale.

Eine halbe Stunde später brachen sie auf, begleitet von Wills Schäferhund. Oliver trug eine Rolle Zaundraht, Will hatte sich ein paar stämmige Zaunpfähle auf die Schulter geladen. Ein schwerer Hammer zog die Tasche seiner Latzhose nach unten.

Quer über Weiden und Felder stiegen sie zur Heide auf. Am Ende des letzten Feldes kamen sie zu einer Mauerlücke, wo die abtrünnige Kuh in ihrem entschlossenen Bemühen, hindurchzugelangen, mehrere Steine beiseite gestoßen hatte. Hier legte Will Pfähle, Hammer und Draht ab, stieg dann über die Mauer und ging voran in das Gestrüpp aus Farn und Dornensträuchern, das hinter der Mauer lag. Ein schmaler Pfad führte labyrinthartig durchs Unterholz, kaum zu sehen durch die dornigen Ginsterbüsche, doch am Ende kamen sie an den Fuß der großen Steinhaufen, steil wie Klippen, die den Hügel krönten. Zwischen zwei dieser mächtigen Felsblöcke gelangten sie durch eine schmale Schlucht zur Kuppe hinauf, wo die moosige Grasnarbe von mit Flechten bewachsenen Granitsteinen durchsetzt war und die kühle, salzige Luft, die direkt vom Meer her wehte, wohltuend Olivers Lungen füllte. Er sah die See im Norden, die Heide im Süden. Und dann das Häuschen. Sie standen unvermutet davor. Eingeschossig duckte es sich vor den Elementen, in eine natürliche Höhlung des Terrains geschmiegt. Aus dem Schornstein stieg Rauch. Ein kleiner Garten war vorhanden, von einer Trockenmauer geschützt. An der Mauer standen friedlich mampfend Wills Kuh und ihr Kalb.

«Dummes Tier», sagte Will zu ihr. Sie ließen sie grasen und gingen zur Vorderseite des Hauses, wo ein geräumiger Holzschuppen mit einem Wellblechdach stand. Die Tür stand offen, und von drinnen kam das Kreischen einer Kettensäge, dann ein wildes Gebell, und im nächsten Moment schoß ein großer schwarzweißer Hund zu ihnen hinaus; er machte ein beängstigendes Spektakel, aber nicht, wie Oliver erleichtert feststellte, um was noch Schlimmeres zu tun.

Will begrüßte das große Tier. Das Geräusch der Kettensäge verstummte abrupt. Gleich darauf erschien Ben Fox in der Tür.

«Will.» Diese tiefe, brummende Stimme. «Kommst wegen der Kuh, ja?»

«Hoffentlich hat sie keinen Schaden angerichtet.»

«Nicht daß ich wüßte.»

«Ich zäune die Lücke ein.»

«Sie ist unten auf der Weide besser aufgehoben, hier oben könnte sie sich verletzen.» Seine Augen wanderten zu Oliver, der mit erhobenem Gesicht stand und starrte.

«Das ist Sarahs Bruder Oliver», sagte Will.

«Hab ich dich nicht heute morgen gesehen?»

«Ja. Im Laden.»

«Ich hatte keine Ahnung, wer du warst.» Er wandte sich wieder Will zu. «Tasse Tee gefällig?»

«Wenn du gerade welchen machst.»

«Dann kommt rein.»

Sie folgten ihm durch ein Tor in der Mauer, das er öffnete und hinter ihnen sorgfältig zuklinkte. Der Garten war gepflegt und üppig bepflanzt, mit lauter Gemüse und kleinen Apfelbäumen. Ben Fox zog seine Stiefel aus und ging hinein, indem er seinen mächtigen rothaarigen Kopf unter dem Türsturz duckte, und Will und Oliver zogen ebenfalls ihre Stiefel aus und folgten ihm in ein Zimmer, das so unerwartet war, daß Oliver nur ungläubig staunen konnte. Denn alle Wände waren mit Bücherregalen bedeckt, und jedes Regal war gerammelt voll mit Büchern. Ebenso überraschend waren die Möbel. Ein großes Sofa, ein eleganter Brokatsessel, eine kostspielige Stereoanlage mit Stapeln von Langspielplatten. Überall auf dem schlichten Holzfußboden lagen Teppiche, die Oliver schön fand und für kostbar hielt. Im Kamin brannte ein Feuer, und auf dem Granitsims stand eine erstaunliche Uhr aus Gold und türkisblauer Emaille, deren sich langsam drehender Mechanismus hinter Glas sichtbar war.

Alles war, wenn auch unordentlich, reinlich und tadellos in Schuß, und auch Ben Fox hatte etwas von dieser Reinlichkeit, als er den Elektrokocher mit Wasser füllte und einstöpselte, dann Tassen, einen Krug Milch und eine Zuckerschale holte. Als der Tee fertig war, setzten sich alle drei an den gescheuerten Tisch, und die Männer unterhielten sich, ohne Oliver in ihr Gespräch einzubeziehen. Er saß mucksmäuschenstill und warf zwischen Schlucken glühendheißen Tees verstohlene Blicke auf das Gesicht seines Gastgebers. Er war überzeugt, daß es da ein Geheimnis gab; die ausdruckslosen Augen verwirrten ihn.

Als die Zeit zum Gehen kam, sagte er, der nichts zur Unterhaltung beigetragen hatte: «Danke.» Das Schweigen, das darauf folgte, war verwirrend. Er fügte hinzu: «Für den Tee.»

Es kam kein Lächeln. «Gern geschehen», sagte Ben Fox. Das war alles. Es war Zeit, zu gehen. Sie trieben die Kuh und das Kalb zusammen und machten sich auf den Heimweg. Bevor sie in die schmale Schlucht hinunterstiegen, drehte Oliver sich auf der Hügelkuppe um, um zum Abschied zu winken, aber der bärtige Mann war verschwunden, ebenso sein Hund, und als Oliver Will vorsichtig den steilen Pfad hinab folgte, hörte er, daß das Kreischen der Kettensäge wieder einsetzte...

Als Will die Lücke in der Mauer einzäunte, fragte Oliver: «Wer ist der Mann?»

«Ben Fox.»

«Weißt du sonst nichts über ihn?»

«Nein, und ich will auch nichts wissen, es sei denn, er erzählt es mir von sich aus. Jeder Mensch hat ein Recht auf sein Privatleben. Warum soll ich mich in seine Angelegenheiten einmischen?»

«Wie lange wohnt er schon hier?»

«Zwei Jahre.»

Er fand es erstaunlich, daß man zwei Jahre mit jemand benachbart sein konnte und trotzdem nichts über ihn wußte. «Vielleicht ist er ein Verbrecher. Auf der Flucht vor der Polizei. Er sieht aus wie ein Seeräuber.»

«Du darfst einen Menschen nie nach seinem Aussehen beurteilen», ermahnte ihn Will. «Ich weiß nur, daß er Kunsthandwerker ist und anscheinend nicht schlecht verdient. Die Miete bezahlt er regelmäßig. Was soll ich sonst noch über ihn wissen wollen? Jetzt halt mal den Hammer, und ich nehm dieses Ende von dem Draht...»

Später versuchte Oliver Sarah auszuquetschen, aber sie war auch nicht mitteilsamer als Will.

«Kommt er euch manchmal besuchen?» wollte er wissen.

«Nein. Wir haben ihn Weihnachten eingeladen, aber er sagte, er wäre lieber allein.»

«Hat er Freunde?»

«Keine engen. Aber manchmal kann man ihn samstags abends in der Kneipe sehen, und die Leute scheinen ihn zu mögen... Er ist nur sehr zurückhaltend.»

«Vielleicht hat er ein Geheimnis.»

Sarah lachte. «Hat das nicht jeder?»

Vielleicht ist er ein Mörder. Der Gedanke schoß ihm durch den Kopf, aber er war zu schrecklich, um ihn auszusprechen. «Er hat das Haus voll mit Büchern und kostbaren Sachen.»

«Ich glaube, er ist ein gebildeter Mann.»

«Vielleicht sind die Sachen gestohlen.»

«Das glaube ich kaum.»

Sie machte ihn wahnsinnig. «Aber Sarah, willst du es denn nicht wissen?»

«Ach Oliver.» Sie zauste ihm die Haare. «Laß den armen Ben Fox in Frieden.»

Als sie an diesem Abend beim Feuer saßen, kam Wind auf. Zuerst ein sachtes Wimmern und Pfeifen, dann stärker, er brauste durchs Tal, schlug mit kräftigen Stößen an die dicken Mauern des alten Hauses. Fenster klirrten, Vorhänge wehten. Als Oliver ins Bett ging, lauschte er eine Weile ehrfürchtig auf das wütende Stürmen. Hin und wieder ließ der Wind nach, und dann konnte Oliver das Toben der Brecher an den Klippen hinter dem Dorf hören.

Er stellte sich vor, wie die gewaltigen Sturzwellen heranrollten, dann dachte er an das tote Kaninchen und den schwebenden Falken und all die Schrecknisse dieser urzeitlichen Landschaft. Er dachte an das kleine Haus, schutzlos hoch oben auf dem Hügel, und an Ben Fox darin, mit seinem Hund und seinen Büchern und den ernsten Augen und seinem Geheimnis. *Vielleicht ist er ein Mörder.* Er schauderte und wälzte sich im Bett herum, zog sich die Decke über die Ohren, aber nichts vermochte das Geräusch des Windes fernzuhalten.

Am nächsten Morgen hatte der Sturm nicht nachgelassen. Der Wirtschaftshof war mit angewehtem Unrat übersät, und ein paar schadhafte Ziegel waren vom Dach gerissen worden, doch der Schaden war nicht gleich zu erkennen, weil der Wind Regen mitgebracht hatte, einen dichten Sprühregen, der jegliche Sicht behinderte. Es war, als sei man in einer Wolke, die einen von der Außenwelt abschnitt.

«So ein gräßlicher Morgen», sagte Will beim Frühstück. Er hatte seinen guten Anzug an und war in Schlips und Kragen, weil er auf den Markt gehen wollte. Oliver sah ihm von der Tür aus nach, als er losfuhr. Er nahm den Lieferwagen, damit Sarah den Personenwagen zur Verfügung hatte. Als er über den Weidenrost des ersten Gatters rumpelte, verschwand der Lieferwagen, vom Dunst verschluckt. Oliver machte die Tür zu und ging wieder in die Küche.

«Was möchtest du heute machen?» fragte Sarah ihn. «Ich hab Zeichenpapier und neue Filzstifte für dich. Extra für einen Regentag gekauft.»

Aber er hatte keine große Lust zu malen. «Was machst du?»

«Ich werde ein bißchen backen.»

«Rosinenbrötchen?» Er war ganz versessen auf Sarahs Rosinenbrötchen.

«Ich hab keine Rosinen mehr.»

«Ich kann in den Laden gehen und welche kaufen.»

Sie lächelte ihn an. «Macht es dir nichts aus, den weiten Weg zu gehen, in diesem Nebel?»

«Nein, das schaff ich schon.»

«Schön, wenn du es gerne möchtest. Aber zieh deinen Regenmantel und deine Gummistiefel an.»

Mit ihrer Geldbörse in der Tasche, den Regenmantel bis zum Hals zugeknöpft, ging er los. Er kam sich abenteuerlich vor, wie ein Forscher, und die Gewalt des Windes beflügelte ihn. Er ging gegen den Wind, so daß er sich manchmal dagegen stemmen mußte, und der Sprühregen durchnäßte ihn; seine Haare klebten ihm in kürzester Zeit am Kopf, und das Wasser lief ihm den Nacken hinunter. Die Erde war schlammig und mit abgerissenen Farnblättern übersät, und als Oliver die erste Brücke erreichte und sich über das Geländer beugte, sah er das braune Wasser des angeschwollenen Flusses sturzbachartig zum Meer strömen.

Es war sehr anstrengend. Um sich aufzumuntern, dachte er an den Rückweg, wenn er den Wind im Rücken haben würde. Vielleicht würde ihm Mr. Thomas wieder einen Schokoriegel schenken, den er auf dem Heimweg mampfen könnte.

Doch er sollte nicht bis ins Dorf oder in den Laden gelangen. Denn als er an die Wegbiegung kam, wo die Eiche stand, konnte er nicht weiter. Nach Jahrhunderten hatte der alte Baum am Ende dem Wind nachgegeben; entwurzelt lag er da, ein Gewirr aus mächtigem Stamm und abgebrochenen Ästen, die oberen Zweige unentwirrbar mit den abgerissenen Telefondrähten verheddert. Es war ein furchterregender Anblick. Doch noch größere Angst machte ihm die Erkenntnis, daß dieses Unglück eben erst passiert sein konnte, denn Will war mit seinem Lieferwagen durchgekommen. *Er hätte auf mich fallen können.* Er malte sich aus, wie er unter dem gewaltigen Stamm eingequetscht war, tot wie das Kaninchen, denn kein Lebewesen könnte ein so entsetzliches Schicksal überleben. Sein Mund war trocken. Es schnürte ihm die Kehle zu, er schauderte, da ihm plötzlich kalt war, dann machte er kehrt und rannte nach Hause.

«Sarah?»

In der Küche war sie nicht.

«Sarah!» Er hatte seine Stiefel ausgezogen und fummelte an den Knebeln seines triefnassen Regenmantels.

«Ich bin im Schlafzimmer.»

Er raste auf Strümpfen nach oben. «Sarah, die Eiche ist auf die Straße gestürzt. Ich konnte nicht ins Dorf. Und...» Er brach ab. Irgendwas stimmte nicht. Sarah lag voll angezogen auf dem Bett, die Hand auf den Augen, das Gesicht sehr blaß. «Sarah?» Langsam nahm sie die Hand herunter, ihre Blicke trafen sich, sie brachte ein Lächeln zustande. «Sarah, was hast du?»

«Ich... ich hab das Bett gemacht. Und ich... Oliver, ich glaube, das Baby will kommen.»

«Das Baby...? Aber es soll doch erst in zwei Wochen kommen.»

«Ja, ich weiß.»

«Bist du ganz sicher?»

Nach einer Weile sagte sie: «Ja, ich bin sicher. Wir sollten vielleicht das Krankenhaus anrufen.»

«Das geht nicht. Der Baum hat die Telefondrähte runtergerissen.»

Die Straße blockiert. Die Telefonleitung tot. Und Will weit weg in Truro. Sie sahen sich stumm an, das Schweigen war mit Bangen und Bestürzung befrachtet.

Er wußte, daß er etwas tun mußte. «Ich geh ins Dorf. Ich kletter durch den Baum oder geh außen rum über die Heide.»

«Nein.» Sie hatte sich wieder in der Gewalt und nahm zum Glück die Sache in die Hand. Sie setzte sich auf, schwang die Beine über die Bettkante. «Das würde zu lange dauern...»

«Kommt das Baby bald?»

Sie brachte ein Grinsen zustande. «Nicht sofort. Ein Weilchen halte ich schon noch durch. Aber ich glaube, wir sollten keine Zeit verlieren.»

«Dann sag mir, was ich tun soll.»

«Ben Fox holen», sagte Sarah. «Du findest den Weg, du warst gestern mit Will oben. Sag, er soll kommen und uns helfen – und er muß seine Kettensäge mitbringen, für den Baum.»

Ben Fox holen. Oliver sah seine Schwester entsetzt an. Ben Fox holen... allein im Nebel den Hügel hinaufgehen, um Ben

Fox zu holen. Hatte sie eine Ahnung, was sie da von ihm verlangte? Aber während er so dastand, zog sie sich vorsichtig hoch, legte die Hände auf die große Wölbung ihres Bauches, und ihn überkam eine seltsame Woge von Beschützerinstinkt, so als sei er kein Junge, sondern ein erwachsener Mann.

Er sagte: «Hältst du's durch?»

«Ja. Ich mach mir eine Tasse Tee und setze mich ein bißchen hin.»

«Ich mach so schnell ich kann. Ich renn den ganzen Weg.»

Er dachte daran, Wills Schäferhund mitzunehmen, aber der Hund gehorchte nur seinem Herrn und wollte den Hof nicht verlassen. Also machte Oliver sich allein auf den Weg in Richtung der Felder, die er gestern mit Will überquert hatte. Trotz des Nebels war das erste Stück nicht schwierig, und er fand sogleich die Lücke in der Mauer, wo sie den provisorischen Zaun angebracht hatten, aber als er darübergeklettert war und sich in dem Unterholzgewirr befand, wurde es schwierig. Der Wind schien hier oben grimmiger denn je, der Regen noch kälter. Es regnete ihm in die Augen, so daß er fast nichts mehr sah, und er konnte den Pfad nicht finden, konnte nicht über seine Nasenspitze hinaussehen. Jeglicher Entfernungs- und Richtungssinn war ihm abhanden gekommen. Er stolperte über Dornen, Stechginster riß an seinen Beinen, und mehr als einmal rutschte er im Schlamm aus und fiel hin, wobei er sich schmerzhaft die Knie aufschürfte. Aber irgendwie kämpfte er sich voran, kletterte unermüdlich bergauf. Er sagte sich, er müsse nur oben ankommen, danach würde es leicht sein. Er würde Ben Fox' Haus finden. Er würde Ben Fox finden.

Nach einer Weile, die ihm wie eine Ewigkeit erschien, langte er endlich am Fuß der Felsblöcke an. Er hob die Hände und lehnte sich an die feste Granitwand, die naß und kalt war und steil wie eine Klippe. Der Pfad war wieder verschwunden, und Oliver wußte, er mußte die Schlucht finden. Aber wie? Außer Atem, taillentief in Stechginster, ohne Orientierung, war er mit einemmal von einer Panik ergriffen, die durch seine Verlorenheit und das verzweifelte Gefühl der Dringlichkeit noch verstärkt wurde, und er hörte sich wimmern wie ein Baby. Er biß sich auf die Lippe, schloß die Augen und dachte angestrengt nach, danach tastete er sich um den Felsen herum, indem er sich dicht an ihn drückte. Nach einer Weile machte der Fels eine Einwärtsbiegung, und als Oliver nach oben blickte, sah er die zwei Wände der Schlucht zu dem grau verhangenen, strömenden Himmel aufragen.

Mit einem Seufzer der Erleichterung begann er auf allen vieren den steilen Pfad hinaufzukriechen. Er war schmutzig, blutig und naß, aber er hatte den Weg gefunden. Er war auf der Kuppe, und konnte er das Haus auch nicht sehen, so wußte er doch, daß es da war. Er begann zu rennen, stolperte, fiel, stand auf und rannte weiter. Dann bellte der Hund, und aus dem Nebel tauchte der Umriß des Daches auf, der Schornstein, das Licht im Fenster.

Er war an der Mauer, am Gartentor. Als er sich mit dem Riegel abmühte, ging die Haustür auf, der bellende Hund stürzte zu ihm hinaus, und da stand Ben Fox.

«Wer ist da?»

Er ging den Weg zum Haus. «Ich bin's.»

«Was ist passiert?»

Atemlos, matt vor Erleichterung, plapperte Oliver unzusammenhängend los.

«Jetzt hol erst mal tief Luft. Dann geht's schon wieder.» Ben hielt Oliver an den Schultern, hockte sich vor ihn hin, so daß ihre Augen auf gleicher Höhe waren. «Was ist passiert?»

Oliver atmete tief ein und stieß die Luft wieder aus, dann erzählte er. Als er fertig war, ging Ben Fox zu seiner Verwunderung nicht gleich ans Werk. Er sagte: «Und du hast den Weg hier herauf gefunden?»

«Ich hab mich verlaufen. Ich hab mich andauernd verlaufen, aber dann hab ich die Schlucht gefunden, und da kannte ich mich wieder aus.»

«Braver Junge.» Er gab ihm einen kleinen Klaps, dann stand er auf. «Ich hol einen Mantel und die Kettensäge...»

Wie er Hand in Hand mit Ben Fox ging, während der schwarzweiße Hund vor ihnen den Hügel hinabtollte, war der Abstieg zum Hof geschwind und leicht, so daß es kaum zu glauben war, daß er aufwärts so lange gebraucht hatte. Im Haus wartete Sarah auf sie. Ruhig und gefaßt saß sie am Feuer und trank Tee. Sie hatte einen Koffer gepackt, der nun an der Tür stand.

«Oh, Ben.»

«Wie geht's?»

«Ganz gut. Ich hatte wieder eine Wehe. Sie kommen alle halbe Stunde.»

«Dann haben wir noch Zeit. Ich nehm mir jetzt den Baum vor, dann bring ich dich ins Krankenhaus.»

«Entschuldige, daß ich dir soviel Mühe mache.»

«Du brauchst dich nicht zu entschuldigen. Du kannst stolz auf deinen kleinen Bruder sein. Wie er mich gefunden hat, das hat er prima gemacht.» Er sah Oliver an. «Kommst du mit mir, oder bleibst du hier?»

«Ich komm mit.» Die Panik, die blutigen Hände, die aufgeschlagenen Knie, alles war vergessen. «Ich helf Ihnen.»

So arbeiteten sie gemeinsam; Ben Fox schlug das Gewirr von Zweigen und Ästen ab, die die Telefondrähte zerrissen hatten, und wenn sie herunterfielen, wuchtete Oliver sie aus dem Weg. Es war harte Arbeit, aber am Ende hatten sie eine schmale Spur zwischen der Straße und dem Flüßchen freigelegt, die breit genug für ein Auto sein müßte. Als das erledigt war, gingen sie zum Haus, holten Sarah und ihren Koffer ab und stiegen alle in Wills Personenwagen.

Als sie zu dem gestürzten Baum kamen, war Sarah entsetzt. «Da kommen wir nie durch.»

«Wir müssen es versuchen», sagte Ben und fuhr geradewegs auf die schmale Lücke zu. Das hatte gräßliche kratzende und schrammende Geräusche zur Folge, aber sie kamen durch.

«Was wird Will sagen, wenn er sieht, was du mit seinem Wagen gemacht hast?»

«Er muß sich um wichtigere Sachen Gedanken machen. Ein Baby zum Beispiel.»

«Im Krankenhaus rechnen sie erst in zwei Wochen mit mir.»

«Das spielt keine Rolle.»

«... und Will. Ich muß Will anrufen.»

«Ich sehe zu, daß ich Will erreiche. Sei du unbesorgt, und halt dich gut fest, denn jetzt rasen wir wie die Höllenhunde. Nur schade, daß wir keine Polizeisirene haben.»

Wegen des Nebels raste er nicht wie die Höllenhunde, aber auch so kamen sie recht zügig voran und fuhren bald darauf unter dem roten Ziegelbogen hindurch in den Hof des kleinen Kreiskrankenhauses.

Ben half Sarah mit ihrem Koffer aus dem Wagen. Oliver wollte mitgehen, wurde jedoch beschieden, im Auto zu warten.

Er wollte nicht allein gelassen werden. «Warum muß ich hierbleiben?»

«Tu, was man dir sagt», befahl Sarah, beugte sich zu ihm hinein und gab ihm einen Abschiedskuß. Er umarmte sie fest, und als sie fort war, lehnte er sich zurück, und ihm war zum Heulen. Nicht nur, weil er sehr müde war und weil seine Knie und Hände wieder weh taten, sondern weil er eine nagende Angst verspürte, die sich bei näherer Prüfung als Sorge um seine Schwester erwies. War es schlimm, daß das Baby zwei Wochen zu früh kam? Würde es ihm schaden? Oliver malte sich fehlende Zehen aus, ein verdrehtes Auge. Es regnete immer noch; der Vormittag erschien ihm wie eine Ewigkeit. Er sah auf seine Uhr und stellte erstaunt fest, daß es noch nicht Mittag war. Er wünschte, Ben Fox würde zurückkommen.

Endlich erschien er. Wie er über den Hof schritt, wirkte er in dieser adretten Krankenhausumgebung vollkommen fehl am Platz. Er setzte sich ans Steuer und schlug die Tür zu. Er sprach eine ganze Weile kein Wort. Oliver fragte sich, ob er gleich erfahren würde, daß Sarah tot sei.

Er schluckte den Klumpen in seiner Kehle herunter. «Hat es – hat es Schwierigkeiten gegeben, weil sie früher gekommen ist?» Seine eigene Stimme kam ihm seltsam piepsig vor.

Ben fuhr sich mit den Fingern durch die dichten roten Haare. «Nein. Sie haben ein Bett für sie, und sie dürfte inzwischen im Kreißsaal sein. Alles ist bestens organisiert.»

«Warum waren Sie so lange weg?»

«Ich mußte Will erreichen. Ich hab den Markt in Truro angerufen. Es hat eine Weile gedauert, Will zu finden, aber jetzt ist er unterwegs.»

«Ist...?» Es war unmöglich, mit dem Hinterkopf eines Menschen zu sprechen. Oliver kletterte auf den Vordersitz. «Ist es schlimm, daß das Baby zwei Wochen zu früh kommt? Es wird ihm doch nicht schaden?»

Ben sah Oliver an, und Oliver bemerkte, daß die seltsamen Augen anders aussahen, nicht mehr hart, sondern sanft wie der Himmel an einem kühlen Frühlingsmorgen. Er sagte: «Hast du Angst um sie?»

«Ein bißchen.»

«Mach dir keine Sorgen. Sie ist gesund und kräftig, und die Natur ist etwas Wunderbares.»

«Ich», sagte Oliver, «ich finde die Natur schrecklich.»

Ben wartete, daß er das näher erläuterte, und mit einemmal war es ganz leicht, sich diesem Mann anzuvertrauen, ihm Dinge zu sagen, die er niemandem, nicht einmal Will, gestanden hätte. «Sie ist grausam. Ich habe noch nie auf dem Land gelebt. Ich hab nicht gewußt, wie das ist. Das Tal und der Hof... überall Füchse und Falken, alle töten sich gegenseitig, und gestern morgen lag ein totes Kaninchen auf dem Weg. Und heute nacht war der Wind so wild, und ich hab die See gehört und mußte dauernd an ertrunkene Seeleute und gekenterte Schiffe denken. Warum muß das so sein? Und dann ist der Baum gestürzt, und das Baby kommt zu früh...»

«Ich hab dir gesagt, um das Baby brauchst du dir keine Sorgen zu machen. Es ist nur ein bißchen ungeduldig, weiter nichts.»

Oliver war nicht überzeugt. «Aber woher wissen Sie das?»

«Ich weiß es eben», erwiderte Ben ruhig.

«Haben Sie mal ein Baby gehabt?»

Die Frage war herausgeplatzt, bevor er Zeit hatte zu denken. Sobald er es ausgesprochen hatte, bereute er seine Worte, denn Ben Fox drehte sich von ihm weg, und Oliver konnte nur die scharfe Kante seines Backenknochens sehen, die Falten um sein Auge, den vorspringenden Bart. Ein langes Schweigen lag zwischen ihnen, und es war, als sei der Mann weit weggegangen. Schließlich hielt Oliver es nicht mehr aus. «Hatten Sie mal eins?» hakte er nach.

«Ja», sagte Ben. Er wandte sich Oliver wieder zu. «Aber es wurde tot geboren, und meine Frau habe ich auch verloren, denn sie starb bald danach. Aber weißt du, sie war nie kräftig. Die Ärzte haben gesagt, sie darf kein Kind bekommen. Mir hätte es nichts ausgemacht. Ich hätte mich damit abgefunden, aber sie wollte es unbedingt riskieren. Sie sagte, eine Ehe ohne Kinder wäre nur eine halbe Ehe, und ich habe nachgegeben.»

«Weiß Sarah das?»

Ben Fox schüttelte den Kopf. «Nein. Hier weiß es kein Mensch. Wir haben in Bristol gewohnt. Ich war Professor für Englisch an der Universität. Aber als meine Frau gestorben war, konnte ich dort nicht mehr bleiben. Ich habe meine Arbeit an den Nagel gehängt und bin hierhergekommen. Ich habe schon immer mit Holz gearbeitet – das war mein Hobby –, und jetzt verdiene ich mein Geld damit. Es lebt sich gut da oben auf dem Hügel, und die Leute sind nett. Sie lassen mir meine Ruhe, respektieren mein Privatleben.»

Oliver meinte: «Aber wäre es nicht leichter, Freunde zu haben? Mit Leuten zu reden?»

«Vielleicht. Eines Tages.»

«Mit mir reden Sie.»

«Wir reden miteinander.»

«Ich dachte, Sie laufen vor irgendwas weg.» Er beschloß, reinen Tisch zu machen. «Ich hab wirklich gedacht, daß Sie was zu verbergen haben, daß die Polizei hinter Ihnen her ist oder daß Sie vielleicht jemand ermordet haben. Sie sind weggelaufen.»

«Nur vor mir selbst.»

«Laufen Sie jetzt nicht mehr weg?»

«Vielleicht», sagte Ben Fox. «Vielleicht hört es jetzt auf.» Plötzlich lächelte er. Es war das erste Mal, daß Oliver ihn lächeln sah, er bekam ganz viele Fältchen um die Augen, seine Zähne waren weiß und ebenmäßig. Mit seiner riesigen Hand zauste er Olivers Haare. «Vielleicht ist es Zeit, das Weglaufen zu beenden. So wie es für dich Zeit ist, dich mit dem Leben abzufinden. Das ist nicht leicht. Es ist einfach eine lange Reihe von Herausforderungen, wie Hürden bei einem Rennen. Und ich nehme an, sie hören nicht auf, bis zu dem Tag, an dem du stirbst.»

«Ja», sagte Oliver, «so wird es wohl sein.»

Sie blieben noch ein Weilchen sitzen, in behaglichem, einmütigem Schweigen, und dann sah Ben Fox auf seine Uhr. «Was möchtest du lieber, Oliver, hier sitzen bleiben und auf Will warten oder mit mir kommen und irgendwo was essen?»

Essen war eine prima Idee. «Ein Hamburger wär nicht schlecht.»

«Find ich auch.» Er ließ den Motor an, und sie fuhren fort vom Krankenhaus, unter dem Bogen hindurch, in die Straßen der kleinen Stadt, auf der Suche nach einem geeigneten Gasthaus.

«Übrigens», meinte Oliver, «Will würde uns gar nicht hier haben wollen. Er will nur bei Sarah sein.»

«Das war gesprochen wie ein Mann», sagte Ben Fox. «Wie ein Mann.»

Ein
unvergeßlicher Abend

Alice Stockman saß unter der Trockenhaube, die Haare auf Wickler gedreht und am Kopf festgesteckt. Sie verzichtete auf die angebotenen Illustrierten, öffnete statt dessen ihre Handtasche, nahm den Notizblock nebst dazugehörigem Bleistift heraus und ging zum vielleicht vierzehnten Mal ihre Liste durch.

Das Aufstellen von Listen lag ihr nicht besonders, sie neigte vielmehr dazu, alles mehr oder weniger dem Zufall zu überlassen. Sie war eine unbeschwerte Hausfrau, der lebenswichtige Dinge wie Brot, Butter und Spülmittel häufig ausgingen und die sich dennoch – jedenfalls für ein, zwei Tage – die Fähigkeit des Improvisierens sowie die eingefleischte Überzeugung bewahrte, daß es ohnehin keine Rolle spiele.

Nicht, daß sie nicht ab und zu Listen aufstellte, aber sie tat es stets impulsiv und benutzte dazu jedes beliebige Stück Papier, das ihr in die Hände fiel. Die Rückseite eines Briefumschlages, Scheckheftabschnitte, alte Rechnungen. Das verlieh dem Leben etwas Rätselhaftes. *Lampenschirm. Wieviel?* fand sie etwa auf eine Empfangsbestätigung für Kohlen gekritzelt, die vor sechs Monaten geliefert worden waren, und sie versuchte sich eine Minute lang krampfhaft zu erinnern, was diese Botschaft bedeuten könnte. Was für ein Lampenschirm? Und wieviel hatte er gekostet?

Seit sie aus London aufs Land gezogen waren, hatte sie sich bemüht, ihr neu erworbenes Haus nach und nach einzurichten und umzugestalten, aber sie hatten nie genug Zeit oder Geld übrig – die zwei kleinen Kinder nahmen beides fast vollständig in Anspruch –, und so gab es immer noch Zimmer mit der falschen Tapete oder ohne Teppiche.

Diese Liste jedoch war etwas anderes. Diese Liste war für morgen abend und so wichtig, daß Alison eigens dafür den kleinen Notizblock nebst dazugehörigem Bleistift erstanden und mit äußerster Konzentration detailliert alles aufgeschrieben hatte, was gekauft, gekocht, poliert, geputzt, gewaschen, gebügelt oder geschält werden mußte.

Eßzimmer saugen, Silber putzen. Diese Punkte hakte sie ab. *Tisch decken.* Das wurde ebenfalls abgehakt. Sie hatte den Tisch heute morgen gedeckt, als Larry im Kindergarten war und Janey in ihrem Gitterbettchen schlief. «Werden die Gläser nicht staubig?» hatte Henry gefragt, als sie ihm von ihrem Vorhaben erzählte, doch Alison versicherte ihm, sie würden nicht staubig, und außerdem würden sie bei Kerzenlicht essen, wenn also die Gläser staubig sein sollten, würden Mr. und Mrs. Fairhurst es vermutlich nicht sehen können. Und überhaupt, wer hatte je von staubigen Weingläsern gehört?

Rinderfilet bestellen. Auch der Punkt bekam ein Häkchen. *Kartoffeln schälen.* Noch ein Häkchen; die Kartoffeln lagen in einer Schüssel mit Wasser in der Speisekammer. *Garnelen auftauen.* Das mußte sie morgen früh erledigen. *Mayonnaise machen. Salat putzen. Pilze putzen. Mutters Zitronensoufflé machen. Schlagsahne kaufen.* Sie hakte *Schlagsahne kaufen* ab, aber alles übrige mußte bis morgen warten.

Sie schrieb: *Blumenschmuck.* Das hieß die ersten schüchternen Narzissen pflücken, die soeben im Garten aufblühten, und sie mit blühenden Johannisbeerzweigen arrangieren, die hoffentlich nicht das ganze Haus nach Katzendreck riechen ließen.

Sie schrieb: *Die besten Kaffeetassen spülen.* Diese waren ein Hochzeitsgeschenk und wurden in einem Eckschrank im Wohnzimmer aufbewahrt. Sie würden zweifellos staubig sein, auch wenn es die Weingläser nicht waren.

Sie schrieb: *In die Badewanne gehen.* Das war ganz wichtig, und wenn sie es morgen nachmittag um zwei Uhr tat. Am besten, nachdem sie die Kohlen geholt und den Korb mit dem Feuerholz gefüllt hatte.

Sie schrieb: *Stuhl flicken.* Alison hatte bei einer Versteigerung sechs kleine Eßzimmerstühle mit geschweiften Rückenlehnen erstanden. Sie hatten grüne, mit Goldborte eingefaßte Samtsitze, und Larrys Kater mit dem originellen Namen Catkin, Kätzchen, hatte einen davon zum Schärfen seiner Krallen benutzt. Die Borte hatte sich gelöst und hing unordentlich herunter. Alison wollte sie mit Klebstoff und Heftklammern befestigen. Es spielte keine Rolle, wenn es nicht besonders gut wurde. Es durfte nur nicht zu sehen sein.

Sie steckte die Liste wieder in ihre Handtasche und dachte trübsinnig an ihr Eßzimmer. Daß sie heutzutage überhaupt ein Eßzimmer hatten, war erstaunlich, aber in Wahrheit war es ein so unansehnliches, nach Norden gelegenes Kabuff, daß niemand es für einen anderen Zweck haben wollte. Sie hatte es Henry als Arbeitszimmer vorgeschlagen, doch Henry sagte, es sei verdammt kalt, und dann hatte sie gemeint, Larry könnte seinen Spielzeugbauernhof dort aufstellen, aber Larry zog es vor, mit seinem Bauernhof auf dem Küchenfußboden zu spielen. Sie benutzten den Raum nie als Eßzimmer, denn sie nahmen alle Mahlzeiten in der Küche ein, oder im Garten, wenn es im Sommer warm genug war, um im Schatten des Ahornbaumes zu picknicken.

Ihre Gedanken schweiften schon wieder ab, wie gewöhnlich. Das Eßzimmer. Es war so düster, daß nichts es noch düsterer hätte machen können, und so hatten sie es dunkelgrün tapeziert, passend zu den Samtvorhängen, die Alisons Mutter auf ihrem reichhaltigen Speicher ausfindig gemacht hatte. Das Zimmer enthielt einen Ausziehtisch, die Stühle mit den geschweiften Lehnen und ein viktorianisches Buffet, das ihnen eine Tante von Henry vermacht hatte, und daneben zwei monströse Gemälde. Die hatte Henry beigesteuert. Er hatte auf einer Versteigerung ein Kamingitter aus Messing erstanden und sich darüber hinaus als Besitzer dieser deprimierenden Bilder wiedergefunden. Das eine stellte einen Fuchs dar, der eine tote Ente vertilgte, das andere ein Hochlandrind, das im strömenden Regen stand.

«Dann sind die Wände nicht so kahl», hatte Henry gesagt und die Bilder im Eßzimmer aufgehängt. «Sie müssen genügen, bis ich es mir leisten kann, dir ein Original von Hockney zu kaufen, oder einen Renoir oder Picasso oder was immer du möchtest.» Er stieg von der Leiter und küßte seine Frau. Er war in Hemdsärmeln und hatte Spinnweben in den Haaren.

«Solche Sachen will ich nicht», sagte Alison.

«Solltest du aber.» Er küßte sie wieder. «Ich will sie.»

Und es war ihm Ernst. Er wünschte es nicht für sich, sondern für seine Frau und seine Kinder. Für sie war er strebsam. Sie hatten die Londoner Wohnung verkauft und dieses Häuschen erworben, weil er wollte, daß die Kinder auf dem Land aufwuchsen und sich mit Kühen, Ernten, Bäumen und Jahreszeiten auskannten. Und wegen der Hypothek hatten sie sich gelobt, alle notwendigen Maler- und Tapezierarbeiten selbst auszuführen. Diese endlosen Betätigungen nahmen alle ihre Wochenenden in Anspruch. Anfangs war es ganz gut gegangen, weil Winter war. Doch dann wurden die Tage länger, der Sommer kam, und sie vernachlässigten das Haus und gingen nach draußen, um den überwucherten, verwahrlosten Garten einigermaßen in Ordnung zu bringen.

In London hatten sie Zeit füreinander gehabt; sie konnten einen Babysitter engagieren und auswärts essen gehen, sie konnten zu Hause sitzen und Musik hören, während Henry die Zeitung las und Alison an ihrer Stickarbeit saß. Aber jetzt ging Henry morgens um halb acht aus dem Haus und kam erst zwölf Stunden später zurück.

«Ist es das wirklich wert?» fragte sie ihn hin und wieder, aber Henry ließ sich nicht entmutigen.

«Das bleibt nicht immer so», versprach er ihr, «du wirst sehen.»

Er arbeitete bei Fairhurst & Hanbury, einer Firma für Elektrotechnik, die, seit Henry als kleiner Angestellter dort anfing, bescheiden expandiert und jetzt eine Anzahl interessanter Eisen im Feuer hatte, nicht zuletzt die Herstellung kommerzieller Computersysteme. Langsam hatte Henry die Beförderungsleiter erklommen und kam nun möglicherweise für die Stellung des Exportdirektors in Betracht, nachdem der Mann, der diesen Posten zur Zeit bekleidete, sich entschlossen hatte, sich vorzeitig zur Ruhe zu setzen, um nach Devonshire zu ziehen und Geflügel zu züchten.

Im Bett, das gegenwärtig der einzige Ort war, wo sie sich in Ruhe unterhalten konnten, hatte Henry Alison seine Möglichkeiten, diesen Posten zu bekommen, erläutert. Sie schienen nicht sehr aussichtsreich. Zum einen sei er der jüngste der Kandidaten. Seine Befähigungen seien zwar fundiert, aber nicht glänzend, und die anderen hätten alle mehr Erfahrung.

«Und was hättest du zu tun?» wollte Alison wissen.

«Tja, das ist es ja eben. Ich wäre viel auf Reisen. New York, Hongkong, Japan. Neue Märkte erschließen. Ich wäre ständig unterwegs. Du wärst noch mehr allein als jetzt. Und dann müßten wir uns revanchieren. Wenn ausländische Einkäufer zu uns kämen, müßten wir uns um sie kümmern, sie einladen ... du weißt schon.»

Sie dachte darüber nach, während sie im Dunkeln in seinen Armen lag, bei offenem Fenster, und sich die kühle Landluft ins Gesicht wehen ließ. Sie sagte: «Es wäre mir nicht lieb, wenn du oft weg wärst, aber ich könnte es ertragen. Ich würde nicht einsam sein, die Kinder wären ja da. Und ich würde wissen, daß du immer zu mir zurückkommst.»

Er küßte sie. Er sagte: «Habe ich dir je gesagt, daß ich dich liebe?»

«Ein-, zweimal.»

«Ich will den Posten. Ich trau mir das zu. Und ich will uns die Hypothek vom Hals schaffen und in den Sommerferien mit den Kindern in die Bretagne fahren und vielleicht einen Mann bezahlen, der uns diesen verdammten Garten umgräbt.»

«Sag das nicht.» Alison legte Henry die Hand auf den Mund. «Sprich nicht darüber. Man soll den Tag nicht vor dem Abend loben.»

Dieses nächtliche Gespräch hatte vor ungefähr einem Monat stattgefunden, und seitdem hatten sie nicht mehr über Henrys mögliche Beförderung gesprochen. Doch vor einer Woche hatte Mr. Fairhurst, Henrys Vorgesetzter, Henry zum Mittagessen in seinen Club eingeladen. Henry mochte kaum glauben, daß Mr. Fairhurst ihm dieses vorzügliche Mahl lediglich aus Freude an Henrys Gesellschaft spendierte, doch erst als sie bei dem köstlichen, mit bläulichen Adern durchzogenen Stiltonkäse und einem Glas Portwein angelangt waren, kam

Mr. Fairhurst endlich zur Sache. Er erkundigte sich nach Alison und den Kindern. Henry sagte, es gehe ihnen ausgezeichnet.

«Für Kinder ist es gut, auf dem Land zu leben. Und Alison, gefällt es ihr dort?»

«Ja. Sie hat im Dorf viele Freunde gewonnen.»

«Das ist gut. Das ist sehr gut.» Nachdenklich nahm sich der ältere der beiden Männer noch etwas Käse. «Eigentlich kenne ich Alison gar nicht richtig.» Es hörte sich an, als grübele er vor sich hin, als sei die Bemerkung nicht an Henry gerichtet. «Hab sie natürlich auf Betriebsfesten gesehen, aber das zählt ja kaum. Ich würde mir gerne Ihr neues Haus ansehen ...»

Seine Stimme verlor sich. Er blickte auf. Über die gestärkte Tischdecke und das schimmernde Tafelsilber hinweg sah Henry ihm ins Gesicht. Ihm wurde klar, daß Mr. Fairhurst auf eine formelle Einladung aus war, sie gar erwartete.

Er räusperte sich und sagte: «Vielleicht könnten Sie und Mrs. Fairhurst einmal zum Abendessen zu uns kommen?»

«Oh», sagte der Vorgesetzte mit überraschter und erfreuter Miene, als sei das Ganze Henrys Idee gewesen, «sehr freundlich. Mrs. Fairhurst wird sich bestimmt freuen.»

«Ich ... ich sage Alison, sie soll sie anrufen. Sie können einen Tag vereinbaren.»

«Wir werden geprüft, nicht wahr? Für den neuen Posten», sagte Alison, als er ihr die Neuigkeit mitteilte. «Für die vielen Einladungen der ausländischen Kunden. Sie wollen wissen, ob ich das hinkriege, ob ich Gesellschaften geben kann.»

«So ausgedrückt, klingt es ziemlich gefühllos, aber ... ja, ich glaube, es ist wahr.»

«Muß es schrecklich großartig sein?»

«Nein.»

«Aber förmlich.»

«Er ist der Chef.»

«Ach du meine Güte.»

«Mach nicht so ein Gesicht. Ich ertrage es nicht, wenn du so ein Gesicht machst.»

«Oh, Henry.» Sie war drauf und dran zu weinen, aber er nahm sie in seine Arme, und da merkte er, daß sie doch nicht weinen mußte. «Vielleicht werden wir geprüft», sagte er über ihren Kopf hinweg, «aber das ist bestimmt ein gutes Zeichen. Besser, als einfach übergangen zu werden.»

«Ja», sagte Alison, und nach einer Weile: «Nur gut, daß wir ein Eßzimmer haben.»

Am nächsten Morgen rief sie Mrs. Fairhurst an, und bemüht, nicht allzu nervös zu klingen, lud sie Mrs. Fairhurst und ihren Mann zum Abendessen ein. «Oh, wie liebenswürdig.» Mrs. Fairhurst wirkte ehrlich überrascht, als höre sie jetzt zum erstenmal davon.

«Wir... wir dachten, am Sechsten oder Siebten dieses Monats. Wann es Ihnen besser paßt.»

«Momentchen, ich muß in meinem Terminkalender nachsehen.» Es folgte eine lange Pause. Alisons Herz klopfte heftig. Lächerlich, so nervös zu sein. Endlich war Mrs. Fairhurst wieder am Apparat. «Am Siebten würde es uns sehr gut passen.»

«Gegen halb acht?»

«Ausgezeichnet.»

«Und ich sage Henry, er soll für Mr. Fairhurst eine kleine Karte zeichnen, damit Sie den Weg finden.»

«Das ist eine gute Idee. Wir sind bekannt dafür, daß wir uns dauernd verfahren.»

Darüber lachten sie beide, dann verabschiedeten sie sich und hängten ein. Sogleich nahm Alison den Hörer wieder auf und rief ihre Mutter an.

«Ma?»

«Liebling.»

«Ich muß dich um einen Gefallen bitten. Kannst du nächsten Freitag die Kinder nehmen?»

«Natürlich. Warum?»

Alison erklärte es. Ihre Mutter machte sich sofort an die praktische Planung. «Ich komme sie mit dem Wagen abholen, gleich nach dem Tee. Und sie können bei mir übernachten. Prima Idee. Unmöglich, gleichzeitig Essen zu kochen und die Kinder ins Bett zu bringen, und wenn sie merken, daß was im Gange ist, wollen sie nicht schlafen. Da sind alle Kinder gleich. Was willst du den Fairhursts vorsetzen?»

Darüber hatte Alison noch nicht nachgedacht, aber das tat sie nun, und ihre Mutter machte ein paar nützliche Vorschläge und gab ihr das Rezept für ihr Zitronensoufflé. Sie fragte nach den Kindern, teilte ein paar Neuigkeiten aus der Verwandtschaft mit und legte auf. Alison griff abermals zum Hörer und meldete sich beim Friseur an.

Als dies alles erledigt war, kam sie sich kompetent und tüchtig vor, eine nicht eben vertraute Empfindung. Freitag, der Siebte. Sie durchquerte die Diele und öffnete die Tür zum Eßzimmer. Sie inspizierte es kritisch, und das Eßzimmer blickte düster zurück. Mit Kerzen, sagte sie sich und kniff dabei die Augen halb zu, mit Kerzen und bei zugezogenen Vorhängen sieht es vielleicht gar nicht so schlimm aus.

O bitte, lieber Gott, laß nichts schiefgehen. Laß mich Henry nicht blamieren. Laß es um Henrys willen gutgehen.

Hilf dir selbst, so hilft dir Gott. Alison schloß die Eßzimmertür, zog ihren Mantel an, ging ins Dorf und kaufte den kleinen Notizblock nebst dazugehörigem Bleistift.

Ihre Haare waren trocken. Sie verließ die Trockenhaube, setzte sich vor einen Spiegel und wurde gleich darauf ausgekämmt.

«Gehen Sie heute abend aus?» fragte der junge Friseur, der mit zwei Bürsten hantierte, als sei Alisons Kopf eine Trommel.

«Nein. Heute nicht. Morgen abend bekomme ich Besuch zum Essen.»

«Wie nett. Wünschen Sie Haarspray?»

«Wär vielleicht nicht schlecht.»

Er besprühte sie von allen Seiten, hielt einen Spiegel in die Höhe, so daß sie ihren Hinterkopf bewundern konnte, dann band er die Schleife des mauvefarbenen Nylonumhangs auf und nahm ihn Alison ab.

«Vielen Dank.»

«Viel Vergnügen morgen.»

Ein frommer Wunsch. Sie bezahlte, zog ihren Mantel an und trat auf die Straße. Es wurde langsam dunkel. Neben dem Friseur war eine Süßwarenhandlung, dort kaufte sie zwei Tafeln Schokolade für die Kinder. Sie ging zu ihrem Wagen, fuhr nach Hause, stellte das Auto in die Garage und betrat das Haus durch die Küchentür. Hier traf sie Evie an, die den Kindern ihr Abendbrot gab. Janey saß auf ihrem hohen Kinderstuhl, und in der Küche duftete es nach Backwerk.

Alison ließ sich auf einen Stuhl fallen und lächelte die drei fröhlichen Gesichter am Tisch an. «Ich bin völlig geschafft. Ist noch Tee in der Kanne?»

«Ich brüh frischen auf.»

«Und Sie haben gebacken.»

«Ja», sagte Evie, «ich hatte ein bißchen Zeit, da hab ich 'nen Kuchen gebacken. Dachte, er kommt Ihnen vielleicht zupaß.»

Evie gehörte zum Besten, was Alison zugestoßen war, seit sie aufs Land gezogen waren. Sie war unverheiratet, im mittleren Alter, stämmig und energisch und führte ihrem Bruder, der Junggeselle war und das Land rund um Alisons und Henrys Haus bestellte, den Haushalt. Alison hatte sie im Lebensmittelgeschäft im Dorf kennengelernt. Evie hatte sich vorgestellt und gesagt, wenn Alison Eier von freilaufenden Hühnern wolle, könne sie diese bei Evie kaufen. Evie halte selbst Hühner und versorge ein paar ausgesuchte Familien im Dorf. Alison hatte das Angebot dankbar angenommen, und seither ging sie nachmittags mit den Kindern in das Bauernhaus, um die Eier zu holen.

Evie liebte Kinder. Schon nach kurzer Zeit meinte sie: «Wenn Sie mal 'nen Babysitter brauchen, rufen Sie mich jederzeit an», und hin und wieder hatte Alison sie dafür in Anspruch genommen. Die Kinder hatten es gern, wenn Evie auf sie aufpassen kam. Sie brachte ihnen jedesmal Süßigkeiten oder kleine Geschenke mit, zeigte Larry Kartenspiele und war geschickt und liebevoll im Umgang mit Janey. Sie liebte es, das Baby auf dem Knie zu halten, wobei Janey ihr rundes blondes Köpfchen an das feste Polster ihres mächtigen Busens drückte.

Jetzt eilte sie zum Herd, setzte den Wasserkessel auf und bückte sich, um nach ihrem Kuchen im Backofen zu sehen. «Fast fertig.»

«Das ist lieb von Ihnen, Evie. Aber müssen Sie nicht nach Hause? Jack wartet sicher schon auf seinen Tee.»

«Ach, Jack ist heut auf den Markt gegangen. Das dauert noch Stunden, bis er zurückkommt. Wenn Sie wollen, bring ich die Kinder ins Bett. Muß sowieso noch auf den Kuchen warten.» Sie strahlte Larry an. «Das magst du doch, nicht wahr, mein Herzchen? Evie badet dich. Und Evie zeigt dir, wie man mit den Fingern Seifenblasen macht.»

Larry steckte sich den letzten Chip in den Mund. Er war ein ernstes Kind und für Spontanität nicht leicht zu haben. Er sagte: «Liest du mir auch eine Geschichte vor, wenn ich im Bett bin?»

«Wenn du willst.»

«Du sollst mir *Wo ist Spot?* vorlesen. Da kommt eine Schildkröte drin vor.»

«Schön, die liest Evie dir vor.»

Nach dem Abendbrot gingen die drei nach oben. Man konnte Badewasser einlaufen hören, und Alison roch ihr bestes Schaumbad. Sie deckte den Tisch ab, räumte die Spülmaschine ein und stellte sie an. Bevor es ganz dunkel wurde, ging sie nach draußen, nahm die Wäsche von der Leine, brachte sie ins Haus, faltete sie zusammen, legte sie in den Schrank. Auf dem Weg nach unten sammelte sie eine rote Lokomotive, einen augenlosen Teddybär, einen Quietschball und etliche Bauklötze ein. Sie tat alles in den Spielzeugkorb, der in der Küche seine Bleibe hatte, deckte den Tisch fürs Frühstück sowie ein Tablett für das Abendessen, das sie und Henry am Kamin zu sich nehmen würden.

Dabei fiel ihr etwas ein. Sie ging ins Wohnzimmer, zündete das Feuer an und zog die Vorhänge zu. Ohne Blumen sah das Zimmer kahl aus, aber morgen wollte sie sich um die Blumen kümmern. Als sie wieder in die Küche kam, drückte sich Catkin durch sein Katzentürchen herein und gab Alison zu verstehen, daß die Zeit seines Abendessens lange verstrichen und er hungrig sei. Sie öffnete eine Dose Katzenfutter und gab ihm auch Milch, und er setzte sich in Eßpositur und verputzte alles fein säuberlich.

Alison überlegte, was sie für sich und Henry zum Abendbrot machen sollte. In der Speisekammer war ein Korb mit braunen Eiern, die Evie mitgebracht hatte. Omelette mit Salat. In der Obstschale waren sechs Apfelsinen, und unter der Käseglocke waren bestimmt noch ein paar Käsereste. Alison legte Kopfsalat und Tomaten, eine halbe grüne Paprikaschote und ein paar Selleriestangen zurecht und fing mit dem Salat an. Sie rührte gerade die Vinaigrette, als sie Henrys Auto den Weg heraufkommen und in die Garage fahren hörte. Gleich darauf erschien er mit seinem ausgebeulten Aktenkoffer und der Abendzeitung an der Hintertür. Er sah müde und knittrig aus.

«Hallo.»

«Hallo, Liebling.» Sie küßten sich. «War es anstrengend heute?»

«Hektisch bis dort hinaus.» Er sah den Salat und aß ein Blättchen Kopfsalat. «Ist das unser Abendessen?»

«Ja, und ein Omelette.»

«Bescheidene Kost.» Er lehnte sich an den Tisch. «Ich vermute, wir sparen für morgen abend?»

«Sprich nicht davon. Hast du Mr. Fairhurst heute gesehen?»

«Nein, er war auswärts. Wo sind die Kinder?»

«Evie badet sie. Hörst du es nicht? Sie ist dageblieben. Sie hat uns einen Kuchen gebacken, der ist noch im Backofen. Und Jack ist auf dem Markt.»

Henry gähnte. «Ich geh rauf und sag ihr, sie soll mir auch ein Bad einlassen. Das könnte ich gut gebrauchen.»

Alison räumte die Spülmaschine aus und ging dann ebenfalls nach oben. Aus irgendeinem Grund fühlte sie sich erschöpft. Es war ein seltener Genuß, im Schlafzimmer herumzutrödeln, friedlich und ohne Hast. Sie zog die Sachen aus, die sie den ganzen Tag getragen hatte, und nahm den samtenen Morgenrock, den Henry ihr zu Weihnachten geschenkt hatte, aus dem Schrank. Sie hatte dieses Kleidungsstück noch nicht oft getragen, da es in ihrem geschäftigen Leben selten eine passende Gelegenheit gab. Er war mit Seide gefüttert und fühlte sich wohlig und luxuriös an. Sie knöpfte ihn zu, band die Schärpe, schlüpfte in flache goldene Pantoffeln, die von irgendeinem vergangenen Sommer übriggeblieben waren, und ging ins Kinderzimmer, um gute Nacht zu sagen. Janey lag in ihrem Gitterbettchen und war kurz vorm Einschlafen. Evie saß auf Larrys Bettkante und hatte die Gutenachtgeschichte fast zu Ende gelesen. Larry hatte den Daumen in den Mund gesteckt, die Augen fielen ihm zu. Alison gab ihm einen Kuß.

«Bis morgen», sagte sie zu ihm. Er nickte, sein Blick wanderte zu Evie zurück. Er wollte die Geschichte zu Ende hören. Alison ging wieder hinunter. Sie hob Henrys Abendzeitung auf und nahm sie mit ins Wohnzimmer, um zu sehen, was es heute abend im Fernsehen gab. Da hörte sie ein Auto von der Hauptstraße her den Weg heraufkommen. Es bog in ihre Einfahrt ein. Hinter den zugezogenen Gardinen blitzten Scheinwerfer auf. Alison ließ die Zeitung sinken. Kies knirschte, als das Auto vor ihrer Haustür hielt. Dann klingelte es. Sie warf die Zeitung auf die Couch und ging öffnen.

Auf dem Kiesweg parkte ein Mercedes. Und vor der Tür standen, erwartungsvoll und festlich, Mr. und Mrs. Fairhurst.

Alisons erster Impuls war, ihnen die Tür vor der Nase zuzuschlagen, zu schreien, bis zehn zu zählen, um dann die Tür wieder aufzumachen und festzustellen, daß sie fort waren.

Aber sie waren ohne jeden Zweifel da. Mrs. Fairhurst lächelte. Alison lächelte ebenfalls. Sie spürte das Lächeln wie etwas, das ihr ins Gesicht geschlagen worden war und ihre Wangen zerknautschte.

«Ich fürchte», sagte Mrs. Fairhurst, «wir sind ein bißchen früh. Wir hatten solche Angst, uns zu verfahren.»

«Nein, nein, überhaupt nicht.» Alisons Stimme kam mindestens zwei Oktaven höher heraus als sonst. Sie hatte sich im Datum geirrt. Sie hatte Mrs. Fairhurst den falschen Tag genannt. Sie hatte den allerentsetzlichsten, allergräßlichsten Irrtum begangen. «Kein bißchen zu früh.» Sie trat zurück. «Kommen Sie herein.»

Sie traten ein, und Alison schloß die Tür. Sie machten Anstalten, sich aus ihren Mänteln zu schälen.

Ich kann es ihnen nicht sagen. Henry muß es ihnen sagen. Er muß ihnen etwas zu trinken anbieten und ihnen sagen, daß es nichts zu essen gibt, weil ich dachte, sie würden morgen abend kommen.

Automatisch half sie Mrs. Fairhurst aus ihrem Pelzmantel.

«Haben . . . haben Sie gut hergefunden?»

«Ja, sehr gut», sagte Mr. Fairhurst. Er trug einen dunklen Anzug und eine elegante Krawatte. «Henry hat es mir ausgezeichnet erklärt.»

«Und es war ja auch nicht viel Verkehr.» Mrs. Fairhurst roch nach Chanel No 5. Sie zupfte den Chiffonkragen ihres Kleides zurecht und befühlte ihre Haare, die, silbern und elegant, frisch gemacht waren, genau wie Alisons. Sie trug Diamantohrringe und am Halsausschnitt ihres Kleides eine wunderschöne Brosche.

«Ein bezauberndes Haus. Ein Glück für Sie und Henry, daß Sie es gefunden haben.»

«Ja, wir fühlen uns sehr wohl hier.» Sie hatten die Mäntel

abgelegt. Sie standen da und lächelten sie an. «Kommen Sie herein, ans Feuer.»

Sie ging voran in ihr warmes, vom Feuer erhelltes, aber blumenloses Wohnzimmer, nahm geschwind die Zeitung von der Couch und schob sie unter einen Stapel Illustrierte. Sie rückte einen Sessel nahe ans Feuer. «Nehmen Sie Platz, Mrs. Fairhurst. Henry ist leider ein bißchen spät aus dem Büro gekommen. Er wird jeden Moment unten sein.»

Sie müßte ihnen etwas zu trinken anbieten, aber die Getränke waren im Küchenschrank, und es würde merkwürdig und auch unhöflich aussehen, hinauszugehen und sie allein zu lassen. Und angenommen, sie würden um Martini Dry bitten? Henry war immer für die Getränke zuständig gewesen, und Alison hatte keine Ahnung, wie man einen Martini Dry mixte.

Mrs. Fairhurst ließ sich behaglich in dem Sessel nieder. Sie sagte: «Jock mußte heute morgen nach Birmingham, daher nehme ich an, daß er Henry heute nicht gesehen hat – stimmt's, Lieber?»

«Nein, ich war nicht im Büro.» Er stand am Kamin und sah sich anerkennend um. «Ein hübscher Raum.»

«Oh, danke.»

«Haben Sie einen Garten?»

«Ja. Ungefähr einen Morgen. Er ist eigentlich viel zu groß.» Sie blickte verzweifelt um sich; ihre Augen leuchteten auf, als sie auf die Zigarettendose fielen. Sie nahm sie in die Hand und öffnete sie. Sie enthielt vier Zigaretten. «Möchten Sie eine Zigarette?»

Aber Mrs. Fairhurst rauchte nicht, und Mr. Fairhurst sagte, wenn Alison nichts dagegen hätte, würde er eine von seinen Zigarren rauchen. Alison erwiderte, sie habe durchaus nichts dagegen, und stellte die Dose wieder auf den Tisch. Eine Reihe erschreckender Bilder flitzte ihr durch den Kopf. Henry, der sich noch in der Wanne rekelte, das bißchen Salat, das einzige, was sie zum Abendessen gemacht hatte, das Eßzimmer, eisigkalt und ungastlich.

«Halten Sie den Garten selbst in Ordnung?»

«Oh ... o ja. Wir versuchen es. Er war völlig verwahrlost, als wir das Haus kauften.»

«Und Sie haben zwei kleine Kinder?» Mrs. Fairhurst hielt das Gespräch höflich in Gang.

«Ja. Ja, sie sind schon im Bett. Ich habe eine Freundin, Evie. Sie ist die Schwester des Bauern. Sie hat sie ins Bett gebracht.»

Was könnte man sonst noch sagen? Mr. Fairhurst hatte seine Zigarre angezündet, das Zimmer war von ihrem erlesenen Geruch erfüllt. Was könnte man sonst noch tun? Alison atmete tief durch. «Sie möchten bestimmt gerne einen Drink. Was darf ich Ihnen anbieten?»

«Oh, sehr liebenswürdig.» Mrs. Fairhurst blickte sich um. Weder Flaschen noch Weingläser waren bereitgestellt, aber wenn sie darüber irritiert war, so ließ sie es sich höflicherweise nicht anmerken. «Ein Glas Sherry wäre wunderbar.»

«Und Sie, Mr. Fairhurst?»

«Für mich dasselbe?»

Sie pries beide im stillen, weil sie nicht um Martinis gebeten hatten. «Wir ... wir haben eine Flasche Tio Pepe ...?»

«Welch ein Genuß!»

«Nur, leider ... macht es Ihnen etwas aus, wenn ich Sie einen Moment allein lasse? Henry – er hatte keine Zeit, ein Tablett mit Getränken herzurichten.»

«Machen Sie sich unseretwegen keine Sorgen», wurde ihr versichert. «Wir fühlen uns hier am Feuer sehr wohl.»

Alison verschwand und schloß sachte die Tür hinter sich. Es war schrecklicher als alles, was man sich je hatte vorstellen können. Dabei waren es so nette, liebenswerte Leute, was alles nur noch schlimmer machte. Sie benahmen sich vorbildlich, und sie besaß nicht mal soviel Verstand, sich zu erinnern, für welchen Abend sie sie eingeladen hatte.

Aber es war keine Zeit, um dazustehen und nichts zu tun, als sich zu hassen. Etwas mußte geschehen. Leise flitzte sie in Pantoffeln die Treppe hinauf. Die Badezimmertür stand offen, ebenso die Schlafzimmertür. Und dort stand Henry inmitten von hingeworfenen Badetüchern, Socken, Schuhen und Hemden und zog sich mit Lichtgeschwindigkeit an.

«Henry, sie sind da.»

«Ich weiß.» Er streifte ein sauberes Hemd über den Kopf, steckte es in die Hose, machte den Reißverschluß zu und griff nach einer Krawatte. «Ich hab sie vom Badezimmerfenster aus gesehen.»

«Es ist der falsche Abend. Ich muß einen Fehler gemacht haben.»

«Das habe ich bereits mitgekriegt.» Er ging in die Knie, um auf gleicher Höhe mit dem Spiegel zu sein, und kämmte sich die Haare.

«Du mußt es ihnen sagen.»

«Ich kann's ihnen nicht sagen.»

«Du meinst, wir müssen ihnen ein Essen vorsetzen?»

«Irgendwas müssen wir ihnen wohl bieten.»

«Was soll ich bloß tun?»

«Haben sie schon was zu trinken?»

«Nein.»

«Gib ihnen schnell was zu trinken, und danach sehen wir weiter.»

Sie sprachen im Flüsterton. Er sah sie nicht mal richtig an.

«Henry, es tut mir so leid.»

Er knöpfte seine Weste zu. «Es ist nicht zu ändern. Geh jetzt runter und gib ihnen was zu trinken.»

Sie raste wieder nach unten, blieb einen Moment vor der geschlossenen Wohnzimmertür stehen und hörte dahinter das kameradschaftliche Gemurmel ehelichen Geplauders. Sie pries sie abermals, weil sie zu den Leuten gehörten, die sich immer etwas zu sagen hatten, und begab sich in die Küche. Da stand der Kuchen, frisch aus dem Ofen. Da stand der Salat. Und da stand Evie, den Hut auf, den Mantel zugeknöpft, auf dem Sprung. «Sie haben Besuch bekommen», bemerkte sie mit fröhlicher Miene.

«Das ist kein Besuch. Das sind die Fairhursts. Henrys Chef mit seiner Frau.»

Evies Miene war nicht mehr fröhlich. «Aber die kommen doch morgen.»

«Ich habe einen gräßlichen Irrtum begangen. Sie sind heute abend gekommen. Und es ist nichts zu essen da, Evie.» Ihre Stimme brach. «Nichts.»

Evie überlegte. Sie erkannte eine Krise auf den ersten Blick. Krisen waren Evies Lebenselixier. Mutterlose Lämmer, qualmende Kamine, Motten in den Kniekissen der Kirche – sie war mit allem fertig geworden. Nichts verschaffte Evie mehr Befriedigung, als sich einer Situation gewachsen zu zeigen. Jetzt sah sie auf die Uhr, dann setzte sie ihren Hut ab. «Ich bleib da», verkündete sie, «und helf Ihnen.»

«O Evie – wirklich?»

«Die Kinder schlafen. Damit ist ein Problem aus der Welt.» Sie knöpfte ihren Mantel auf. «Weiß Henry Bescheid?»

«Ja. Er zieht sich gerade an.»

«Was hat er gesagt?»

«Ich soll ihnen was zu trinken geben.»

«Worauf warten wir dann noch?» fragte Evie.

Ein Tablett, Gläser, die Flasche Tio Pepe. Evie fummelte Eis aus der Eiswürfelschale. Alison fand Nüsse.

«Das Eßzimmer», sagte Alison. «Ich hatte den Kamin an-
machen wollen. Es ist eiskalt da drin.»

«Ich bring den kleinen Ölofen in Gang. Der riecht ein bißchen, aber er wärmt das Zimmer schneller als sonstwas. Und
ich zieh die Vorhänge zu und mach die Warmhalteplatte an.»
Sie öffnete die Küchentür. «Schnell, gehen Sie rein.»

Alison trug das Tablett durch die Diele, setzte ein Lächeln
auf, öffnete die Tür und trat ein. Die Fairhursts saßen am Kamin, sie wirkten entspannt und heiter, aber Mr. Fairhurst erhob sich nun, um Alison zu helfen; er zog ein Tischchen heran
und nahm ihr das Tablett ab.

«Wir haben gerade gesagt», erklärte Mrs. Fairhurst, «wir
wünschten, unsere Tochter würde Ihrem Beispiel folgen und
auch aufs Land ziehen. Sie haben eine reizende kleine Wohnung in der Fulham Road, aber sie bekommt im Sommer ihr
zweites Baby, und ich fürchte, dann wird es sehr eng.»

«Es ist ein gewaltiger Schritt...» Alison griff nach der Sher-
ryflasche, doch Mr. Fairhurst sagte «erlauben Sie», nahm ihr
die Flasche ab, schenkte ein, reichte seiner Frau ein Glas.
«Aber Henry...»

Als sie seinen Namen aussprach, hörte sie seine Schritte auf
der Treppe, die Tür ging auf, und da war er. Sie hatte erwartet,
daß er ins Zimmer platzen würde, außer Atem, vollkommen
hektisch, mit einem fehlenden Knopf oder Manschetten-
knopf. Doch seine Erscheinung war tadellos, so als hätte er
wenigstens eine halbe Stunde damit zugebracht, sich umzuzie-
hen, und nicht nur zwei Minuten. Trotz des alptraumhaften
Geschehens fand Alison Zeit, ihren Mann im stillen zu bewundern. Er überraschte sie immer aufs neue, und seine Gefaßtheit
war erstaunlich. Dadurch wurde sie selbst ein bißchen ruhiger.
Immerhin stand Henrys Zukunft, seine Karriere auf dem Spiel.
Wenn er diesen Abend nonchalant bewältigen konnte, dann

konnte Alison es bestimmt auch. Zusammen könnten sie es vielleicht schaffen.

Henry war charmant. Er entschuldigte sich für sein spätes Erscheinen, vergewisserte sich, daß seine Gäste es bequem hatten, schenkte sich ein Glas Sherry ein und ließ sich ganz entspannt in der Mitte der Couch nieder. Er und die Fairhursts begannen ein Gespräch über Birmingham. Alison stellte ihr Glas ab, murmelte etwas von Sich-ums-Essen-Kümmern und verließ das Zimmer.

Auf der anderen Seite der Diele hörte sie Evie sich mit dem alten Ölofen abmühen. Sie ging in die Küche und band sich eine Schürze um. Sie hatte den Salat. Und was noch? Keine Zeit, die Garnelen aufzutauen, das Rinderfilet zuzubereiten oder Mutters Zitronensoufflé zu machen. Und die Tiefkühltruhe war wie gewöhnlich gefüllt mit der Sorte Kost, mit der sie die Kinder verpflegte, ansonsten enthielt sie wenig. Fischstäbchen, tiefgefrorene Chips, Eis. Sie hob den Deckel und spähte hinein. Sah ein paar steinharte Hähnchen, drei in Scheiben geschnittene Brotlaibe, zwei Eis am Stiel.

O Gott, bitte laß mich was finden. Bitte laß etwas dasein, was ich den Fairhursts vorsetzen kann.

Sie dachte an all die schreckerfüllten Stoßgebete, die sie im Laufe ihres Lebens gen Himmel geschickt hatte. Vor langer Zeit war sie zu dem Schluß gekommen, daß irgendwo droben im blauen Jenseits ein Computer sein mußte; wie wollte Gott sonst Buch führen über die Billionen und Aberbillionen Bitten um Hilfe und Beistand, die ihn durch alle Ewigkeit erreichten?

Bitte laß etwas zum Essen dasein.

Surr, surr, machte der Computer, und da war die Lösung. Ein Plastikbehälter mit Chili con carne, das Alison vor ein paar Monaten gekocht und eingefroren hatte. In einem Topf auf der Kochplatte gerührt, würde es nicht länger als fünfzehn Minuten zum Auftauen brauchen, und dazu könnte es Reis und Salat geben.

Ihre Inspektion ergab, daß kein Reis da war, nur eine angebrochene Packung Bandnudeln. Chili con carne mit Bandnudeln und knackigem grünem Salat. Schnell dahergesagt, klang es gar nicht so übel.

Und als Entree? Suppe. Eine einzige Dose Consommé war da, das reichte nicht für vier Personen. Sie stöberte in ihren Regalen nach etwas, womit sie die Suppe ergänzen könne, und stieß auf ein Glas Känguruhschwanzsuppe, das ihnen jemand vor zwei Jahren als Gag zu Weihnachten geschenkt hatte. Sie schnappte sich den Behälter, die Packung, die Dose und das Glas, schloß den Deckel der Tiefkühltruhe und stellte alles auf den Küchentisch. Evie erschien, den Ölkanister in der Hand und einen Rußfleck auf der Nase.

«Funktioniert prima», erklärte sie. «Ist schon wärmer im Eßzimmer. Sie hatten keine Blumen hingestellt, und der Tisch sah 'n bißchen nackt aus, da hab ich die Schale mit den Apfelsinen mittendrauf gestellt. Sieht nicht nach viel aus, aber besser als nichts.» Sie stellte den Kanister ab und betrachtete das eigenartige Sammelsurium von Lebensmitteln auf dem Tisch.

«Was sind denn das für Sachen?»

«Abendessen», sagte Alison, die unterdessen am Topfschrank stand und einen Topf suchte, der groß genug war für das Chili con carne. «Klare Suppe – zur Hälfte Känguruhschwanzsuppe, aber das braucht ja keiner zu wissen. Chili con carne mit Bandnudeln. Ist das etwa nichts?»

Evie zog ein Gesicht. «Hört sich für mich nicht nach viel an, aber manche Leute essen ja alles.» Sie selbst bevorzugte schlichte Hausmannskost, nicht diesen fremdländischen Firlefanz. Ein schönes Stück Hammelfleisch mit Kapernsoße, dafür hätte Evie sich entschieden.

«Und Pudding? Was für einen Pudding kann ich machen?»
«In der Tiefkühltruhe ist Eis.»
«Ich kann ihnen nicht bloß Eis auftischen.»
«Dann machen Sie eine Soße. Heiße Schokoladensoße, das ist was Feines.»

Heiße Schokoladensoße. Die beste heiße Schokoladensoße erhielt man, indem man einfach Schokoladetafeln schmolz, und Alison hatte zwei Tafeln, denn sie hatte sie für die Kinder gekauft und vergessen, sie ihnen zu geben. Sie fand sie in ihrer Handtasche.

Und danach Kaffee.

«Ich mach den Kaffee», sagte Evie.

«Ich hatte keine Zeit, die besten Tassen zu spülen. Und die sind im Wohnzimmerschrank.»

«Macht nichts, wir nehmen Teetassen. Die meisten Leute mögen sowieso lieber größere Tassen. Ich auch. Mit den Mokkatäßchen kann ich nichts anfangen.» Schon hatte sie das Chili con carne aus dem Behälter und im Topf. Sie rührte es um und beäugte es mißtrauisch. «Was sind denn das für kleine Dinger?»

«Rote Kidneybohnen.»

«Riecht komisch.»

«Das ist das Chili. Es ist ein mexikanisches Gericht.»

«Ich hoffe bloß, sie mögen mexikanisches Essen.»

Das hoffte Alison auch.

Als sie zu den anderen kam, ließ Henry diskret ein paar Minuten vergehen, dann erhob er sich und sagte, er müsse sich um den Wein kümmern.

«Ihr seid wirklich großartig, ihr jungen Leute», sagte Mrs. Fairhurst, als Henry hinausgegangen war. «Als wir jungverheiratet waren, graute mir immer davor, Gäste zum Essen zu haben, und dabei hatte ich eine Hilfe.»

«Evie hilft mir heute abend.»

«Und ich war so eine miserable Köchin!»

«Ach komm, meine Liebe», tröstete sie ihr Mann, «das ist lange her.»

Dies schien ein günstiger Zeitpunkt, um es zu sagen: «Ich hoffe, Sie können Chili con carne essen. Es ist ziemlich scharf.»

«Gibt es das heute abend? Köstlich. Ich habe es nicht mehr gegessen, seit Jock und ich in Texas waren. Wir waren auf einem geschäftlichen Kongreß dort.»

Mr. Fairhurst schmückte es noch weiter aus. «Und als wir in Indien waren, hat sie schärferes Curry essen können als alle anderen. Mir kamen die Tränen, und sie blieb ganz kühl und gelassen.»

Henry kam zurück. Mit dem Gefühl, sich mitten in einem grotesken Spiel zu befinden, verzog Alison sich abermals. In der Küche hatte Evie alles im Griff, bis hin zur letzten Kochplatte.

«Führen Sie sie jetzt rein», sagte Evie, «und wenn's nach Öl riecht, sagen Sie nichts. So was muß man einfach ignorieren.»

Aber Mrs. Fairhurst sagte, sie liebe Ölgeruch. Er erinnere sie an die Cottages auf dem Lande, als sie ein Kind war. Und siehe, das gefürchtete Eßzimmer sah gar nicht so übel aus. Evie hatte die Kerzen angezündet und nur die kleinen Wandlampen über dem viktorianischen Buffet angelassen. Sie nahmen ihre Plätze ein. Mr. Fairhurst saß dem Hochlandrind im Regen gegenüber. «Wo haben Sie dieses wunderbare Bild aufgetrieben?» wollte er wissen, als sie mit der Suppe begannen. «Solche Bilder hängt sich heute keiner mehr ins Eßzimmer.»

Henry erzählte ihm von dem Messinggitter und der Versteigerung. Alison versuchte herauszufinden, ob die Känguruhschwanzsuppe nach Känguruhschwänzen schmeckte, aber das tat sie nicht. Sie schmeckte einfach nach Suppe.

«Sie haben das Eßzimmer wie ein viktorianisches Kabinett eingerichtet. Sehr geschickt.»

«Es war eigentlich nicht geschickt», sagte Henry. «Es hat sich so ergeben.»

Die Einrichtung des Eßzimmers beschäftigte sie während des ersten Ganges. Beim Chili con carne sprachen sie über Texas, Amerika, Urlaub, die Kinder. «Wir sind mit den Kindern immer nach Cornwall gefahren», sagte Mrs. Fairhurst, während sie ihre Bandnudeln zierlich um die Gabel wand.

«Ich würde mit unseren gerne in die Bretagne fahren», sagte Henry. «Ich war einmal dort, mit vierzehn, und seither scheint mir die Gegend für Kinder ideal.»

Mr. Fairhurst erzählte, als Junge habe man ihn jeden Sommer zur Isle of Wight mitgenommen. Er habe sein eigenes kleines Dinghy gehabt. Darauf wurde Segeln das Gesprächsthema, und Alison fand es so interessant, daß sie vergaß, die leeren Teller abzuräumen, bis Henry, als er ihr Wein nachschenkte, ihr einen sachten Stups gab.

Sie räumte das Geschirr zusammen und brachte es zu Evie in die Küche. «Wie läuft's?» fragte Evie.

«Ganz gut, denke ich.»

Evie begutachtete die leeren Teller. «Jedenfalls haben sie's gegessen. Nun machen Sie schon, tragen Sie den Rest auf, bevor die Soße fest wird, und ich koch Kaffee.»

Alison sagte: «Ich weiß nicht, was ich ohne Sie angefangen hätte, Evie. Ich weiß es einfach nicht.»

«Wenn ich Ihnen einen Rat geben darf», sagte Evie, indem sie Alison das Tablett mit dem Eis und den Puddingschälchen auf die Arme lud, «kaufen Sie sich einen kleinen Terminkalender. Schreiben Sie alles auf. Termine wie dieser sind zu wichtig, um sie dem Zufall zu überlassen. Das sollten Sie wirklich tun. Kaufen Sie sich einen kleinen Terminkalender.»

«Was ich nicht verstehe», sagte Henry, «warum hast du das Datum nicht notiert?»

Es war Mitternacht. Die Fairhursts waren um halb zwölf gegangen, nachdem sie sich vielmals bedankt und die Hoffnung ausgesprochen hatten, daß Alison und Henry bald zum Abendessen zu ihnen kommen würden. Das Haus sei bezaubernd, sagten sie wieder, und sie hätten das delikate Essen sehr genossen. Es sei wirklich, wiederholte Mrs. Fairhurst ein ums andere Mal, ein unvergeßlicher Abend gewesen.

Sie fuhren ab, verschwanden in der Dunkelheit. Henry schloß die Haustür, und Alison brach in Tränen aus.

Es erforderte einige Zeit und ein Glas Whisky, ehe sie sich zum Aufhören überreden ließ. «Ich bin unmöglich», sagte sie zu Henry. «Ich weiß es.»

«Du hast es sehr gut gemacht.»

«Aber es war ein so ausgefallenes Gericht. Evie dachte, sie würden es nie und nimmer essen! Und im Eßzimmer war es überhaupt nicht warm, es roch bloß nach...»

«Es roch nicht schlecht.»

«Und es waren keine Blumen da, bloß Apfelsinen, und ich weiß, du läßt dir gerne Zeit mit dem Weinaufmachen, und ich war im Morgenrock.»

«Du hast reizend ausgesehen.»

Sie wollte sich nicht trösten lassen. «Aber es war so wichtig. Es war so wichtig für dich. Und ich hatte alles geplant. Das Rinderfilet und alles, und den Blumenschmuck. Und ich hatte eine Einkaufsliste, ich hatte alles aufgeschrieben.»

Und an dieser Stelle sagte er: «Was ich nicht verstehe, warum hast du das Datum nicht notiert?»

Sie versuchte sich zu erinnern. Sie hatte unterdessen aufgehört zu weinen, sie saßen nebeneinander auf der Couch vor dem ersterbenden Feuer. «Ich glaube, es war nichts da, wo ich es draufschreiben konnte. Ich kann nie im richtigen Moment einen Zettel finden. Und sie hat gesagt, am Siebten, ich bin ganz sicher. Aber das kann ja wohl nicht sein», endete sie verzagt.

«Ich hab dir zu Weihnachten einen Terminkalender geschenkt», erinnerte Henry sie.

«Ich weiß, aber Larry hat ihn sich zum Zeichnen ausgeliehen, und seitdem hab ich ihn nicht mehr gesehen. O Henry, jetzt kriegst du die Stellung nicht, und es ist ganz allein meine Schuld.»

«Wenn ich den Posten nicht bekomme, dann deswegen, weil es nicht sein soll. Und jetzt wollen wir nicht mehr darüber sprechen. Es ist vorbei. Laß uns ins Bett gehen.»

Am nächsten Morgen regnete es. Henry ging zur Arbeit, Larry wurde von einer Nachbarin abgeholt und zum Kindergarten gefahren. Janey zahnte, sie war unleidlich und erforderte ständige Zuwendung. Da das Baby entweder auf ihrem Arm war oder zu ihren Füßen wimmerte, hatte Alison Mühe, die Betten zu machen, Geschirr zu spülen, die Küche aufzuräumen. Später, wenn sie sich kräftiger fühlte, wollte sie ihre Mutter anrufen und ihr sagen, daß es nicht mehr nötig sei, die Kinder abzuholen und über Nacht bei sich zu behalten. Sie wußte, wenn sie jetzt gleich anriefe, würde sie in Tränen aufgelöst ins Telefon weinen, und sie wollte ihre Mutter nicht beunruhigen.

Als sie Janey endlich zu ihrem Vormittagsschläfchen hingelegt hatte, ging sie ins Eßzimmer. Es war dunkel und roch schal nach Zigarrenrauch und den letzten Ausdünstungen des alten Ölofens. Sie zog die Samtvorhänge zurück, und das graue Morgenlicht fiel auf das Durcheinander von zerknüllten Servietten, Gläsern mit Weinresten, vollen Aschenbechern. Sie holte ein Tablett und fing an, die Gläser einzusammeln. Das Telefon klingelte.

Sie vermutete, es sei Evie. «Hallo?»

«Alison?» Es war Mrs. Fairhurst. «Mein liebes Kind. Was kann ich sagen?»

Alison runzelte die Stirn. Ja wirklich, was könnte Mrs. Fairhurst zu sagen haben? Es tut mir leid?

«Es war alles meine Schuld. Ich habe eben in meinem Terminkalender nachgesehen, wann die Versammlung des Fonds zur Rettung der Kinder ist, zu der ich hin muß, und festgestellt, daß Sie uns *heute abend* zum Essen eingeladen haben. Freitag. Sie hatten uns gestern abend nicht erwartet.»

Alison holte tief Luft und stieß zitternd einen Seufzer der Erleichterung aus. Ihr war, als sei ihr eine schwere Last von den Schultern genommen worden. Nicht sie hatte sich geirrt, sondern Mrs. Fairhurst.

«Hm...» Es war sinnlos, zu lügen. «Nein.»

«Und Sie haben kein Wort gesagt. Sie haben getan, als hätten Sie uns erwartet, und uns so ein köstliches Mahl aufgetischt. Und alles sah so hübsch aus, und Sie beide wirkten so entspannt. Ich kann es einfach nicht fassen. Und ich begreife nicht, wieso ich so dumm war, außer daß ich meine Brille nicht finden konnte, und da habe ich offenbar den falschen Tag eingetragen. Werden Sie mir je verzeihen?»

«Aber ich war genauso schuld. Ich drücke mich am Telefon schrecklich unklar aus. Ich dachte tatsächlich, die Verwechslung sei ganz allein meine Schuld gewesen.»

«Dabei waren Sie so reizend. Jock wird wütend auf mich sein, wenn ich ihn anrufe und es ihm erzähle.»

«Bestimmt nicht.»

«Na ja, es ist nun mal geschehen, und es tut mir aufrichtig leid. Es muß ein Alptraum gewesen sein, als Sie die Tür aufmachten und wir dastanden, herausgeputzt wie Weihnachtsbäume! Und danke, daß Sie soviel Verständnis für eine dumme alte Frau haben.»

«Ich finde Sie überhaupt nicht dumm», sagte Alison zur Gattin des Chefs ihres Mannes. «Ich finde Sie umwerfend.»

Als Henry an diesem Abend nach Hause kam, briet Alison das Rinderfilet. Es war zuviel für sie beide, aber den Rest könnten die Kinder morgen mittag kalt essen. Henry kam spät. Die Kinder waren im Bett und schliefen. Der Kater war gefüttert, das Feuer angezündet. Es war fast Viertel nach sieben, als sie Henrys Wagen den Weg heraufkommen und in die Garage fahren hörte. Der Motor wurde abgestellt, das Garagentor geschlossen. Dann ging die Hintertür auf, und Henry erschien, und er sah so ziemlich wie immer aus, außer daß er neben Aktenmappe und Zeitung den größten Strauß rote Rosen in der Hand trug, den Alison je gesehen hatte.

Mit dem Fuß machte er die Tür hinter sich zu.

«So», sagte er.

«So», sagte Alison.

«Sie sind am falschen Abend gekommen.»

«Ja, ich weiß. Mrs. Fairhurst hat mich angerufen. Sie hatte das falsche Datum in ihren Terminkalender eingetragen.»

«Die beiden finden dich großartig.»

«Es spielt keine Rolle, wie sie mich finden. Es kommt nur darauf an, wie sie dich finden.»

Henry lächelte. Er trat zu ihr, die Rosen vor sich hinhaltend wie eine Opfergabe.

«Weißt du, für wen die sind?»

Alison überlegte. «Für Evie, will ich hoffen. Wenn jemand rote Rosen verdient hat, dann Evie.»

«Ich habe schon veranlaßt, daß Evie Rosen geschickt bekommt. Rosa Rosen mit viel Asparagus und einer entsprechenden Karte. Rate noch mal.»

«Sind sie für Janey?»

«Falsch.»

«Larry? Für den Kater?»

«Wieder falsch.»

«Ich geb's auf.»

«Sie sind», sagte Henry, um einen gewichtigen Ton bemüht, dabei strahlte er wie ein erwartungsvoller Schuljunge, «für die Gattin des neuernannten Exportchefs von Fairhurst & Hanbury.»

«Du hast den Posten!»

Er trat von ihr zurück, und sie sahen sich an. Dann machte Alison ein Geräusch, das sich halb wie ein Schluchzen, halb wie ein Triumphgeschrei anhörte, und warf sich an seine Brust. Er ließ Aktenmappe, Zeitung und Rosen fallen und nahm sie in seine Arme.

Nach einer Weile sprang Catkin, von dem Tumult aufgestört, aus seinem Korb, um die Rosen zu begutachten, aber als er feststellte, daß sie nicht eßbar waren, legte er sich wieder auf seiner Decke schlafen.

Lalla

*E*s gab ein Vorher und ein Nachher. Vorher, das war, bevor unser Vater starb, als wir noch in London wohnten, in einem hohen, schmalen Haus mit einem kleinen Garten dahinter; als die ganze Familie jeden Winter zum Skilaufen fuhr und wir Kinder sehr gute – und wahrscheinlich sündhaft teure – Schulen besuchten. Vorher, das bedeutete Ballettstunden, Theaterbesuche und Konzerte im Regent Park.

Unser Vater war ein großer, geselliger und ungemein lebhafter Mann. Wir haben ihn für unsterblich gehalten, aber schließlich halten die meisten Kinder ihren Vater für unsterblich. Schlimm war nur, daß Mama ihn ebenfalls für unsterblich gehalten hatte, und als er dann auf dem Bürgersteig zwischen dem Versicherungsbüro, in dem er arbeitete, und dem Firmenwagen, in den er gerade einsteigen wollte, einfach umfiel und tot war, wußten wir zunächst weder aus noch ein. Verwaist, verunsichert und wie verloren, hatten wir keine Ahnung, was wir tun sollten. Aber nach der Beerdigung und nach einem Gespräch mit dem Anwalt der Familie raffte Mama sich in aller Stille zu einem Entschluß auf.

Zuerst waren wir entsetzt. «London verlassen? Die Schule

verlassen?» Lalla konnte es nicht glauben. «Aber ich mache doch nächstes Jahr meine mittlere Reife.»

«Es gibt ja noch andere Schulen», erklärte Mama.

«Und was wird aus Janes Klavierstunden?»

«Wir werden einen anderen Lehrer finden.»

«Ich habe nichts dagegen, wenn ich von der Schule muß», sagte Barney. «Ich mag meine Schule sowieso nicht besonders.»

Mama lächelte ihm zu, doch Lalla fragte hartnäckig weiter. «Wo sollen wir denn wohnen?»

«Wir ziehen nach Cornwall.»

«Cornwall!» Bei Lalla hörte es sich an, als verschlüge es uns auf den Mond. «Warum um alles in der Welt nach *Cornwall*?»

«Wenn wir schon aus diesem Haus und aus London rausmüssen», erklärte Mama, «und das müssen wir, weil wir einfach nicht genug Geld haben, um hierzubleiben, dann können wir uns auch irgendwo ansiedeln, wo es wenigstens hübsch ist. Ich habe ein kleines Haus gefunden, das wir mieten können. Es ist das ehemalige Pförtnerhaus eines größeren Anwesens in einem Dorf, das Carwheal heißt. Es liegt am Meer, und es gibt in der Gegend gute Schulen. Wir müssen eben das Beste daraus machen.»

«Aber wir kennen dort niemanden.»

«Wir werden neue Freunde finden. Und unsere Londoner Freunde werden uns im Sommer vielleicht besuchen kommen. Ihr könnt dort fischen und schwimmen und surfen.»

«Und was tun wir im Winter?» wollte Lalla wissen. «Heißt das, daß wir nie mehr in unser geliebtes Val d'Isère fahren können?»

«Vielleicht doch, irgendwann», sagte Mama, «wenn wir alle unser Glück gemacht haben.»

Ich ertrug es nicht, sie von Glück reden zu hören, während ich wußte, daß sie vor Schmerz noch wie betäubt war. Deshalb nahm ich sie in die Arme und behauptete: «Ich mache bestimmt mein Glück. Ich werde Konzertpianistin und verkaufe Tausende von Schallplatten.»

«Wenn nicht, ist es auch nicht schlimm», beteuerte Mama. «Hauptsache, wir sind zusammen.»

Und so begann das Nachher. Mama verkaufte das Pachtrecht an dem Haus in London, dann rückten die Männer einer Spedition an und luden unsere Möbel ein, während wir, jeder in seine Gedanken versunken, mit dem Auto nach Cornwall fuhren. Es war Frühling, und weil Mama unterschätzt hatte, wie lange die Fahrt dauern würde, war es bereits dunkel, als wir den Ort und endlich auch das Haus fanden. Es stand gleich hinter einem großen, zweiflügeligen Gartentor, vor riesigen Bäumen, und als wir steif und müde aus dem Auto stiegen, konnten wir das Meer riechen und ein kalter Wind rüttelte an den Zweigen hoch über uns.

«Da brennt ja Licht im Fenster», stellte Lalla fest.

«Das wird Mrs. Bristow sein», meinte Mama, und ich wußte, daß sie sich große Mühe gab, damit ihre Stimme heiter klang. Sie ging an die Tür und klopfte, und dann, als ihr vielleicht klar wurde, daß es lächerlich war, an der eigenen Tür zu klopfen, öffnete sie sie. Wir sahen jemanden durch den schmalen Flur auf uns zukommen – eine dicke, geschäftige Frau mit grauem Haar und einer grell geblümten Kittelschürze. Der Makler hatte sie hergeschickt, um die Heißwasseranlage in Gang zu setzen. In den folgenden Tagen lernten wir sie näher kennen, und schon bald hatten wir sie auch sehr gern, doch an jenem Abend war sie uns so fremd und unbekannt wie alles andere auch.

«Ach, du meine Güte», rief sie aus, «muß das eine anstrengende Fahrt gewesen sein! Was kann ich denn für Sie tun? Ein Kessel Wasser ist schon warm gestellt, und im Backofen steht eine Pastete.» Über Mamas Schulter hinweg entdeckte sie uns drei Kinder, wie wir da im Dunkeln standen und sie neugierig betrachteten. «Na, ihr Lieben, kommt doch herein, es ist ja so kalt draußen.»

Diese Nacht brachten wir auf dem blanken Fußboden zu, nur in Schlafsäcke gehüllt, die wir noch von einem früheren Campingurlaub hatten. Doch am nächsten Tag traf der Möbelwagen ein, und wir machten uns alle an die Arbeit. Verglichen mit dem Haus, in dem wir in London gewohnt hatten, war dieses winzig, aber jeder von uns hatte ein eigenes Zimmer, und es gab einen Speicher für die Puppenstube, die Bücher, Bauklötze, Modellautos und Malkästen, von denen wir uns nicht hatten trennen wollen. Außerdem stand neben der Garage ein baufälliger Schuppen, in dem wir unsere Fahrräder unterstellen konnten. Der Garten war sogar noch kleiner als der in London, das störte uns aber nicht, weil wir ja jetzt auf dem Land lebten und unserem neuen Revier keine Grenzen gesetzt waren.

Wir erkundeten die Gegend. Wir fanden einen Weg, der durch ein Waldstück zu einer ausgedehnten Flußmündung führte, in der man von einem alten Deich aus Flundern fischen konnte. In der anderen Richtung gelangte man über einen schmalen, sandigen Pfad an der Kirche vorbei, über den Golfplatz und durch die Dünen zu einem Strand – einem breiten, unverbauten Küstenstreifen, an dem sich das Meer bei Ebbe eine halbe Meile oder noch weiter zurückzog, so daß die Wellen weit draußen am blauen Horizont schäumend im Sand ausliefen.

«Ihr müßt vorsichtig sein», erklärte uns Mrs. Bristow, «wenn die Zeit kommt, in der ihr schwimmen gehen könnt. Dieser Strand ist nicht ungefährlich, aber nur bei Ebbe. Wenn das Wasser steigt, könnt ihr immer baden, doch sobald die Ebbe einsetzt, gibt es Strömungen, die euch glatt umschmeißen und hinausziehen.»

Sie war gerade dabei, Safranplätzchen zu backen, und wir hingen alle in der Küche herum und warteten darauf, daß sie aus dem Backofen kamen.

«Woran merken wir, ob das Wasser noch steigt oder schon fällt?» wollte Barney wissen.

«Ihr müßt euch nach jemandem umsehen, der mit euch an den Strand runtergeht und es euch erklärt. Laßt es euch zeigen, dann wißt ihr Bescheid. Die Jungs werden euch sicher mitnehmen.»

«Welche Jungs?»

«Die Royston-Jungs.»

Die Roystons bewohnten das große Herrenhaus, und ihnen gehörte auch das Pförtnerhäuschen. Bisher hatte sie noch keiner von uns zu Gesicht bekommen, obwohl Mama bereits mit etwas bangen Gefühlen über die lange Auffahrt gepilgert war, um Mrs. Royston kennenzulernen und sich bei ihr dafür zu bedanken, daß sie uns als Mieter aufgenommen hatten. Aber Mrs. Royston war nicht zu Hause gewesen, und unsere arme Mama hatte unverrichteterdinge zurückkehren müssen.

«Wie alt sind die Jungs?» fragte Barney.

«Ich glaube, David ist dreizehn und Paul ungefähr elf.»

Mrs. Bristow schaute uns an. «Ich weiß gar nicht, wie alt ihr eigentlich seid.»

«Ich bin sieben», sagte Barney, «und Jane ist zwölf und Lalla vierzehn.»

«Schön», meinte Mrs. Bristow. «Das trifft sich ja gut. Da paßt ihr prima zusammen.»

«Sie sind viel zu jung für uns», behauptete Lalla. «Immerhin hab ich sie schon gesehen. Ich habe für Mama Wäsche aufgehängt, und da sind sie auf ihren Fahrrädern die Auffahrt heruntergekommen und zum Tor hinausgeradelt. Sie haben nicht einmal einen Blick in meine Richtung geworfen.»

«Ach, komm», sagte Mrs. Bristow. «Wahrscheinlich sind sie genauso schüchtern wie ihr.»

«Wir legen keinen besonderen Wert darauf, ihre Bekanntschaft zu machen», erklärte Lalla.

«Aber...», setzte ich an und hielt dann inne. Anstatt etwas zu sagen, griff ich nach einem Rührlöffel und leckte den rohen Safranteig ab, der noch dran klebte. Ich war nicht so wie Lalla. Ich schloß gern Freundschaften und hätte es nett gefunden, die Royston-Jungs kennenzulernen. Sie hatten einen eigenen Tennisplatz. Den hatte ich schon mal zwischen den Bäumen durchschimmern gesehen. Ich hätte nichts dagegen gehabt, wenn sie mich eingeladen hätten, mit ihnen Tennis zu spielen. Mich störte es auch nicht, daß sie noch so jung waren. Doch für Lalla war das natürlich etwas anderes. Vierzehn ist ein komisches Alter, nicht Fisch und nicht Fleisch. Und so wie Lalla aussah... Manchmal dachte ich, wenn ich sie nicht so gern hätte und sie nicht meine Schwester wäre, könnte ich sie eigentlich überhaupt nicht ausstehen, weil sie so langes, weizenblondes Haar, eine wohlgeformte Nase, unglaublich blaue Augen und einen so sanft geschwungenen Mund hatte. Während der letzten sechs Monate schien sie mindestens fünfzehn Zentimeter gewachsen zu sein. Ihre schlanken Beine sahen in den Blue-jeans endlos lang aus, und erst vor kurzem war Mama mit ihr einkaufen gegangen und hatte ihr drei weiße, mit Spitzen besetzte Büstenhalter besorgt. Ich war dagegen klein und kantig, brauchte keinerlei Büstenhalter, und mein braunes, krauses Haar war entsetzlich struppig. Das Schlimme daran war, daß Lalla meiner Erinnerung nach nie so ausgesehen hatte wie ich, weshalb kaum zu erwarten war, daß ich jemals so aussehen würde wie sie. Das liegt an den Genen, hat mir mein Vater erklärt, als ich mich eines Tages ihm anvertraute, und dann hat er noch gesagt, er mag mich so, wie ich bin, doch das war mir jetzt nur ein schwacher Trost, weil er ja nicht mehr da war und mir nicht mehr sagen konnte, daß er mich gern hat. Beim Gedanken an ihn saß mir ein Kloß im Hals. Ich legte den Rührlöffel weg und schaute Mrs. Bristow an. Vielleicht hatte sie bemerkt, daß mir die Tränen in die Augen stiegen, denn sie wurde mit einemmal sehr betriebsam, nahm ein Geschirrtuch vom Haken und bat mich, die Safranplätzchen aus dem Backofen zu holen.

Ein paar Tage später kam Mama vom Einkaufen aus dem Dorf zurück und erzählte uns, sie habe beim Lebensmittelhändler Mrs. Royston getroffen und wir seien alle zum Tee eingeladen.

«Ich will nicht mitgehen», sagte Lalla.

«Warum nicht?» wollte Mama wissen.

«Diese Jungs sind mir zu grün. Nimm Jane und Barney mit.»

«Das wäre nicht sehr höflich.»

«Ich will da nicht hin.»

«Es ist doch nur zum Tee», bat Mama inständig.

Ihr war anzusehen, wieviel ihr daran lag, so daß Lalla nachgab. Sie zuckte die Schultern, fügte sich seufzend in ihr Schicksal und sagte mit verschlossener Miene: «Na gut, meinetwegen.»

Wir gingen hin, und es wurde ein Reinfall. Die Jungs wollten mit uns ebensowenig zu tun haben wie Lalla mit ihnen. Meine Schwester benahm sich so kühl und unnahbar wie nur möglich, ich stieß meine Teetasse um, und meinem Bruder, der für gewöhnlich mit jedem plauderte, verschlug es angesichts der Überheblichkeit seiner Gastgeber die Sprache. Nach dem Tee blieb Lalla bei den Erwachsenen, doch Barney und ich sollten mit den Jungs hinausgehen. «Zeigt Jane und Barney euer Baumhaus», rief Mrs. Royston den beiden nach, als wir uns zur Tür hinaustrollten. Sie führten uns in den Garten und zeigten uns das Baumhaus. «Da ist es», sagten sie. Wir schauten hinauf, konnten jedoch nicht feststellen, wie man es erreichte.

«Wie kommt ihr da rauf?» fragte Barney.

«Über eine Strickleiter, aber die ist nichts für Babys und auch nichts für Mädchen.»

«Barney ist kein Baby mehr.»

«Trotzdem, es ist unser Klubhaus, und ihr seid keine Mitglieder.»

Wir fanden uns damit ab. Wortlos schielte Barney noch einmal zu dem Baumhaus hinauf. Es war ein herrlicher Bau, stabil und geräumig, und das runde Gesicht meines Bruders wurde ganz sehnsüchtig.

«Wer hat das denn gebaut?» fragte er.

«Unser Cousin Godfrey. Er ist achtzehn. Der kann alles bauen.»

Dann tuschelten die beiden, verschwanden und ließen uns unter dem Baumhaus stehen, zu dem uns der Zutritt verwehrt war. Gleich danach tauchten sie mit ihren Fahrrädern wieder auf und kurvten auf dem Rasen herum, manchmal sogar freihändig, boten aber keinem von uns eine Probefahrt an. Wir standen wie angewurzelt da und ließen diese Schmach über uns ergehen, weil uns nichts einfiel, was wir sonst hätten tun können. Es war eine Erleichterung, als Mama uns rief und sagte, es sei an der Zeit, nach Hause zu gehen.

David und Paul waren unsere Feinde. Wir haßten sie, und als Mama eine Gegeneinladung vorschlug, stieß sie auf so entschiedenen Widerstand, daß sie den Mut verloren und gekniffen hat. «Vielleicht in den nächsten Ferien...», murmelte sie kleinlaut. «Jetzt müßt ihr alle sowieso bald wieder in die Schule.»

Die Schule war ein weiteres Problem. Eine große Schule mit rauhem Klima, die Welten von den vornehmen Instituten trennten, die wir in London besucht hatten. Barney mochte sie, denn er genoß den Radau auf dem Schulhof und die Spiele im Freien in vollen Zügen. Für mich war es schon schwieriger, doch ich war nirgendwo besonders gut oder besonders schlecht, und deshalb gelang es mir, in beschaulicher Anonymität unterzutauchen. Aber für Lalla war es der reinste Alptraum. Ihre Klassenkameradinnen zeigten ihr von Anfang an die kalte Schulter und machten sich über sie lustig, und je unfreundlicher sie behandelt wurde, um so mehr zog sie sich zurück und um so abweisender gab sie sich. Ihr Spitzname war Prinzessin, und das war nicht als Kompliment gemeint.

«Es liegt nur daran, daß du so hübsch bist», versuchte ich sie auf der Heimfahrt im Bus zu trösten. «Und daran, daß du in der Schule so gut bist und nicht ständig kicherst oder dich albern

benimmst.» Ich suchte nach weiteren Argumenten, um sie auf-
zuheitern. «Sie sind eifersüchtig auf dich. Weil alle Jungen dir
nachschauen und dich zum Bus begleiten wollen und so.»
«Eifersüchtig!» Ihre Stimme triefte vor Verachtung. «Wegen dieser pickelgesichtigen Rüpel?»
«Wenn du vielleicht manchmal ein bißchen lachen würdest.
Mit ihnen. Verstehst du?»
«Sie sagen nichts, was mich zum Lachen reizt.»
«Du könntest doch so tun als ob.»
«Das tue ich bestimmt nicht.»
Sie wandte sich von mir ab und schaute aus dem Fenster. Ich
seufzte und hielt den Mund. Wenn sie sich weder mit den Royston-Jungs noch mit den Mädchen in ihrer Klasse anfreundete,
dann sah es nicht so aus, als ob sie sich überhaupt mit irgend
jemandem anfreunden würde. Und wenn sie mit niemandem
Freundschaft schloß, wie sollten Barney und ich das dann
schaffen? Ich seufzte noch einmal und zog mein Geschichts-
buch aus der Tasche. Die Busfahrt dauerte eine halbe Stunde,
in der ich auch einen Teil der Hausaufgaben machen konnte,
wenn Lalla doch nicht auf mich hören wollte.

Als die Sommerferien anfingen, schien Mama vergessen zu
haben, daß wir eigentlich die Royston-Jungs zu uns einladen
müßten, und wir hüteten uns, sie daran zu erinnern. Ihre Namen wurden nie erwähnt. Wir sahen sie höchstens von weitem,
wenn sie ins Dorf oder zum Strand hinunterradelten. Sonntags
hatten sie am Nachmittag manchmal Gäste, mit denen sie Tennis spielten. Da konnten wir von unserem Garten aus ihre
Stimmen hören, wenn sie sich gegenseitig anfeuerten oder über
den Punktestand nicht einigen konnten. Ich wäre liebend gern

dabeigewesen, während Lalla, in ein Buch vertieft, sich so benahm, als gäbe es die Roystons überhaupt nicht. Barney hatte inzwischen begonnen, im Garten zu arbeiten und mit gewohnter Zielstrebigkeit sein eigenes Gemüsebeet umzugraben. Er verkündete, er wolle Salat anbauen und verkaufen, was Mama damit kommentierte, daß er vielleicht derjenige sei, der uns zu Wohlstand verhalf.

Es war ein heißer Sommer, wie fürs Schwimmen gemacht. Lalla war aus ihrem alten Badeanzug herausgewachsen, deshalb nähte ihr Mama aus Baumwollresten einen Bikini. Er war hellblau, genau die richtige Farbe für ihre Sonnenbräune und ihre langen blonden Haare. Sie sah schön aus damit, und ich wünschte mir sehnlichst, so auszusehen wie sie. Nachdem wir herausgefunden hatten, wann Ebbe und wann Flut war, gingen wir fast jeden Tag an den Strand und sahen dort oft die Royston-Jungs, aber der Strand war so breit, daß wir uns nicht auf die Pelle rücken mußten, und wir vermieden es alle offensichtlich, einander zu nahe zu kommen.

Bis zu einem bestimmten Sonntag. Die Flut setzte an diesem Tag nachmittags ein, deshalb packte uns Mama einen Picknickkorb, und wir machten uns nach dem Mittagessen auf den Weg. Als wir am Strand eintrafen, beschloß Lalla, gleich ins Wasser zu gehen, aber Barney und ich wollten noch warten. Also zog sie ohne uns los, langbeinig und allein. Ihr rotes Handtuch flatterte wie eine Fahne hinter ihr her, und sie hatte sich die Haare zu einem Pferdeschwanz zusammengebunden, damit sie ihr beim Schwimmen nicht in die Augen hingen. Barney und ich nahmen unsere Spaten und begannen dort, wo die Ebbe im Sand flache Tümpel hinterlassen hatte, einen großen und komplizierten Hafen zu bauen. Vollauf damit beschäftigt, vergaßen wir die Zeit und merkten auch nicht, als ein Unbekannter auf uns zukam. Plötzlich fiel ein langer Schatten auf das glitzernde Wasser.

Ich schaute hoch und schirmte meine Augen gegen die Sonne ab. Der Unbekannte sagte «Hallo!» und ging neben uns in die Hocke. «Das ist ja ein toller Hafen. Jetzt müßtet ihr nur noch ein paar Schiffe haben, dann wäre er komplett. Ihr seid doch die Kinder, die im Pförtnerhaus wohnen, nicht wahr?»

«Und wer bist du?» fragte ich.

«Ich bin Godfrey Howard. Der Cousin der Roystons. Ich bin bei ihnen zu Besuch.»

Das löste Barneys Zunge sofort. «Hast du das Baumhaus gebaut?» platzte er heraus.

«Ja.»

«Wie hast du das denn gemacht?»

Godfrey fing an, es ihm zu erklären. Ich hörte zu und wunderte mich, wie jemand, der anscheinend so nett war, irgend etwas mit diesen abscheulichen Royston-Jungs zu tun haben konnte. Nicht daß er besonders gut ausgesehen hätte. Er hatte bräunliches Haar, eine zu klobige Nase und trug eine Brille. Er war nicht einmal besonders groß, aber es lag etwas Warmes und Freundliches in seiner tiefen Stimme und in seinem Lächeln. Die ausgebleichten, abgeschnittenen Jeans, die er trug, waren voller Salzflecken, und an seinen nackten Beinen und den Schultern klebte noch ein bißchen von dem Sand, auf dem er gelegen hatte.

«... seid ihr die Strickleiter hinaufgeklettert?»

Anstatt zu antworten, begann Barney wieder zu buddeln, und Godfrey blickte mich an. «Sie war nicht da», sagte ich. «Die beiden wollten uns nicht rauflassen. Sie haben uns erklärt, es sei ihr Klubhaus. Sie mögen uns nicht.»

«Sie glauben, daß ihr sie nicht mögt. Sie meinen, ihr kommt aus London und tut so vornehm.»

Das war eine Überraschung. «Vornehm? *Wir?*» fragte ich entrüstet. «Wir haben nie so getan, als wären wir vornehm.» Doch dann fiel mir ein, wie abweisend Lalla sich benommen hatte, ich erinnerte mich an ihre zusammengekniffenen Lippen, über die kein Lächeln gehuscht war. «Das heißt... Lalla ist schon älter... Bei ihr ist das etwas anderes.» Daß er darauf schwieg, war ermutigend. «Ich hätte gern mit ihnen Freundschaft geschlossen», gab ich zu.

Er zeigte Verständnis. «Manchmal ist das schwierig. Menschen sind scheu...» Dann hielt er mitten im Satz inne und schaute hoch, direkt über meine Schulter. Ich drehte mich um, weil ich wissen wollte, was seine Aufmerksamkeit erweckt hatte, und sah Lalla über den Sand auf uns zukommen. Ihr Haar war wieder offen und lag wie nasse Seide auf ihren Schultern. Das rote Handtuch hatte sie sich wie einen Sarong um die Hüften geknotet. Als sie näher kam, stand Godfrey auf. Ich machte sie miteinander bekannt, so wie Mama Leute miteinander bekannt machte: «Das ist Lalla. Das ist Godfrey.»

«Hallo, Lalla», sagte Godfrey.

«Er ist der Cousin der Roystons», fügte ich rasch hinzu. «Er ist bei ihnen zu Besuch.»

«Hallo», erwiderte Lalla.

Da sagte Godfrey: «David und Paul möchten gern Cricket spielen, aber nur zu dritt kann man nicht gut Cricket spielen. Wollt ihr nicht mitmachen?»

Das hing von Lalla ab. ‹Sie will bestimmt nicht Cricket spielen›, dachte ich. ‹Sie wird ihn abblitzen lassen, und dann laden sie uns nie wieder ein.›

Doch sie ließ ihn nicht abblitzen. Etwas unsicher antwortete sie: «Ich glaube nicht, daß ich besonders gut Cricket spiele.»

«Aber du könntest es doch versuchen, oder?»
«Ja.» Dann begann sie zu lächeln. «Versuchen könnte ich es vielleicht.»

Und so kamen wir schließlich zusammen. Wir spielten eine komische Art von Strandcricket, die Godfrey sich ausgedacht hatte und bei der wir kräftig auf den Ball einschlagen und fürchterlich rennen mußten. Als es uns zu heiß wurde, um noch länger zu spielen, gingen wir gemeinsam schwimmen. Die Roystons hatten hölzerne Surfbretter, mit denen sie uns auch auf den Wellen reiten ließen. Abwechselnd legten wir uns bäuchlings darauf und schaukelten durch die warme Brandung der heranrollenden Flut. Gegen fünf bekamen wir Hunger, sammelten unsere verschiedenen Körbe und Rucksäcke ein und setzten uns im Kreis auf den Sand. Bei einem Picknick schmeckt einem das, was die anderen mithaben, immer besser als das Eigene, also aßen wir die Sandwiches und Schokoladenkekse der Roystons und sie aßen Mamas mit Brombeermarmelade gefüllte Scones.

Wir unterhielten uns über das Wellenreiten. «Zu meinem nächsten Geburtstag», erzählte David, «da wünsch ich mir ein leichtes Board aus Kunststoff und einen richtigen Surfanzug. Mit so einem Anzug kannst du das ganze Jahr surfen.»

«Meinst du, du kriegst es?» fragte Barney.

«Weiß ich nicht», sagte David. «Ich spare auf jeden Fall dafür. Ich habe mir gedacht, wenn ich einen Teil selber bezahle, legen meine Eltern vielleicht den Rest drauf.»

Erstaunliche Vorstellung, daß einer der Royston-Jungs es nötig hatte, für etwas, das er haben wollte, zu sparen, so wie wir das jetzt auch mußten, und mir wurde klar, solange man

Leute nicht näher kennt, kann man sie nicht verstehen und nicht anfangen, sie gern zu haben.

«Wenn ich das Baumhaus hätte», sagte Barney, «ich glaube, dann würde ich nie mehr noch was anderes haben wollen.»

Wir lachten alle, und Paul erklärte: «Du mußt morgen rüberkommen, dann zeige ich dir, wie's funktioniert. Das mit der Strickleiter. Komm so gegen zehn, dann können wir den ganzen Vormittag spielen.»

Allmählich sank die Sonne und leuchtete wie Messing. Der Himmel verfärbte sich dunkelblau; lange Schatten lagen wie Schrammen auf dem Dünensand. Wir gingen noch ein letztes Mal schwimmen, bevor die Ebbe einsetzte, dann packten wir unsere Sachen zusammen und machten uns gemeinsam auf den Heimweg. Barney und die zwei Royston-Jungs stapften voraus und schmiedeten Pläne für den nächsten Tag. Ich trottete mit Godfrey und Lalla hinterher. Doch nach und nach fielen die beiden wie selbstverständlich zurück. Während ich mich müde über den federnden Rasen des Golfplatzes schleppte, lauschte ich ihren Stimmen.

«Lebst du gern hier?»

«Es ist anders als in London.»

«Da hast du vorher gewohnt, nicht wahr?»

«Ja, aber mein Vater starb, und wir konnten es uns nicht mehr leisten, dort zu bleiben.»

«Tut mir leid, das habe ich nicht gewußt. Ich beneide dich natürlich darum, daß du hier leben kannst. Ich bin lieber in Carwheal als sonstwo auf der Welt.»

«Und wo lebst du?»

«In Bristol.»

«Gehst du dort zur Schule?»

«Ich bin mit der Schule fertig. Im September fange ich mit dem College an. Ich will Tierarzt werden.»

«Tierarzt?» Lalla überlegte. «Ich bin noch nie einem Tierarzt begegnet.»

Godfrey lachte. «Jetzt bist du eigentlich auch noch keinem begegnet.»

Ich lächelte zufrieden in mich hinein. Sie hörten sich wie zwei Erwachsene an. Vielleicht war ein erwachsener Freund alles, was Lalla gebraucht hatte. Mir kam es so vor, als hätten wir die nächste Wasserscheide überschritten. Nach diesem Tag würde alles anders werden.

Die Roystons waren jetzt unsere Freunde. Unsere erleichterten Mütter – denn auch Mrs. Royston hatte sich angesichts unserer unerbittlichen Feindschaft ebenso betroffen und schuldbewußt gefühlt wie Mama – nutzten den Waffenstillstand, und nach diesem Sonntag gingen die Roystons bei uns und wir bei ihnen ein und aus. Durch sie lernten wir eine Menge Leute kennen, und Mama mußte uns plötzlich kreuz und quer durch die ganze Grafschaft zu verschiedenen Strandpicknicks, Grillfesten, Segeltouren und Teenagerparties fahren. Ende des Sommers gehörten wir dazu. Wir hatten uns eingelebt. Carwheal war unser Zuhause geworden.

Und Lalla wurde langsam erwachsen. In der Schule kam sie jetzt besser zurecht, und sie fühlte sich viel zufriedener. Sie wurde fünfzehn; sie wurde sechzehn. Das Telefon klingelte ununterbrochen, und es war immer ein liebeskranker Jüngling dran, der Lalla sprechen wollte. Doch sie war an keinem interessiert. Höflich ging sie jeder Beziehung aus dem Weg.

«Liebling, du benimmst dich unmöglich», sagte ihr Mama immer wieder, nur, Lalla kümmerte das nicht. «Ich will nicht mit irgendeinem Jungen ausgehen, den ich nicht mag.»

«Aber seine Mutter hält dich bestimmt für ungezogen.»

«Ich bin nicht ungezogen. Ich habe ‹nein danke› gesagt.»

«Na schön... dann eben für kurz angebunden.»

«Besser kurz angebunden, als ihnen etwas vorzulügen.»

Sie und Godfrey schrieben einander. Ich wußte es, weil ich seine Briefe immer auf dem Tisch in der Diele liegen sah. Sie nahm sie für gewöhnlich mit nach oben, um sie ungestört in ihrem Zimmer zu lesen, und wir achteten alle die Privatsphäre des anderen zu sehr, als daß wir diese Briefe jemals erwähnt hätten. Wenn er zu den Roystons nach Carwheal kam, was er jetzt in allen Ferien tat, schaute er immer gleich am ersten Morgen zuerst bei uns rein. Er behauptete zwar, er wollte uns alle wiedersehen, doch wir wußten, daß er wegen Lalla gekommen war.

Er besaß inzwischen einen zerbeulten Gebrauchtwagen. Ein weniger selbstloser Mann hätte wohl Lalla abgeholt und wäre mit ihr allein weggefahren, aber Godfrey war viel zu nett und packte immer unseren ganzen Klüngel in sein leidgeprüftes Auto, stopfte Proviant, Handtücher, Schnorchel und allerlei anderen Kram in den Kofferraum und gondelte mit uns meilenweit zu entfernten Buchten oder in die Berge.

Dennoch war er nur ein Mensch, und so trollten sich die beiden oft allein und schlenderten ohne uns davon. Wir schauten ihnen nach und ließen sie ziehen, denn wir wußten, in ein bis zwei Stunden würden sie wieder zurückkommen. Lalla mit einem Strauß Wildblumen oder mit ein paar Muscheln in der Hand, Godfrey sonnenverbrannt und mit zerzaustem Haar, und beide lächelten so zufrieden, daß wir das beruhigend fanden, auch wenn wir es nicht ganz verstanden.

Lalla war immer eine entschlossene, so selbstbewußte Persönlichkeit gewesen, die an einem einmal gewählten Kurs unbeirrt festhielt, daß wir aus allen Wolken fielen, als sie wankte und schwankte und sich nicht entscheiden konnte, wie sie ihr weiteres Leben gestalten sollte. Sie war mittlerweile beinahe achtzehn, hatte die Abschlußprüfungen hinter sich, und ihre Zukunft lag vor ihr wie ein neues Land, das man vom Gipfel eines mühsam erklommenen Berges betrachtet.

Mama wollte, daß sie an die Universität ging, doch Lalla sagte: «Woher weißt du denn, daß ich überhaupt zugelassen werde?»

«Du wirst problemlos zugelassen. Bei deinem Zeugnis.»

«Ist das nicht eher eine Zeitverschwendung, wenn ich nicht weiß, was ich nachher mache? Wie soll ich mich denn jetzt schon darauf festlegen, was ich für den Rest meines Lebens machen will? Das ist unmenschlich. Unmöglich.»

«Aber, Liebling, was möchtest du denn machen?»

«Das weiß ich nicht. Reisen wahrscheinlich.»

«Du bist doch noch viel zu jung, du kannst nicht einfach losziehen und auf einem Kamel durch Indien reiten.»

«Wer hat denn was von Kamel gesagt?»

«Na, du weißt schon, was ich meine.»

«Ich könnte natürlich umwerfend originell sein und einen Schreibmaschinenkurs belegen.»

«Das würde dir wenigstens ein bißchen Zeit verschaffen, um in Ruhe darüber nachzudenken.»

Dieses Gespräch fand beim Frühstück statt. Vielleicht wäre es noch endlos weitergegangen, ohne zu einem befriedigenden Ergebnis zu führen, wenn nicht, als wir da vor unseren leeren Kaffeetassen saßen, plötzlich der Briefträger gekommen wäre. Wie üblich brachte er einen Packen langweilige Post, aber auch einen großen, quadratischen Umschlag für Lalla. Sie öffnete ihn lustlos, las die gedruckte Karte, die er enthielt, und schnitt eine Grimasse. «O Gott, wie vornehm! Eine richtige Einladung zu einem richtigen Ball.»

«Wie nett», sagte Mama, während sie versuchte, die Fleischerrechnung zu entziffern. «Von wem?»

«Von Mrs. Menheniot.»

Augenblicklich waren wir alle wie aus dem Häuschen, grapschten die Einladung und weideten uns an ihr. Einmal waren wir bei Mrs. Menheniot zum Lunch gewesen. Sie lebte mit Mr. Menheniot und einer ganzen Schar von Menheniot-Sprößlingen in einem wunderschönen Haus am Fal. Aus nicht näher bekannten Gründen waren sie sehr reich. Das Haus war weiß und riesengroß, hatte einen von Säulen getragenen Vorbau, und der Rasen reichte bis zu den Prielen der Flußmündung hinunter.

«Gehst du hin?» fragte ich.

Lalla zuckte die Schultern. «Weiß ich nicht.»

«Es ist im August. Vielleicht ist Godfrey dann da und du kannst mit ihm hingehen.»

«In diesem Sommer kommt er nicht her. Er hat einen Job gefunden und muß Geld verdienen, damit er sein Studium am College finanzieren kann.»

«Wer hat dir das erzählt?»

«Er», sagte Lalla, stand auf, ließ die Einladung zwischen Toastkrümeln und leeren Kaffeetassen auf dem Tisch liegen und rauschte hinaus, um eine Ladung Kleider in die Waschmaschine zu stopfen.

Sie konnte sich partout nicht entscheiden, ob sie zu Mrs. Menheniots Ball gehen würde oder nicht, und wahrscheinlich wäre sie nie zu einem Entschluß gelangt, wenn man nicht kurz danach auch mich eingeladen hätte. Ich war wirklich noch zu jung dafür, wie Mrs. Menheniot mit dröhnender Stimme am

Telefon betonte, als sie Mama anrief, aber sie hatten zuwenig Mädchen und es wäre ein wahrer Segen, wenn ich dabeisein könnte, um die Zahl aufzustocken. Als Lalla hörte, daß man mich auch dazugebeten hatte, erklärte sie, wir würden selbstverständlich hingehen. Sie hatte inzwischen den Führerschein gemacht, und wir wollten uns Mamas Auto leihen.

Dann standen wir vor dem Problem, was wir anziehen sollten, da Mama sich nicht im entferntesten leisten konnte, uns die Abendkleider zu kaufen, die wir gern gehabt hätten. Schließlich ließ sie sich von Liberty's in London meterweise Stoff kommen und zauberte uns die Pracht selbst auf ihrer Nähmaschine. Lallas Kleid war aus hellblauem Batist, und sie sah in ihm himmlisch aus – vielleicht ein bißchen wie die Jagdgöttin Diana. Meins hatte einen dunklen Goldton, und ich war in ihm durchaus vorzeigbar, aber natürlich mit Lalla nicht zu vergleichen, obwohl ich mittlerweile ein paar Zentimeter gewachsen war und es auch zu einer annehmbaren Taille gebracht hatte. Barney fand, wir sähen beide hinreißend aus, und sagte uns das auch. An dem Abend, an dem der Ball stattfand, zogen wir unsere Kleider an und machten uns, vor Aufregung kichernd, in Mamas Mini auf den Weg. Sobald wir vor dem Haus der Menheniots eintrafen, verging uns allerdings das Kichern, denn die ganze Sache war so eindrucksvoll, daß einem angst und bange werden konnte. Scheinwerfer beleuchteten die Parkplätze, und Dutzende piekfeiner Leute strömten dem Eingang zu. Drinnen war es noch atemberaubender. Riesige Blumengebinde, die bis an die Decke reichten, weißbefrackte Kellner, die Tabletts mit Champagnergläsern herumtrugen, und Musik von einer echten, aus London angereisten Band.

Lalla und ich standen am Fuße der Treppe, auf der Gedränge herrschte, und mich erfaßte Panik. Wir kannten keinen. Kein einziges vertrautes Gesicht. Aber was noch schlimmer war,

alle anderen schienen einander bestens zu kennen. Begrü-
ßungsschreie gellten, Arme schlangen sich um Hälse, furcht-
erregende junge Männer mit wiehernden Stimmen schlängel-
ten sich an uns vorbei und steuerten auf Bekannte zu, die sie
von weitem erspäht hatten. Lalla griff sich flink zwei Champa-
gnergläser von einem Tablett und drückte mir eins in die
Hand. Ich trank einen Schluck, und genau in diesem Moment
übertönte eine Stimme den allgemeinen Tumult. «Lalla!» Ein
Mädchen kam die Treppe herunter, ein dunkelhaariges Mädchen in einem schulterfreien Satinkleid, das ganz offensichtlich nicht von der Mutter geschneidert worden war.

Lalla schaute zu ihr hinauf. «Rosemary!»

Es war Rosemary Sutton; sie kam aus London, und sie und
Lalla waren in den guten alten Londoner Tagen miteinander
zur Schule gegangen. Sie fielen sich in die Arme und hielten sich
umschlungen, als wäre das alles, worauf jede von ihnen nur gewartet hatte. «Was machst denn du hier? Ich hätte nie geglaubt, daß ich dich hier treffen würde. Wie herrlich! Komm
mit zu Allan. Du kannst dich doch noch an meinen Bruder
Allan erinnern, nicht wahr? Ach, ist das aufregend...»

Ich dachte, Lalla würde mich ganz und gar vergessen, doch
dem war nicht so. «Das ist Jane. Meine Schwester... sie ist
auch hier.»

«Oh, toll. Hallo Jane. Kommt mit, sie sind alle im Ballsaal!»

Ich schwamm in Lallas Kielwasser mit, zwängte mich zwischen lauter Leuten durch, die ich nicht kannte, hielt mich an
meinem Champagnerglas fest und wünschte, ich wäre nicht
hergekommen. Schließlich tauchten wir in einer abgelegenen
Ecke des Ballsaals auf, in der eine Gruppe fröhlich aussehender
Gäste stand und sich unterhielt. Sie redeten wie die Wasser-
fälle. «Allan! Schau mal, wer da ist! Du erinnerst dich doch
noch an Lalla, nicht wahr?»

Der junge Mann drehte sich um. Er sah derart gut aus, daß es fast nicht wahr sein konnte. So auffallend blond wie seine Schwester dunkelhaarig, tadellos gekleidet, mitternachtsblauer Samtsmoking, schneeweiße Hemdbrust, schimmernde Goldknöpfe an makellos gestärkten und gefalteten Manschetten, goldenes Uhrarmband. Lalla war ja schon groß, aber er war noch größer. Er sah auf sie hinunter, und seine markanten Züge spiegelten sowohl Überraschung als auch offensichtliche Freude wider. «Natürlich erinnere ich mich an sie», sagte er. Dann lächelte er und stellte sein Glas ab. «Wie hätte ich sie vergessen können? Komm, gehen wir tanzen.»

Ich sah sie den ganzen Abend kaum wieder. Er entführte sie mir, und ich fühlte mich so verwaist, als hätte ich meine Schwester für immer verloren. Es wäre nicht so schlimm gewesen, wenn ich älter gewesen wäre oder irgendwen gekannt hätte. Ein paarmal erbarmte sich jemand meiner und forderte mich zum Tanzen auf, aber es gab lange Pausen zwischen den einzelnen Tänzen, in denen ich allein herumsitzen mußte oder mich in die Toilette verzog oder auf einen Schwatz zu der freundlichen Frau setzte, die für die Garderobe zuständig war und bei Bedarf mit Sicherheitsnadeln aushalf. Einmal kam mir Mrs. Menheniot selbst zu Hilfe und kommandierte einen jungen Mann ab, mich ans Buffet zu führen, nur, danach löste auch er sich in nichts auf. In einem menschenleeren Nebenzimmer fand ich ein Sofa und ließ mich darauf fallen. Es war schon halb eins, ich sehnte mich nach meinem Bett und überlegte, was die Leute wohl sagen würden, wenn ich die Beine hochnahm und ein kleines Nickerchen machte.

Plötzlich kam jemand herein und zog sich sofort wieder zurück. Ich blickte hoch und sah ihn nur noch von hinten. «Godfrey», sagte ich. Er drehte sich um. Ich stand von dem Sofa auf und landete wieder auf meinen schmerzenden Füßen.

«Jane!»

«Was tust denn du hier? Lalla hat gesagt, du arbeitest.»

«Mach ich ja auch. Aber ich wollte unbedingt herkommen. Ich bin von Bristol direkt hierhergefahren. Deshalb bin ich so spät eingetroffen.» Ich wußte, warum er herkommen wollte. Um Lalla zu treffen. «Ich hätte nicht gedacht, daß du auch hier bist.»

«Sie hatten zuwenig Mädchen, deshalb haben sie mich auch eingeladen.»

«Wo ist Lalla?»

«Weiß ich nicht.»

Wir schauten uns bedrückt an, und mir wurde das Herz sehr schwer. Godfreys Smoking erweckte den Eindruck, als hätte er ihn von jemandem geborgt, der größer war als er, und die Fliege saß schief. «Ich glaube, Lalla tanzt.»

«Komm doch mit und tanz mit mir, dann sehen wir sie vielleicht.»

Eine widerliche Vorstellung, aber ich wollte es nicht sagen. Also gingen wir gemeinsam in den Ballsaal. Statt der Deckenbeleuchtung zuckten jetzt rote, grüne und blaue Diskolichter durch die verräucherte Dunkelheit. Die Musik dröhnte und hämmerte, daß uns fast die Ohren platzten, und auf der Tanzfläche herrschte ein unüberschaubares Gewirr von Menschen, von wehenden Haaren und schlenkernden Armen und Beinen. Godfrey und ich tanzten am Rand mit, doch mir war klar, daß er mit den Gedanken woanders war. Ich wünschte, er wäre nicht hergekommen, und betete, daß er Lalla nicht fand.

Aber natürlich entdeckte er sie, weil es unmöglich war, sie zu übersehen. Ebenso unmöglich war es, Allan Sutton zu übersehen. Sie waren beide so groß, so schön, so blond. Godfrey machte ein finsteres Gesicht. Die harten Lichter spiegelten sich in seiner Brille, so daß ich den Ausdruck in seinen Augen nicht erkennen konnte.

«Wer ist das, mit dem sie tanzt?» fragte er.

«Allan Sutton. Er und seine Schwester kommen aus London. Lalla kennt sie von früher.»

Mehr konnte ich dazu nicht sagen. Ich konnte Godfrey auch nicht den Rat geben, hinzugehen und sie für sich zu beanspruchen, denn mittlerweile war ich mir nicht einmal mehr sicher, welchen Empfang sie ihm bereiten würde. Während wir die beiden beobachteten, hörte Allan gerade auf zu tanzen, legte seinen Arm um Lalla, zog sie an sich und flüsterte ihr etwas ins Ohr. Sie schob ihre Hand in seine, und sie steuerten die offene Terrassentür an. Im nächsten Augenblick waren sie unseren Blicken entschwunden, von der Dunkelheit des Gartens verschluckt.

Um vier Uhr früh fuhren Lalla und ich schweigend nach Hause. Jetzt kicherten wir nicht. Traurig fragte ich mich, ob ich jemals wieder mit ihr zusammen kichern würde. Mir tat vor Erschöpfung alles weh, und ich konnte sie in diesem Moment nicht ausstehen. Godfrey hatte nicht einmal mit ihr gesprochen. Kurz nach unserem Tanz hatte er sich verabschiedet und war verschwunden. Wahrscheinlich hatte er sich auf die lange, einsame Rückfahrt nach Bristol gemacht. Ich schämte mich für Lalla, und Godfrey tat mir furchtbar leid. Trotzdem konnte ich sie wohl kaum zur Rede stellen. Sie strahlte eine Glückseligkeit aus, die fast mit Händen zu greifen war. Verstohlen schaute ich zu ihr hinüber und sah ihr zufriedenes, lächelndes Gesicht. Mir fiel nichts ein, was ich hätte sagen können.

Schließlich brach Lalla das Schweigen. «Ich weiß jetzt, was ich mache. Ich meine, ich weiß, wie ich mein Leben gestalten will. Ich gehe zurück nach London. Rosemary sagt, ich kann bei ihr wohnen. Ich besuche einen Kurs für Sekretärinnen und sehe mich nach einem Job um.»

«Mama wird enttäuscht sein.»

«Sie wird es verstehen. Es ist genau das, was ich immer gewollt habe. Wir sind doch hier lebendig begraben. Und da ist noch etwas. Ich bin es leid, arm zu sein. Ich bin es leid, selbstgeschneiderte Kleider zu tragen und nie ein neues Auto zu haben. Wir haben immer davon geredet, unser Glück zu machen, und da ich die Älteste bin, kann ich ja damit anfangen. Wenn ich es jetzt nicht mache, mache ich es nie.»

«Godfrey war heute abend da», sagte ich.

«Godfrey?»

«Er ist direkt von Bristol hergefahren.»

Sie schwieg dazu, und ich war wütend. Ich wollte sie verletzen, damit sie sich so elend fühlte wie ich. «Er ist nur gekommen, weil er dich treffen wollte, aber du hast ihn nicht einmal bemerkt.»

«Du wirst doch wohl nicht behaupten wollen, daß das meine Schuld ist.»

Und so kehrte Lalla nach London zurück. Sie wohnte bei Rosemary und besuchte einen Sekretärinnenkurs, wie sie es angekündigt hatte. Später bekam sie einen Job in der Redaktion einer Modezeitschrift, doch es dauerte nicht lange, bis einer der Fotografen erkannte, was in ihr steckte, sie von ihrer

Schreibmaschine weglockte und Probeaufnahmen von ihr machte. Schon bald lächelte uns ihr hübsches Gesicht vom Titelblatt der Zeitschrift zu, und die Hochglanzseiten zeigten Bilder von Lalla in Pelzen, in hohen Stiefeln, in märchenhaften Abendkleidern. Sie zog in eine eigene, kleine Wohnung, kaufte sich ein Auto und reiste zu Modeaufnahmen auf die Jungferninseln, nach Tunesien, Irland oder Venedig.

«Von wegen», sagte Barney, «auf einem Kamel durch Indien reiten!»

«Wie fühlt man sich, wenn man eine berühmte Tochter hat?» fragten die Leute Mama. Nur, Mama hatte sich nie so recht mit Lallas Erfolg abfinden können, ebensowenig wie mit Allan Sutton. Allans Zuneigung zu Lalla hatte sich als dauerhaft erwiesen, und er war nun ihr ständiger Begleiter. Manchmal kamen sie für ein Wochenende nach Carwheal (anscheinend hatten sie nie Zeit, länger zu bleiben), doch Mama benahm sich ihm gegenüber nach wie vor zurückhaltend. Ich glaube, sie war der Meinung, er habe alles in allem zuviel des Guten an sich, während Barney und ich zu der traurigen Erkenntnis kamen, er habe keinen Sinn für Humor.

«Hoffen wir, daß er sie nicht heiratet», sagte Barney, aber natürlich beschlossen sie letzten Endes, wie hätte es auch anders sein können, genau das zu tun. «Wir haben uns verlobt!» Lalla rief aus London an, um uns das mitzuteilen, und dabei klang ihre Stimme, als säße sie im Zimmer nebenan; es war zum Verrücktwerden.

«Oh, Liebling!» sagte Mama nur leise.

«Freu dich doch! Bitte freu dich! Ich bin so glücklich und könnte es nicht ertragen, wenn du nicht glücklich wärst.»

Also behauptete Mama natürlich, sie freue sich darüber, aber die Wahrheit war, daß keiner von uns Allan wirklich gern mochte. Er war... nun ja, er war verwöhnt. Er war eingebildet. Er war zu reich. Als ich das Mama gegenüber andeutete, hielt sie treu zu Lalla und sagte: «*Dinge* bedeuten Lalla eine Menge. Das war wohl schon immer so. Ich meine Besitz und Sicherheit. Und vielleicht auch jemand, der sie wirklich liebt.»

«Godfrey hat sie wirklich geliebt», wandte ich ein.

«Damals waren sie noch so jung. Und vielleicht konnte ihr Godfrey nicht das geben, was sie brauchte.»

«Aber er konnte ihr Liebe geben. Und er konnte sie zum Lachen bringen. Allan bringt sie nie zum Lachen.»

«Vielleicht», sagte Mama traurig, «ist sie aus dem Lachen herausgewachsen.»

Und dann kam Ostern. Wir hatten seit einer Weile nichts von Lalla gehört und nicht damit gerechnet, daß sie in den Frühjahrsferien nach Carwheal kommen würde, doch sie rief aus heiterem Himmel an und sagte, sie habe sich in letzter Zeit nicht ganz wohl gefühlt und für ein paar Wochen frei genommen. Mama war natürlich begeistert, machte sich aber Sorgen um ihre Gesundheit.

«Liebling, was hast du denn?»

«Ach, nur eine Grippe oder so. Ich bin ein bißchen angeschlagen.»

«Kommt Allan mit?»

«Nein, er kann nicht. Er hat zuviel zu tun. Mir ist es zu anstrengend, selbst zu fahren, deshalb dachte ich, ich nehme den Zug.»

«Wir holen dich ab», versprach Mama. «Laß uns wissen, an welchem Tag du kommst, dann holt dich jemand ab.»

Inzwischen waren wir alle mehr oder weniger erwachsen. David studierte Medizin, und Paul hatte einen Job bei der Lokalzeitung. Ich hatte einen Platz in der Guildhall-Musikschule ergattert, und Barney war kein kleiner Junge mehr, sondern ein schlaksiger Teenager mit unersättlichem Appetit. Dennoch rotteten wir uns in den Ferien noch immer zusammen, und in diesem Jahr überließ auch Godfrey seine kranken Hunde und siechen Kühe der Obhut seines Partners und kam wieder einmal nach Carwheal.

Es war herrliches Wetter – fast so warm wie im Sommer. Die Art von Wetter, bei der man sich wieder jung fühlt – wie ein Kind. Auf dem Golfplatz duftete der Thymian, und an den Wanderwegen auf den Klippen wucherten Schlüsselblumen und wilde Veilchen. Im Garten der Roystons sprossen die Narzissen im hohen Gras unter dem Baumhaus, und Mrs. Royston fegte die Spinnweben aus der Laube, spannte das Tennisnetz, und wir spielten fast jeden Nachmittag.

Bei einer dieser Gelegenheiten sprachen Godfrey und ich über Lalla. Wir saßen gemeinsam in der Laube, während die anderen sich ein Match lieferten. Seit jenem unseligen Abend bei den Menheniots hatte ich ihn kaum gesehen, und ich war erleichtert, als er ihren Namen erwähnte.

«Erzähl mir von Lalla.»

«Sie ist verlobt.»

«Das weiß ich. Ich hab's in der Zeitung gelesen.» Dazu fiel mir nichts mehr ein. «Magst du ihn, ich meine Allan Sutton?»

Ich sagte: «Ja», aber ich konnte noch nie besonders gut lügen. Godfrey wandte den Kopf um und schaute mich an. Er trug alte Jeans und ein weißes Hemd, und ich fand, daß er auf angenehme Weise älter geworden war, selbstsicherer und dadurch attraktiver. «Ich glaube...», fuhr ich fort, «ich glaube, er verkörpert genau das Leben, das sie führen wollte. Eigentlich das Leben, das wir gehabt hätten, wenn Vater nicht gestorben wäre. Sie hat London immer geliebt. Sie wollte dort nie weg. Carwheal war für sie nie dasselbe wie für Barney und mich.»

«An dem Abend bei den Menheniots», erzählte Godfrey, «da wollte ich sie bitten, mich zu heiraten.»

«Oh, Godfrey...»

«Ich war zwar mit meiner Ausbildung noch nicht fertig, aber ich habe mir vorgestellt, irgendwie würden wir es schon schaffen. Und als ich sie dann sah, wußte ich, daß ich sie verloren hatte. Ich habe zu lange gewartet.»

«Dabei warst du es, der uns damals, als wir hierhergezogen sind, das Leben erleichtert hat. Du hast alles ins Rollen gebracht.»

«Ich wollte nicht, daß sie mich aus falschverstandener Dankbarkeit nimmt. Ich wollte sie, weil ich geglaubt habe, ich könnte sie glücklich machen.»

«Liebst du sie noch immer?»

Eine schreckliche Frage, und noch dazu eine, die zu stellen ich kein Recht hatte, doch genau in diesem Moment schlug jemand einen Ball ins Aus, und Godfrey ging hinaus und warf ihn wieder ins Spielfeld. Als er zurückkam, sprachen wir dann von etwas anderem.

An dem Tag, an dem Lalla eintreffen sollte, nahm ich Mamas altes Auto und machte ein paar Einkäufe in der Nachbarstadt. Als es Zeit wurde, nach Hause zu fahren, sprang der Motor nicht mehr an. Ich quälte mich eine Weile vergebens mit ihm herum, dann lief ich zu Fuß in die nächste Werkstatt und überredete einen freundlichen, ölverschmierten Mann, mitzukom-

men und mir zu helfen. Aber er erklärte mir, es sei hoffnungslos. Das Auto konnte man nur noch abschleppen, und der Motor war in so üblem Zustand, daß er ausgebaut werden mußte.

«Aber ich muß nach Hause. Ich muß meine Schwester von
der Bahn abholen.»

«Mit dem Wagen bestimmt nicht.»

Wir gingen zur Werkstatt zurück, und ich rief zu Hause an.
Aber es war nicht Mama, die sich meldete, sondern Godfrey.

«Was machst denn du da?»

«Ich habe Barney gerade nach Hause gebracht. Wir waren
in Newquay drüben und haben den Surfern zugeschaut.»

«Wo ist Mama?»

«Im Garten.»

«Richt ihr bitte aus, daß das Auto seinen Geist aufgegeben
hat. Ich fahre mit dem Bus heim, aber Lallas Zug kommt in ungefähr einer halben Stunde an, und wir haben ihr versprochen,
daß sie jemand abholt.»

Kurzes Zögern, dann sagte Godfrey: «Ich fahre hin. Ich
nehme meinen Wagen.»

Es klang sehr sachlich, doch ich fragte ihn unsicher: «Macht
es dir wirklich nichts aus?»

«Warum sollte es mir etwas ausmachen?»

Mir wären tausend Gründe eingefallen, aber irgendwie
schien mir das nicht der richtige Zeitpunkt zu sein, um sie auf-
zuzählen. «Na schön ... Wenn du meinst. Und sag bitte Mama
Bescheid.»

Als ich endlich zu Hause eintraf und völlig erschöpft war, weil
ich die vollen Einkaufstaschen von der Bushaltestelle heim-
geschleppt hatte, war Godfreys Auto nirgends zu sehen. Ich

überlegte, was wohl passiert sein mochte, und ging hinein. Mama und Barney tranken in der Küche gerade Tee. «Wo ist Lalla?» fragte ich, während ich meine Taschen auf dem Fußboden abstellte. Dann zog ich mir einen Stuhl heran und ließ mich dankbar auf ihm nieder.

«Sie sind noch nicht da», sagte Mama. Sie hatte ihre Gartenschürze um und Spuren von Erde auf dem Gesicht.

«Noch nicht da?» Ich schaute auf die Uhr. «Aber der Zug muß doch schon vor einer Stunde angekommen sein.»

«Vielleicht hat er Verspätung.»

«Dieser Zug hat nie Verspätung.»

«Vielleicht hat sie ihn verpaßt», meinte Barney.

«Dann hätte sie uns angerufen.»

«Vielleicht hat Godfreys Auto auch seinen Geist aufgegeben.» Barney fing an zu grinsen. «Vielleicht ist irgendeine Motorenepidemie ausgebrochen, und im ganzen Land bleiben die Autos röchelnd stehen.»

«Ach, sei doch nicht so albern!»

«Vielleicht...», begann Mama, doch weiter kam sie nicht, weil genau in diesem Moment das Telefon klingelte. «Das werden sie sein», sagte ich und ging an den Apparat. Aber es waren nicht die beiden, es war ein Gespräch aus London. Allan Sutton.

«Lalla?»

«Nein, nicht Lalla, sondern Jane.»

«Ich möchte mit Lalla sprechen.»

«Sie ist nicht da. Sie ist noch nicht angekommen.»

«Was ist denn passiert?»

«Wir wissen es nicht.»

«Ich muß mit ihr reden.»

Seine Stimme klang so, als wäre er der Verzweiflung nahe. Behutsam fragte ich: «Ist irgend etwas nicht in Ordnung?»

«Nicht in Ordnung? Hat sie es euch nicht erzählt?»

«Was?»

«Sie hat unsere Verlobung gelöst. Ich bin vom Büro nach Hause gekommen und habe einen Brief von ihr und meinen Ring vorgefunden. Sie schreibt, daß sie heimkehrt. Sie will nicht heiraten...»

Im Grunde meines Herzens tat er mir sehr leid. «Aber Allan... Hast du... Du mußt doch irgend etwas gemerkt haben.»

«Nein. Absolut nichts. Es trifft mich wie ein Blitz aus heiterem Himmel. Ich weiß, sie war in letzter Zeit nicht ganz auf dem Damm, aber ich habe geglaubt, sie wäre nur ein bißchen ausgelaugt. Sie hat soviel gearbeitet und ist in der Gegend herumgereist. Ich muß unbedingt mit ihr reden. Sie wird schon einsehen, daß das lächerlich ist. Wir müssen das miteinander besprechen. Es ist einfach grotesk...»

‹Du meinst doch nur›, dachte ich im stillen, ‹für dich ist es unvorstellbar, daß Lalla jemals aufhören könnte, jemanden zu lieben, der so vollkommen ist wie du.›

«Sie wird ihre Gründe dafür haben, Allan», sagte ich so sanft wie möglich.

«Sprich mit ihr, Jane. Versuch, sie zur Vernunft zu bringen.»

«Ich... Ich sage ihr, daß sie dich anrufen soll.»

«Sie muß nach London zurückkommen...»

Endlich legte er auf. Ich hängte den Hörer wieder ein und blieb einen Moment stehen, um meine fünf Sinne zusammenzunehmen und mir meinen Reim auf diese neue und völlig überraschende Entwicklung zu machen. Ich merkte, wie ich mich in einem Gewirr aus widersprüchlichen Gefühlen verfing. Einerseits hatte ich tiefes Mitleid mit Allan, der sich wirklich verzweifelt angehört hatte, andererseits empfand ich widerstrebend Bewunderung für Lalla, die den Mut zu dieser niederschmetternden Entscheidung aufgebracht hatte, und zugleich machte sich eine wachsende Erregung in mir breit... Godfrey. Godfrey und Lalla. Wo steckten sie nur? Plötzlich wurde mir klar, daß ich Mama und Barney nicht gegenübertreten konnte, bevor ich nicht herausgefunden hatte, was vor sich ging. Leise öffnete ich die Tür und schlich aus dem Haus, durch das Gartentor und lief den Feldweg entlang. Kaum war ich am Ende des Weges um die Ecke gebogen, da entdeckte ich Godfreys Auto. Es stand auf dem Rasen, direkt vor der Kirche. Ich spähte hinein und sah Lallas Gepäck auf dem Rücksitz, ein Bündel Zeitschriften, ihren Schal. Weit und breit keine Spur von den beiden, doch ich ahnte, wohin sie gegangen waren.

Es war ein wunderbar milder Abend. Ich schlug den Pfad ein, der an der Kirche vorbei zum Strand führte. Aber ich war noch nicht weit gelaufen, als ich die beiden über den Golfplatz auf mich zukommen sah. Der Wind wehte Lalla die Haare ins Gesicht. Sie trug hochhackige Stiefel und war größer als Godfrey. Eigentlich hätte man meinen müssen, daß sie gar nicht zusammenpaßten, und doch strahlten sie vollkommene Harmonie aus. Hand in Hand kamen sie vom Strand herauf, wie sie es unzählige Male getan hatten. Ich blieb stehen, weil es mir plötzlich widerstrebte, ihre Zweisamkeit zu stören. Aber Lalla hatte mich bereits gesehen. Sie winkte, dann ließ sie Godfreys Hand los und lief mir entgegen. Ihre Arme kreisten wie die Flügel einer Windmühle. «Jane!» Ich hatte sie noch nie so überschwenglich erlebt. «Oh, Jane...» Ich rannte auf sie zu, und als wir uns trafen, fielen wir uns stürmisch um den Hals. Auf einmal hatte ich Tränen in den Augen.

«Meine liebe Jane...»

«Ich habe es nicht mehr ausgehalten, ich mußte euch suchen.»

«Hast du dich gewundert, wo wir blieben? Wir waren spazieren. Ich mußte mit Godfrey reden. Er war genau derjenige, mit dem ich reden wollte.»

«Lalla, Allan war vorhin am Telefon.»

«Hat er meinen Brief gefunden? Verkraftet er ihn?»

«Er ist fix und fertig. Du sollst ihn sofort zurückrufen.»

«Ich mußte es tun. Es war alles ein schrecklicher Irrtum.»

«Aber du hast es noch rechtzeitig gemerkt. Das ist das einzige, worauf es ankommt.»

«Ich habe geglaubt, ich wäre hinter dem her, was ich haben wollte. Später habe ich geglaubt, ich hätte erreicht, was ich wollte, und dann merkte ich, daß ich es überhaupt nicht wollte. Ach, Liebling, es war alles so furchtbar, ich habe euch so vermißt. Es war keiner da, mit dem ich hätte reden können... Ich wollte es erklären...»

«Du brauchst nichts zu erklären.»

Über ihre Schulter hinweg sah ich Godfrey in aller Ruhe näher kommen. Da ließ ich Lalla los, ging auf ihn zu und gab ihm einen Kuß. Ich wußte nicht, was sie besprochen hatten, während sie über den Strand gewandert waren, und mir war klar, daß ich es nie erfahren würde, aber trotzdem hatte ich das Gefühl, daß das, was dabei herausgekommen war, für uns alle nur gut sein konnte.

«Wir müssen zurück», sagte ich. «Mama und Barney haben noch keine Ahnung, was los ist. Sie wissen noch nicht einmal etwas von Allans Anruf. Und sicher denken sie, ich hätte mich genauso in Luft aufgelöst wie ihr zwei.»

«Wenn das so ist», sagte Godfrey, während er wieder nach Lallas Hand griff, «dann sollten wir vielleicht zurückgehen und es ihnen erzählen.»

Und so gingen wir zu dritt nach Hause.

Rosamunde Pilcher

Blumen im Regen
Erzählungen
Deutsch von Dorothee Asendorf
352 Seiten. Gebunden

«Die Muschelsucher» und «September» eroberten die Herzen von Millionen Leserinnen. Mit «Blumen im Regen» hat Rosamunde Pilcher ihre große Sammlung von Erzählungen eröffnet. Es ist eine Pilcher, wie wir sie kennen und lieben: heiter, besinnlich und anrührend.

Rosamunde Pilcher versteht sich wie keine auf die Kunst, Geschichten von kleinen, häuslichen Dramen zu erzählen, die auf ihre Art weltbewegend sind. Geschichten von Liebe und Leid, Glück und Verzweiflung.

«Glück bedeutet, aus dem, was man besitzt, das meiste zu machen.»
(Rosamunde Pilcher)

Die Muschelsucher
Roman
Deutsch von Jürgen Abel
704 Seiten. Gebunden

September
Roman
Deutsch von Alfred Hans
624 Seiten. Gebunden

Zahlreiche andere Romane von Rosamunde Pilcher sind als Taschenbücher bei rororo erschienen.

Wunderlich

Rosamunde Pilcher

Wilder Thymian
Roman
Deutsch von Ingrid Altrichter
368 Seiten. Gebunden

Victoria Bradshaw hatte sich in den Londoner Theaterautor Oliver Dobbs verliebt, als sie kaum achtzehn war. Die Enttäuschung blieb nicht aus: Oliver verließ sie und verschwand aus ihrem Leben. Jahre später steht er unvermutet mit seinem zweijährigen Sohn auf dem Arm vor Victorias Tür. Sie ist töricht genug, alten Gefühlen nachzugeben und sich von ihm wieder einnehmen zu lassen.

Ihre erste gemeinsame Reise im Frühling führt sie nach Schottland, wo sie einen alten Freund von Oliver auf seinem Landgut besuchen. Doch diese Reise wird für Victoria zu einer dramatischen Odyssee der Gefühle und Leidenschaften: Sie gerät in den Zwiespalt einer Liebe, die zwei Männern gilt.

«Rosamunde Pilcher beschreibt – und das macht wahrscheinlich ihren ungeheuren Erfolg aus – eine sehr traditionelle und gleichzeitig eine heile Welt … eine sehr ausbalancierte Welt, in der die schönen Dinge überwiegen, oder genauer, die Fähigkeit der Menschen, Schönheit zu empfinden und zu leben.»
(WDR)

Wunderlich